U0452851

区域文化与文学研究集刊

Studies of Regional Culture and Literature

周晓风　凌孟华　杨华丽 ◎ 主编

第 9 辑

中国当代文学研究会区域文学委员会
重庆师范大学区域文化与文学研究中心
重庆师范大学文学院
主办

中国社会科学出版社

图书在版编目（CIP）数据

区域文化与文学研究集刊. 第9辑/周晓风，凌孟华，杨华丽主编.
—北京：中国社会科学出版社，2021.9
ISBN 978-7-5203-9380-5

Ⅰ.①区… Ⅱ.①周…②凌…③杨… Ⅲ.①区域文化—中国—文集②中国文学—文学研究—文集 Ⅳ.①G122-53②I206-53

中国版本图书馆CIP数据核字（2021）第249035号

出 版 人	赵剑英
责任编辑	张　玥
责任校对	王佳玉
责任印制	戴　宽

出　　版	中国社会科学出版社
社　　址	北京鼓楼西大街甲158号
邮　　编	100720
网　　址	http://www.csspw.cn
发 行 部	010-84083685
门 市 部	010-84029450
经　　销	新华书店及其他书店
印刷装订	北京君升印刷有限公司
版　　次	2021年9月第1版
印　　次	2021年9月第1次印刷
开　　本	710×1000　1/16
印　　张	21.5
插　　页	2
字　　数	321千字
定　　价	116.00元

凡购买中国社会科学出版社图书，如有质量问题请与本社营销中心联系调换
电话：010-84083683
版权所有　侵权必究

本刊学术委员会名单

学术顾问
  杨　义　中国社会科学院文学研究所
  吕　进　西南大学中国新诗研究所
  曹顺庆　四川大学文学与新闻学院
  周　勇　重庆市地方史研究会

学术委员会主任
  杨匡汉　中国社会科学院文学研究所

学术委员会成员（以姓氏拼音为序）
  程光炜　中国人民大学文学院
  靳明全　重庆师范大学文学院
  刘　勇　北京师范大学文学院
  李　怡　四川大学文学与新闻学院
  谭桂林　南京师范大学文学院
  田建民　河北大学文学院
  王本朝　西南大学文学院
  吴进安　（台湾）云林科技大学汉学资料整理研究所
  吴　俊　南京大学文学院
  杨匡汉　中国社会科学院文学研究所
  袁盛勇　陕西师范大学文学院
  张福贵　吉林大学文学院
  张全之　上海交通大学人文学院
  张新科　陕西师范大学文学院
  张中良　上海交通大学人文学院
  张显成　西南大学文献研究所
  朱栋霖　苏州大学文学院
  朱寿桐　澳门大学中文系
  朱晓进　南京师范大学文学院
  赵学勇　陕西师范大学文学院
  周裕锴　四川大学文学与新闻学院
  周晓风　重庆师范大学文学院

本刊编委会人员名单

主　编
　　周晓风　凌孟华　杨华丽

本辑执行主编
　　凌孟华

编委会成员（以姓氏拼音为序）
　　李文平　李祖德　凌孟华　王昌忠
　　熊飞宇　杨华丽　杨　姿　周晓风

编　务
　　廖海杰　付冬生

目　录

特　稿

现当代文学史料的"非文学期刊"问题 …………………… 洪子诚(3)

巴蜀作家研究·巴金

主持人语 ………………………………………………… 王本朝(9)
《团圆》的写作、修改及其他 ……………………………… 周立民(11)
《寒夜》："一本充满希望的书"？
　　——兼谈《寒夜》结尾的修改问题 …………………… 杨华丽(31)
桂林"研究巴金"风潮考察 ………………………………… 赵　丹(46)

现代戏剧与川渝文化研究

主持人语 ………………………………………………… 马俊山(63)
魏明伦剧作的悲剧特征 …………………………………… 吴　彬(65)
思辨与转变：陈瘦竹的剧人之路 ……………………… 梅　琳　宋　杰(78)
小说化的舞台提示
　　——论茅盾的《清明前后》 …………………………… 颜　倩(88)
新见夏衍20世纪40年代戏剧评论佚文三则
　　辑释 ……………………………………………… 曾　诗　凌孟华(101)
文献后边的风景 …………………………………………… 马俊山(116)

区域文化与古代文学研究

主持人语 …………………………………………… 王于飞（125）

甲骨文"巴方"解读与巴蜀文化关系献疑 …………… 何易展（127）

稀见清代小说集《阴阳镜》叙论 …………… 杨宗红　张　玉（144）

试论《红楼梦》对清代岭南小说创作的影响 ………… 梁冬丽（159）

区域文化与抗战文艺研究

主持人语 …………………………………………… 杨华丽（173）

现代新诗他律与自律的双重变奏
　　——以抗战大后方新诗文体演变为例 ……… 周晓风　杨　雅（175）

抗战烽烟中的艺术之光
　　——林风眠与徐悲鸿在重庆的创作与交集及其影响 …… 周晓平（196）

布德反战小说中的"另类"日本士兵形象 …………… 金安利（209）

区域文化与外国文学研究

主持人语 …………………………………………… 伏飞雄（227）

《樱桃园》"心象"与中国"本土化"误读 …………… 陈传芝（229）

民国时期对威廉·萨洛扬的译介 …………………… 熊飞宇（244）

善亦有道：易卜生戏剧中的伦理观照及其转向 ……… 王金黄（271）

巴渝学人掠影

主持人语 …………………………………………… 熊飞宇（285）

简历与著述辑要 …………………………………… 李敬敏（289）

平凡的人与真正的学术研究
　　——李敬敏学术研究述评 ……………………… 王开国（297）

敬真敬美　敏学敏行
　　——李敬敏先生访谈录 ………………………… 陈庆江（309）

稿 约

《区域文化与文学研究集刊》诚约稿件 …………………………（327）

后 记 …………………………………………………… 凌孟华（331）

特　稿

现当代文学史料的"非文学期刊"问题

洪子诚*

凌孟华在现代文学史料发掘、考辨上已有出色的成果，2015 年出版了《故纸无言：民国文学文献脞谈录》（人民出版社 2015 年 12 月版）。陈子善先生在为他的另一部著作《旧刊有声：中国现代文学佚文辑校与版本考释》（中国社会科学出版社 2020 年 6 月版）写的《序》中说，现代文学作家作品的辑佚工作，已经硕果累累，但凌孟华不以此为满足，认为这一工作"应该而且必须进一步开拓"；为此，他提出了"现代文学辑佚的'非文学期刊'视野和从'非文学期刊'视角考察现代文学史的观点"，这"给现代文学文献学研究者以很大的启发"，也"说明了他对现代文学文献学研究的深入思考和努力实践"。陈先生说，"我相信，孟华以此书为开端，锲而不舍，不受各种干扰坚持下去，一定能对现代文学文献学研究乃至整个中国现代文学史研究做出新的贡献"——《烽火遗篇：抗战时期作家佚作与版本》这部书的完成，回应了陈先生的殷切期待。

凌孟华这部书除"绪论"外，分上编和下编两部分。上编是"佚作篇"，披露了他所发现的夏衍、茅盾、穆旦抗战时期的佚作，并对罗家伦、老舍、冰心这段时期在陪都重庆演讲的记录稿进行钩沉和补正。这

---

* [作者简介] 洪子诚（1939— ），男，北京大学中文系教授，博士生导师，主要从事中国当代文学史、中国新诗等方面的研究。本文系洪先生为《烽火遗篇：抗战时期作家佚作与版本》所作的序言，现征得同意在本刊先行发表。

些钩沉、补正的演讲记录,对了解这些作家当年的生活思想,文艺主张,以及战时大后方社会文化活动展开的情况,相信都很有价值。下编是"版本篇",对郭沫若、李金发、萧红等名家若干重要文章的各种版本进行汇校,讨论版本之间的演变情况。如郭沫若1937年的《谒见蒋委员长记》一文,就以《战斗周报》为底本,与《申报》《半月文摘》《远东问题》杂志,1958年《沫若文集》第8卷和1992年《郭沫若全集》文学编第13卷等做了仔细汇校。而李金发《庐山受训记》的辑录注释在这些汇校中尤为可贵。

在凌孟华新发现的材料中,夏衍的《在轰炸中生活》,特别是茅盾20世纪40年代刊于"非文学期刊"上的小说《十月狂想曲》等三篇佚文,穆旦刊载于《中央日报》昆明版的写远征军在缅甸的《光荣的远征》及撤退至印度之后的《国军在印度》——在现代文学研究上无疑有重要价值。以穆旦来说,诗歌界普遍认为,他是20世纪中国最重要的诗人之一,但他的相关生活写作资料却相当稀缺,这成为研究上的瓶颈。部分原因是他很少讲述、记录自己的情况和心迹。在云南、缅甸和印度,他经历了种种磨难,"他活了下来,来说他的故事",但"他并没有说"(王佐良)。因此,发现的这两篇文章弥足珍贵;虽然仍然不曾更多涉及自身。通过这些记叙,除了抗战史的认识的增进,我们得以知道他这个时期的行踪,他对战事、民生等社会情势的观察角度和具体感受,这在一定程度"勾勒了穆旦从军的完整经历线索",也将会丰富、加深对诗人的认识:他的世界观、视野、美学观念和诗歌形态的塑造与时代之间如何取得关联。

我从未做过专门史料工作,对文献辑佚的作业方式和工作规范更缺乏了解。但读着凌孟华这些文字,突出感受是他从事这项工作的执着、严谨和热情。在这项需要忍耐、付出不一定能有相应收获的工作中,执着和热情无疑非常重要。当然,正如一些评论者指出的,凌孟华的辑佚行文细致,但有时嫌烦琐。另外,在阐述所涉佚文的历史、文学意义时,有时也有着力过猛的情况。但这些许瑕疵其实也存在积极因素。他不仅告诉我们结果，也呈现寻踪觅迹的曲折过程和心得，这对于同行和后来者相信会有启发、参考的价值。而他对涉及文本周边的相关情况，也不吝笔墨细致披露，如《国讯》《沙磁文化》《西京日报》《众生》等刊物的性质、主办单位、出版周期、主编和发行人身份、主要撰稿者、内容和栏目设置，以至定价和发行方式等，不避巨细一一呈现。这些信息无疑加强了历史现场感，让我们知道事物的"结构和细节"，也为继续关注这些情况的学者提供了方便。

在本书的"绪论"中，凌孟华用了许多篇幅讨论现代文学史料整理中期刊的概念、分类问题，主张使用"文学期刊"和"非文学期刊"的两分法来处理，以达到现代文学文献学研究的更大扩展。这是有道理的。他所做的工作就在表明不少重要佚作就是刊发在"非文学期刊"上面的，而许多"非文学期刊"（《新青年》《新潮》等）在现代文学运动、文学思潮、创作实践开展上的重要作用，这也都是学界的共识。自然，这里的问题其实涉及两个不同的方面，正如凌孟华说的，一是"现代文学辑佚的'非文学期刊'视野"，二是"从'非文学期刊'视角考察现代文学史"。就前者而言，"非文学期刊"中的文学作品的发现、辑佚确实值得继续努力：这项工作，在史料辑佚、整理已"硕果累累"的"现代文学"范围，当属防漏补缺的类乎"竭泽而渔"的完美追求；而对进入20世纪50年代的"当代文学"而言，却是一项属于尚未真正展开的基础性任务。由于"当代"报刊的大量增加，报刊性质发生的变化，文学与政治，与经济，与社会生活，文学与其他人文社会学科之间的关系更加密切，"文学"的边界错动和拓展也更为明显，凌孟华提出的"非文学期刊"（包括各种报纸）在"当代文学"史料整理辑佚上的任务，也显得更为繁难而重要。

当然，如果在文学研究的层面，即"从'非文学期刊'视角考察现代文学史的观点"，那么，"非文学期刊"在文学研究上的地位，就从不存在"名不正，言不顺"的情况。什么材料与文学研究有关，是与研究者的目标、视野、方法相联系的。这正如凌孟华书中引述的钱理群的话，出色的研究者一定有自身的"史料的'独立准备'"。也就是说，文学期刊也好，非文学期刊也好，什么样的材料构成他描述、阐释依据的史料，无法有一个统一的标准；这里检验的是他是否具有"敏锐的文学史视野，更准确的学术判断和文本分析的能力"。

巴蜀作家研究·巴金

主持人：王本朝

主持人语：

作家经典的作品一向是文学研究的焦点。设置集中研究某一重要作家及其作品的专栏，是《区域文化与文学研究集刊》近几辑的重要举措。本辑设置"巴蜀作家研究·巴金"专栏，收有周立民的《〈团圆〉的写作、修改及其他》，杨华丽的《〈寒夜〉："一本充满希望的书"？——兼谈〈寒夜〉结尾的修改问题》和赵丹的《桂林"研究巴金"风潮始末》三篇文章。

《团圆》是巴金抗美援朝题材小说创作的代表性作品，也是具有地域色彩与区域内涵作品，其创作及改编引人注目，多有研究，前些年指导的一位博士生就曾讨论过小说《团圆》与电影《英雄儿女》的改编问题，并写入学位论文。但巴金故居常务副馆长周立民，师出名门，是学界有影响的中青年学者，在巴金研究领域的浸润之深入、耕耘之精细，自是一般学者难以企及的。文章通过丰赡翔实的史料细节，全面系统地还原了《团圆》的创作、修改与结集过程，进而结合历史情境讨论小说在传播（包括改编成电影《英雄儿女》）中产生的问题，兼及巴金及其同时代人的创作得失，指出《团圆》体现了巴金后期创作的探索和难以突破的困惑并进行原因分析，不仅将巴金及其经典短篇小说《团圆》研究推进到了一个新的高度，而且不无方法论的启示。

作为文学经典的《寒夜》，它的批判性和审美性内涵亦被持续关注和阐释，其区域性、文化性和主体性特征，特别是与重庆的关联也能呈现经典的魅力。杨华丽的文章选题有意味，角度机智，从《寒夜》结尾入手，联系作品版本，关注文本与作者、文本与时代之关系，提出《寒夜》的基调是充满绝望的。1947年的初版本，巴金虽做了不少修改，但并未在文末添加"温暖"色调。1962年的《巴金文集》有字句的细微变化，总体上仍未改变作品情感的总体基调，只是在1978年，巴金发现日译本《寒夜》有"希望"之说，而称《寒夜》是"一本充满希望的书"。作者的"希望"之说有着"应景""应时"的语境，检巡相关材料，更能验证希望之说的不成立。所以，《寒夜》的情感基调绝非是希望的。文章分析具体，细致，采信有根有据，彰显了文学"史学化"的研究取向。

赵丹的《桂林"研究巴金"风潮始末》则追溯1940年年底围绕巴金发生的"桂林批判"，检讨左翼研究者的真实意图和与巴金的微妙关系。它隐含着皖南事变后桂林分会左翼文人的危机意识，同时阐释由"批判"而带给巴金的精神创伤及其思想的变迁。文章认为，"同路"不等于"同一"，巴金并未放弃无政府主义信仰，而是将其隐晦地渗透在《火》等创作之中。由此及彼，由一场论争去勘探论战的真实心理和意图，同时分析其后果和反应，包括思想、心理和创作。这样的还原历史，双向互动，内外一体的思维路径值得称赞和肯定。文学研究不仅需要丰富的文献史料，还需要细致的感受和体察，更需要开阔的思维和眼光。

三篇文章均与文学区域化有关，这里的"区域"是社会历史空间，也是精神情感空间，还是互动交换空间。所以，文学的区域化研究充满了多种可能性。

《团圆》的写作、修改及其他

周立民[*]

内容提要：通过大量的史料和细节，还原巴金短篇小说《团圆》创作、修改、结集的过程，并深入历史情境中梳理了小说在包括改编成电影《英雄儿女》之后传播中产生的问题，从一篇作品的创作亦略窥巴金及其同时代人创作得失。《团圆》虽然在巴金整体创作中地位并不明显，却是巴金关于抗美援朝题材创作的代表性作品，其中也体现出巴金后期创作的探索和难以突破的困惑，并对这些问题产生的作者自身的原因和历史语境进行了挖掘和分析。

关键词：巴金；《团圆》；创作研究；抗美援朝

巴金的短篇小说《团圆》在今天被人提起，多半是因为根据它改编的电影《英雄儿女》。[①] 从 20 世纪 60 年代开始，这部电影进入千家万户，影响甚广。相比之下，巴金一生创作数量巨大，产生广泛影响的作品甚多，《团圆》在其中并不特别突出，与家喻户晓的《家》《春》《秋》更是无法相比。近年来，"红色题材"创作引人关注，由电影至小说，《团

---

[*] 周立民（1973—　），男，巴金故居常务副馆长，辽宁省作协特聘签约作家，研究方向为中国现当代文学。

[①] 《英雄儿女》，毛烽、武兆堤编剧，武兆堤导演，田方、周文彬、郭振清、刘尚娴、刘世龙、褚大章、浦克等主演；长春电影制片厂 1964 年拍摄。

圆》再次被人提起。① 无论是电影还是小说，一旦被传奇化，难免就有很多附载的并不准确的信息在传播，比如不断冒出的小说中的"原型人物"问题。这也难怪，以往对这篇小说乃至巴金的这一时期的创作研究得太少，很多情况并不明晰也不被了解。本文以《团圆》为中心，对小说创作过程、修改以及传播情况进行梳理，还原小说创作的真实情况，并从一篇作品的创作略窥巴金及其同时代人创作得失，从某种意义上而言，也是对一些"传奇"的正本清源。

一 "我们八月号一定要有你的小说"

有的文章说，《团圆》写于杭州。这个说法不准确。《团圆》的末尾作者清楚地署明：1961 年 7 月 20 日在上海，这是小说写完的时间。不过，这篇小说的开头倒是在杭州。

1961 年 5 月 23 日，巴金到杭州休养、写作，他在杭州住了一个月的时间。从这一期间巴金与亲友往来的书信中，可以寻到他在杭州的生活和创作的踪迹。1961 年 5 月 27 日致余思牧信中，巴金说："我在上海工作，现在在杭州休养。"② 7 月 13 日致余思牧信上说："我已从杭州回来，……"③ 回沪的具体时间可以从 1961 年 6 月 21 日致沙汀信来推断：

> 我已在杭州住了三个星期，后天下午就要回上海了。我们在广州分别后，我回到上海，眼睛发炎，那篇文章拖了好久，最后到杭州来才写完交卷。本来文章开头提到你，《人民日报》编辑部因将就版面关系，删去了好几行，就把"在机上畅谈一月来访日见闻"的

---

① 如中央电视台 2020 年 11 月 7 日播出的"故事里的中国"第二季中推出一期《英雄儿女》，其中自然涉及巴金和小说《团圆》。

② 巴金 1961 年 5 月 27 日致余思牧信，载《巴金全集》第 24 卷，人民文学出版社 1994 年版，第 7 页。

③ 巴金 1961 年 7 月 3 日致余思牧信，载《巴金全集》第 24 卷，人民文学出版社 1994 年版，第 8 页。

几句删掉了。

  我来杭时曾想去黄山休息一个时候,但是本月下旬日本作家访华团要到上海,我得赶回去陪他们,一时去不了别处,过了七月十号再说吧。中篇不但没有动手改,连最后的七八千字还没有完成。到杭州来写了两篇散文(其实只有篇半)、两个短篇一共写了一万字,可是都没有完。打算七月中离开上海专搞中篇,但不知能否如愿。访日文章我还为《上海文学》写了篇较短的。①

  信中说"后天下午",是6月23日。此信还介绍了他在杭州的工作情况:拖了好久到杭州才完成的文章指《我们永远站在一起》,文末所署完成时间是:1961年5月26日。"中篇"指另外一篇反映抗美援朝的小说《三同志》。"写了两篇散文",一篇指《从镰仓带回的照片》,"1961年6月15日在杭州"写完;另一篇,或许就是前面提到的《我们永远站在一起》,或许还有另外一篇,题目待考。"两个短篇一共写了一万字,可是都没有完",指的是《飞罢,英雄的小嘎斯》和《团圆》,这里说的很明确,都没有写完。另外,巴金还修改了他先前已发表的短篇小说《副指导员》,为编辑小说集《李大海》做准备。②

  巴金给妻子萧珊的信中也提到他在杭州的情况:

  我昨天下午三点一刻到杭州,九姑、任幹,还有交际处一位女同志到车站来接,任幹告诉我,花港招待所已为我腾出一个房间,我们即坐交际处来车去花港……我的房间在三楼,是普通的单人房间,明窗净几,还不错,比北京和平的房间好得多。……我坐在书桌前写字,抬起头满眼绿色。尤其是今天早晨,天气好,大太阳,

---

 ① 巴金1961年6月21日致沙汀信,载《巴金全集》第24卷,人民文学出版社1994年版,第61—62页。
 ② 《副指导员》篇末所署时间:1960年9月15日在上海写完,1961年6月初在杭州修改。参见《巴金全集》第11卷,人民文学出版社1989年版,第439页。

到处都是鸟声，静得很。据说前些天一直在下雨。我先前还去过花港公园，有些地方湖水漫上来，还不曾退尽。①

由此信可以确定，巴金是 1961 年 5 月 23 日下午抵达杭州的，住处是"杭州环湖西路花港招待所三二一号"，② 到 6 月 23 日离开，这一期间，萧珊、小林、小棠等家人曾来杭州探望过，方令孺（"九姑"）时相过从，巴金与任干、杨西光、草明、王匡等人也此相聚。关于写作的情况，在随后的信中，巴金说："短篇还没有开头。这几天都是在改旧作（指短篇）。我近年写文章总是开头难。但是明天总得开头了。……这里晚上蚊子多，白天又热。我计划在月底前写好两个短篇，还得加油干。"③ 一周后，信上说："小说已写了两千字，每天多少写一点。今天打算开头写篇访日的散文。要是到十九日小说还写不成，就寄散文给你们。"④ 这篇"访日的散文"就是《从镰仓带回的照片》，说明小说没有写完，只好改寄散文。

萧珊收到稿子后回信：

> 稿子收到，我很喜欢这篇散文，写不幸丈夫的一段很有感染力，星期日晚上我给你打电话，本来打算告诉你读后的激动，但一拿电话机，什么都忘了。
>
> ……
>
> 小说写得怎么样，我们八月号一定要有你的小说，争取在日本代表团来前，把它写成，不然，他们来了，会身不由主，无法静下

---

① 巴金 1961 年 5 月 24 日致萧珊信，载《家书：巴金萧珊书信集》，浙江文艺出版社 1994 年版，第 485 页。
② 巴金 1961 年 5 月 24 日致萧珊信，载《家书：巴金萧珊书信集》，浙江文艺出版社 1994 年版，第 485 页。
③ 巴金 1961 年 6 月 8 日致萧珊信，载《家书：巴金萧珊书信集》，浙江文艺出版社 1994 年版，第 488 页。
④ 巴金 1961 年 6 月 15 日致萧珊信，载《家书：巴金萧珊书信集》，浙江文艺出版社 1994 年版，第 490 页。

来的。你以为我的意见怎样？①

萧珊当时在《上海文学》杂志担任义务编辑，频频向老作家们组稿。《从镰仓带回的照片》发表在1961年《上海文学》7月号上，8月号的刊登是小说《团圆》，那是巴金回到上海完成的。——巴金1961年7月3日致彼得罗夫信中说："我因为要接待日本代表团，从杭州赶了回来。在上海大约还要住两个星期，打算到黄山去过暑假。这些天在写短篇。我的一个短篇集《李大海》八月内可以编成。"② 这个短篇小说就是《团圆》。后来，它收入短篇小说集《李大海》。巴金回到上海后是如何续写和完成《团圆》的，在现存的文字记录中查不到具体叙述，或许，正因如此，人们才误以为他只是在杭州写这篇作品的吧。

这些通信，还告诉我们一件很有意思的事情，《团圆》的催生者是作者的妻子萧珊，是应她的约稿而写的，这也是一段文坛佳话。

二 "已编成集子，叫《李大海》"

1961年7月20日完成的《团圆》，在8月5日出版的《上海文学》8月号上刊出了。当月3日，萧珊还给在黄山的巴金写信，谈到校样中的一处修改：

> 校样附上，P.25，末7行，校对提意见改的，本来"从他手里"是"给他……"，校对说意思不明，我们就改了"从他手里"，你看看吧。③

查《上海文学》第8期第25页，改的这句话是："我不能把小鬼从

---

① 萧珊1961年6月20日致巴金信，载《家书：巴金萧珊书信集》，浙江文艺出版社1994年版，第492页。
② 巴金1961年7月3日致彼得罗夫信，载《巴金全集》第24卷，人民文学出版社1994年版，第200页。
③ 萧珊1961年8月3日致巴金信，载《家书：巴金萧珊书信集》，浙江文艺出版社1994年版，第499页。

他手里抢走。"小说手稿第 48 页，最初写的是："我不能把小鬼给他抢走。"后来用红笔修改的"……从他手里"。

8 月 8 日，巴金给萧珊回信："三日晚上来信昨夜收到。粮票和校样都看到了，谢谢你。"① 这等于认同校样上的修改。《上海文学》的正常出版日期是每月 5 日，我原以为这期杂志有可能脱期出版，后来，看到上海图书馆在杂志封面上所钤的藏书印上有 1961 年 8 月 7 日的日期，这证明杂志基本上是正常出版的。如此看来，这编辑速度够快的，也许杂志其他的稿子早已编好，对巴金的小说"虚席而待"，这才保证如期出版。

本期《上海文学》头题是茅盾的评论《六○年少年儿童文学漫谈》。接下来是四篇小说，小说的头题是巴金的《团圆》，题头配有盛毓安的插图，画的是小说开篇所描写的场景。接下来的三篇小说依次是：刘知侠的《红嫂》，玛拉沁夫的《山大王》，陆文夫的《没有想到》。散文有周而复《在古巴前线》、杜宣《杭州撷忆》，随笔有秦牧《艺海拾贝（之五）》等。从阵容上看，这期刊物的内容还是很充实的。

《团圆》写完后不到一周，巴金到黄山写作。8 月 11 日在给萧珊的信上，他说："短篇尚未写完，仍然每天千字左右。可能过了十五才脱稿。王树基来信说，九月发稿，我也不能再拖了。"② 这里的"短篇"指《飞罢，英雄的小嘎斯》，按时于 15 日完成。王树基（仰晨）说的"九月发稿"指的是短篇小说集《李大海》。——从创作序列上而言，这是小说家巴金一生中出版的最后一个原创小说集。——当月 19 日编完并写好后记，巴金说："我执笔的时候，好像回到了九年前那些令人兴奋的日子，见到了那许多勇敢而热情的友人。我多么想绘出他们的崇高的精神面貌，写尽我的尊敬和热爱的感情。然而我的愿望和努力到了我的秃笔下都变

---

① 巴金 1961 年 8 月 8 日致萧珊信，载《家书：巴金萧珊书信集》，浙江文艺出版社 1994 年版，第 501 页。
② 巴金 1961 年 8 月 11 日致萧珊信，载《家书：巴金萧珊书信集》，浙江文艺出版社 1994 年版，第 505 页。

成这些无力的文字了。我希望得到读者们的宽容和原谅。""我很高兴在朝鲜解放十六周年的伟大节日后四天编好了这个短篇小说集。"①

从巴金致人民文学出版社和作家出版社（当时作家出版社是人民文学出版社的副牌）编辑方殷的信中可知，在几年前，出版社就曾向巴金约稿。1960年，巴金说："何况我还欠'作家'一本中篇和一本散文集呢！"② 这本"中篇"很可能是巴金同时在写作和修改的《三同志》，后来一直不满意就未能拿出来出版，于是给作家出版社的便换成这部短篇小说集《李大海》。给朋友的信中，他谈到该书的编辑情况："我在这一年内写的七个短篇小说已编成集子，叫《李大海》，已经排好，年内当可出书，出版后一定寄给您。中篇小说《三同志》初稿已写好，不过还得好好地改一遍，一时不想拿出去。"③ "我到黄山已一个多月，再过一星期就要回上海了。……我写了一个短篇，编好给作家出版社的一本小说集，现在继续写在成都没有写完的中篇。当时估计可以用几千字的尾声把它结束，却没有想到越写越长，在这里写不完，自己也很着急。我希望下个月内在上海写完初稿，我想这是可能的。"④

三 "觉得只有《李大海》和《团圆》两篇勉强可读。"

在1961年9月11日给沙汀的信中，巴金还谈到捐赠《李大海》一书手稿的问题，他请沙汀代查其中《再见》一篇手稿："现有一事拜托。上海文化局为博物馆向作协要作家的手稿，罗荪同志主张把我最近这本短篇集原稿送去。我查了一下，《再见》的原稿还在《四川文学》社。请你代我问问看，《再见》的原稿是否还找得到？倘使原稿还不曾丢掉的

---

① 巴金：《〈李大海〉后记》，载《巴金全集》第11卷，人民文学出版社1989年版，第599页。
② 巴金1960年6月30日致方殷信，载《巴金全集》第22卷，人民文学出版社1993年版，第239页。
③ 巴金1961年10月16日致彼得罗夫信，载《巴金全集》第24卷，人民文学出版社1994年版，第201页。
④ 巴金1961年8月29日致沙汀信，载《巴金全集》第24卷，人民文学出版社1994年版，第62—63页。

话，希望能寄还给我。"①

"文化大革命"结束后，巴金曾两次谈到这部书的手稿："《李大海》手稿，'文革'前捐给上图，可能遗失了。《飞吧……》大概是初稿，请你捐赠'文学馆'保存吧。"② "佚文卷中《炸不断的桥》和《三同志》的手稿还在。还有《第四病室》、《李大海》的手稿'文革'前托方行捐赠上海图书馆了，不知还在不在。"③ 以上这些手稿，除《炸不断的桥》在《巴金全集》编选中不慎遗失外，其余的所幸都保存得很好。

《团圆》手稿是写在竖行的"收获社"三百字稿纸上的，共66页。（手稿最初序号是1—66页；后来编辑小说集另有红色编码，是140—205页）原稿是用蓝黑色钢笔写的，在稿纸的方格之外，上端和右边的空白处作者都写满了字。从字迹上看，是作者流畅、潇洒的惯有字体，每页都有修改，或者涂改删减，或是增补字句，整体修改还挺多。由此，可以推断，作者最初写作的就是这份稿子，不再存在"誊清稿"，历次修改都是在此稿上完成的。这种修改，有的是在写作过程中随即完成的，也有的是初稿完成后、送交刊物发表之前所做的再次修改。这些修改保存着作者很多构思、创作过程中的信息，很值得认真研究。如小说的主人公"王主任"，最初巴金写作"吴主任"。

这份手稿上还有一种红笔修改的笔迹。对比《上海文学》初刊件和《李大海》结集成书稿，可发现：红笔的修改都是巴金在编辑小说集过程中所做的修改，因为《上海文学》初刊件中并无这些字句。如篇目所署的创作时间，初刊件作"七月二十日"，成书稿修改中增补"一九六一年……在上海"。正文中很多细节的修改，不妨略举三例：

1. "……我曾经托人到上海照地址打听，可是听说那一带房子烧光

---

① 巴金1961年9月11日致沙汀信，载《巴金全集》第24卷，人民文学出版社1994年版，第63—64页。

② 巴金1985年9月7日致王仰晨信，载《巴金全集》第22卷，人民文学出版社1993年版，第64页。

③ 巴金1989年7月15日致王仰晨信，载《巴金全集》第22卷，人民文学出版社1993年版，第127页。

了，什么都问不出来。［我也就死了心。］这些年我始终一个人过活。我有时候也想念我那个孩子。我一直等着她。"（手稿第 25 页/《上海文学》初刊件第 20 页/《李大海》第 133 页）

此处，"我也就死了心"，在《李大海》中，作者画掉这一句，修改和增补了后面画线部分的三句话。

2. "就是你们同乡，他叫王东，东南西北的东。主任，你一定认得他，"王复标睁大眼睛，注意地望着王主任说。（手稿第 56 页/《上海文学》初刊件第 27 页/《李大海》第 157 页）

此处画线两处，都是后来红笔修改的。

3. "爸爸，"王芳两只手拉住王主任的右手亲热地唤道。她停了半晌，才接下去说："你一定要跟我讲你过去的事，我知道你吃了不少的苦。这些年你一直是一个人——"她的声音变了，她讲不下去了。

王主任把左手压在王芳的手上，感动地说："孩子，我一定讲给你听。这些年我一直等着你。我并没有白等啊！不过我想不到复标同志会来这一手。他怎么可以说他不是你的父亲呢？不管他怎样说，你对他可不能改变称呼。……"（手稿第 63 页/《上海文学》初刊件第 29 页/《李大海》第 163 页）

此处画线两处，也是后来红笔修改的。

《团圆》从小说完篇，到作者结集成书，不过一个月的时间，巴金又做了多处细致的修改，由此可见，他对待创作的严谨态度。

对于小说集《李大海》和其中的短篇小说《团圆》，巴金在给研究者余思牧的信中曾有这样的自我评价："关于《李大海》，您的评语只是过分的夸奖，《副指导员》和《回家》都写得差。我自己翻看，觉得只有《李大海》和《团圆》两篇勉强可读。好久不写小说了，拿起笔总觉它不听指挥。"[①] 这个自我评价是客观和准确的。笔"不听指挥"，乃是"笔"受制于思想。巴金那段时间的创作，毕竟还是思想束缚太多，放不开。

---

① 巴金 1962 年 4 月 23 日致余思牧信，载《巴金全集》第 24 卷，人民文学出版社 1994 年版，第 13 页。

1962年在一次大会发言中巴金曾吐露心扉："我害怕'言多必失'，招来麻烦。……我有点害怕那些一手拿框框、一手捏棍子到处找毛病的人……他们喜欢制造简单的框框，也满足于自己制造出来的这些框框，更愿意把人们都套在他们的框框里头。"① 具体到军事题材创作，要求和限制更多，之前，路翎的小说《洼地上的战役》稍越雷池一步便被批评为：小说"对部队的政治生活作了歪曲的描写"，"违反生活的真实，以自己的臆测来代替生活，以自己不健康的感情代替作品中人物的思想情绪……"② 在当年，巴金也是批评路翎的参与者之一，他自然明白创作中各种分寸和禁忌。

巴金说："两次入朝对我的后半生有大的影响。"③ 对于那些创作，他在晚年清醒地认为并不成功，至少没有达到他自己的要求，以致他1949年后写作的最长的一部小说《三同志》，因为自己不满意没有拿出去发表，直到晚年出版全集时才收入全集与读者见面。——这在巴金漫长的写作生涯中是绝无仅有的事情。对此，他曾有解释：

> 今天回忆那一段生活，我还忘不了杨林同志，对那样的年青战士，我仍有无限的爱，可是不熟习他们，对他们光有感情，却不理解，仍然不能把他们写活。这些年我的确犯了一个错误，就是拼命写自己不熟习的东西，我口口声声"深入生活"，却始终浮在面上，深入不下去，自己不知道怎样下苦功，也不肯下苦功。写完了《三同志》，我对自己的前途绝望了。但是我并不后悔为写这废品花去的时间，和两次入朝的生活体验。这一年的生活我并不是白白度过的，我不是在替自己辩护，虽然没有写出什么作品，我却多懂得人间一些美好的感情。在我这一生，写作与生活是混在一起的，体验生活

---

① 巴金：《作家的勇气和责任心》，载《巴金全集》第19卷，人民文学出版社1993年版，第187页。
② 侯金镜：《评路翎的三篇小说》，《文艺报》1954年第12号。
③ 巴金：《〈巴金全集〉第20卷代跋》，载《巴金全集》第20卷，人民文学出版社1993年版，第707页。

不单是为了积累资料，也还是为了改变生活。①

"不能把他们写活"，的确是这批作品的致命点，它们总也脱不了新闻报道的宣传气。巴金的另外一句话也值得注意，他说："体验生活不单是为了积累资料，也还是为了改变生活。"深入朝鲜战场采访，对于巴金而言是思想改造和改变生活方式的过程，"学习"与"改造"多少也妨碍了他对战地生活的自如观察和认识。对于他去朝鲜战场的心态，笔者在以前所写的《朝鲜的梦——巴金在1952》②一文中曾有详细分析，此不赘述。我的主要看法是：在内外力量的促动下，作家巴金走出书斋走向战场，这是他接受思想改造，企图"换笔"、跟上时代要求的开始。而陆续发表的战地通讯、散文和小说，就是他努力适应新形势的具体成果。毋庸讳言，尽管巴金竭尽全力，但是这一批作品无论在艺术水准，还是社会影响力等方面均未达到他之前作品的高度，这也是那一时期带给巴金很大压力、令他十分焦虑的事情。1960年秋天，巴金到成都去写作，在给妻子的信中也表达了自己的不满："那个短篇今天写完，寄出去了。实在不好，比上一篇还差些。以后住定了，把以前记的大堆材料好好地研究一下，从从容容地写点东西，或有可能写出两篇像样的文章来。"③后来，萧珊在给巴金的信中，也谈到组织上和各方面朋友对他写作的期待："那天陈同生还谈起你创作的事，他非常希望你这次写中篇后，能把写《群》的事彻底考虑一下，你需要什么材料他也可以帮助你。他强调这次文代会的精神，我们中国解放后十一年还没有几部大作品出来，而且老作家没有写过大东西。他把希望寄托在你身上。他认为四川的春天和秋天都好。罗荪也跟我讲到这件事，他说你如果认为四川太远，可到无锡、苏杭一带，看材料方

---

① 巴金：《〈巴金全集〉第20卷代跋》，载《巴金全集》第20卷，人民文学出版社1993年版，第707页。
② 参见周立民《朝鲜的梦——巴金在1952》，载周立民著《巴金的似水流年》，中国书籍出版社2015年版。
③ 巴金1960年10月16日致萧珊信，载《家书：巴金萧珊书信集》，浙江文艺出版社1994年版，第359页。

便一点。他们要我把这个意思告诉你。"① "希望寄托在你身上"与巴金对创作的自我不满，双重压力下还有一时间难以走出困境的焦虑，这大约是20世纪60年代初巴金创作面临的心理深渊。他无法延续以往的创作路数，比如写大家庭，写知识分子，写"革命者"，这些序列的创作都曾被批评过，而且缺乏"安全系数"，那一时期，从小说创作而言，他能够跟上新时代的唯一资源就是写抗美援朝这个题材。时隔几年，他重续"朝鲜的梦"，再写朝鲜战地的事情，这也是别无选择中的选择。

谈到《团圆》，它是巴金描写朝鲜战争的这批作品中的代表作，作者成功地将宏大的国家话语转换成个人话语，并以自己擅长的方式表达出来，这是在左右掣肘中难能可贵的艰难努力。《团圆》通过两个家庭悲欢离合的故事，既反映了国家话语的要求，达到宣传的目的，又使个人的情感得以有效释放，与巴金本人和同时期很多作家的只有空洞的宏大话题的某些作品比，它已算佼佼者了。如同孙犁的《荷花淀》一样，《团圆》并不是直接写战争，却从侧面写出了"新社会"中人与人之间的关系，不同的精神境界，这是作者扬己所长、避己所短的写法。这种人际关系，可以理解为"阶级感情"，如同志之间、上下级之间、革命者和工人阶级之间……这种纯洁、真诚的关系和融洽的气氛，体现了巴金对"新社会"的朴素的理解和真切的情感。在叙述上，作者借两个年轻战士之口写女战士王芳，又以王东（王主任）的叙述，写出自己的革命经历和失去女儿的事情，以及工人阶级王复标一家人的状况，小说又以叙述者作家"老李"的视角，写出军队生活的氛围和细节，以及两家人"团圆"的故事——几个叙述层次相互穿插，流畅、自然，情动于衷又点到为止。对人物性格的刻画也比较到位：王芳的天真、纯洁、善良、勇敢；王东的成熟、内敛；王复标的侠义、担当，都能给人留下深刻印象。当然，小说的不足之处也很明显，如第一部分对于王芳的描述，未免琐碎，难逃是在写"好人好事"的先进事迹的印象。更为关键的是，作者写出

---

① 萧珊1960年10月17日致巴金信，载《家书：巴金萧珊书信集》，浙江文艺出版社1994年版，第363页。

了部队、写军人生活，细节充足，氛围营造得不错，只是未能深入人物的灵魂深处，往往只写到人物性格的单一的层面；更多还是只有言行，不见更为复杂的内心活动。这大约也是作者所反思的"始终浮在面上，深入不下去"所致吧。

四 "我这是小说，人物和情节都是创作的"

1964 年，《团圆》被改编成电影搬上银幕。1965 年元旦萧珊给在北京开会的巴金写信，信上说："《英雄儿女》已上演，王辛笛看过，据说很感动，不知道你看了没有？文艺会堂九日上演这个电影，如果你回来了，我们可以一起去看了。"① 当月 9 日，他们第一次去看了这部电影，巴金日记中写道："六点三刻动身去文艺会堂，看'长影'故事片《英雄儿女》，想起十二年前在朝鲜战地的生活。"② 后来几次，都是通过电视看的。③ 1965 年 2 月 23 日，"看电视节目（故事片《英雄儿女》）。听广播。看金公送来的《参考资料》。《英雄儿女》改得不错。关于王成的一部分加得好。王芳的形象也很可爱。但是影片中王芳受伤送回国以后就没有戏了，对王复标的处理也不能令人满意。总之结尾差，不够理想"。④ 肯定了电影总体改编的"不错"，也指出后面部分处理得"不够理想"，这是巴金对电影改编最为直接和最为重要的评价。

《英雄儿女》反复播出，社会影响力大增，特别是 20 世纪 90 年代以

---

① 萧珊 1965 年 1 月 1 日致巴金信，载《家书：巴金萧珊书信集》，浙江文艺出版社，第 568 页。
② 巴金 1965 年 1 月 9 日日记，载《巴金全集》第 25 卷，人民文学出版社 1993 年版，第 468 页。
③ 另外三次是：1966 年 3 月 20 日，"三点半后济生夫妇带孩子来，在我家吃晚饭，一起看完电视节目（故事片《英雄儿女》）"。（巴金 1966 年 3 月 20 日日记，《巴金全集》第 26 卷，人民文学出版社 1994 年 2 月版，第 37 页）1977 年 8 月 14 日，"晚饭后看电视（《英雄儿女》）"。（巴金 1966 年 3 月 20 日日记，《巴金全集》第 26 卷，人民文学出版社 1994 年 2 月版，第 151 页）电影之外，巴金还听过广播剧："《团圆》广播剧我在'文革'前听见过一次，现在印象也模糊了。最近看《选集》校样，看了一遍小说《团圆》。"（巴金 1979 年 7 月 28 日致朱梅信，载《巴金全集》第 22 卷，人民文学出版社 1993 年版，第 320 页）
④ 巴金 1965 年 2 月 23 日日记，载《巴金全集》第 25 卷，人民文学出版社 1993 年版，第 483 页。

来，报刊中时不时会报道出某某志愿军英雄就是小说中的原型人物。关于这个问题，巴金本人早有十分明确的答复：

> 究竟有没有这对"英雄兄妹"的生活原型呢？巴老的心里是最清楚不过的了，每当别人问起他时，他总会笑着说："没有什么生活原型。我这是小说，人物和情节都是创作的……我在朝鲜共生活了一年多，访问过许多战斗英雄，也访问过许多文工团员。没有听说过兄妹在朝鲜战场相见的事，更没有访问过兄妹俩。"从巴老的话中能听出，兄妹俩是众多英雄的集合体，并非特指哪一个具体的人，它是经过高度概括提炼出来的艺术形象。
>
> 那么，巴老又怎么会给特等功臣赵先友题字的呢？原来，在一九九一年夏天，赵先友烈士的所在部队正在进行革命传统教育，部队党委决定在营区为赵先友烈士立一座塑像，他们想请巴老在碑石上题个词，时任河北省军区司令员的张振川和李真将军给巴老各写了一封信，托政治处副主任戴秀斌转给巴老。到上海后经市文联同志联系，把信交给了巴金的女儿李小林。
>
> 第二天，李小林见到戴秀斌时说："父亲看了你们转来的信很高兴，听说你们来，更加高兴。他说：'我在朝鲜战场走访过许多部队，英雄的事迹使我感动，我写了几篇真人真事的散文，以后又集中概括了许多形象，才有了《团圆》里的王成。'"戴秀斌等同志到医院探望了仰慕已久的巴老，正在病中的巴老得知他们的来意时，答应了为英雄题词的要求，用颤抖不停的手写下了："王成式的战斗英雄——特等功臣赵先友　巴金　一九九一年八月二十日。"①

张振川、李真都是巴金在战地采访时结识的志愿军中的朋友，情不可却，他写下了"王成式的战等功臣赵先友"这样的题词，题词中"王

---

① 陆正伟：《〈英雄儿女〉幕后的故事》，载《永远的巴金》，复旦大学出版社 2015 年版，第 304—305 页。

成式的"别有意味,就是说他并不认定某一个人就是小说中的"王成",反倒坚持认为"集中概括了许多形象,才有了《团圆》里的王成",这是一个作家忠实于艺术本身的表态。

当然,小说中的部队生活等描写,不可避免地带有作者的经历、体验和观察,直接得益于巴金两次入朝的具体生活和采访见闻,这并不是"虚构"。比如,《团圆》开头写到雪夜在山坡上行走差一点滑倒的细节,在巴金1952年3月刚入朝不久的日记中曾有类似经历的记录:"十一时半坐卓部长小吉普车回宿舍,卓部长和王部长陪我在黑暗中上山。通讯员在半山接我,我几乎跌下山去,幸而他把我扶住。""赵国忠下山来接我,在半山遇着,几乎又跌跤,靠他帮助,回到洞里。""卓部长并把手电借给我。雪尚未止,满山满地一片白色。我和白朗在山下叫赵国忠来接我们。山下积雪甚厚,胶鞋底很滑,全靠赵分段拉我们上山。刚到山上,看见山下灯光,知道别的同志们回来。"[①] 这些难忘的体验后来都融化到小说的情节中去了。

相比于他前一本反映援朝战争的小说集《英雄的故事》,《团圆》风格更加朴素,艺术上更为从容和成熟。最明显的表现便是《英雄的故事》难脱人物速写或英雄事迹报道的影子,在该书的后记中,作者说:"小说四篇中《坚强战士》和《一个侦察员的故事》都是真人真事。""我见过黄山同志,也跟他谈过两次话。'故事'(指《一个侦察员的故事》——引者)中写的全是真实的情景,只除了关于金永洙母亲和金老大伯的谈话。黄山同志当时并没有谈到这两位朝鲜的英雄,我把另一位战士同志的谈话移植在这里了。""黄文元同志不是一个真人。我把我在朝鲜遇见的几个四川青年战士给我的印象合在一起写成这篇小说。……我在小说的最后所写的是邱少云烈士的惊天动地的英雄事迹。"[②] 不难发现,这几

---

① 巴金1952年3月20、21、22日日记,载《巴金全集》第25卷,人民文学出版社1993年版,第5—7页。
② 巴金:《〈英雄的故事〉后记》,载《巴金全集》第11卷,人民文学出版社1989年版,第372—373页。

篇小说，即便不是"真人真事"，也是"有根有据"，巴金甚至小心翼翼地根据"真人真事"来修正自己的作品："又如我一九五二年从朝鲜回来写了一篇叫作《坚强战士》的文章。我写的是'真人真事'，可是我把它当作小说发表了。后来《志愿军英雄传》编辑部的一位同志把这篇文章拿去找获得'坚强战士'称号的张渭良同志仔细研究了一番。张渭良同志提了一些意见。我根据他的意见把我那篇文章改得更符合事实。"① 创作如此受制于现实，能怪作家"放不开"。而《李大海》中的诸篇虚构性都增强了，作家沉淀、发酵之后，通过生活积累展开自己的想象，重新组织来自生活的经验和个人的体验，而不是亦步亦趋地照生活原样摹写。哪怕像《李大海》这样的作品，作者的素材有一部分来源于"真人真事"，可是，他仍然特别强调"李大海是一个虚构的人物"。② 这也充分说明，作者对于现实的把控能力和艺术创作、融合、虚构、变形的能力在提升。

五 "怀念我所敬爱的英雄朋友……"

《团圆》和《副指导员》《回家》《军长的心》《李大海》《再见》《飞罢，英雄的小嘎斯!》共七篇短篇小说收入小说集《李大海》中，由作家出版社1961年12月出版。巴金在1961年8月19日所写的该书后记中说："从去年八月到今年八月这一年中间，我写了七个短篇，都是与中国人民志愿军有关的，或者更可以说，都是怀念我所敬爱的英雄朋友的文章。"③

《李大海》只印了一版，在巴金的作品集中像这种情况并不太多。这

---

① 巴金：《谈我的"散文"》，载《巴金全集》第20卷，人民文学出版社1993年版，第532页。

② 巴金为《李大海》所写的附记，其中说："李大海是一个虚构的人物。我写这篇小说时借用了'二级孤胆英雄'刘光子的一部分立功材料和李江海烈士的一部分事迹。"(《巴金全集》第11卷，人民文学出版社1989年版，第499页）

③ 巴金：《〈李大海〉后记》，载《巴金全集》第11卷，人民文学出版社1989年版，第599页。

跟作品出版后，国内的政治和文艺形势大变有关，接下来又是十年浩劫，等一切风平浪静，迎来新时期，这本书所写的内容即便谈不上"不合时宜"，至少也不再引人关注。特别是在20世纪60年代初巴金的精心创作似乎有些生不逢时，阶级斗争的风雨已经掩盖了对人情、人性的呼唤，巴金所表现这种悲欢离合的故事难以承载时代更严峻的历史内容。从评论上也能够看出，文学界对于《李大海》这样题材小说的关注度，远远低于20世纪50年代抗美援朝战争同期的作品。据李存光编著的《巴金研究文献题录》① 统计，从1961—1966年，对于《团圆》未见一篇评论文字。② 而在此之前，对于巴金1952年、1953年两次入朝时写出的作品，虽然评价不是很多，但是还是有反映。如：魏铭的《投身到群众斗争中，就能写出好作品——〈我们会见了彭德怀司令员〉一文读后》（《人民日报》，1952年4月14日），丁亭的《〈生活在英雄们的中间〉》（《文艺报》，1953年第7期），吴越的《读〈黄文元同志〉》（《文艺报》，1953年第22期），黄炎的《读〈保卫和平的人们〉》（《青年读物介绍》，1954年第3期）。

颇具讽刺意味的是，《团圆》得到最初的"评价"是特殊时期对它的批判，择其大要主要有：云水怒《一株反对革命战争的大毒草——从巴金的小说〈团圆〉到电影〈英雄儿女〉》，③《资产阶级和平主义的招魂幡——批判毒草小说集〈李大海〉》等。④ 另有《评巴金的战争文学》⑤《砸烂巴金的战争文学》等。⑥ 这些文章所谈要旨，不外乎是这样的：

---

① 参见李存光编著《巴金研究文献题录（1922—2009）》，复旦大学出版社2010年版。
② 仅有一篇涉及《团圆》的评论，其实是针对电影《英雄儿女》的，而非小说原著。它是叶家林《革命英雄主义的赞歌——影片〈英雄儿女〉观后》，载《人民日报》1965年1月4日。另有一篇晓立的《作家、理想和人物——读巴金同志的三篇新作》（《上海文学》1961年第2期），是评论《李大海》集中其他三篇小说的。
③ 参见上海作家协会《文学风雷》编辑部编《文学风雷3》，1967年10月11日。
④ 参见上海新闻出版系统《大批判》编辑小组编：《〈大批判〉第3辑》，1969年9月。
⑤ 未署名，参见上海作家协会革命造反兵团、上海工人革命文艺创作队编《彻底打倒无产阶级专政的死敌巴金》，1968年6月编。
⑥ 未署名，参见《砸烂巴金的战争文学》，上海出版系统革命造反联合指挥部（版指）编印《造反》第51、52期合刊，1968年7月编印。

还有一篇《团圆》，看来好像是在写志愿军某部政治部主任王东同他离散了二十多年的女儿王芳在朝鲜战场上偶然"团圆"的故事，但去掉幌子，便可看到巴金对革命战争的恶毒诅咒。……巴金通过这一系列情节向人们宣扬：战争的胜利和英雄的诞生，这一切都是没有意义的。战争只会带来家破人亡，带来肉体的毁灭和精神的创伤。把革命战争污蔑成似乎是人类的悲剧和劫难，真是恶毒透顶。这篇毒草后来还改编成了电影，即《英雄儿女》，流毒极广。①

进入新时期以后，对于巴金的研究全方位地展开，而对于《团圆》的研究仍然寥寥无几，《巴金研究文献题录》中可以检索的篇目仅有论文一篇（截至2009年）：郑文平《从〈团圆〉到〈英雄儿女〉看文本转换艺术》，② 还有两本解析和编选的巴金作品选本中有所涉及。李春雨编著《心灵的憩园——走进巴金的〈家〉》③，第三章中论及《〈团圆〉中的革命家庭》；陈丹晨编选《巴金读本（中学生文库）》中有《团圆》节选，并有导读《关于〈团圆〉》。④ 在导读中，陈丹晨认为："巴金在1952年和1953年曾两次深入朝鲜战地体验生活。后来写了许多有关这方面题材的小说、散文、报告文学。《团圆》是其中一篇优秀的代表作，后改编成电影《英雄儿女》。作品通过一家人的悲欢离合，反映了志愿军战士忠贞纯洁的爱国热情和可歌可泣的英勇事迹。作者用散文化的纪实手法，朴

---

① 未署名，《砸烂巴金的战争文学》。巴金本人也谈道："批判的重点是小说《团圆》和根据它改编摄制的影片《英雄儿女》，人们甚至拿它同《一个人的遭遇》相比。""以后支左的军代表来到作协分会，批判了一阵'反动的战争文学'。批判刚结束，《英雄儿女》又作为反映抗美援朝的好影片在全国上演了。一共开放了五部电影，据说是周总理挑选的。当时我在干校，有人找我谈话问我感想，我只说影片是编导和演员的成绩，与我的小说无关，小说还是毒草。我这样表示，还得不到谅解。"（巴金：《灌输和宣传［探索之五］》，载《巴金全集》第16卷，人民文学出版社1991年3月版，第214—215页）
② 参见郑文平《从〈团圆〉到〈英雄儿女〉看文本转换艺术》，《福建教育学院学报》，2009年3期。
③ 参见李春雨编著《心灵的憩园——走进巴金的〈家〉》，北京师范大学出版社2007年版。
④ 参见陈丹晨编选《巴金读本（中学生文库）》，上海教育出版社1987年版。

实平易的语言，写出了一个十分动人的故事"。① 另外都是关于《团圆》与《英雄儿女》之间关系的报道或记叙性文章，如《一部由巴金的〈团圆〉改编成的电影〈英雄儿女〉风靡了整个时代甚至影响了几代人》《巴金赴朝后写的小说〈团圆〉被搬上了银幕——巴金与电影〈英雄儿女〉》等。②

把《团圆》放在巴金后期小说创作标志性作品的地位上，对于小说进行学术分析的，仅有程光炜的《文化的转轨（1949—1976）——"鲁郭茅巴老曹"在中国》等少数论著。程光炜在该书第六章"巴金和曹禺：激情主义之阻力"中专设一节"小说《团圆》叙事的艰难"来论述此作。他认为："《团圆》在广大读者中获得成功是民间与革命两种运作程序最终达到了某种妥协的结果，它或者也可以说是两套话语紧密结合的一个成功范例。""巴金虽说利用圆熟的小说叙事技巧暂时摆脱了创作困境，他还借稍为'转暖'的社会环境宣泄了对人性和人情的感受，但他却无法走出时代的大局限，最终没有超越自己。"他认为巴金在这篇小说中，表现了"擅长煽情的叙事能力"。③

在巴金的自选集中，大凡选 1949 年后的小说，各选本似乎没有落下《团圆》。人民文学出版社 1980 年 3 月出版的两卷本《巴金选集》，其中短篇小说部分，1949 年后的创作仅收《军长的心》《团圆》两篇。1982 年 10 月四川人民出版社出版的《巴金选集》第九卷，收入巴金 1949 年后的创作，其中小说仅收《军长的心》《团圆》《杨林同志》三篇。有他人编选的作品集（选），《团圆》也常常入选：人民文学出版社 2005 年 1

---

① 陈丹晨：《关于〈团圆〉》，载陈丹晨编《巴金读本》，上海教育出版社 1987 年版，第 156 页。

② 参见舒晋瑜《一部由巴金的〈团圆〉改编成的电影〈英雄儿女〉风靡了整个时代甚至影响了几代人》，《中华读书报》，2000 年 11 月 3 日；陆正伟：《巴金赴朝后写的小说〈团圆〉被搬上了银幕——巴金与电影〈英雄儿女〉》，《人民政协报》，2006 年 12 月 14 日。

③ 程光炜：《文化的转轨（1949—1976）——"鲁郭茅巴老曹"在中国》，光明日报出版社 2004 年 1 月版，第 261、263、263 页。该书这一节文字有两处信息错误，一是小说集《李大海》的篇目并非如作者所述七篇（见第 258 页）；还有一处是英雄王成的呼叫"我是王成，我是王成，请向我开炮"这处细节，并不是出现在小说中的，而是电影《英雄儿女》的，作者混淆了。（见第 259 页）

月出版的三卷本《巴金选集》中卷短篇小说一辑中，只收入一篇 1949 年以后的创作，就是《团圆》；王蒙主编《中华人民共和国五十年文学名作文库：1949—1999·中篇小说卷》（作家出版社 2001 年版），人民文学出版社今年 7 月推出的何绍俊、李云雷、丛治辰主编的《建党百年百篇文学短经典·第二卷：崛起东方新中国》中，《团圆》也入选……这篇问世时默默无名的作品，近年来，正在默默地被"经典化"。

2020 年 11 月 4 日凌晨三时初稿

2021 年 8 月 4 日凌晨再改；8 月 7 日夜定稿

《寒夜》:"一本充满希望的书"?*
——兼谈《寒夜》结尾的修改问题

杨华丽**

内容提要:巴金的《寒夜》有着复杂的版本谱系与阐释谱系。其中,关于该书到底是悲观绝望的还是充满希望的,巴金自己、接受者有着不同的理解与阐说。《寒夜》是"一本充满希望的书"的观点,在论者们的言辞间偶有体现,而且有些论者将其与巴金在初版本中添加了"她需要温暖"联系起来。从《寒夜》结尾的修改来看,"她需要温暖"最初不是出现于初版本,而是出现于《巴金文集》本。但不管怎样,巴金其实一直都未改变悲观绝望的基调。他本人创作期间对时代的绝望性感知,与同时期文人李健吾、康永年等的感知正相吻合。因而《寒夜》本身不可能是一本充满希望的书,而是巴金写于抗战时期的一曲挽歌。

关键词:巴金;《寒夜》;情感基调;绝望

写于1944年至1946年的《寒夜》,是巴金创作的最后一部长篇小说,也是其民国时期的写作生涯中艺术成就最高的一部。众所周知,该

---

* [基金项目] 2018年重庆市教委人文社会科学研究项目"战时体验与大后方的巴金研究"(18SKJD008)、国家社科基金重大项目"抗战大后方文学史料数据库建设研究"(16ZDA191)。

** [作者简介] 杨华丽(1976—),女,重庆师范大学文学院教授,硕士生导师,主要从事中国现当代文学与现代文化研究。

小说第 1—4 章曾在《寰球》画报第四期、第五期、第六期上刊载①,之后即中断。1946 年 8 月至 1947 年 1 月,该小说完整版首次连载于《文艺复兴》第 2 卷第 1 期至 6 期;1947 年 3 月,上海晨光出版公司出版了该书的初版本;1948 年 1 月,上海晨光出版公司出版了该书的再版本。除却初刊本、初版本、再版本外,该书的版本谱系中,还需要重视的是《巴金文集》本(该小说收入第 14 卷)以及《巴金全集》本(该小说收入第 8 卷)。如果考虑到上海新文艺出版社、四川人民出版社等出版的《寒夜》,其版本谱系当更为复杂。与此相关,小说初刊于《寰球》《文艺复兴》后,读者对《寒夜》的接受、巴金对小说的阐释也正式开始。而读者的接受与阐释史,又与巴金 1947 年以降的诸多言说相互影响、相互促成,形成了一个复杂的阐释空间。其中,关于该书到底是悲观绝望的书还是充满希望的书,就是体现这种复杂性与相互影响特征的例子。

一

无论是巴金 1947 年为初版本写的《后记》、1948 年为再版本所写的《后记》,还是巴金 1962 年所写的《谈〈寒夜〉》,一以贯之的,是对痛苦、绝望情绪的陈述,虽然该小说写作的题旨有着控诉社会、控诉制度、控诉蒋介石和国民党等多样说法。然而,从 1979 年开始,巴金改变了绝望的情感表达,频繁地提及该书表明了一种希望。在 1980 年年底写作的《关于〈寒夜〉》中,巴金说:"我给憋得太难受了,我要讲一句真话:它不是悲观的书,它是一本希望的作品,黑暗消散不正是为了迎接黎明!"② 到了 1981 年 12 月 30 日写作《〈寒夜〉挪威文译本序》时,巴金对"希望说"作了进一步阐发。他说:

---

① 分别是《寰球》第四期(1946 年 1 月 15 日)、第五期(1946 年 2 月 15 日),第六期(1946 年 3 月 15 日)。在这三期"编后"中,只有第一期的"编后"中有与《寒夜》有关的文字。具体如下:本刊今承巴金先生惠赐长篇创作《寒夜》,我们是万分感谢。巴金先生的作品用不着我们来介绍,让读者在这真正的寒夜坐在炉火旁边细细体会吧!

② 巴金:《关于〈寒夜〉》,《巴金全集》第 20 卷,人民文学出版社 1993 年版,第 698 页。

关于《寒夜》，过去有两种说法：一说是悲观绝望的书；一说是充满希望的书，我自己以前也拿不定主意，可以说是常常跟着评论家走。现在我头脑清醒多了。我要说它是一本充满希望的书，因为旧的灭亡，新的诞生；黑暗过去，黎明到来。究竟怎样，挪威的读者会作出自己的判断。……①

这两处与《寒夜》解读密切相关的文字中，"它是一本希望的作品"和"它是一本充满希望的书"都将"希望"凸显了出来，迥异于他20世纪40年代末到20世纪70年代末的所有阐释，因而几乎全盘推翻了他此前对该书精神基调的认定。

有意思的是，巴金对《寒夜》基调秉持的绝望说和希望说，大致吻合于《寒夜》接受史上的两种有分歧的认知。大体而言，在20世纪80年代以前的接受史中，《寒夜》的绝望情调获得了充分认同，而在此后的接受与研究史上，绝望说与希望说同时存在，但秉持绝望说的居多而且出现较早，沿着巴金希望说的路子加以阐释的较少而且出现较晚。在《寒夜》复杂的版本谱系和阐释谱系中，我们需要注意的是，持这两种观点的论者，大都曾注意到"她需要温暖"这句现行版本的末尾句，且引为例证，而在具体论述时，"她需要温暖"到底首次出现于哪个版本，则说法不一。

专门考察《寒夜》版本谱系的金宏宇、彭林祥认为，"在《寒夜》的版本变迁中，有两次改动最大：一是从初刊本到初版本；二是从初版本到文集本，而文集本到全集本则没有大的修改"。② 在对第一次改动的研究中，他们指出，改动的原因是批评家"对《寒夜》进行了批评，也对作者进行了攻击"，改动处的数量约有500处，改动的焦点"体现在人

---

① 巴金：《〈寒夜〉挪威文译本序》，载《巴金全集》第8卷，人民文学出版社1989年版，第707页。
② 金宏宇、彭林祥：《〈寒夜〉版本谱系考释》，《郧阳师范高等专科学校学报》2006年第2期。

物塑造、主题表达和语言修辞三个方面"①。这些修改中,就包括了添加饶有深意的"她需要温暖":"在小说的结尾'夜的确太冷了'之后,初版本增补了'她需要温暖'(尾声),这里又突出了对树生的同情。可以说,修改后作者对树生的态度更复杂更矛盾,既有对她抛夫别子行为的不满,也有对她出走的理解与同情。"②"……作者尽管没有在小说的最后照批评家的吩咐加一句'哎哟哟,黎明!'却也表达了对当时社会的控诉和对黎明时刻的向往和呼唤。增补一句'她需要温暖',正是为了体现这一意向。"③ 可见,在论者眼里,"她需要温暖"的"增补"体现了巴金的新希望,也为曾树生形象增加了亮色。与这篇文章相似,周威、曾绍义认为《寒夜》末尾的"她需要温暖"出现于1947年3月的晨光版,此后各版本尽管有或多或少的修改,但均保留了这一结尾。"《寒夜》结尾处自初版本增加了'她需要温暖'这五字以后,就再也没有变动过了。"④ 他们认为,巴金在初版本面世前的大量修改,是极为重要的一次举措,而末尾处的修改,"不仅对人物的典型意义添加了不少分量,也使整个小说的内涵更加深广,为我们全面理解这部作品提供了更大的空间"⑤,认为"作者以'她需要温暖'作结,不只是语言逻辑上的自然形成(因为前一句是'夜的确太冷了'),从人物塑造上也是必要的,因为这样一来,即使曾树生'这一个'人物更加典型化,又给整部作品增加了新的内涵,即对'温暖'和黎明的呼唤,对旧制度的'绝望'和对旧

---

① 金宏宇、彭林祥:《〈寒夜〉版本谱系考释》,《郧阳师范高等专科学校学报》2006年第2期。
② 金宏宇、彭林祥:《〈寒夜〉版本谱系考释》,《郧阳师范高等专科学校学报》2006年第2期。
③ 金宏宇、彭林祥:《〈寒夜〉版本谱系考释》,《郧阳师范高等专科学校学报》2006年第2期。
④ 周威、曾绍义:《"绝望"中的呼号——从〈寒夜〉的末尾修改谈起》,《当代文坛》2015年第6期。
⑤ 周威、曾绍义:《"绝望"中的呼号——从〈寒夜〉的末尾修改谈起》,《当代文坛》2015年第6期。

社会的控诉"。① 可见，无论是对"她需要温暖"首次出现的版本的认定，还是对其表达的情感内质的认知，两篇文章都有相通之处。

《寒夜》表现了希望的说法，后续有不少类似的呈现。范水平就曾指出："小说结尾所表达的思想，才是整部作品的关键所在——'夜的确太冷了。她需要温暖'。我们认为这不只是对曾树生个人悲剧的同情，更是对那个时代所有不幸女性的尊重与关怀；或者说既是对'寒夜'的控诉，更是对'温暖'的呼唤！"② 这种基于流行的《寒夜》版本而做出的呼唤温暖的意图判断，是对此前学者的说法的呼应，也是对巴金希望说的继续阐发。需要注意的是，与前述学者认定这结尾指向希望不同，另外一些学者并不认为这种添加改变了小说的总体基调。比如宋剑华虽认为小说结尾是"夜的确太冷了。她需要温暖"，但他接着说的是："我个人认为这句话大有深意：它并不是对曾树生的未来出路给予暗示，而是对曾树生的前途未卜发出哀鸣。"③ "哀鸣"的定位，显然指向的就不是希望的乐观，而与巴金20世纪80年代前历次阐释中的绝望、痛苦的情绪指向相映照。

关于《寒夜》中"她需要温暖"出自哪个版本，除了前面所引证的初版本说，尤需注意的是陈思广和周立民两位先生的反驳意见。在引用了范水平的"她需要温暖"是"对'温暖'和黎明的呼唤，对旧制度的'绝望'和对旧社会的控诉"④之后，陈思广认为，它"显然是对1955年5月新一版、1958年3月上海新文艺出版社出版的《寒夜》或其他出版社出版的改写本的解读，之前的版本结尾并没有'她需要温暖'这五

---

① 周威、曾绍义：《"绝望"中的呼号——从〈寒夜〉的末尾修改谈起》，《当代文坛》2015年第6期。
② 范水平：《"她需要温暖"——重读〈寒夜〉兼与李玲先生商榷》，《名作欣赏》2007年第12期。
③ 宋剑华：《〈寒夜〉：巴金精神世界的苦闷象征》，《名作欣赏》2009年第10期。
④ 周威、曾绍义：《"绝望"中的呼号——从〈寒夜〉的末尾修改谈起》，《当代文坛》2015年第6期。

个字,'夜的确太冷了'即为全书的结束"。① 这一说法指出了初版本结尾即完成了修改的不确,而将"她需要温暖"的添加指向了新一版、新文艺版或其他版本,但并未最终确定。周立民仔细查阅、对比了《寒夜》的初版本到《巴金全集》本之间的各种版次,得出了结尾修改时间的准确信息:

> 再往后查,1951年4月晨光本第5版,第366页结尾,与初版相同,唯增加写作时间:"一九四六年十二月三十一日写完。"接下来新文艺出版社1955年9月上海新1版第2次印刷本《寒夜》,除写作时间取消,以一个"——完——"字结尾之外,正文与晨光初版本相同,最后一句话照旧未改。真正的修改发生在人民文学出版社1962年8月版《巴金文集》第14卷本收录的《寒夜》,该书第294页上才有:"她需要温暖。"自此以后,上海文艺出版社1980年2月新2版、人民文学出版社1983年4月第1版单行本《寒夜》,以及四川版《巴金选集》、人文版《巴金全集》等版本,都是以增加的这句话为结尾。也就是说,巴金是在写完小说之后16年才修改了结尾。②

那么,巴金为何会在写完16年之后才对结尾进行修改?这一修改改变了小说的情感基调了吗?1980年、1981年他为何要否定以前的说法,为整部小说的情感基调翻案?

二

认为"她需要温暖"出自《寒夜》初版本者,多半是没能或无法去

---

① 陈思广:《新时期以来的〈寒夜〉接受研究》,《中国现代文学研究丛刊》2012年第7期。
② 周立民:《从〈寒夜〉初版本后记的修改谈一场文坛论争》,《现代中文学刊》2019年第3期。

搜寻到《寒夜》的各种版本，而又受到了巴金下面这段话的启示：

> 小说在《文艺复兴》上连载的时候，最后的一句是"夜的确太冷了"。后来出版单行本，我便在后面加上一句："她需要温暖"。①

这里所说的"后来出版单行本"，紧接着《文艺复兴》的初刊本而来，一般人都容易误认为是 1947 年 3 月出版的初版本。

从巴金 1947 年初的书信可见，初版本《寒夜》的结尾的确颇费巴金的心神。1 月 22 日，巴金在致田一文（文化生活出版社襄理）的信中曾附带说及："《寒夜》已写完，但最后两三章还待修改。单行本已付排。"②"已写完"而且"单行本已付排"的格局下，如果不出意料，《寒夜》本可在该月出版。由此可知，1946 年 12 月 21 日，《观察》第 1 卷第 17 期预告《寒夜》将列入晨光文学丛书，说"全书一厚册约三百余页已在印刷中一月内出版"，也许就不仅仅是吊读者的胃口。然而到了 2 月 27 日，巴金在致田一文的信中还说："《寒夜》尚未排齐，最早也得在下月出书。"③ 直到 3 月 12 日，巴金才在信中告诉田一文"《寒夜》已付印"④ 的消息。可见，正是巴金对最后两三章的斟酌与修改，导致了出版日期的后延。

最后两三章的内容，书写的是汪文宣在曾树生离开后的挣扎、被辞、病重而亡在抗战胜利之际，以及曾树生回重庆寻找他而不得，最终徘徊于寒夜中的街头的苦况。可以说，这关系到小说中主要人物命运的最终塑造，也关系到小说情感基调的最终确定。从小说修改的具体细节来分析，可以发现巴金在两个方面做了巨大努力：一是通过描写汪文宣的死亡、曾树生寻觅汪文宣而不得的凄凉结局，体现了巴金对绝望的有意塑

---

① 巴金：《关于〈寒夜〉》，载《巴金全集》第 20 卷，人民文学出版社 1993 年版，第 696 页。
② 《巴金全集》第 22 卷，人民文学出版社 1993 年版，第 264 页。
③ 《巴金全集》第 22 卷，人民文学出版社 1993 年版，第 265 页。
④ 《巴金全集》第 22 卷，人民文学出版社 1993 年版，第 266 页。

造；二是通过描绘曾树生返渝的行为与所见所思，实现了给予她同情的最后塑造。但不管怎么说，"她需要温暖"并未出现在小说结尾。在1947年初版本的《后记》中，巴金在回应莫名奇、耿庸的指责时，对感伤忧郁的调子并未推辞，反而为其合理性加以辩护。而在1948年3月2日，《寒夜》再版本即将面世之际，他还在致杨静如的信中说："两星期后我还要送你一本书，那是一本新作，写一个读书人怎样活着，怎样死去。沉闷，恐怕不受人欢迎。"① 对"沉闷"的认定，与他自己对绝望的感知相通。

如前所述，"她需要温暖"首次出现于1962年8月出版的《巴金文集》中，后续各版本的结尾均沿用了文集版。因此，巴金自述中说的"过去我已经改了两次，就是在一九四七年排印《寒夜》单行本的时候和一九六〇年编印《文集》最后两卷的时候"②，其实是不同内容的修改，对结尾的修改出现在后一次。巴金之所以在此时再次大规模修改该书，与"拔白旗"运动中诸多人批评他有关。但他的改变到底集中在哪里？有没有改变情感基调？1961年1月14日，巴金致信萧珊时说："这一卷中《寒夜》改得多些，也花了些功夫。……这次修改，倒想把曾树生的矛盾的感情和心境写得明白些。"③ 可见，他把最重要的修改，放在了刻绘曾树生的矛盾感情和心境上。在另外一篇回忆文章中，巴金曾说："一九五九年年底我在上海编辑《文集》的最后三卷，一九六〇年年终我在成都校改《寒夜》的校样，两次都有意重写《寒夜》的'尾声'。"④ 重写"尾声"无疑与是否给曾树生一个光明的出路有关，也与是否给全书一点希望有关。但当时，巴金"仔细一想，觉得仅仅改写'尾声'太不够了，要动就得从头改起，那么还不如另写别的。因此我就让它保存了下来。"⑤ 巴金没有改变尾声，还是让曾树生回来，在寒夜中独自来去，

---

① 《巴金全集》第22卷，人民文学出版社1993年版，第501—502页。
② 巴金：《关于〈寒夜〉》，载《巴金全集》第20卷，人民文学出版社1993年版，第697页。
③ 李小林编：《家书——巴金、萧珊书信集》，浙江文艺出版社1994年版，第458页。
④ 巴金：《谈〈寒夜〉》，载《寒夜》，人民文学出版社1983年版，第269页。
⑤ 巴金：《谈〈寒夜〉》，载《寒夜》，人民文学出版社1983年版，第269页。

毫无希望，没有"黎明"。他曾解释说："我的憎恨是强烈的。但是我忘记了这样一个事实：鼓舞人们的战斗热情的是希望，而不是绝望。特别是在小说的最后，曾树生孤零零地消失在凄清的寒夜里，那种人去楼空的惆怅感觉，完全是小资产阶级的东西。"① 巴金 1962 年的这种言说，显然有着新语境下套用新话语、新标准来进行自我检讨的目的，但我以为，这里的"我忘记了"的内容，恰恰是当年巴金的真实感受的反映。由此可见，小说尾声的最后一句"她需要温暖"，指向的是"她需要温暖"却不得，这正是巴金彻底的绝望中最重要的一环：没有黎明的寒夜，才更叫人绝望。"我有意把结局写得阴暗，绝望，没有出路，使小说成为我所谓的'沉痛的控诉'"②。因此，即便我们认为"最后一句话的添加体现了作者态度的微妙变化"③，这一添加也的确没有改掉原文的意义。正是因此，在形势异常严峻的十年浩劫中，巴金才最怕人们重提他的《寒夜》，甚至直到 1977 年，他还在为《寒夜》的结尾心存愧疚：

> 我常说我的作品给人们带来痛苦。谈到《寒夜》，我称它为"悲观绝望的书"。在一九七七年发表的《一封信》和《第二次的解放》里，我还为最后那一句"夜的确太冷了"感到遗憾。女主人公孤零零地消失在凄清的寒夜里，那种人去楼空的惆怅感觉一直折磨着我，在那难忘的十年中间，我害怕人提起我的小说，特别害怕人提到《寒夜》……④

到了他重新定义《寒夜》的情感基调的 1980 年，他说的也是他在

---

① 巴金：《谈〈寒夜〉》，载《巴金全集》第 20 卷，人民文学出版社 1993 年版，第 511 页。
② 巴金：《谈〈寒夜〉》，载《巴金全集》第 20 卷，人民文学出版社 1993 年版，第 511 页。
③ 周立民：《从〈寒夜〉初版本后记的修改谈一场文坛论争》，《现代中文学刊》2019 年第 3 期。
④ 巴金：《在尼斯》，载《巴金全集》第 16 卷，人民文学出版社 1991 年版，第 81 页。

"夜的确太冷了""后面加上一句:'她需要温暖'"之后,"意义并未改变"①。可见,"她需要温暖"的出现,与小说带来了温暖、希望等说法无关。

如果我们认可巴金对小说是"一本充满希望的书"的判断,那也是因为整部小说批判了绝望的现实而期待希望的新生。关于该小说通过绝望来表达希望的特征,早在1948年5月20日,康永年在发表的评论文章《〈寒夜〉》中就有论述。他认为汪文宣让人体验失望,曾树生却给了人温暖和勇气。"在汪文宣身上我们体验了失望,曾树生却给人带来一丝温暖和活下去的勇气。为什么这样说,是不是过高的估计了树生?不会。我揣想作者的'尾声'无非是给我们这么点东西。……是的,她仍然在寒夜中慢步的走,但,她不是要走着离开它吗?"他从中看到了巴金可能寄予的希望。这是较全面评价《寒夜》的第一篇文章,只是这篇文章在当时的批判风潮中太不显眼,巴金根本没有意识或注意到。而王瑶在其《中国新文学史稿》中,肯定了巴金20世纪40年代的系列创作为人间增加了温暖的客观效果:"巴金在这时期写了长篇《憩园》、《第四病室》、《寒夜》,和短篇集《小人小事》。……他坚信他的理想和信仰,因此要用作品给人间添一点温暖,要读者在别人的痛苦和不幸里面发见更多的爱。"② 另外,1980年山口守在《重读〈寒夜〉及其他》中,也有重要提醒。但不管怎样,他们的论述都未将这种温暖与结尾的"她需要温暖"直接联系起来。即是说,整部小说可能透出希望,然而与结尾的"她需要温暖"无关。

三

那么,从巴金本人的生命体验以及《寒夜》文本本身来看,他对《寒夜》情感基调的不同说法能站住脚吗?

巴金对《寒夜》情感基调的不同认定,始于1978年他无意间读到的

---

① 巴金:《关于〈寒夜〉》,载《巴金全集》第20卷,人民文学出版社1993年版,第696页。
② 王瑶:《中国新文学史稿》(下),上海新文艺出版社1953年版,第354页。

日译本：

> ……没有想到去年我无意间在旧版日译本《寒夜》的书带上，看到一句话："这是一本燃烧着希望的书。"原来读者也有各人的看法，并不能由作者一个人说了算。难道我真的就只给读者带来痛苦吗？现在连我自己也怀疑起来了。①

"怀疑起来了"的巴金1979年出访法国，在尼斯为一个喜欢《寒夜》的法国太太签名，他写在扉页上的还是"希望这本小说不要给您带来痛苦"②，而且他原本想写的是"希望这本小说不要给您带来太多的痛苦"。可见，即便此刻，巴金也担心的是《寒夜》的痛苦、绝望会感染到他人。而在挪威文译本序中，巴金虽欣然借用这个说法，但从其具体表达来看，他依然不是非常坚决的，因为他在说了"它是一本充满希望的书"之后，紧接着就说："究竟怎样，挪威的读者会作出自己的判断。"③ 可见，在他心底，"它是一本充满希望的书"并不具有确切的地位，他依然犹豫不决。或许，巴金对情感基调的不同界定，仅仅是顺从了人家的评论，觉得与新时期形塑自己的愿望相吻合，因而顺便拿来一用而已。

这种受暗示之后而看到希望的事实，表明巴金在此之前一直抱着绝望的感知。在他眼里，生活本身就是一个悲剧。写《寒夜》前后，巴金身边亲人、朋友的先后死亡，给他造成了巨大的心理阴影，"《寒夜》写作时，对死亡挥之不去的'创伤性记忆'，使巴金被一种孤独、绝望、虚无、矛盾的心境所包裹，而对这种心境的叙述与自我排遣，是推动他创作《寒夜》的根本心理动因"。④ 不仅如此，他还通过塑造汪文宣这一知

---

① 巴金：《在尼斯》，载《巴金全集》第16卷，人民文学出版社1991年版，第81页。
② 巴金：《在尼斯》，载《巴金全集》第16卷，人民文学出版社1991年版，第80页。
③ 巴金：《〈寒夜〉挪威文译本序》，载《巴金全集》第8卷，人民文学出版社1989年版，第707页。
④ 翟应增：《〈寒夜〉与巴金的"创伤性记忆"》，《中国现代文学研究丛刊》2010年第4期。

识分子来试图完成自我拯救:"有一段长时期汪文宣那样的命运像一团黑影一直在我的头上盘旋。我没有屈服。我写《寒夜》,也是在进行斗争,我为着自己的生存在挣扎。我并没有把握取得胜利,但是我知道要是松一口气放弃了斗争,我就会落进黑暗的深渊。说句心里话,写了这本小说,我首先挽救了自己。"① 立足于挣扎、拯救却并没有把握取得胜利,这样创作出来的文本显然不可能是色彩明亮的。"在《寒夜》中,作者只是要把他对生活的痛苦和孤独的感觉写出来,把'生活本身就是一个悲剧'的想法表达出来。……《寒夜》是充满了阴暗情绪的。"②

在《寒夜》写作期间,中国迎来了抗战胜利,然而这胜利并未给巴金带来希望。1945年9月30日,正是日本投降半个月之后的这一天,全市停电,巴金在空寂的街上走着,去访问自己的友人,路过自己在抗战胜利时看人们欢呼时所站的街口,他说:

不止一次,不止一天,人们围聚在这里,笑着,叫着,跳着,闹着,小孩跟着吉普车跑,大人举起手欢呼。我也曾跟着他们欢笑过。但是现在,今天,在这个停电的暗夜里,我找不到笑声了。那些人,那些欢笑到哪里去了呢?

我是在做梦么?才只一个半月!这么短的时间!怎么一切全变了?那些天我的心多么暖!今夜,我的身子在寒风中打颤了。

当他到了友人家门口,就听到那家的男主人正在向一个客人发议论:

"……胜利只是一个开始,它并不是结束。它并没有给我们解决一切的问题,而且它给我们带来了更多的问题。现在决不是应该欢笑的时候……"

---

① 巴金:《知识分子》,载《巴金全集》第16卷,人民文学出版社1991年版,第426页。
② 乔世华:《时代话语的侵入——谈解放后巴金对〈寒夜〉的阐释和修改》,《巴金研究》2002年第1、2期。

这样的感受，给《寒夜》整个的情感基调带来悲观的色彩。我们知道，《寒夜》绝大部分完成于1946年，然而那时候，巴金自抗战胜利以后的失望情绪依然存在，到了最后两天，也即写《寒夜》结尾的时候，巴金的情绪仍"很低落"，因此他说"无怪乎我会写出这样的结局来"。①"这样的结局"，就是人去楼空而全无希望的结局。

而在从初版到再版的一年多时间里，巴金更深刻地感到了绝望。1948年1月，《寒夜》要出再版本，巴金却在《后记》中说他不想给再版本《寒夜》另写后记，"因为要说的话太多，假使全写出来，应该是另一部更长的《寒夜》"。紧接着，他就引了《大公报》上的新闻标题"全天在零度以下，两天来收路尸共一百多具"，而他自己的脚也已经快冻僵了。这当然说的是现实层面的寒夜，然而他说，"一年前，两年前都不曾有过这样的'寒夜'。"② 这"两年前"，就是1945年、1946年，正是《寒夜》写作之际。再版本的《后记》中透出的绝望情绪，显然就因"寒夜"而与小说《寒夜》的情感指向发生了深层勾连。

其实，从当年李健吾、康永年等人的感知来看，巴金写作的当时也是看不到希望的。1946年4月1日，李健吾编辑的《文艺复兴》第1卷第3期出版。在《编余》中，他说："胜利不曾为人民带来和平。挣扎，焦灼，忧切，恐惶，哀伤，愤怒，凡和幸福无关的心情成了我们今日哭笑不得的心情。文学是时代的花果，这样的时代，如何敢妄希好花好果？而且，人心往下走，中华民族这棵老树打从心里烂的倾向，这才是致命的病象，我们不好仅怨时代。"③ 到了1947年，他则说："这是一个繁复的时代。抗战到胜利，胜利到幻灭，为时不过两年，变化多而且大。"④ 1948年5月20日，康永年在《〈寒夜〉》这篇批评文章中说：

---

① 巴金：《谈〈寒夜〉》，载《巴金全集》第20卷，人民文学出版社1993年版，第512页。
② 巴金：《后记》，载《巴金全集》第8卷，人民文学出版社1989年版，第704页。
③ 李健吾：《编余》，《文艺复兴》1946年第1卷第3期。
④ 李健吾：《编余》，《文艺复兴》1947年第4卷第1期。

假如我们的良心并未泯灭，理智还有点清醒，就不会用一套空洞渺茫的什么光明春天之类的东西来自欺欺人。现实生活里交织着太多的痛苦和血泪，每一瞬间我们都可以听到绝望的哀号，会看见无数的人在生活的煎熬中倒下去。

……

谁不曾有过希望？谁又不曾体验希望幻灭的痛苦？抗战八年，我们希望着胜利！胜利了，我们又得着了什么呢？我们只是在往下沉，往下沉。①

我们知道，《无题》的内容被改写为《寒夜》的尾声，而再版后记直接传达了巴金的所思所想。所以，康永年、李健吾所感到的绝望情绪不是个案，而是一代知识分子共同的感知。康永年曾在认定《寒夜》结尾意在传递希望情绪后，说出了这样的话："不过，无论如何作者会感到失望的，今天，生活压迫下许多的人踏上了汪文宣的故道，胜利并没有解放他们，这产生汪文宣的时代并没有随汪文宣的死亡而死亡。"②《寒夜》显然和《憩园》一样，是在"替垂死的旧社会唱挽歌"③，而不是一本充满希望的书。1978年5月3日，巴金为《憩园》法文译本写序，其中说，"我的小说只是替垂死的旧社会唱挽歌。"④ 这"唱挽歌"的说法，完全可以移来作为对《寒夜》的评价。

结　语

综上可知，创作《寒夜》时的巴金是充满绝望的。1947年初版本面世前，巴金虽做了很多修改，但并未在最后添加上"她需要温暖"。这一

---

① 康永年：《〈寒夜〉》，《文艺工作》1948年第1号。
② 康永年：《〈寒夜〉》，《文艺工作》1948年第1号。
③ 巴金：《〈憩园〉法文译本序》，载《巴金全集》第8卷，人民文学出版社1989年版，第192—193页。
④ 巴金：《〈憩园〉法文译本序》，载《巴金全集》第8卷，人民文学出版社1989年版，第193页。

句话的添加，是直到1962年出版《巴金文集》时才出现的事儿。这种添加虽然完成，但巴金本无意于修改其情感基调，在很长的历史时期里也毫无另行阐释其情感基调的主观认知。1978年他偶然发现日译本《寒夜》书带上的"希望"说，受到触动而改称《寒夜》是"一本充满希望的书"。但显然，诚实的他感到了小说文本客观上的绝望情绪和读者接受之间的反差，所以他照旧犹豫不决。验诸当年康永年、李健吾等人的言辞，希望说均不能成立。故而，《寒夜》从根本上说还是悲观绝望的，绝非一本充满希望的书。

桂林"研究巴金"风潮考察

赵 丹[*]

内容提要：在1940年年底开始的"桂林批判"中，部分左翼文人以内容狭隘错误、形式单调重复批评巴金。"桂林批判"标志着抗战时期左翼群体与巴金的又一次冲突，是以抗战文协桂林分会为中心的部分左翼文人的"左"的宗派教条主义倾向的体现。最终为了民族抗战的需要，中国共产党从中调解，左翼文人也积极响应，巴金继续参与进文协桂林分会的相关事务，并中止了对无政府主义的公开宣传。

关键词：巴金；桂林批判；夏衍；抗战文协桂林分会；宋云彬

1940年12月17日，抗战文协桂林分会（以下简称"文协桂林分会"）的左翼成员呼吁在"研究"巴金的基础上对巴金做出"批判"，因此一呼百应，桂林一时兴起一阵"研究巴金"的热潮。但是"研究"中以批判为多，因此巴金在《〈火〉第二部后记》《龙·虎·狗》等作品中做出回应。

但是，囿于资料的限制，学界对这场批判并没有做出充分的研究，关于"桂林批判"背后的历史背景、"桂林批判"中的人事关系，尤其是

---

[*]［作者简介］赵丹（1990— ），女，北京信息科技大学公管传媒学院讲师，主要从事中国现代文学研究。本文受到北京信息科技大学校基金项目"巴金抗战时期与左翼文人关系研究"（项目编号：2021XJJ56）资助。

批判对巴金的创作产生的影响，还有较大研究空间。本文拟从这几个方面出发，还原"桂林批判"的始末，以期对巴金抗战时期的思想和创作有更深入的理解。

一 桂林"研究巴金"风潮过程

"研究"者主要以香港《立报·言林》《救亡日报·文化岗位》《立报·新垦地》等左翼文人控制的报纸副刊为阵地，从思想到形式各种方面对巴金进行审视和批评。批评的内容有时切合巴金创作的实际，有时却与巴金的作品呈现出较大不符；左翼批评者事实上是带着左翼的审美标准进入巴金的创作，并且有着明确的批评目的。

对于这些左翼文人而言，巴金的无政府主义倾向是其最不能容忍的"缺陷"，有批评者指出："巴金是安那其主义者，他的文章要不得"①。还有研究者没有明确说出巴金的无政府主义倾向，但暗示着对巴金的无政府主义思想的批判，如林萤愡在其编著的《论巴金的〈家春秋〉及其他》中提出质疑："为什么巴金写青年总只是办刊物发传单，又许多都喜欢行刺殉身，如《灭亡》［的］杜大心，《死去的太阳》［的］王学礼，《火》里的子成，鸣盛；《电》的一群人殉身……"②

但是，批判的声音也并不是铁板一块。信仰高尔基文艺理论的"立峰"就认为，不能因人废文，不能用无政府主义信仰去评判巴金作品的优劣，在他看来，"不应该怀着成见，预先设下个圈子在那边，拿作品去套。勉强而挑筋剥皮的故意扩大某一些缺陷，把优点尽可能的抹煞，去臻合原来的圈套"，因此绝不能带着"巴金先生是安那其主义者，他的作品大概是每个字都含有毒液"等偏见来看待巴金，不然肯定会失望，会

---

① 诸葛灵：《"研究巴金"？》，载李存光编《巴金研究资料汇编（1922—1949）》（下），香港文汇出版社2011年版，第1157页。
② 林萤愡：《论巴金的〈家春秋〉及其他》，载李存光编《巴金研究资料汇编（1922—1949）》（上），香港文汇出版社2011年版，第322页。

嫌弃巴金的作品"所含的'革命性'太少"①。诸葛灵也这样认为，在他看来，很多批评巴金的无政府主义思想的人并不懂无政府主义，甚至也从未读过巴金的作品，"这些人，不曾读过安那其主义的典籍或有意不看，而却无时无地不中伤安那其主义为乌托邦的思想，为小布尔思想。无计划无手段的思想，为不问敢治，不作政治斗争的社会柏拉图派"②。

但是更多批评者是对巴金的无政府主义思想持怀疑态度的，因此他们批评巴金不能为革命青年明确指出正确的道路和奋斗的方法，林萤熜就认为，"历史前进的路是曲折的，布满荆棘的，巴金却没有拿前进的路的图样及砍荆棘的方法，因此，青年们在荆棘前还是苦痛的"。林萤熜认为这说明了巴金对牺牲的恐惧，以及内心的软弱，并将其和鲁迅作对比，"鲁迅先生不但教给青年以战斗的方法，而且能深沉地在血泊中看见曙光，而爱惜我们的巴金却'软'了"。而在林萤熜看来，巴金之所以如此是因为远离现实斗争生活，"巴金虽然看见千百青年的战斗，可是他自己并没有投进工作中去"③。

批评者认为正因为巴金远离现实生活，所以在创作上题材重复。在"真"看来，"巴金先生作品的结构，好像总没有逃出'恋爱'和革命的圈子"，"激流三部曲"整个都在表现封建大家庭的崩溃④，因此体现出巴金创作的单调性和重复性。蒋芹也认为《春》《秋》的主题和《家》是重复的，并没有实现作者所谓的写群众斗争的允诺；"爱情三部曲"表现了群众斗争的生活，却流于表面。蒋芹认为"这也许是巴金先生的生活的缘故，使他的题材范围的窄狭，和人物典型的单纯；不能更进一步

---

① 立峰：《一点平凡的意见——由研究巴金想起的》，载李存光编《巴金研究资料汇编（1922—1949）》（下），香港文汇出版社 2011 年版，第 1154—1155 页。
② 诸葛灵：《"研究巴金"？》，载李存光编《巴金研究资料汇编（1922—1949）》（下），香港文汇出版社 2011 年版，第 1158 页。
③ 林萤熜：《论巴金的〈家春秋〉及其他》，载李存光编《巴金研究资料汇编（1922—1949）》（上），香港文汇出版社 2011 年版，第 328—333 页。
④ 参见真《巴金作品的悲惨命运》，载李存光编《巴金研究资料汇编（1922—1949）》（上），香港文汇出版社 2011 年版，第 286 页。

深刻的表现群众斗争的题材"①。这些文章，给人一种印象：因为巴金没有描写左翼文人理想中的无产阶级革命生活，而是按照自己的信仰和生活经历表现了一些无政府主义者的奋斗生活，以及没落大家庭中人的悲惨命运，因此受到左翼文人的批评。

此外，当然还有对巴金作品的艺术形式的批评。正因为认为巴金生活狭窄、创作题材重复，在左翼文人看来，巴金作品也有着不可避免的形式缺点：结构单一，缺乏高潮；人物性格单薄等。在"志"看来，"《激流》三部曲的全结构似乎都有着欠缺精警严密的处所。大都在长期创作中应有的'最高潮'、'次高潮'和每一章节中的'小高潮'的配置似乎都不很容易看出来，这就是说，在许多应该吃紧的场面下，作者却无意间疏忽了，白白地放松了许多可以使故事的感染力更其紧张，全书更其精彩的机会"。同时巴金笔下人物性格不鲜明，"似乎还多少采用着旧式章回小说现状人格的手法，强调描写那些影象化的小动作和语言来表现各种不同的性格类型，从他的描写中，很难在读者的脑子里构成对那些人物类型的活生生的印象"②。类似这样的批评，和巴金作品结构跌宕起伏、人物形象丰满生动的事实不尽符合，让人不由怀疑"志"的批评用意。

巴金最受诟病的还是其细致、流畅、抒情化的写作风格，这被认为是啰唆、柔弱。"真"就认为"巴先生的热情奔放，一泻千里，造成了他的作品的特色。然而，严格说起来，由于这种特色，也就注定了他的作品的悲惨的命运。这就是说，巴先生的作品，患了严重的赘疣的毛病"③。"志"也认为"巴金先生一贯是……轻松流利的笔调……不过文章过于玩弄词句，便容易流于柔弱"④。

---

① 蒋芹：《对于巴金先生的一些印象和感想》，载李存光编《巴金研究资料汇编（1922—1949）》（下），香港文汇出版社2011年版，第1151—1152页。
② 志：《巴金的三部曲——〈家〉〈春〉〈秋〉》，载李存光编《巴金研究资料汇编（1922—1949）》（中），香港文汇出版社2011年版，第815—816页。
③ 真：《巴金作品的悲惨命运》，载李存光编《巴金研究资料汇编（1922—1949）》（上），香港文汇出版社2011年版，第285页。
④ 志：《巴金的三部曲——〈家〉〈春〉〈秋〉》，载李存光编《巴金研究资料汇编（1922—1949）》（中），香港文汇出版社2011年版，第815页。

《救亡日报·文化岗位》《力报·新垦地》等左翼阵地批评巴金的原因值得探究。宋云彬在《研究巴金》中说："我们如果到书店里去调查一下，巴金先生的作品《春》《家》等等，销数决不在鲁迅先生的《彷徨》《呐喊》之下。而且，目前许多青年，看巴金先生的小说，大抵都能一口气看下去，看鲁迅先生的作品，怕有许多地方觉得不能深刻了解的吧？"①林萤腮也提到，巴金小说的印数已经超过《铁流》《毁灭》等左翼流行作品，甚至有追赶鲁迅的趋势。林萤腮、宋云彬等人似乎对巴金吸引了青年的注意力有所不满，就如谭兴国先生所分析："有宗派教条主义情绪的人，总难摆脱那种'惟我独尊'的'霸主'气。他们担心巴金在知识青年中日益增强的影响，会和他们'争夺青年'，他们担心愈来愈多的年轻作家支持巴金、团结在巴金周围，会动摇他们的'霸主'地位，其实这都是完全不必要的"。②

二 推动者：抗战文协桂林分会

几乎是一边倒地对巴金的批判，暗示着集体行动的轨迹；是何人在引导着这场批判？蒋芹在文章中交代他作文的动机是："在新出版的'文协'里看到宋云彬先生的《研究巴金》的文章，宋先生觉得巴金先生的作品，近几年来很受青年的欢迎，目前很有'研究'巴金的必要……读者对于这点也很有同感……"③，蒋芹似乎在说宋云彬是"桂林批判"的发起者；李存光先生在《巴金研究资料汇编（1922—1949）》④中也采用了这种说法。查宋云彬1942年2月所作《我怎样写起杂文来的》中曾说道：

---

① 云彬：《研究巴金》，载李存光编《巴金研究资料汇编（1922—1949）》（下），香港文汇出版社2011年版，第1147页。
② 谭兴国：《走进巴金的世界》，四川文艺出版社2003年版，第265页。
③ 蒋芹：《对于巴金先生的一些印象和感想》，载李存光编《巴金研究资料汇编（1922—1949）》（下），香港文汇出版社2011年版，第1150页。
④ 参见李存光编《巴金研究资料汇编（1922—1949）》（下），香港文汇出版社2011年版，第1148页。

我世故太浅，往往凭一时兴会，妄发有伤作家尊严的议论，使他们对我愈加憎恶；例如我曾发起研究某一作家的作品，便引起极大的反响，至今诅咒之声，尚隐约可闻。其实这些厌恶与憎恨，也是多余的。我没有要做文艺家的野心，不想坐作家的交椅；文坛宽阔得很，老作家们大都久已占定了地位，让我在空隙处小小驰骋一下，也不见得就伤犯了作家的尊严，侵略了作家的地位，何必这样厉心切齿呢？①

宋云彬虽未明示，但是结合蒋芹的说法及宋云彬的写作时间，该段文字中所指"老作家"应该是巴金无疑。基本可以确定宋云彬是"桂林批判"的发起者。

但是当时在桂林主编《自由中国》的孙陵却说"导演""桂林批判"的是夏衍，据孙陵所言，"夏衍这时正在桂林办救亡日报，他以为巴金还在上海，于是攻击巴金的文字连篇累牍，整版刊载，同时发动广西日报和力报，也在副刊上信口谩骂。林林对于巴金颇为钦佩，他是救亡日报副总编辑，屡屡向我表示不赞成这种谩骂攻势，我就了解这完全是夏衍所导演的了"②。孙陵当时与巴金时相往来，在文坛交游也甚广，他的说法似乎也不容忽视。

综合考察来看，笔者认为以上两种说法并不冲突，宋云彬和夏衍都是抗战文协桂林分会的重要成员，夏衍又在其中占据领导职位，很有可能是在夏衍的主导下，"文协桂林分会"发起了这场批判，宋云彬负责写作了《研究巴金》，成为事实上的发起人。当时参与论战的立峰也说："自'文协'提出研究巴金这个口号以来，桂林文坛——就算作文坛吧——相当底热闹起来"③。总之，方方面面的证据表明，这场突然向巴

---

① 宋云彬：《我怎样写起杂文来的》，载《中国新文学大系（1937—1949）》（第十二集 杂文卷），上海文艺出版社1990年版，第273—274页。
② 孙陵：《我熟识的三十年代作家》，成文出版社1980年版，第74—75页。
③ 立峰：《一点平凡的意见——由研究巴金想起的》，载李存光编《巴金研究资料汇编（1922—1949）》（下），香港文汇出版社2011年版，第1153页。

金袭来的批判是抗战文协桂林分会的集体行为。

耐人寻味的是，1938年11月，"文协桂林分会"最初筹备时，巴金是其最初筹备人之一，当时的另外一名筹备人是夏衍；可见巴金在当时桂林的进步文人中占有相当的威望，得到广泛的认可。只是不久后"文协桂林分会"就因为"筹款无着，暂停组织"①；巴金稍后也暂时离开了桂林，直到1941年9月②才回到桂林。因此，1939年10月2日，"文协桂林分会"正式成立时巴金并不在桂林，也因此1941年12月"文协桂林分会"选举第三届理事时巴金才列名其中③。

真正导致巴金在"文协桂林分会"不受欢迎的还不是他暂时的缺席，而是另有原因。其实，成立于1938年3月27日的中华全国文艺界抗敌协会（以下简称"文协"）在最初并不是左翼文人占主导地位，甚至"在常务理事这个层面上，与国民政府关系较为密切，或者个人当时的观点与官方立场大体保持一致的文艺作家，占据了绝对的优势"④；而左翼文人在"文协"中最终占据主导地位是逐步实现的过程。但是，具体到"文协桂林分会"，则其从成立之初就是中国共产党和左翼文人占据主导地位。这和中国共产党的引导是分不开的：首先，"文协桂林分会"是在中国共产党和中共南方局的关心和指示下成立起来的，并授意夏衍进行出面组织工作。在"文协桂林分会"成立遇到困难时，也是中国共产党党员姚蓬子代表总会进行催问，并帮助正式成立桂林分会筹备会⑤。其次，中国共产党还通过八路军桂林办事处负责同志李克农指导"文协桂

---

① 《文艺界杂讯》，重庆《大公报》1939年1月8日第4版。
② 参见唐金海《巴金年谱》（一九〇四年——一九四九年），四川文艺出版社1989年版。据唐金海记录，巴金1939年2月离开桂林到上海（第519页），1940年7月离开上海到昆明（第541页），后辗转重庆、成都等地，1941年9月重返桂林（第571页）。亦参看杨益群《巴金在桂林抗战文坛上的功绩——兼驳当年所谓"研究巴金"、"批判巴金"运动》，载谭洛非主编《巴金与中西文化》，四川大学出版社1992年版，第458页。据杨益群统计，巴金"前后三次到桂林，头一次是一九三八年十一月底到一九三九年二月，第二次是一九四一年九月至一九四二年三月"。
③ 参见段从学《"文协"与抗战时期文艺运动》，北京大学出版社2012年版，第266页。
④ 参见段从学《"文协"与抗战时期文艺运动》，北京大学出版社2012年版，第66页。
⑤ 参见段从学《"文协"与抗战时期文艺运动》，北京大学出版社2012年版，第264—265页。

林分会"的工作，李克农"亲自审定分会各届理事的名单"①。因此尽管在"文协桂林分会"理事中中共党员只占三分之一，但是"黄药眠、林林、周钢鸣、宋云彬、司马文森等中共党员分别担任秘书和负责组织、出版等部工作"②，从而保证领导权掌握在党和党所联系的革命左派手中③，最后，"文协桂林分会"成立后，中共南方局更是通过协会内部的党员及时引导协会的组织建设和文艺政策，以使"文协桂林分会"执行中国共产党的路线方针。总之，在"文协桂林分会"中国共产党和左翼文人一直占据着"支配性的优势地位"④。

值得注意的是，在成立之初，"文协桂林分会"内部尽管有着来自中国共产党、国民党当权派，以及自由派等各方面的人士，但是内部气氛并不紧张。这也得益于桂林文化城相对宽松的政治氛围——当时主政广西的桂系为扩充实力，与国民党当局分庭抗礼，采取了相对开明的文化政策。但是皖南事变前后，随着国共关系日益紧张，桂林的文化氛围也相对紧张了一些，比如"从1941年初开始，随着国内外政治局势的变化，广西的图书审查也日趋严厉，到1941年4月左右，短时间内就先后检扣了生活书店和读书生活出版社进步书刊8种共2539册，查封了中华全国木刻界抗敌协会，使其会刊《木刻》被迫停刊，而生活书店、新知书店和读书生活出版社也先后被迫停业。……在被查禁焚毁的书刊中，除了中共领导人及与中共相关的著作外，还有相当部分的文学书籍"⑤。1940年年底以来全国范围环境的紧张氛围以及桂林局部环境的变化，无疑使中国共产党及左翼人士进一步敏感起来。

在这种气氛之下，还在坚持无政府主义抗战观念，进行无政府主义译介活动的巴金无疑备受关注，可见夏衍、宋云彬等组织"文协桂林分

---

① 张红：《"文协"桂林分会与桂林抗战文化运动》，《广西大学学报》2004年第1期。
② 张红：《"文协"桂林分会与桂林抗战文化运动》，《广西大学学报》2004年第1期。
③ 参见万一知《"文协桂林分会"的历史作用》，《学术论坛》1982年第6期。
④ 段从学：《"文协"与抗战时期文艺运动》，北京大学出版社2012年版，第74页。
⑤ 佘爱春：《抗战时期桂林文化城的文学空间》，博士学位论文，南京大学，2011年，第27页。

会"对巴金进行批判,是有其特殊历史背景的。在当时任《力报》副刊《新垦地》主编的王西彦看来:"批判巴金,是有其历史渊源的,早在上海左翼文艺运动时,就有一种'左'的观点,认为巴金不够革命。其实,巴金在桂林团结了一批作家,是桂林抗日文艺运动中一支重要力量。可惜当年的统一战线工作做得不够,未能很好团结他们!"[①]

三 出于共同抗战目标的重新联合

这样一种批判当然引起巴金的注意。巴金在《〈火〉第二部后记》中提到这场"研究"式批判,并且说:"为了给那些'研究者'添一点麻烦,为了给他们找出一架镜子来照出他们的尊容,我还要继续写我的小说,而且要永久地写下去。"[②]

针对别人对其无政府主义信仰的批判,巴金同时说:"我写过译过几本解释'安那其'的书,但是我写的译的小说和'安那其'却是两样的东西。譬如拿这部《火》为例,它便不是安那其的书。这理由很简单:我虽信仰从外国输入的'安那其',但我仍然是一个中国人,我的血管里有的也是中国人的血。有时候我不免要站在中国人的立场看事情,发议论。这一层自然不在那些'研究者'的范围内。"[③] 林贤治先生认为,在这段文字中,巴金"把自己定位为爱国者,只是一个爱国者。似乎'安那其'之于他,不过是'从外国输入'的一种观念形态的东西而已"[④]。林贤治先生认为在抗战时期来自国共两党的党派压力之下,巴金"胆怯了"。这样一种理解自然有其道理,但是我认为不应忽视问题的另一方面,即巴金对无政府主义的潜在坚持。巴金努力撇清他的创作和"无

[①] 杨益群:《巴金在桂林抗战文坛上的功绩——兼驳当年所谓"研究巴金"、"批判巴金"运动》,载谭洛非主编《巴金与中西文化》,四川大学出版社1992年版,第470—471页。文中所引为王西彦1985年3月25日接受杨益群访问时所谈。

[②] 巴金:《〈火〉第二部后记》,载《巴金全集》第七卷,人民文学出版社1988年版,第374页。

[③] 巴金:《〈火〉第二部后记》,载《巴金全集》第七卷,人民文学出版社1988年版,第374页。

[④] 林贤治:《巴金:浮沉一百年》,香港城市大学出版社2018年版,第177—178页。

政府主义"的关系；但是他对"中国人的立场"的强调并不是违心言论。

巴金在抗战时期坚持的是带有无政府主义色彩的抗战观念，但是他的确将自己的奋斗重心暂时从实现无政府主义社会转移到了民族独立上，将自己呼吁的重点转移到了反对日本侵略和争取中国的独立上，那么他宣称自己"仍然是一个中国人，我的血管里有的也是中国人的血。有时候我不免要站在中国人的立场看事情，发议论"就可以理解了——他不过是为了"求同存异"，暂时强调了自己对民族独立的支持那一面罢了。

巴金在理论上反对"民族""国家"的分野，但是支持在大同社会实现之前弱小民族反压迫的斗争；这也是他看待抗日战争的角度，正如他在《只有抗战这一条路》中所说："许多人知道我是一个安那其主义者，有人说安那其主义者反对战争，反对武力。这不对。倘使这战争是为反抗强权反抗压迫而起，倘使这武力得着民众的拥护而且保卫民众的利益，则安那其主义者也参加这战争拥护这武力。只要这武力没有背叛民众的时候。"① 伴随着1935年年底以后民族危机的不断加剧，巴金的民族情绪不断增强，巴金明确意识到"整个民族的命运陷在泥淖里"②；到1936年9月写作《我们的纪念》时，巴金对于民族危机的感受更加深刻："那威胁着我们这民族的危机却是更加紧迫了。一只魔手紧紧地扼住我们的咽喉。一个窒息的暗夜压在我们的头上，一个沦亡的命运摆在我们的眼前。到处现着崩溃的征兆，到处听见彷徨的呼号。这五年来我们似乎一天天地往无底的深渊里沉落下去了。"③ 如上文所言，在1941年，巴金甚至直接强调了自己的"中国人立场"。但是这并不代表巴金放弃了无政府主义信仰，巴金只是站在反侵略、争独立的角度来看待抗战——因为巴金仍将无政府主义目标的实现看作最终目的，抗战只是

---

① 巴金：《只有抗战这一条路》，《中流》1937年第2卷第10号。
② 巴金：《别》，天津《大公报·文艺》1935年12月9日。
③ 巴金：《我们的纪念》，《文季月刊》1936年第一卷第五期。

中间途径。

巴金认为:"我说过抗日是一道门,我们要生存要自由,非跨进这道门不可,至于进了门往那条路走,那是以后的事了"①,但是他也进一步说明,"我从没有怀疑过抗×的路。我早就相信这是我们目前的出路。我所看见的大众的路里就包含着争取民族自由的斗争。此外我再没有个人的路。把个人的利益放在众人的利益里面,怎么还能有所谓个人的路?但是大众的路也并非简单的'抗×'二字所能包括。单提出'抗×'而不去想 After——what 还是不能解决问题的。我们且把'抗×'比作一道门,我们要寻到自由和生存,我们要走向光明,第一就得跨进这道门。但跨进门以后我们还得走路。对于那时的步骤目前也该有准备了。因为我们谁都不是狭义的爱国主义者。而且近年来欧洲大陆已经给了我们不少有益的例子"②。在这里,巴金明确表示"抗战"不是最终目标,所谓"大众的路"才是,这也是巴金对无政府主义最终目标的含蓄表达。其中,"欧洲大陆的例子"其实就是指巴金密切关注的西班牙内战,在巴金的译作《西班牙的斗争》中,西班牙无政府主义者在内战中的目标是:"建立一个基础在自由社会主义上面的新社会。它反对任何形式的国家资本主义。它所企图建立的新社会是由许多自由的公社联合而成,并且是以经济的与精神的生活之共同的利益为基础"③;通过 1937 年系统开启的西班牙内战相关论著译介工作,巴金对世界另一边的西班牙无政府主义者给予同情和支持,并且表明对无政府主义信仰的坚持——其中最重要的就是对"狭义的爱国主义"的反对,而追求在民族独立的基础上进一步实现全世界无政府主义社会。这也是巴金对中国抗日战争的期待。与此同时,巴金坚持以无政府主义理念看待抗日战争:包括坚持民众抗战、不与政府合作,并呈现出同情日本人民的国际主义倾向等。关于这一点,

---

① 巴金:《失败主义者》,《见闻》1938 年第 2 期。
② 巴金:《路》,《文丛》1937 年第 1 卷第 5 号。
③ [德] 若克尔著:《西班牙的斗争》,载巴金译《巴金译文全集》(第八卷),人民文学出版社 1997 年版,第 287 页。

学界已有相关阐述①，正如周立民先生所说："巴金是从人民争取自由、反抗奴役的角度来思考抗战的，它超越了国家和种族的局限，仍然是一个无政府主义的抗战观。"②

《〈火〉第二部后记》并不能完全抒发巴金的愤懑，他又愤而连作数篇散文，并结集为《龙·虎·狗》。巴金说当时创作的心情是："我当时年少气盛，又迷信科学，不相信诸葛亮会骂死王朗，因此不但不服，而且常常回敬几句"③。巴金在《龙·虎·狗》中表达了自己在斗争中体会到的苦闷的心情，以及对无拘无束地追求信仰的渴望。其中写作于1941年7月30日的《死去》一文是巴金直接回应"桂林批判"的佳作。在文中，巴金以讽刺的笔调，写作为一位作家的"我"梦到自己死去，批评者们争相在他的墓前批判他，认为他思想浅薄、狭隘，不能给读者们"指一条出路"，"我"最后实在忍受不了，就坐了起来，批评者们因此被吓得四散而逃④。这无疑是借"梦"的形式在描写作者感受中的"桂林批判"，其中的批评文字"浅薄、落后、不通、错误""你没有给人们指一条路，你的思想永不能给人们指一条出路"等就是"桂林批判"中反复出现的话语。很明显《死去》是对鲁迅的《野草·死后》的仿作。巴金在文章开头这样写："有一夜我梦见自己死去"，《死后》的第一句是："我梦见自己死在道路上。"⑤鲁迅借"梦"虚构了一个死亡后的世界，借"棺材内的困境"将女师大学潮中鲁迅的"碰壁"心情形象地表达出来，借"看客"意象反思了中国的国民性问题，"梦"让鲁迅可以驰骋想

---

① 参见山口守《巴金与西班牙内战》，《中国现代文学研究丛刊》2007年第1期；周立民《在信仰与文学之间——由"信仰"解读巴金的创作》，《中国现代文学研究丛刊》2007年第3期；晓行《论无政府主义信仰对巴金抗战文学的潜在影响——兼谈〈火〉三部曲的价值取向》，《中国文学研究》2008年第1期等。

② 周立民：《在信仰与文学之间——由"信仰"解读巴金的创作》，《中国现代文学研究丛刊》2007年第3期。

③ 巴金：《六 关于〈龙·虎·狗〉》，载巴金《创作回忆录》，人民文学出版社1982年版，第55页。

④ 参见巴金《死去》，载《巴金全集》（第十三卷），人民文学出版社1990年版，第377—381页。

⑤ 鲁迅：《死后》，载《鲁迅全集》（第二卷），人民文学出版社2005年版，第214页。

象,为其提供了一个形象的表达空间;而巴金则借"梦"将"桂林批判"的过程及其带给自己的感受形象地表达了出来。鲁迅的创作经验为巴金提供了修复自我的重要精神力量。

在《救亡日报》《立报》出现了一些批判文章后,仅仅到1941年年初,这股势头就减弱了不少;1942年、1943年在《力报》上还有一些文章,但都是散兵游勇,没再有群体批判的架势了。关于"桂林批判"消散的原因,时人一般将其归纳为《〈火〉第二部后记》及《死去》等散文的威力。比如诸葛灵在1944年6月就说"巴金到了桂林之后,刊物上发表了一二篇带有逗挑性的散文,写他在棺材里恭听专家'研究'大论,这时专家是用沉默来'抵抗'了……'研究巴金'烟消雾散"①;孙陵也说:"巴金在昆明写了一篇《死去》,对那些谩骂者回骂一番。我把它登在自由中国第二期。真是奇迹,那些乌烟瘴气的几个报纸,突然一句关于巴金的话也没有了。"②

但是左翼批评者会因为巴金的调侃就戛然止步吗?背后是否有更重要的原因?据巴金1993年向陈丹晨回忆说:"桂林批判"后,"后来总理(周恩来)叫李亚群来向我解释。李亚群不认识我,叫司马文森来与我谈"③。孙陵也提到,"巴金来到桂林,那些出面骂他的丑角司马文森之流,还厚着面皮登门求教"④。

周恩来当时是上文提到过的中共南方局书记,中共南方局是中国共产党为了应对抗日形势的发展,专门成立的针对南方国统区和沦陷区的党组织,其任务首先就是引导这些地区的文化工作,而桂林作为抗战后期重要的文化城自然是中共南方局工作的重中之重。也正因如此,周恩来会引导并支持"文协桂林分会"的建立。其次,中共南方局在桂林的

---

① 诸葛灵:《"研究巴金"?》,载李存光编《巴金研究资料汇编(1922—1949)》(下),香港文汇出版社2011年版,第1158页。
② 孙陵:《我熟识的三十年代作家》,成文出版社1980年版,第75页。
③ 陈丹晨:《可以出个批判集》,载陈丹晨《走进巴金四十年》,江苏文艺出版社2008年版,第224页。
④ 孙陵:《我熟识的三十年代作家》,成文出版社1980年版,第75页。

重要工作之一就是进行统战工作，要尽可能团结当时在桂林的不同党派、不同倾向的文人，"在皖南事变和太平洋战争爆发之后，南方局又派李亚群、邵荃麟、张友渔等同志在桂林做统战工作和接待从香港回来的文化人"①。基本可以确定在巴金表示不满后，出于统战的需要，中共南方局通过李亚群和司马文森试图调解此事。

除此之外，宋云彬可能也向巴金表示了和解。据时人诸葛灵说："听说宋云彬看到了'后记'，写好一封长信分三路寄交巴金，解释'暗进谗言'的'误会'，听说那封长信也是研究的报告书，敝人除了耳闻，无缘拜读"②。

总之，在中国共产党和左翼文人的调解之下，该场论争并没有进一步扩大化。在1941年9月回到桂林后，巴金也重新加入"文协桂林分会"的相关活动中去，并且在1941年12月就被选举为"文协桂林分会"的理事。但是在时隔半个世纪之后，巴金在和陈丹晨的谈话中表示"不大愿意详细讨论"此事，即使主动提起也很困惑："他们为什么要这样做（指桂林批判），我也不明白。"③ 可见，在20世纪40年代，巴金接受调解无疑也和抗日战争的大环境有关，严重的民族危机使民族矛盾成为压倒一切的主流；在民族独立战争的召唤之下，巴金也愿意放下一切，继续参与"文协桂林分会"的进步活动。

但是，"同路"不代表"同一"，巴金并未放弃自己的无政府主义信仰，而是继续坚持着自己的信仰和创作，这在之后的《火》第三部对民众抗战的坚持，以及在1943年、1944年和赖诒恩的论战中对互助论的强调都可以一窥其究竟。但是值得注意的是，巴金的确收缩了自己对无政府主义的公开宣传，他干脆不再直接提及无政府主义。

---

① 佘爱春：《抗战时期桂林文化城的文学空间》，博士学位论文，南京大学，2011年，第19页。
② 诸葛灵：《"研究巴金"？》，载李存光编《巴金研究资料汇编（1922—1949）》（下），香港文汇出版社2011年版，第1157页。
③ 陈丹晨：《可以出个批判集》，载陈丹晨《走进巴金四十年》，江苏文艺出版社2008年版，第224页。

结　语

"桂林批判"体现了抗战时期团结在"文协桂林分会"周围的部分左翼文人的宗派主义倾向。"桂林批判"尽管短暂，却对巴金产生重要影响，群起而攻之的批判方式无疑使巴金更加敏感，中国共产党政要的参与调解，更是影响了巴金之后的行为选择。"桂林批判"成为巴金抗战时期行为转变的重要节点。

现代戏剧与川渝文化研究

主持人：马俊山

主持人语：

收在这里的四篇文章，话题都跟戏剧有关。

按理说，戏剧是最具地方色彩和地域特性的艺术形态。中国有三百多个剧种，绝大多数都是地方戏。即使像昆曲、京剧这些曾经风靡全国的剧种，当初也都是地方戏。京剧虽曾一度被誉为国剧，但您很难说它真的是全中国各个社会阶层都爱看、都能看得懂、至今依然广受欢迎的艺术。它的影响力和受众群体，始终局限于某些特定的地方和特定人群。但话剧是个例外。它伴随着现代中国的兴起而兴起，紧跟着中国现代化的脚步而成长壮大，从城市到乡村，从东部到西部，最终成为覆盖全国各地方、各民族，完全跟国际接轨而又具有鲜明中国特色的新兴民族戏剧。它也有地方性，但这个地方性是相较于其他国家而言的中国性。它也有地域性，如具体艺术家的文化修养、审美偏好，以及溶解在题材里的特殊风土人情、时代背景、方言土语等，都会使一时一地的话剧创作呈现出某些共同特性，于是就有了"京华风俗戏""海派话剧""黑土地话剧"等称谓。但由于它以法定的语言——普通话为工具，而且具有相对统一的审美方式，如悲剧、喜剧、正剧以及现代、后现代戏剧之类，因而更容易被全国各地、各民族、各阶层的人民所接受。研究戏曲，其实很大程度就是在研究戏曲艺术的地方特性，特别是地方戏研究，而话剧研究无论是宏观还是微观，最终都会归结到它的普遍规律或共同属性上。长期以来，差异性和地方性，在话剧研究中始终是一块很少有人理会的短板。但这并不意味着它不是个问题。

近几年，中国的文艺研究中兴起了一股"地方路径"热，仅今年已经开过或拟议召开的研讨会就有好几个。就欧美而言，地方性（地方的风土人情，民间文艺，价值观念等）的发现是 19 世纪的事情，首先通过浪漫主义文学表现出来，而以现代民族国家的兴起为背景。因此，这个地方性就跟民族国家观念天然地融为一体，如德国、爱尔兰、俄罗斯 19 世纪初中期的诗歌、戏剧。中国的情形则大为不同。现代中国是以"革命""断裂""重建"的形式，告别旧时代、旧政权、旧文化，而以"开放""认同""接轨"的方式进入全球化，融入世界进步潮流的。所以，现代中国文艺的地方性、民族性虽然与生俱来，但在相当长的时间里，它是一种隐蔽的、自然的，甚至是自卑的存在。直到20世纪30年代，国民党政权出于政治认同的需要，大力提倡"民族主义文学"，现代文学潜在的本土性、地方性、民族性、国家性方得浮出水面，但立即招致更具国际性的左翼文学的激烈批判和抵制。这次冲突奠定了现代文艺内部地方性、本土性、特殊性与国际性、全球性、普适性冲突的基本格局。直到抗战爆发前后，民族认同成为全国人民迫切的、现实的政治需要，文艺的地方性、民族性、特殊性才成为某种思想共识，但也因理解的差异而激起过一次次思想论争。纵观中国现代文艺的历史，似乎存在这样一个规律：每当外部压力增大，内部分歧严重的时候，必然伴随着本土性、地方性、特殊性、民族性、国家性观念大行其道；而当外部压力减轻，内部矛盾缓和的时候，就该全球化、普适性、共同性理论登场了。在我看来，当下所谓的"地方性""地方路径"之类说法，不过是微缩了的民族性或国家性，或者说是肉身化了的民族性与国家性。

在这样一个历史关头，保持思想的清醒是非常必要的。这四篇论文，除吴彬以外，其他都未正面讨论或直接涉及戏剧的地方性问题，但这并不是说跟地方性完全没有关系。魏明伦跟四川的联系是显而易见，无法回避的。其他三篇讨论的对象，也都跟抗战时期的川渝有关，只不过这种关联是潜在的、内蕴的、原始的，并未进入作者的思想路径和话语体系而已。我们期待着这方面的研究成果出现，但并不希望大家都去赶时髦，最好还是各走各的路。

闲言少叙，先看论文。如果您还有兴趣，也可以读读我附在栏目后边的一些感想。

魏明伦剧作的悲剧特征[*]

吴 彬[**]

内容提要：魏明伦是当代著名剧作家，在戏曲创作领域对悲剧内涵做了深入研究。反"大团圆"模式，巧设"命运局"，悲喜相混杂，这是魏明伦悲剧创作的主要特征。魏明伦以其创作实绩深化了悲剧内涵，丰富了戏曲文学画廊，意义重大。

关键词：魏明伦；剧作；悲剧

魏明伦是当代著名剧作家，他的剧作思想深刻，文辞当行，意味深远。以"反封建"为主题，魏明伦对中国戏曲的悲剧意蕴做了深入开掘，在同行中独树一帜。魏明伦剧作的悲剧特征，主要表现在三个方面：反"大团圆"模式，巧设"命运局"，悲喜相混杂。

一 反"大团圆"模式

中国是以伦理为本位的国度，"贵和尚中"是伦理社会下人们的文化追求和理想。在此文化基础上产生的戏剧也就免不了要走上"大团圆"模式。自"五四"以降，由于西方戏剧的译介以及西方戏剧观的引入，

---

[*] ［基金项目］2020年国家社科基金艺术学重大项目"中国戏曲历史题材创作研究"（20ZD23）。

[**] ［作者简介］吴彬（1980— ），男，文学博士，浙江传媒学院副教授，主要从事中国现代戏剧、地方戏研究。

"大团圆"式的悲剧模式不断受到批判。正如胡适所言:"中国文学最缺乏悲剧的观念,无论是小说,是戏剧,总是一个美满的团圆。现今戏园里唱完戏时总有一男一女出来一拜,叫做'团圆'"。胡适认为,这是一种"团圆迷信","这种'团圆的迷信'乃是中国人思想薄弱的铁证",这种"闭着眼睛不肯看天下的悲剧惨剧"的文学是"说谎的文学"。① 鲁迅也认为:这种闭着眼睛看的文学是中国人不敢正视苦痛而作的"瞒"和"骗"的文字,"中国人的不敢正视各方面,用瞒和骗,造出奇妙的逃路来,而自以为正路。在这路上,就证明着国民性的怯弱,懒惰,而又巧滑"。② 加之这种模式存在于长期被封建统治者作为愚民手段而利用的传统戏曲舞台上,因而对"大团圆"模式,对旧戏的批判始终与对传统文化的批判和"反封建"联系在一起。

话剧传入中国之后,受"话剧—戏曲"二元对立思维的误导,"五四"《新青年》派一味地在吹捧作为舶来品的话剧,对旧戏的批判不遗余力。由于对旧戏批判的偏激,以致忽视了对传统戏曲的改造、保护和继承,忽视了传统戏曲向现代的转化,忽视了传统戏曲的剧目建设。中华人民共和国的成立,为传统戏曲提供了充分的发展空间。"十七年"时期,在政府倡导的"三并举"和"双百"方针指引下,不管是改编传统戏,写作现代戏,还是新编历史剧,也不管是喜剧还是悲剧,都不乏优秀作品出现。新时期以来,在戏曲领域,"三驾马车"的出现,无疑是具有划时代意义的。他们无一不是运用现代意识对戏曲文学进行了再造,其作品普遍具有深广的人文关怀和深刻的悲剧意识,对"大团圆"模式构成了挑战。其中,尤以魏明伦最具有代表性。

魏氏作品不多,但分量极重,不管是电影本还是川剧舞台本,没有一部是以"大团圆"结尾的。不管是悲剧,抑或正剧,他的剧作结尾都是与传统的戏曲模式相悖的。有的剧作虽然并未以悲剧结尾,但也并未

---

① 胡适:《文学进化观念与戏剧改良》,载《胡适文集》第2卷,北京大学出版社1998年版,第122页。
② 鲁迅:《论睁了眼看》,载《鲁迅全集》第1卷,人民文学出版社1973年版,第221页。

实现传统意义上的"大团圆",而是以一种开放的姿态展现给读者,如《岁岁重阳》和《中国公主杜兰朵》。其作品由于打破了传统的欣赏习惯、审美标准和接受心理,往往起到震人心魄的撼人力量。有些剧作的结尾简直就是神来之笔,给观众心理造成强烈的逆差,使其审美期待遇挫,但旋而细思却又合情合理。这尤以《夕照祁山》《易胆大》和《巴山秀才》最具代表性。

《易胆大》是一出反映旧社会江湖艺人苦难生活的作品。这类作品许多地方剧种都有,但是它们大都是停留在社会学层面,只是揭示了旧社会如何黑暗,让观众看过之后加深对旧社会的痛恨和对新时代幸福生活的珍惜之情。与大多数同类题材不同,魏氏剧作的高明之处在于,他在对旧社会苦难生活揭示的同时,把笔触深入这种苦难生活的背后,直插封建统治者的心脏。由于鲜明的反封建立场和自觉意识,他始终是把矛头对准封建上层建筑的。全剧以"名优之死"这个悲惨的场面开始,又以"乐极生悲"场面结局。作品通过"立志复仇""一闹茶馆""二闹坟山""三闹灵堂"等一系列富有戏剧性的场面,从正面描写了江湖艺人易胆大机智勇敢、行侠仗义、疾恶如仇的优良品质。他把骆善人和麻五爷一帮封建卫道士和地痞无赖随意玩弄于股掌,他的每一招数都是如此高超,令对手防不胜防,他本人也颇为自得和自信,经他安排,戏班顺利离开龙门镇码头。正当易胆大要携弟妹花想容一起脱离虎口之时,谁料花想容却在轿内抱灵自刎了,本来是一个喜剧的收场,忽然一下子乐极生悲,转入悲剧。从戏剧结构来说,如果以团圆收场,花想容随师兄易胆大顺利脱险也未尝不可,它并不游离于剧情。毕竟,通过前几场的智斗,在易胆大保护下,花想容的安全是完全有保证的。但是花想容却自杀了,自杀得又是那样突然,令一向机智的易胆大也感到吃惊。这看似突兀的一转却又合情合理。花想容临死前留下白绫血书:"这座码头兄保护,下座码头怎防身"。在那个时代,像麻五爷、骆善人之类的地痞恶霸到处都是,作为一个已经失去丈夫的弱女子,花想容的安全随时都有可能受到威胁,她随时都面临着丧身虎口的危险。而要改变这种命运,只有推翻旧制度,从根本上改变穷苦艺人被压迫受蹂躏的地位。而这正好切合了剧作者"反封建"的主题。

在魏氏所有反封建的剧作中,《巴山秀才》无疑是最重要的一部。该剧结尾同样突兀,被誉为"神来之笔",实不为过。据说在实际演出过程中,大多数观众看到钦赐御酒、佳乐齐鸣的时候,认为戏已结束,便纷纷离座。这正是因为观众看"大团圆"结尾的戏太多,就欣赏习惯而言,脑海里还是那个既有的团圆模式。但是,"当巴山秀才在台上痛呼一声'毒酒',观众席里立即鸦雀无声,因为前面几小时所形成的审美顺势一下子被打断了"。① 《巴》剧共分八场,通过"求赈""谎报""屠城""迁告""智告""换札""搜店""揭底"等一系列戏剧场面,塑造了一个由"拒告"到"迁告",再到"智告",最后"怒告",这样一个思想逐渐成熟的旧知识分子形象。从开始的"拒告"到最终的"怒告",孟登科完成了从腐儒到义士形象的升华。从剧情来看,一个完整的戏剧动作已经出现,该剧可以顺利收场。三杯御酒既平了民愤,又圆了秀才的夙梦。但是作者偏偏打断观众几个小时形成的审美顺势,笔锋陡转,三杯御酒变成了三杯毒酒,告状有功的秀才被赐死,昏官酷吏重掌权柄,告状最终以失败结束,夫贵妻荣的喜剧收场顿时转为悲剧结局。这种对观众思维定式和心理定式构成冲击与挑战的收场,不但没有丝毫的牵强,反而有不可言喻之妙。秀才临终唱道:"大清朝,大清朝,大大不清",一针见血地指出封建王朝的罪恶本质,对封建统治阶级及其上层建筑起到了深刻的批判效果。一出本来是批判酸秀才的性格悲剧顿时转化为批判统治阶级的社会悲剧。

二 巧设"命运局"

对命运的追问,由来已久,它是伴随着人类社会的形成而出现的。特别是在远古时期,科技不发达,人们的知识有限,对于命运的恐惧和

---

① 余秋雨:《〈巴山秀才〉的结尾》,载魏明伦《凡人与伟人——魏明伦男性剧作选》,作家出版社2001年版,第243页。

探究更是强烈。因此,在那个时代星相占卜与祈神巫祝比较发达,中外东西概莫能外。戏剧的形成因为与巫术保持着千丝万缕的联系,命运观念自然会渗入戏剧并对之产生影响。戏剧的产生,迄今所知最早的是古希腊。古希腊戏剧尤以悲剧最为发达,至今仍是令后世很难望其项背的高峰,而古希腊悲剧又大多与命运相连,特别是《俄狄浦斯王》,以其强烈的不可抗拒的命运观念令后世击节扼腕,赞赏不绝。正如胡适所言,"天地不仁,'造化弄人'"作为"希腊悲剧中最普通的观念"已经定型。① 在中国的戏剧中,也同样存在着命运观念。但是,中国戏曲成形相对较晚,儒家思想占据正统,作为封建统治阶级娱乐治世的工具,戏曲舞台充斥着封建教化思想。儒家爱讲"乐天知命",所以中国戏曲中的命运观念虽有,但只是以伦理为本位,并不像希腊悲剧中的命运观那样上升到形而上的哲学高度。因此,中国传统戏曲"苦情戏"多,真正的悲剧少。

中国的传统戏曲,因为植根于封建伦理之上,对于命运的探讨始终流于肤浅。而真正把命运问题的探究推向一个新的高度的无疑是魏明伦。戏剧学者廖全京认为,"戏剧中哲学的渗透,或者说戏剧家的哲学意识的强化,是现代戏剧发展过程中的一个必然环节"。② 关于命运的探讨是一个永恒的哲学话题。学者胡邦炜说:"对人生的思考和对人的命运的关注关怀,始终是一个严肃的作家无法回避的主题,也始终是文学作品必须表达的内容。"③ 在《静夜思》中,身为妻子的科长,百般劝说身为局长的丈夫出面请求老领导(司令员)把自己的儿子从中越战争的前线调下来,因为为革命无私奉献了几十年的局长夫妇,如今已是上了年纪之人,他们只有一个儿子。作为母亲,自然希望自己的儿子平安无事,所以得知儿子上了前线,她希望把儿子调回来,为此不惜与多年和睦的丈夫大

---

① 参见胡适《文学进化观念与戏剧改良》,载《胡适文集》第2卷,北京大学出版社1998年版,第123页。
② 廖全京:《中国戏剧寻思录》,文化艺术出版社2005年版,第269页。
③ 胡邦炜:《沉重苦涩的人生悲歌》,载魏明伦《凡人与伟人——魏明伦男性剧作选》,作家出版社2001年版,第253页。

动口角。但就是在他们为儿子的事争吵并拨通了老领导的电话的时候，传来消息，儿子牺牲了。一切美好的愿望都被打碎了，怕发生的事情到底还是发生了。战争的无情固然给剧作抹上了阴影，但命运的残酷无疑给人的心灵造成了更为沉重的打击。同样，在《岁岁重阳》中，菱花生怕二女儿荒妹走上和姐姐存妮相同的道路，但奇怪的是，姐妹俩不但先后爱上了豹子、虎子俩兄弟，而且，她们的行为都受到了党支书沈长斌的干预，惩治她们的手段也几乎一样。不过，由于时代不同，她们的结局也不同。这出戏，作者采取了双连环结构，上篇写姐姐，下篇写妹妹，各占三场。这种有意的结构安排使该剧更像戏。

  对于命运探讨最为深刻的还是《变脸》和《夕照祁山》这样的大戏。《变脸》有两个版本，一个是电影本，另一个是川剧舞台本。同样是以"变脸"特技为贯穿剧情的情节线索，川剧本显得简单或单薄。这一方面是由于把"寡妇沉江"两个场面删去了，另一方面是砍去了水生的戏。在《变脸》中，水上漂一直想有个儿子，能够延续他的香火，传承他的变脸绝活儿。他以前也确实有个儿子，不过川剧中只是一语带过，说"儿子出天花死了，独苗苗早就断了"，接着就是说老婆嫌他穷，跟野汉子跑了，从此他便忌恨起女人来了。在电影本中却有浓墨重彩的描写。

  镜头闪回，清末之季，丰都城前，水上漂携子街头卖艺。散兵游勇要看变脸绝活儿，水生秉承"技不外传"的祖训，惹恼兵勇，兵勇大打出手，水生为之丧命。水上漂醒来，人散子去，孑然一身。中年丧子，水上漂承受了命运的第一次打击。为了绝活儿不至失传，水上漂几经挑拣，终于从人贩子手中以一条狗换得一个"男孩儿"狗娃。为了这个孙子，水上漂付出了自己所有的真情。孙子被毒蛇咬伤，他多方奔走寻医问药。为了买药，他把自己的家当都卖掉了；为了能让病重的孙子早日看到祖孙的合影照片，他不惜血本，添钱让照相馆快洗。但是，一个偶然的机会，他发现狗娃竟然是个女孩儿，他感到自己一个老江湖被一个八九岁的娃娃骗了。由于一直坚持"传儿不传女"的信条，水上漂决心赶走狗娃。就这样命运第二次捉弄了他。狗娃离开水上漂之后，遇到了杨族长的孙子杨继宗，并在危难之中救出了继宗。为了报答水上漂的恩情，还他一个男孩儿愿，心地善良的狗娃把继宗送给水上漂。水上漂以为是上天所赐，喜之不尽，便给继宗改名为天赐，认作孙子。正当水上漂深深陶醉在后继有人的祖孙二人天伦之乐时，却不明不白地锒铛入狱，被判贩卖人口的罪状，几欲问斩。命运第三次显示出它的残酷性。幸亏狗娃多方奔走，终于以死打动师长，水上漂获救。知道事情原委后，水上漂终于认下狗娃作为孙女，并把绝技传给了她。在这里，水上漂虽然化险为夷，虎口脱生，但命运第四次捉弄了他。他一直希望得到个孙子，最终还是与孙女相伴。他恪守"传内不传外""传儿不传女"的信条，最终还是把绝活儿传给了无丝毫血缘关系的女孩儿狗娃。就因为这个信条，水生献出了自己的生命，水上漂也倾家荡产，险些丧生。从传艺给水生到买来狗娃，到抱养天赐，再到传艺给狗娃，四次变故，水上漂四次都是事与愿违，成为一个失败者。水上漂的悲剧固然是有社会原因和个人思想的局限，但命运这只无形的手却无时无刻不在背后捉弄着他。水上漂的四次事与愿违，正是歌德所说的"应当"与"愿望"之间的矛盾。歌德认为，"一个人所能遭受到的最大和最多的痛苦，产生于每个人胸中存在着的应当与愿望之间的，还有应当与现实，愿望与现实之间的不协调的关系，正是这些不协调的关系时常使人在生命的过程中陷入窘境""古代的悲剧是以不可避免的应当为基础的，愿望竭力抵御应当，但这只是使它更加严酷，来得更加迅速"。这种"应当"便是一种无形的命运，它包含着"生成，发展和消亡的法则以及生与死的法则""只要是应当就是专横的"。[①] 诚如胡邦炜所言："对人生的思考和对人的命运的关注关怀，始终是一个严肃的作家无法回避的主题，也始终是文学作品必须表

---

① 歌德：《说不尽的莎士比亚》，载《歌德文集》第10卷，人民文学出版社1999年版，第239—240页。

达的内容。"①《变脸》"在探寻人生和人的命运在宿命力量驱使压迫下的挣扎反抗及其归宿"方面达到了前所未有的高度。由于川剧本旨在表达"返璞归真唱善良"这一人性主题，所以作者把更多笔墨放在了水上漂与狗娃之间，更多是刻画水上漂对待狗娃的矛盾心理，落脚点更多是水上漂个人品性中的"善良"，而不像电影本中对人物外在因素的追究。当然，有一得则有一失，川剧本得之于人性美的呼唤与歌唱，而失之于思想穿透力的哲学升华。

《夕照祁山》是一部关于诸葛亮和魏延的历史传奇剧。在诸葛亮这位被后世奉为神明，能掐会算的贤相面前，命运同样显示了它的残酷与无情。诸葛亮要杀魏延，是因为魏延有反骨，怕他日后功高弑主。为了江山的稳固和长久，葫芦谷用火，诸葛亮试图在烧死司马懿的同时，把魏延一并烧死。这样可以一举四得，既挫败了魏国的主力，为进兵长安扫清障碍，又除去了魏延这个后患，保住了后主的帝王之位；既成全了魏延保住晚节，让他博得"为主尽忠""为国捐躯"的美名，又避免了自己因杀魏延落个屠戮功臣的恶名。但偏偏上天不遂人愿，正当他自以为神机妙算，神不知鬼不觉，"长跪抚尸"时，一场大雨把死去的魏延浇醒又活转过来，葫芦谷烧死的司马懿也只是个替身。这个时候，诸葛亮禁不住发出"谋事在人，成事在天""既生卧龙，何生司马"的长叹。一个素以神机妙算闻名的军师、丞相，竟然被命运大大地耍弄了一回，妙计非但没能成功，自己反而"呕吐鲜血"，一病不起。火烧魏延不成，自知将不久于人世的诸葛亮，又于病榻之前授计马岱，事后快刀斩魏延。后来，幻梦之中，夫妻相逢，阿丑的话使诸葛亮醒悟，魏延不可杀。于是，他决计召回马岱，收回成命。但偏偏在这个时候，诸葛亮死之将至，口舌难张，举笔无力，马岱却又误解了丞相的意思。正如歌德所言："愿望竭

---

① 胡邦炜：《沉重苦涩的人生悲歌》，载魏明伦《凡人与伟人——魏明伦男性剧作选》，作家出版社2001年版，第253页。

力抵御应当,但这只是使它更加严酷,来得更加迅速。"① 结果,诸葛亮"笔落人倒,死不瞑目",而魏延也无辜被杀,不明不白地死去,从此"蜀中无大将,廖化作先锋"。在命运面前,一位位极人臣的三军统帅、一代贤相竟和普通人一样难以自主。一心扶保汉室江山的诸葛丞相,却轻易下令杀了有功的大将,造成"蜀中无大将"的局面,加速了国家的灭亡。临终之时,妻子阿丑托梦,他本想收回成命,赦免魏延,偏偏又不能言语,马岱又误解其意,结果是他死不瞑目,留下千古遗恨。命运的残酷和无情再次显示出来,显示出人类的渺小。在强大的命运面前,不管是普通的平民百姓,还是如诸葛亮这样的名臣显贵,一样的软弱无力,一样的渺小可怜。

三 悲喜相混杂

就体裁而言,戏剧可以分为悲剧、喜剧和正剧。"悲剧与喜剧是人类在理论上对戏剧分类的最早的模式。"② 古希腊戏剧的传统比较早,当时只有悲剧和喜剧两种,正剧的出现是后来的事。传统的悲剧主要是写帝王将相等大人物,传统的喜剧写的是鄙下丑陋的小人物,这是等级制度在戏剧创作上不平等的表现。正剧则是启蒙运动时期,随着第三阶级登上政治舞台而出现的,其表现主体则是城市市民。

魏氏的剧作,如果按照传统的悲喜两分法,往往使人感到棘手。因为他的剧作说是悲剧,又不像西方悲剧那样一悲到底;说是喜剧,到结尾又往往出落天外,忽然转悲;也不是西方所谓的悲喜剧。他是"该悲则悲,该喜则喜,该正则正,该闹则闹"。③ 这种亦悲亦喜的创作着实让研究者难以归类。对此,魏明伦曾自嘲说,他的戏剧不是悲剧,也不是喜剧,是"乱弹"。乱弹本是声腔的一种,川戏里所谓的"昆高胡弹灯"

---

① 歌德:《说不尽的莎士比亚》,载《歌德文集》第 10 卷,人民文学出版社 1999 年版,第 240 页。
② 董健、马俊山:《戏剧艺术十五讲》,北京大学出版社 2004 年版,第 42 页。
③ 魏明伦:《多存芝麻好打油——〈易胆大〉创作散记》,载魏明伦《戏海弄潮》,文汇出版社 2001 年版,第 26 页。

中的"弹"（即弹戏）便是此类。魏氏之所以这么说，无非表示自己的剧本并不是严格按照悲剧、喜剧或悲喜剧的固定模式创作的。其实，魏氏的这种创作并非无法规定，它还是有绳可依的，那便是悲喜混杂的平民悲剧。

"平民"的概念是"五四"时期由周作人率先提出来的。在《平民的文学》中，周作人指出："平民的文学正与贵族的文学相反""平民文学应以普通的文体，写普通的思想与事实"，它"不是专做给平民看的，乃是研究平民生活——人的生活——的文学"。周作人所说的平民，就是指平民知识分子和社会上大多数普通人。然而，知识分子的精英立场使他们忽视了当时作为中国社会主体的广大农民，正如戏剧史家所言："当时的剧作家大多是资产阶级和小资产阶级的知识分子，他们多从自我的感受出发去表现那个时代，视野不够开阔，选材不够广泛。他们所描写的主要是上层社会的矛盾、知识分子和市民的生活境遇，而对处在社会最底层的广大劳动人民的生活和思想，则反映较少。"[1] 真正将城市知识分子和农民同时纳入"平民"这个概念的还是20世纪80年代以后。

与西方悲喜剧类似，魏明伦笔下具有悲剧色彩的人物也是以性格取胜，不管是《易胆大》中的易胆大和花想容、《变脸》中的水上漂、《岁岁重阳》中的存妮，还是《巴山秀才》中的孟登科。但不同的是，西方的悲喜剧往往是以喜剧收场，魏明伦的作品却是以悲剧收场，这是他对中国传统戏曲特别是川剧的继承。川剧中很少见到彻头彻尾的悲剧，往往是穿插进去喜剧的场面，悲喜混杂是川剧的传统。四川人天性乐观，川剧中往往是悲喜并存，纵是悲剧，也大多以喜剧情节贯穿，可以说是"喜剧其表，悲剧其里"，其"是为了以喜来表现悲剧人物的美好性格"[2]"揭露、讽刺和嘲笑悲剧制造者的丑态和罪恶""为悲剧增添生活的情

---

[1] 陈白尘、董健：《中国现代戏剧史稿》，中国戏剧出版社1989年版，第120页。
[2] 苏鸿昌：《论川剧传统戏中的悲剧》，载隗芾等《戏曲美学论文集》，中国戏剧出版社1984年版，第144页。

趣"。① "川剧中的真正的优秀悲剧与悲观主义是绝缘的,在悲剧中,美的人和美的事虽然毁灭了,但是美得到了充分的肯定,美的人和美的事在对丑的人和丑的事所进行的艰苦的、严重的、巨大的斗争中所显示的崇高,必然会赢得人们的崇敬,陶冶着人们的精神;造成美的毁灭的丑的人和事却遭到了否定,引起人们的无比憎恨,激发人们与之进行斗争。这样的悲剧所产生的美学效果,便不是使人悲观失望、意志消沉;而是令人激昂高亢、悲歌奋进。"②

由于承续了"五四"薪火,立足于人性观照,魏氏剧作的主人公无一例外被赋予平民意识,成为一个普通人。可以说,他的作品是真正实现了表现平民、展现人民大众的平民精神。他笔下的悲剧人物涵盖了各色人等,既有易胆大、花想容、水上漂这样的江湖艺人,又有潘金莲这样的下等用人,还有许秀云、沈存妮这样的农村姑娘,孟登科这样的穷苦书生,以及诸葛亮这样的名臣显贵。魏明伦自称是"背靠传统,面向未来",他的悲剧创作正是充分汲取了川剧和西方戏剧营养后的悲喜混杂。他以自己的敏锐,把视野投向平民阶层,创作出真正属于魏明伦风格的悲喜混杂的平民悲剧,而尤以《易胆大》和《巴山秀才》最为出色。

《易胆大》和《巴山秀才》的主人公都是身处底层的平民。前者是江湖艺人,后者是半生潦倒的穷秀才,两剧都是以悲剧开场和结束。前者是地痞麻五爷逼死艺人九龄童,欲非礼九龄童的妻子花想容。后者是巴山百姓县衙求赈,知县孙雨田派兵镇压,血洗巴山。两剧都是对封建专制社会黑暗面的揭露和控诉,但二者在剧情展开中都贯以喜剧手法。《易胆大》中的易胆大机智、勇敢、幽默、诙谐,师弟九龄童含恨离世,弟妹花想容又遭人欺负,他决心复仇。于是,剧作家通过"一闹茶馆""二闹坟山""三闹灵堂"几场戏,让易胆大这位"梨园怪杰"以佯狂的手

---

① 苏鸿昌:《论川剧传统戏中的悲剧》,载隗芾等《戏曲美学论文集》,中国戏剧出版社1984年版,第145页。
② 苏鸿昌:《论川剧传统戏中的悲剧》,载隗芾等《戏曲美学论文集》,中国戏剧出版社1984年版,第146—147页。

段随意戏弄地痞麻五爷、骆善人于股掌，使他们被愚弄而不知，从而达到复仇目的。他的这种喜剧性格和制造恶作剧的专长，使本来揭示江湖艺人苦难生活的戏剧减轻了几分沉重感，使一个沉重的话题轻松了许多，给欣赏者带来审美愉悦。但是易胆大又不是济公活佛那样无忧无虑、随处逢源的人，他带有"卓别林含泪的苦笑，话剧《伊索》幽默的哀愁"，他虽然机智过人，但他"是人不是神，是能人不是万能，是智多星不是大救星"，所以他也"有胜有败，有得有失，有喜有悲"。[①] 惩治麻大胆，他泰然自若，游刃有余，始终牵着麻大胆的鼻子走，直到把这个无赖地痞送上西天。在斗恶中他是一个胜利者，但不管他如何机智，最终还是失算一招，中了骆善人预设的埋伏，未能救出师妹，花想容自杀于轿中。本来是喜剧的情节一下子乐极生悲，跌入大悲剧。花想容"这座码头兄保护，下座码头怎防身"的遗言，把悲剧推向了顶点。

同样，在《巴山秀才》中，孟登科一出场，就是一个孔乙己式只会"之乎者也"可笑的穷酸秀才。剧作让这个穷秀才亲历血的教训，进而唤醒了他的愚顽，秀才决心焚书告状。"智告"和"搜店"两场，是该剧最具喜剧氛围的场次。张之洞是四川主考，冥顽的穷秀才忽然开窍，竟然在考卷中写出冤枉大状。这种告状方式真是奇妙，就连恒宝、孙雨田也感到突然，感到意外，感到措手不及，他们生怕掉脑袋的那副可怜相让人看了真是长出一口恶气，同时也为秀才的机智而鼓掌。特别是"搜店"一场，当孙雨田带人搜札时，秀才趁其不备将密札藏于帽中，然后"故作迂态"，说孙雨田"糟蹋斯文"。听说霓裳从下官房三号越窗而逃，孙雨田误以为是金蝉脱壳，气急败坏地刚一出去，孟登科忙把札取出，"长长吐了一口气"，才说了一句"好险"，谁知藏在桌子下的班头大吼一声钻了出来。这个时候，孟登科也感到突然和无措，不禁后退。对于观众，正要为秀才的机智而兴奋时，不禁一下子又要紧张起来，担心秀才的命运。当班头正要锁拿秀才之时，随员来到，报告秀才高中，"七算八算，

[①] 魏明伦：《多存芝麻好打油——〈易胆大〉创作散记》，载魏明伦《戏海弄潮》，文汇出版社2001年版，第29页。

冒出个九算来"。孟登科取下锁链，反锁起了班头。一个严肃紧张的"搜店"场面，使这一幕在观众一张一弛的心理颤动中以喜剧收场，但谁又曾料想，"八算九算，还有十算"。第八场"揭底"一场，正当孟登科手捧三杯御酒为告状胜利庆幸的时候，御酒成了毒酒。"三杯酒，杯杯催命"，秀才中毒而死，喜庆场面顿时化为悲剧，全剧在合唱声中落下帷幕。另如《潘金莲》，由于作者运用了荒诞手法，武则天、七品官、贾宝玉、吕莎莎、安娜，以及现代阿飞等跨国越洲、跨朝越代的人物的介入，一定程度上也给这出悲剧增添了不少喜剧色彩，但全剧还是遍布悲剧气氛的。

传统戏曲的现代化一直是个艰难的过程。20世纪80年代，魏明伦异军突起，以其创作实绩深化了悲剧内涵，丰富了戏曲文学画廊，意义重大，影响深远。其一，是对人性的深刻剖析，戏曲中的人物不再是"好"与"坏"两分法，每个人的性格都不是单一的，而是复杂的。正如魏明伦所言："总而言之都是人！是否都应各自具有人的光辉点，人的晦暗面，人的复杂性呢？"[①] 其二，是"戏剧家自我意识的觉醒和个性追求"。[②] 剧作家走到戏曲的前台，被观众所熟知，传统戏中的"演员中心制"转变为现代戏曲的"编剧主将制"。就一个新创剧目而言，给观众留下深刻印记的是剧作家的名字而非演员的名字，戏曲文学的地位得以提升。其三，观众的看戏心态发生了变化，由传统戏时代的"找乐子"转而为现代戏曲的"艺术享受"，由于这一时期的剧作"比以前同类题材的作品多了一层文化反思的内涵"，[③] 戏曲的功能也由"娱人"向"启蒙"转变，思想精深、艺术精湛、制作精良的剧目越来越受观众欢迎。巴蜀鬼才，苦戏成吟，魏明伦的剧作深得戏曲神髓，耐人玩味，值得研究。

---

① 魏明伦：《〈夕照祁山〉初演自白》，载魏明伦《戏海弄潮》，文汇出版社2001年版，第136页。
② 董健、胡星亮：《中国当代戏剧史稿：1949—2000》，中国戏剧出版社2008年版，第421页。
③ 董健：《中国戏剧现代化的艰难历程——20世纪中国戏剧回顾》，载《文学评论》1998年第1期。

思辨与转变：陈瘦竹的剧人之路*

梅 琳 宋 杰**

内容提要：陈瘦竹的剧人之路从发表戏剧文论开始，其在文论中强调文学宣传与艺术的统一，坚持文学、戏剧为抗战服务的理念。在经历"小城"的波折之后，陈瘦竹重新审视其戏剧观念和自我定位，进而坚定了戏剧之路。面对内战时期戏剧发展举步维艰的状态，戏剧如何自救成为他的担忧，陈瘦竹此时期的文论之中更多地展现出了一名剧人的责任与担当。陈瘦竹的剧人之路是戏剧思辨与身份转变的过程，在不断的自我审视之中，陈瘦竹完成了从翻译者、小说创作者到剧人的身份转变。

关键词：陈瘦竹；戏剧思辨；身份转变

陈瘦竹的戏剧活动始于抗战时期发表戏剧文论，得益于翻译工作的积累，其戏剧文论有着理论基础和思辨特征，其身份亦从翻译家、小说家等身份转换为剧人。抗战结束后，陈瘦竹已成长为知名剧人，面对戏剧发展的困境，自觉承担起作为一名剧人的使命与责任。纵观陈瘦竹的剧人之路，戏剧文论是其成长路径的重要展示，从中可觇视其作为一名

---

* ［基金项目］2018年国家社科基金青年项目"戏剧节与现代演剧制度转变研究（1938—1949）"（18CZW047）、2019年西南大学中央高校基本科研业务费项目（SWU1909317）。

** ［作者简介］梅琳（1983— ）女，文学博士，西南大学文学院副教授，硕士生导师，主要从事中国现当代戏剧研究。宋杰（1984— ）男，重庆市巴蜀中学校教师，主要从事中国现当代文学研究。

剧人的蜕变。

一 戏剧何为与身份确认

卢沟桥事变爆发，整个中国卷入抗战的洪流之中，在抗战前以翻译为主业的陈瘦竹以笔从戎加入民族存亡之战中。抗战初期，面对抗战文艺公式化的现象，文坛对"抗战八股"的讨论越发激烈，梁实秋的《编者的话》①更是一石激起千层浪，陈瘦竹敏锐地察觉到这一论争将会对抗战文艺的发展产生重要影响。

于是，陈瘦竹写下《血腥文学》一文，严谨且委婉地表达其观点。陈瘦竹在该文一开始就表明："时至今日，我们当然不能说文学里只准有鸟语花香，不许有血腥气；目前根本是个充满血腥气的时代，假如文学果真像有些人所想像那样藏身于象牙塔中的话，那末我们就毫不客气的在塔下叫喊：'劳驾，请您也过来帮一点忙！'否则，文人何用！文学何用！既没有用，留着干嘛？还不如毁了烧了来得干脆。"字里行间不难看出陈瘦竹的坚定，他对于文学需配合时代发展的观点是明确的。进而，他认为："如果将文学当作抗战的武器之一，那末这种武器能有多大力量，这是一个最易引起争辩而最难得到具体答复的问题，恕我不在这里多嘴。我只想在运用这种武器的方法上贡献一点根据常识的意见，要是这种武器运用得当，那末'笔尖儿横扫五千人，'也非难事。"②可见，陈瘦竹绝不支持戏剧、文学与抗战无关，而是将文学视为武器，要将这武器发挥它的功效，到更要用它"横扫五千人"。因《血腥文学》发表于梁实秋的《编者的话》3 天之后，且刊载于梁实秋担任主编的《平明》副刊，有研究者认为该文是梁实秋挑选出来支持自己主张的。事实上，陈瘦竹此文绝非认同"抗战无关论"，相反陈瘦竹强调文艺宣传的重要性，他认为缺少文学性的抗战宣传作品"是否会收到预期的效果呢，根据推理与事实，那是不很可能的"。且在其看来，"文学作品所以可贵，

---

① 参见梁实秋《编者的话》，《中央日报》1938 年 12 月 1 日第 4 版。
② 陈瘦竹：《血腥文学》，《中央日报》1938 年 12 月 4 日第 4 版。

不仅在于含有宣传或小册子中的思想，而是将这种思想艺术化具体化，具有宣传或小册子所望尘莫及的感动力量。"① 可见，陈瘦竹期望抗战文学宣传能够做到思想性与艺术性同步，寄望于抗战文学发挥最大效用，实非否定抗战文学，目的在于强调抗战文学的宣传效果。

抗战时期，陈瘦竹为与妻儿团聚，加之余上沅的盛情邀请，遂于1940年从重庆迁居江安，开始在国立戏剧专科学校任教。江安的生活相对安静而平稳，虽有利于翻译和创作，但过于闭塞，"南门外的码头常挂着'上下水无消息'的木牌，重庆的报纸要五六天才能到"②，陈瘦竹在此环境之下倍感烦闷。他感到"在小城里住久了，自然就会烦腻起来。心灵上长久不接受新的刺激，逐渐就长了锈生了尘，变得异常麻木"。"整年整月的只听见那死去的灵魂在说话，而听不见活人的声音，仿佛鬼气森然，自己在活墓中游行一般。"他自问"不用说在这大时代，我不甘做井中蛙，就是太平时世，我亦不愿终老是乡。这小城，在人生的旅途上，只是一座凉亭，我怎能常留在这里而不往前进？"在此期间，陈瘦竹多次提到契诃夫的《三姊妹》，虽知"到'莫斯科去'只是追求的一种象征"，他读到时仍"泫然泪下"，足见其内心苦闷。③ 外面是战火与生死，而他却只能偏居在这小城里，自然痛苦。隔年，因"不甘寂寞，渴慕着广大的世界，像柴霍甫《三姊妹》中的人物似的，不管朋友们怎样苦留，我终于离开了这小城"。④

一年之后，陈瘦竹又回到了"小城"，或许是创作的需要，抑或家庭的牵绊。虽然经历出走和回归的波折，但这一段经历却坚定了陈瘦竹服务抗战的决心。他解释："去了又来，岂非多此一举？其实不然，在过去的一年中，使我的眼睛睁得更大，对于'大世界'的动物懂得更多一点，而于我自己的生活信念，也更坚定了一点。"同时，他寄语自己："抱定

---

① 陈瘦竹：《血腥文学》，《中央日报》1938年12月4日第4版。
② 黄丽华：《陈瘦竹传略》，载《陈瘦竹戏剧论集》，江苏教育出版社1994年版，第1668页。
③ 参见陈瘦竹《在小城里》，《今文月刊》1942年创刊号。
④ 陈瘦竹：《"不惑"》，《时与潮副刊》1944年第3卷第6期。

自己的信念，不外务，不动心，脚踏实地过我的日子。我既不能效命疆场，杀敌报国，又不能从事实际工作，以利民生，只好还我书生本色，认真的读我的书，认真的写我的东西。"① 一去一回之间，陈瘦竹的思想产生了较大变化，离开小城前是渴慕与疑惑，回到小城之后则是坚定和不惑。

《血腥文学》的发表和"小城"里的波折，促使陈瘦竹思考戏剧的地位、价值，进而审视和确立其剧人身份。在此之前，陈瘦竹是一名专职翻译家。在此之后，他意识到在抗战时期仅从事翻译工作尚不足以履行文人的使命，亦认识到戏剧服务抗战的必要性，也在波折中重新检视自身的定位，借此完成了剧人身份的确认。

二 戏剧何往与身份认同

抗战胜利之后，民众期望的和平并未到来，全社会都在探求民族的未来之路。陈瘦竹的戏剧思考也向新的方向迈进，戏剧何处去成为其关注的焦点。

陈瘦竹对戏剧生态变化有较强的感知力。抗战刚结束，陈瘦竹便在《客观》杂志发表《戏剧中的民主倾向》。他认为："戏剧是一种民主的艺术，因为在一切艺术形式中，戏剧最能表现人生真相，最能接近人民大众。""现在我们可以毫无疑义的说，二十世纪的戏剧，无论在内容和形式上，乃是一种民主的艺术。"② 在内战语境之下，讨论戏剧的大众化及其价值，不仅是强调戏剧艺术的重要性，更是突出戏剧的功用。陈瘦竹敏锐地感知到抗战结束后戏剧一旦失去功用性，将面临艰难的生存环境。此时谈到戏剧的大众化，实际上是强调戏剧的社会功用，力图引起社会对戏剧发展困境的重视。

抗战胜利后，面对剧界懈怠、涣散的状况，他讽刺道："胜利之后，大家认为敌人已不再来轰炸，不再来统治，不管国势如何危急，人民如

---

① 陈瘦竹：《"不惑"》，《时与潮副刊》1944 年第 3 卷第 6 期。
② 陈瘦竹：《戏剧中的民主倾向》，《客观》1945 年第 7 期。

何困苦,各大都市居然歌舞升平,俨然像个战胜强国。"面对"胜利后物价更高涨,生活更艰难,演出费用更庞大,戏剧生意更难做。较有社会意义与艺术价值的戏剧,几乎无人过问;至于那些无聊的低级娱乐,反而人山人海,百看不厌"的现状,他强调:"观众不关心现实问题,戏剧家亦就不关心现实问题,戏剧便与现实生活脱离关系,亦无从发挥其伟大力量。"陈瘦竹就此提出了两条建议:"一方面希望凡是从事戏剧的人,都能具有艺术良心,启发观众领导观众,不要甘心做观众的尾巴;一方面希望国家走上正轨,安定人民的物质生活,提高人民的文化水准,有好国民,然后才有好观众,有好观众,然后才有好戏剧。"① 虽然陈瘦竹几番发文提及剧界艰难现状,但是戏剧生态的恶化已难以阻止。

内战爆发,戏剧界对抗战胜利后的幻想被一一击破。面对剧场、捐税、美片倾销等问题,戏剧只能苟延残喘。吴祖光质问:"共舞台和大舞台独呈门庭若市的气象者,你们知道他们是以什么'噱头',什么'四脱',什么卖命的武把子来苟延残喘的么?"② 陈瘦竹亦痛斥:"我们现在几乎衣不暖食不饱,生命危在旦夕,怎能不流于悲观,甚至厌世玩世?""在此令人窒息的空气中,大家只好放弃理想,随便鬼混下去。哀莫大于心死,世上最没有比毫无目的毫无理想的人生更可鄙可痛的事。"话虽如此,陈瘦竹依然怀有信念:"我们这个时代,却是一个最悲壮的时代。这个时代所产生的各种苦恼灾难,最适宜于悲剧的发育;悲剧艺术在困难中成长,在苦难中开放奇葩。"③ 他希冀以苦难的感受去创作悲剧,勉励剧界同人坚持戏剧艺术。

不难看出,此时的陈瘦竹已将刚迈入戏剧圈时的困惑尽数去除,剧界辛酸他已切身体会,他的文论中更多地展示了一名剧人的责任与担当。如果说内战前的陈瘦竹是谨慎的,那么内战中的陈瘦竹不得已生出了几多悲愤。戏剧发展不断下滑,陈瘦竹于 1947 年戏剧节期间发表了一篇檄

---

① 陈瘦竹:《戏剧与观众》,《观察》1946 年第 1 卷第 10 期。
② 吴祖光:《庆祝抑或追悼》,《大公报》1947 年 2 月 13 日第 10 版。
③ 陈瘦竹:《论悲剧人生观》,《观察》1947 年第 2 卷第 20 期。

文《戏剧往何处去》，登载于《大公报》戏剧节专页。

陈瘦竹首先回顾抗战初期戏剧活动的兴起，"当时正值敌人集中全力，进攻武汉，举国上下，同仇敌忾，精诚团结，共御外侮；而戏剧在此民族觉醒奋发图存之时，亦遂蓬勃有朝气，激励人民抗战情绪，发挥其作用。"进而回顾中国戏剧运动，"戏剧运动三十余年，仍无出路。戏剧为人类意志与各种障碍发生冲突的表现，凡意志愈强，障碍愈大，冲突愈烈，则其戏剧亦愈壮观。故论者每谓戏剧之兴衰，实与民族意志之强弱互相关联。凡是一个有理想有作为的民族，当其认定某种目标而要达到某种目标时，虽然遭遇各种障碍，但必尽力克服那些障碍，至成功而后已。这种奋斗的精神，正是戏剧的泉源；而戏剧亦足发扬这种精神，鼓舞一般人民的自觉意识。我国戏剧之盛衰，亦可觇见民族生命力之强弱：戏剧萌芽于抗战之前，成长于抗战之中，枯萎于抗战之后"。[①] 文字间，陈瘦竹对戏剧的信念可见一斑，对戏剧前景的担忧亦表露无遗。

在陈瘦竹看来戏剧去往何处并非一个疑问句，而是一个选择题，如国民政府当局继续漠视戏剧发展，戏剧将必然走向没落。他呼吁国民政府"认清以戏剧来教育人民娱乐人民，乃是国家对于人民应尽的义务，并且切实履行这个义务"。他强调："戏剧固以娱乐观众为主，但此种娱乐，决非普通所谓消遣，而是带有教育意味的娱乐。观众固然并不是为受教育而去看戏，但是看完之后，必有所得。戏剧可使观众多领悟一点真理，多了解一点人生，而且戏剧给予观众的那种赏心悦目的美感，实非其他娱乐所能望其项背。"意在说明戏剧艺术绝非单纯的游艺，即使抗战结束，戏剧仍有社会教育意义，理应重视。正因戏剧有社会意义，面对国民党的重税，他直言："竭力提倡戏剧，以教育人民娱乐人民。倘如不加提倡，反课重税，一若惟恐戏剧之发达然，殊属令人不解。现在戏剧所以衰落，政府应负重大责任。"且因国民政府不作为，产生两种恶果，"一方面，演出器材奇昂，剧场租金过高，娱乐捐税太重，乃不得不

[①] 陈瘦竹：《戏剧往何处去》，《大公报》1947年2月13日第10版。

增加门票价格,以资挹注;一方面,绝大多数人民,苟全性命于乱世几尚不可得,那有余款买票看戏! 剧场门庭冷落,演出自然无法继续,逼得剧团解散,演员改业"。"希望政府切实履行对人民的义务,奖励戏剧,取消捐税,广设剧场,而让人民免费看戏。"①

战火之下,戏剧行业未能恪尽职守,失陷于"生意眼"亦令陈瘦竹痛心疾首。在他看来"戏院习气是戏剧艺术的死敌,戏院习气一旦占据上风,戏剧艺术必然衰落。"他认为部分观众去戏院"不为听戏,不为看戏,而为贪乐寻乐。"戏院已然是"与游艺场无异,专供闲人消遣,声色犬马,唯利是图"的场所。他斥责此类"恶劣的倾向"并非真正的戏剧,"这类旧式戏院以及游艺场所的玩意,只是一种无聊的浪费,根本不是戏剧,真正所谓戏剧,乃是一种心灵上的享受,生命力的再生"。他建议:"选择一个好剧本,选择一批好演员,用最简陋的布景和服装,在广场上露天演出,让大多数人民以较少的代价来欣赏戏剧。"同时,寄望"今后戏剧演出,从穷奢极侈的大都会,走向小城市小乡镇,不要专去满足少数有钱观众的低级趣味,而送给那些需要教育需要娱众的大多数人民去享受"。②

在陈瘦竹看来,"现在不是太平盛世,而是每一个人都要求生存求自由求独立求民主而艰苦奋斗的时代。国内政治紊乱如此,国际形势恶劣如此,中华民族能否延续其生命,全靠每一个中国人是否有觉醒是否能奋斗而定"。抗战结束后的国民党统治令其"睁眼一望,到处漆黑一团"。民族存亡之际,戏剧艺术家应当肩负起艺术教化之责,"将现实的生活表现给我们看,使我们更能了解这个时代的真相,暴露黑暗,指示光明,领导我们,鼓励我们,给我们理想,给我们力量,去抗争,去奋斗!"文末他以一名创作者的身份疾呼:"剧作家虽然有其创作的自由,但他不能脱离他的时代,时代使命扩定他的创作自由。戏剧为群众所创造,为群众所欣赏,不能藏之名山,传之其人,我们有权利要求剧作家将现实的

---

① 陈瘦竹:《戏剧往何处去》,《大公报》1947年2月13日第10版。
② 陈瘦竹:《戏剧往何处去》,《大公报》1947年2月13日第10版。

生活搬到舞台上去，我们要看像我们一样的人在受难在挣扎，冲被黑暗奔向光明！"① 虽其在文中自称为"略抒管见"，但文中斥责之词颇多，可见陈瘦竹的愤怒。

从1944年的《"不惑"》、1945年的《戏剧中的民主倾向》、1946年的《戏剧与观众》再到1947年的《戏剧往何处去》，陈瘦竹对抗战之后戏剧发展的困境越发焦虑。在这份焦虑之外，更多的是无可奈何，他从群体内的呼吁到直面国民党当局的进言，若非愤怒与无奈交织，也许不必至此。《戏剧往何处去》中有对业界同行的激励，但更多是对国民党当局的控诉，国民党的苛捐杂税和轻视戏剧已经使戏剧处于存亡一线之间。激愤的语言之外，可以看到陈瘦竹已经完全是以一名剧人的身份进入社会公共文化领域之中，他已完成剧人身份的认同，而他与戏剧社会之间的关系也已经确立。

三　戏剧思辨与身份转变

陈瘦竹从文论进入戏剧领域，借助于文论他不断地审视自己的定位，亦不断更新自己的戏剧认知，对戏剧的关注点从戏剧何为转变为戏剧何往，与戏剧之间的联系日益加强。陈瘦竹的剧人之路是一条思辨与转变的协进之路。抗战时期，陈瘦竹初入戏剧领域，戏剧观念尚处于逐渐发展的过程之中，此间难免有些许困惑。"小城"的波折是一个较为重要的转折点，由此帮助其确定了剧人身份和自我定位，为其日后戏剧之路确定了方向。内战时期，陈瘦竹对戏剧发展的未来进行了较多的思考，他着眼于戏剧发展与社会语境之间关系，将剧人生存放入社会环境之间考察，由此更能感受剧人群体的困境与无奈，建立了与剧人群体之间更为深厚的情感认同。在陈瘦竹的戏剧思辨与身份转变的协进过程之中，有两个转变值得关注：

其一，文论风格的转变。在抗战中陈瘦竹初涉戏剧文论，借助在翻

---

① 陈瘦竹：《戏剧往何处去》，《大公报》1947年2月13日第10版。

译上面的知识积累，文论较为客观而理性，却也可以看出其对戏剧思辨有限，戏剧体悟不深的短板。随着在戏剧领域的逐渐深入，他逐渐意识到中西戏剧的差异，意识到在这场民族存亡的战斗中，戏剧必须肩负起历史使命。内战时期，陈瘦竹的戏剧文论在思考深度和行文方式方面均有长足进步，虽然字里行间是对中国戏剧前途的担忧，是对戏剧去往何处的无奈，但文字的力量感增强不少。可见，陈瘦竹20世纪40年代的文论风格从最初的尝试到最后的坚定，逐步完成了一名剧人的蜕变。

其二，身份与认知的转变。抗战之前，陈瘦竹的主要身份是翻译家，翻译的戏剧《康蒂坦》由中西书局出版①；译文《怎样写戏》发表于《武汉文艺》②；译文《托尔斯泰的情书》发表于《读书月刊》③ 等，翻译工作助其夯实了文艺理论与文艺史方面的知识基础，建立了他对戏剧的初步认知。抗战爆发后，他对戏剧的思考逐渐增多，强调戏剧服务于抗战宣传的重要性。到国立剧专任教之后，陈瘦竹从戏剧翻译工作者逐步向戏剧运动者转变，此时的他希望走出"小城"参与到"大世界"的社会浪潮中，然而体验了"大世界"之后，他再次选择回到"小城"。一去一回之间，陈瘦竹找到了其戏剧定位，成长为一名真正的剧人。对陈瘦竹而言，这是一个重要的收获，心志的变化也是其创作的动力。内战语境之下，写作《戏剧往何处去》《戏剧中的民主倾向》等文章，陈瘦竹不仅关注戏剧的发展问题，进一步强调戏剧的社会意义和引导作用。带着对戏剧的信仰，内战中的陈瘦竹展示出一名剧人的责任与担当。

结　语

陈瘦竹从翻译家、小说家到剧人，身份转变之间自然有着不同观念的碰撞，亦需要重新确立其身份定位和认知。在陈瘦竹的思辨与转变之

---

① 参见黄丽华《陈瘦竹传略》，载《陈瘦竹戏剧论集》，江苏教育出版社1994年版，第1669页。
② 参见［爱尔兰］St. John Ervine《怎样写戏（四）》，陈瘦竹译，《武汉文艺》1932年第1卷第4期。
③ 参见陈瘦竹《托尔斯泰的情书》，《读书月刊》1931年第2卷第4—5期。

间是彼时不少剧人成长的缩影，是一代剧人在战火之中为戏剧发展而做出抉择的映射。中国话剧在1940年来迎来"黄金时代"，一方面有着时局的影响，另一方面正是如陈瘦竹一般的剧人在不断涌现，他们从不同的领域进入戏剧界，给戏剧发展带来了新的观念，成为戏剧发展源源不竭的动力，同时也为戏剧的丰富性与多元性发展提供了坚实的保障。

小说化的舞台提示
——论茅盾的《清明前后》

颜 倩[*]

摘 要：《清明前后》作为茅盾唯一的一部戏剧作品，不仅是人物对话，在舞台提示中也带有明显的小说创作痕迹。小说与戏剧最大的不同在于一个是叙事体，一个是代言体。而舞台提示作为戏剧的重要组成部分，在《清明前后》中却表现出不同于平常剧本的形式。剧本中具有叙事功能的人物提示以及具有多重性的动作提示，都展现出小说家在创作话剧时不可避免的创作鸿沟。可以将这种舞台提示看作不规范的戏剧创作，也可以认为是一种小说家创作戏剧时的独特印记，但不可否认的是，这是一种全新的舞台提示创作风格，可作为未来舞台提示多样化发展中一个可资参考的案例。

关键词：茅盾；清明前后；小说化；舞台提示

提到茅盾，很多人联想到的是他的作家身份，及其小说代表作《子夜》《林家铺子》等。本文的研究对象则是他生前创作的唯一一部剧本——《清明前后》。该剧以1945年轰动一时的"黄金案"事件为原型，讲述了更新机器厂厂长林永清、银行小职员李维勤在国民党的黑暗统治下各自遭遇的生活难题，二人收到黄金要提价的消息，试图通过低价买

---

[*] 颜倩（1996— ），女，上海戏剧学院2020级博士生，主要从事中国话剧史论研究。

入黄金,再高价抛出来解决各自的问题,却发现自己只不过是这场游戏的牺牲品。擅自挪用公款的李维勤被抓入狱,妻子也成了疯婆子,林永清的工厂也面临着关厂停业的风险。经历了这一切之后,林永清深刻地认识到"政治不民主,工业就没有出路"。这部具有浓厚的现实主义色彩的戏剧,在当时引起了极大地轰动。作者借人物之口,将民族工业家想说又不敢说的话在舞台上表达出来,让无数工业家为之动容;揭露了金澹庵、严干臣等人物假公济私的真面目,猛烈地批判了国民党的黑暗统治。

关于《清明前后》的研究与评论,陈平原先生曾撰写过《〈清明前后〉——小说化的戏剧》一文,首次提出了《清明前后》具有小说化特征的观点。重点描述了此剧具有人物性格化、语言性格化、视野广阔、主题深刻等优点。不足之处在于戏剧冲突较弱,舞台效果欠佳。可以看到,陈平原先生主要是从文学的角度对文本进行分析,将目光集中在人物对话、人物形象以及剧本所蕴含的深刻思想,却忽视了戏剧作为一门综合艺术,同时具有文学性和舞台性的双重特点。戏剧文本的构成不仅是人物对话,舞台提示也是重要组成部分之一。剧本的小说化特征不仅体现在人物对话,在舞台提示方面也同样存在。

正如茅盾本人在《清明前后》的后记中说道:"剧本的写作方法,我还没摸清楚……可是正象人家把散文分行写了便以为是诗一样,我把小说的对话部分加强了便亦习以为是剧本了。而'说明'之多,亦充分指出了我之没有办法。"① 可以看出,作者不熟悉戏剧创作的规则,只能依靠"说明",尽力把自己心中所想的舞台效果写出来。文中提到的"说明",其实指的就是戏剧文本中的舞台提示。《中国大百科全书》戏剧卷关于舞台提示的定义为:"剧本中不要求在演出时说出的文字说明部分。一般包括对剧情发生时间、地点的提示,对布景、灯光、音响效果等艺术处理的要求,对人物形体动作、心理活动和场景氛围的描述等。"② 可

---

① 茅盾:《清明前后》,中国戏剧出版社 1982 年版,173 页。
② 中国大百科全书总编辑委员会编:《中国大百科全书 戏剧》,中国大百科全书出版社 2002 年版,第 414 页。

见舞台提示的重要性。但《清明前后》的舞台提示却呈现出与其他剧作截然不同的特点。本文将剧中的舞台提示分为人物提示和场景提示，在分析的同时配合同类型作家的剧作的舞台提示进行比较，便于读者更加直观地感受到剧本中舞台提示的小说化特征。

一 以人带事：具有叙事功能的人物提示

就整个戏剧文本而言，《清明前后》带有明显的小说创作痕迹，特别是人物提示被赋予了叙事功能。徐岱在《小说叙事学》将小说的叙事功能分为三种：情节模式、情态模式、情调模式。其中关于情态模式，他指出情节的设置常常呈现出辐射式，即以人物为凝聚中心扩展开去。① 这样的设置虽然会冲淡情节的魅力，但读者的注意焦点主要在人物身上，所以同样能够吸引读者，使读者阅读下去，这正是《清明前后》所展现出来的明显特征。

传统戏剧舞台提示中关于人物的提示，通常是在剧目的开篇列出人物表，大体对各个人物的年龄、性别、职业等做一个简要的介绍。我们不妨将《清明前后》的人物提示同《茶馆》的人物提示做比较，茅盾与老舍都有着小说创作的经验，且他们的戏剧都有着小说化的特点。但不同的是，老舍在人物提示上着重的是对人物性格的概括。例如写王利发，文中写道：

> 王利发——男。最初与我们见面，他才二十多岁。因父亲早死，他很年轻就作了裕泰的掌柜。精明、有些自私，而心眼不坏。②

此后关于其他人的人物提示也只是简单地描述了人物的性别、年龄以及性格特征，并没有详细展开叙述。而是运用一些较短的词汇来形容人物性格，例如"胆小而爱说话""正直""勤恳，心眼好"等。但在

---

① 参见徐岱《小说叙事学》，商务印书馆 2010 年版，第 242—273 页。
② 老舍：《茶馆》，吴福辉选编，天津人民出版社 2005 年版，第 3 页。

《清明前后》中，人物提示却是十分详尽细致。作者运用了大量的笔墨在故事的开头进行人物介绍，这些人物提示不仅停留在人物描述与性格刻画，同时也兼顾到人物过去的故事以及与剧中人的关系，甚至对他们的内心也会有相当程度的书写。这就造成了一种现象：未见其人，先知其事。使得读者通过一系列的事件去理解人物、把握人物，走入人物的内心，对各个角色拥有基本的认知。阅读的重心从事件转移到人物，读者的目光也从关注事件的发展转换成体察人物的心理活动和性格变化。

《清明前后》出场的人物众多，作者几乎对每一个人物都用了大量的篇幅进行描述。从人物的年龄到其成长经历，都有一定程度的涉及，试图在有限的字数内将事件一一带出。一是为了让观众了解整个故事的发生背景，二是为了更好地烘托出人物性格，让读者快速勾勒出人物形象，感受到人物的处境，拉近读者与人物的距离。

以林永清为例，作者在第一句话写着："林永清——四十多岁，'更新机器厂'的厂主"①，一般的作者到这里便结束了对人物的介绍，但对于茅盾来说，这只是序幕。紧接着，他介绍了林永清从美国回来之后，多方尝试置业，兜兜转转才在筹办机器厂这件事情上看到了希望的曙光。在这里，他将林永清比喻成一艘漂泊的船，而机器厂则是他适宜的港口。这样的比喻一下子就让读者意会到机器厂对于林永清有何等重要的含义。随后作者便开始讲述林永清在抗战时期是如何经营自己的机器厂，及其内心的变化。抗战爆发时期，机器厂刚步入正轨却面临迁徙的命运，此时林永清的创业激情还没有被磨灭，他毅然决然地撤到了汉口。可是当汉口也有风险的时候，林永清的心境发生了变化。在这里，作者写的是："他的确也曾望着长江的上游喟然叹息，也曾举棋不定而多牢骚，但是到底再度振刷精神，在敌人的轰炸下把设备和熟练的工人拖过了三峡。"②这一次的尝试得到了成功，林永清从叹息转变成了自负。这段人物提示中还提到了林永清的妻子赵自芳和他的老同学陈克明，让读者快速地了

---

① 茅盾：《清明前后》，中国戏剧出版社1982年版，第7页。
② 茅盾：《清明前后》，中国戏剧出版社1982年版，第7—8页。

解到这里面错综复杂的人物关系，以及人物性格之间的差异。

作者通过叙述工厂搬迁等事件来展现林永清的性格。先是写他"意气洋洋"，开始变得自信和自负。随后又开始质问自己，办工业对自己有什么好处。可是他是个倔强的人，绝不肯轻易认输。人们常说一鼓作气，再而衰，三而竭，这正是林永清的心路历程。但即使感到彷徨和动摇，林永清也只是留在自己的内心深处，表面上依旧精神奕奕，想要与工人们共克时艰。林永清"精明强干""说话有时很有煽动力""善于交际，善于应付"，工厂的前途本应是一片曙光，这个时候人物的心理活动迹象发生了转变。文中写道：

> 然而，他这一切优点似乎跟他厂里的原料一样有定量，时间一久，得不到顺利客观条件来作补充，也会用尽；……现在，正是快到了'用尽'和'磨损'的时候，这表现出来的，就是他在'咬紧牙关'的表面之下，他内心的彷徨苦闷已经到了逼迫他非采取某一步骤不可的关头了。二者必居其一：拒绝诱惑而贯彻初衷呢，还是屈服于诱惑之下？①

正当读者逐渐了解到事态之后，作者随即抛出了这样一个问题。这让读者在对人物的选择产生相应的期待，也就是所谓的"带戏上场"。人物提示的叙事功能，使得戏剧的序幕还未拉开，人物还未正式开始对话之前，就已经埋下了矛盾和冲突。比起事情的走向，读者更关注人物的选择。

《清明前后》的人物提示中包含着大量的叙事成分，尤其是在介绍李维勤这个悲剧性人物的时候表现得更加明显。与林永清不同，在阅读完李维勤的人物介绍之后，读者关心的不再是人物做何选择，而是好奇他是如何一步步走向毁灭。

---

① 茅盾：《清明前后》，中国戏剧出版社1982年版，第9页。

这里的人物提示依旧是大致对李维勤的年纪及其人物关系做了简要介绍之后，便开始述说起人物的过去，叙述的起点从抗战前一直延续到近半个月。李维勤战前在社会上混世，普普通通，没有什么过人的优点也没有什么令人难以容忍的缺点，这样的人自然也没有什么抱负。唯一的性格特征就是秉性忠厚，能够吃苦。这是作者对李维勤唯一的性格描述。之后的文本内容便展开了一系列叙事性的描写。

李维勤本从事着稳定的工作，却因为动荡的时局，人生也变得动荡起来。同林永清的工厂一样，他也曾流离到汉口，最终漂泊到重庆。正当工业繁荣的时期进入了林永清的工厂做工，却因为想要多挣几个钱又去了另外的公司。老实人的性格使他意外得罪了有背景的同事，丢了工作。最后经过林永清的介绍去到某单位当助理会计。入职不久后便和唐文君结为夫妻。这本是幸福生活的开始，没想到成了悲惨结局的开端。作者用了大量的篇幅来描写李维勤充满不幸的婚后生活。不仅写出了二人不幸的根源是没有钱，婚礼借了比期（高利贷），从此过上了疲于还债的日子。还点出两个人无法成立小家庭这一致命的问题。结婚一年了，仍旧过着两地分居的日子，这样的日子将连两人都折磨得力倦神疲。本以为写到这里就截止了，但作者进行了更为细致的描述。

不仅写了两个人每次相会时的惨状，还写出了唐文君去李维勤员工宿舍时的内心活动："为了不忍过于拂逆丈夫的要求而第一次留宿的那一夜，唐文君惴惴不安，象是做了不正当的事；房外每一走动的脚步声，对于唐文君都是威胁，每一声咳嗽，每一声低语，轻笑，都好象是讥讽和侮辱。"[①] 生活在这样的情境下，唐文君每次面对丈夫的态度自然而然也就发生了变化。所以"每逢她从丈夫宿舍出来，便后悔自己不该那么冷，不该老是愁钱，老是抱怨这，抱怨那"。[②] 文中的这些话，看似在写唐文君，实际也是从另一个侧面让读者感受到了李维勤所承受的压力。他在单位要听同事的调侃，好不容易与妻子相聚，还要听妻子的抱怨，

---

① 茅盾：《清明前后》，中国戏剧出版社1982年版，第43页。
② 茅盾：《清明前后》，中国戏剧出版社1982年版，第43页。

更别说平日里应付那些债主时内心的苦楚。

作者没有过多地从正面描述李维勤的性格，而是通过叙述李维勤从抗战爆发开始所遭遇的一系列事件，让读者自行去体会人物的不易与辛酸。在李维勤的人物提示结尾这样写道：

> 因此，他这样的老实人近来也常常在老婆面前发牢骚，咒骂社会，为自己的贫苦叫屈。而且一种哲学也在他心中形成了：这社会中，安分守己，受尽冷落；偷天换日，飞黄腾达。可以说，在心理上，这老实人已经准备着在某种诱惑之下不作坚决的抵抗了。但自然，他仍然老实到不敢去积极钻路子。一旦'机会'碰到他身上，他冒了险了，想望得点甜头，然而还是做了人家的猫脚爪。他不甘屈服于'命运'，他要'斗争'，可是用错了方法，走错了路，终于演了悲剧。①

在前面大量事件的铺垫下，这时候写出李维勤性格的变化也十分能够获得观众的同情。甚至连作者本人，也在文本中毫不避讳表达自己对人物的理解，这种个人化的叙述在《清明前后》的人物提示中随处可见。他对唐文君和李维勤的怨言，认为是"人在这样的情形下，既非圣贤，难免要有点牢骚""即是活人，有了烦恼不能不发泄"，使得读者在一定程度上受到作者主观思想的影响，在人物登场的时候，读者会不自觉地带着一种悲怜的眼光看待李维勤，并且为他一步步走向深渊而感到惋惜。

戏剧的代言体与小说的叙述体之间的差异，注定了小说家在创作剧本时会产生不可避免的创作鸿沟。戏剧的人物提示，通常是紧扣人物的外在形象以及内在性格进行描写，并非通过叙事来展现人物性格，这便是小说与戏剧在刻画人物方面的不同。作家在创作小说时，力求人物性格化，人物成了主体，事件成了客体。所以运用大量的章节来塑

---

① 茅盾：《清明前后》，中国戏剧出版社1982年版，第43页。

造人物，使读者的目光一直聚焦在人物身上。虽然戏剧也讲究人物塑造，但更加强调的是在对话中叙述事件的发展以及凸显人物性格，而非人物提示。

二 杂糅多变：具有多重功能的动作提示

戏剧文本中的动作提示，主要是作者在人物对话的过程中，对于人物面部表情的变化或者肢体动作进行描述，使得读者、导演、演员等阅读剧本的对象能够更加充分地理解人物，营造戏剧氛围。但因为戏剧作为一门综合艺术，它包含了编剧的一度创作和导演、演员、舞美的二度创作，所以动作提示在剧本中所占的比例不一。但基本上仍以上文提到的面部表情以及肢体动作为主要描述对象。但在《清明前后》中，这一创作准则被打破。原本存在于对话当中的动作提示，不仅囊括了人物表情、肢体动作的变化，更是夹杂了人物的台词、抒情的场景提示与声音提示在其中。

在剧本的某些部分，动作提示一如平常的剧本一般。多用些动作性的词汇来提示人物的肢体变化，例如"边走边问""急转身"。或者是形容词来描述人物的表情以及语气等，例如"面露笑容，亲切地问""淡淡一笑，振起精神"。但作者的小说创作惯性始终无法避免，总会在不自觉的时候冒了出来。这个时候的动作提示不再仅仅是对人物的动作进行指向性的提示，其功能从单一性转变为多重性；内容也变得丰富多彩，不再局限于原本短小精练的词语，而是出现了大段的文字加以描述。

还是同老舍的《茶馆》进行比较，其中可以看到明显的差异。老舍和茅盾同样都是拥有丰富的小说创作经验的作家，但在剧本写作方面，老舍的剧作明显更加遵从剧本的写作规范。当被卖给太监做媳妇的康顺子又回到茶馆见到刘麻子时，老舍是以这样的格式呈现给读者：

康顺子（不语，直奔刘麻子去）刘麻子，你还认识我吗？（要

打，但是伸不出手去，一劲地颤抖）你，你，你个……（要骂，也感到困难）①

茅盾却将这些统统放入了动作提示当中，人物的动作与台词连贯，一气呵成。例如第二幕李维勤与唐文君在房间里对话时，李维勤在焦急地等待消息时的一段动作提示，剧本这样写道：

> 李维勤又拿起镜子，端详自己的脸色，自言自语：'哦，气色不差，该是好运道来了！'但马上又焦灼不安，又自言自语：'怎么还没有消息？'皱眉回顾其妻，又轻声对自己说：'不成也就算了，'松一口气，聊以自慰，'省得担风险！'放下镜子。②

按照戏剧的写作惯例，许多剧作家会直接将这段作为人物对话另起一行，并把那些细小的动作提示置于人物台词中间，以便读者通过人物的动作来解读内心活动。人物的台词同动作混合在一起，在原本单一的动作性上又赋予了动作提示叙事性功能，其可读性也得到加强，这样的案例在《清明前后》中比比皆是。除了在动作提示中包含了人物台词，还出现了抒情的场景提示以及声音提示，为读者和观众创造出两种完全不同的想象空间。

例如剧本的第三幕：

> 众人抬头一望，只见白茫茫雾气中对江一座山的顶上托着一个浑圆的东西，其红如血，——众人齐声夸张地喊了声'啊'！这是太阳，但是个可怜见的太阳了，没有刺人眼睛的威力了。③

---

① 老舍：《茶馆》，吴福辉选编，天津人民出版社2005年版，第33页。
② 茅盾：《清明前后》，中国戏剧出版社1982年版，第59页。
③ 茅盾：《清明前后》，中国戏剧出版社1982年版，第95页。

如果将这段动作提示简化，可以更改成为："众人望向对江山顶上的太阳，齐声夸张地喊了声'啊'！"但作者却用了一系列的"白茫茫""浑圆""其红如血"等形容词来渲染氛围。不仅如此，在此前的文本中，作者曾将太阳描述为"血日"。一下子将读者带入作者所幻想的戏剧空间当中。但需要注意的是，戏剧文本的传播方式仍旧是阅读，只有在经过编排之后才能呈现在舞台之上。编剧所营造的戏剧氛围实现与否，相当程度上取决于导演、演员以及舞美的二度创作。观众的接受方式也主要依赖于视觉以及听觉接受，这种舞台的直观呈现与文本的接受方式截然不同。戏剧文本留给了读者相当大的想象空间，读者可根据作者的文字在脑海中勾勒故事发生的场景以及人物的行动。正如《清明前后》中，作者在开篇运用大量的笔墨描写大时代背景，渲染出一种压抑氛围，在读者的脑海中营造出一个看不见的舞台。不仅如此，在阅读剧本的过程中，隐藏在台词中的动作提示起到了至关重要的作用，这些文字比舞台上演员的表演更加能够直击观众的心灵。例如描写唐文君的笑，茅盾写的是"从心里滚出来的高兴"。[①] 在舞台表演中，观众看到的可能只是微笑，但在剧本中，读者获知的信息更为丰沛，架起了通向人物内心世界以及作者精神世界的桥梁。

除了包含人物台词以及抒情性的场景描述，《清明前后》的动作提示还包含了许多许多声音提示。以在剧本的第四幕为例：

> 玛丽此种忽冷忽热的挑逗，把一个余为民弄得惘然失神，红着眼，哆开着嘴，瞅着玛丽发怔。船夫们的劳动合唱，难民妇孺的啼哭喊肚子饿，二者错综，忽断忽续。[②]

这段动作提示不仅给读者留下了动作的想象空间，同时也添加了许多声音的描写，让读者脑海里的舞台更加趋于具象化。这种动作提示功

[①] 茅盾：《清明前后》，中国戏剧出版社1982年版，第14页。
[②] 茅盾：《清明前后》，中国戏剧出版社1982年版，第121页。

能性从单一演变为多重性，在一定程度上丰富了文本的表现形式。使剧本更加具有看点，读者在阅读的过程中能够仔细回味作者的用心良苦。在剧本写作的过程中，作家们不拘泥于对动作的描述，在其中添加了剧中人物的台词、场景以及声音描述，大量的修辞和比喻更加强化了剧本的文学性。或许这正是小说家撰写剧本的特色。

《清明前后》中舞台提示如此繁多的原因，除了与作者本人的小说家创作思维有关，同时也与萧伯纳的影响有一定关系。在"五四"时期，茅盾便开始致力于萧伯纳戏剧的译述与评介。直到晚年，他依旧对萧伯纳情有独钟："英国的，我最喜欢萧伯纳，我写过好多篇文章介绍萧伯纳"。[①] 西方现代戏剧大部分都是较为简略的舞台提示，然而萧伯纳则是一个例外。他的舞台提示通常在剧本中占据大量的篇幅，除了对布景的精心设计，在人物提示上也颇费心思。除了对人物的介绍，也会穿插许多人物的心理活动以及作者个人的见解。茅盾在阅读萧伯纳剧作的过程当中，或多或少会受到其剧本风格的影响，在剧本的创作过程中，重视舞台提示的撰写。

如果我们追溯到最早的古希腊戏剧，可以发现几乎剧本中没有过多的舞台提示，所有的信息都包含在人物的台词当中。随着时代的发展，舞台提示的种类也逐渐丰富起来。《清明前后》是茅盾唯一的一部戏剧作品，虽然在某些方面看起来的确与传统戏剧存在诸多不同之处。但如果我们辩证地来看待这部问题，是否可以将它看作是舞台提示的一种革新？

在《清明前后》正式搬上舞台之前，曾遭受到许多演员的婉言拒绝，因为它不像一出戏。或者说，它不像一出传统的戏剧，拥有跌宕起伏和扣人心弦的情节，更像是一部需要读者去细细品味的小说，去体会作者字里行间的用心良苦。毕竟茅盾以小说见长，在戏剧创作方面，他还是一位初学者。几经波折，在导演和演员的共同努力之下，这出戏终于和观众们见面了。对于此剧的评价，众说纷纭，曾经引起过众多讨论。这

[①] 茅盾：《答北京语言学院留学生》，《茅盾全集》第 27 卷，人民文学出版社 1996 年版，第 402 页。

些讨论大多从政治出发，针对该剧体现出来的意识形态进行评价。如果我们忽略政治性，着眼于戏剧文本，《清明前后》的舞台提示或许有诸多不合规范的地方，但仍不失为一部文学性较高的作品。夏丏尊评价道："我认为，这部剧本，是一部好的读物，犹之乎一部好的小说。观众在看剧以前，最好先把剧本阅读一篇。"① 可见夏丏尊对《清明前后》的文学性进行了充分的肯定，但也让我们意识到一个问题。观众是直接进入剧场观看演出，只有读者和演出人员才会仔细阅读剧本。那么作者在舞台提示上花费的心血无法直接让观众感受到，是否会有损于剧本的呈现呢？

就演出效果来看，答案是显而易见的。这出戏大获成功，许多工业家们看了为之感动，报纸媒体也对这部戏大肆宣传。《清明之后》的成功，除了归功于生动形象的人物以及深刻的现实意义，我们也应该注意到舞台提示对导演和演员的创作起到的关键性作用。详尽的人物提示让演员知道如何把握人物，多重性的动作提示也为导演的舞台呈现提供了更为全面的信息。正如陈平原指出："在茅盾的整个创作中，《清明前后》无疑不是代表作；但在中国现代话剧史上，它却占据一席地位。可以放过十部八部二、三流的剧作，但不能丢开它，就因为它不只为我们提供一个故事，而且为我们提供一种'性格'———一种属于它自己的戏剧性格。"② 这种性格，我们可以理解为小说家创作戏剧的独特性。这种独特性不仅体在剧本的人物台词当中，也同样蕴含在舞台提示里。随着时代的发展，戏剧的创作样式呈现出多元化的趋势。舞台提示作为戏剧文本的重要组成部分，也同样值得我们去关注。回看某些经典剧作，我们可以发现，优秀的剧作家不仅在人物对话上颇费心思，同时在舞台提示上也给予了一定的重视，使得剧作兼具文学性与舞台性，例如曹禺、夏衍等。正如俄国戏剧家乌·哈里泽夫所说："戏剧有两个生命，它的一个生

---

① 夏丏尊：《读清明前后》，《文坛月报》创刊特大号，1946年1月20日。
② 陈平原：《〈清明前后〉——小说化的戏剧》，全国茅盾研究学会编：《茅盾研究论文选集》（下册），湖南人民出版社1983年版，第675页。

命存在于文学中，它的另一个生命存在于舞台上。"① 戏剧本文从文学通向舞台的路上，舞台提示扮演了至关重要的角色，却很少有人注意到这一点。在后戏剧剧场被反复提及的今天，舞蹈剧场、身体剧场等形式层出不穷，社会讨论更是接连不断，戏剧文学逐渐退出戏剧的中心地位。面对如此局面，许多学者重申戏剧文学的重要性，呼唤戏剧文学的回归，但戏剧并不仅仅是戏剧文学。后戏剧剧场的兴起并不代表着戏剧文学的衰落，而是戏剧形式呈现出一种多样化的发展趋势，舞台提示作为戏剧中的重要因素也将得到新的发展，与其他要素有机结合就是一条重要途径，而《清明前后》中小说化的舞台提示，则可以为未来舞台提示的多样化发展提供一个重要的可资参考的案例。

---

① 董健、马俊山：《戏剧十五讲》，北京大学出版社 2004 年版，第 66 页。

新见夏衍 20 世纪 40 年代戏剧评论佚文三则辑释*

曾 诗 凌孟华**

内容提要：新发现夏衍 20 世纪 40 年代戏剧评论佚文三则：为《建国与建剧》《不能相忘的纪念——为中华剧艺社上演〈愁城记〉》与《作剧的技术问题》。三则佚文既能补充夏衍写作、发表、交游之行实，又能佐证夏衍倡导抗战建剧、以戏剧同行"不能相忘"为喜、主张技术与艺术不可偏废之观点；既可从中体味夏衍论述的逻辑谨严与比喻精当，更可借以烛照其爱国热诚、文人情怀与艺术坚守；能展现戏剧工作者积极抗战、牵挂坚守的姿态，也能彰显战时戏剧对技术和艺术的坚持；可形成现代文学研究之戏剧史实和戏剧理论的补充，也可作为当下戏剧创作发展和精神指引之参考。

关键词：夏衍；抗战；戏剧；佚文；《夏衍全集》

夏衍一生创作和翻译了大量的剧作和戏剧理论，是现代剧坛醒目的巨星，谈及夏衍，戏剧就是一个绕不开的话题。浙江文艺出版社 2005 年出版"皇皇 900 余万字、16 大卷"《夏衍全集》，完成了"夏衍研究领域

---

* ［基金项目］2020 年重庆师范大学研究生科研创新项目"夏衍 1937—1949 年间佚作整理与研究"（YKC20010），2020 年国家社科基金项目"《国讯》与抗战文学形态研究"（20BZW126）。

** ［作者简介］曾诗（1996— ），女，重庆师范大学文学院 2019 级硕士研究生，主要从事中国现当代文学研究。凌孟华（1976— ），男，文学博士，重庆师范大学文学院教授，重庆市抗战文史研究基地副主任，主要从事抗战文学研究。

的一件大事"，① 功不可没，但也难免"遗珠之憾"。此后，夏衍佚文搜集整理工作的接力棒一直在传递。陈奇佳《〈夏衍全集〉编纂商兑》（《现代中文学刊》2015 年第 5 期）指出《夏衍全集》的编辑校订工作存在一些值得商榷的细节问题，如编辑体例未考虑夏衍作品的多重文体特征，对删除的内容未加说明存目，校对粗疏、考订不周等。宫立、葛涛、胡正强、金传胜等学者均有夏衍集外文披露。虽有珠玉在前，但"民国时期文史方面遗落的明珠是捡不完的"，② 笔者有幸于民国期刊中发现 20 世纪 40 年代夏衍戏剧评论佚文三则，现尝试整理，并略做考释，以就教于方家。

一 危亡之际的民族大义：《建国与建剧》

《建国与建剧》发表在《扫荡报》1939 年 10 月 11 日"戏剧节特刊"版，同版有焦菊隐的《中国戏剧节》、向培良的《为二十八年度双十戏剧节而写》等。夏衍 1937 年 7 月奉周恩来指示开始从事统战工作，同年 8 月任《救亡日报》总编辑，1938 年 11 月随《救亡日报》从广州迁往桂林，1939 年 10 月当选中华全国文艺界抗敌协会桂林分会第一届理事会成员。同在桂林的《扫荡报》虽然"政治态度最右"，③ 但《扫荡报》总编辑钟期森曾对夏衍表示"不要把我和重庆的《扫荡报》联系起来，在桂林，我们两家的处境是差不多的，都是寄人篱下，加上现在是抗战时期，我不会在版面上发表不利于团结的言论"。④ 他的确一直同夏衍等"保持了友好的关系"，《救亡日报》桂林复刊的消息就登在《扫荡报》1939 年 1 月 10 日第三版，题为"救亡日报今日复刊——《十日文萃》续出"，⑤ 且《救亡日报》复刊后发表的第一首歌词就是钟期森的《"伤兵之友"歌》。《建国与建剧》一文，《夏衍全集》失收，且未见有研究成果辑录

---

① 陈奇佳：《〈夏衍全集〉编纂商兑》，《现代中文学刊》2015 年第 5 期。
② 李昶伟、陈子善：《民国文史遗珠捡不完》，《南方都市报》2013 年 10 月 20 日第 3 版。
③ 王小昆：《桂林抗战音乐文化研究》，大众文艺出版社 2005 年版，第 224 页。
④ 夏衍：《随〈救亡日报〉从广州到桂林》，载《中国抗日战争军事史料丛书 10·八路军驻桂林办事处 回忆资料》，解放军出版社 2016 年版，第 109—119 页。
⑤ 《扫荡报》（桂林）1939 年 1 月 10 日第四版。

讨论，当是夏衍的集外佚文。兹照录如次：

建国与建剧

夏　衍

这几天喜事重重，使人感激和兴奋。

前线不断的传来捷报，湘北和冀中，都博得了空前的胜利，双十节，戏剧节，都很巧地遭遇了这欢喜的日子，而我们在桂林，又将在这一天，建立起自己的剧场。

抗战是革命，在抗战中，我们要不断地努力，创造出新的中国所应有一切，抗战建国，同样地我们要抗战建剧。新的戏剧，真真为中国人所爱好所需要的戏剧，不能在温室中培养出来，而一定要在暴风雨中锻炼出来的，在抗战中的国庆日，我们戏剧工作者应该重新检讨一下过去，计划一下将来，以更新的努力和斗志，来完成我们在抗战建剧的使命。

以此庆祝二届戏剧节，以此庆祝建剧运动之起点的小剧场。

由内容看，该文是在第二届戏剧节及双十节之际发出"抗战建剧"、"戏剧大众化"之呼号。"双十节"，乃辛亥革命纪念日，即夏衍所谓"国庆日"。而所谓"自己的剧场"，全称为"桂林抗战小剧场"，《扫荡报》前一日（10日）第三版有消息云"桂林抗战小剧场筹建会，定于本日（双十戏剧节）上午八时在本市公共体育场举行小剧场奠基典礼，分函各界莅场参加云"。

此文最突出的特点是夏衍明确提出的"抗战建剧"主张。夏公同年5月就已表达了有关戏剧与时代关系的看法，指出"八一三以来，中国的剧运可以大致说，已经完成了普遍化的第一阶段了"，但"距离完整的，作为抗战建国之最有利的武器的戏剧艺术，还隔着一个很远的路程"，为推动戏剧艺术的进步，主张再次开展"难剧运动"，认为这"正是我们

'抗战建剧'的必要过程"。① 本文可视为"抗战建剧"主张的延续和补充。夏衍在此呼吁将作剧与抗战结合，呼吁在"暴风雨中锻炼出来"，检讨过去、计划将来，完成"抗战建剧"的使命，希望抗战的崇高性能够提高戏剧的品格。夏衍在共和国时代主张"要长期地深入生活""要参加各种实际斗争"②与此也是一脉相承。所谓"真真为中国人所爱好所需要的戏剧"，既承接此前的戏剧大众化的主张，也开启此后的"一个艺术家创造出来的人物能够得到这样广大人民的欢迎、同情、喜爱……是艺术家的成功和荣誉"之观点。③ "抗战建剧"的主张，呼应了夏衍向来主张文艺工作者"要有水一般的柔软性，贯彻力和吸收性"④的观念，也一定程度上反映了"左翼"文化阵营的戏剧策略由于抗战爆发、社会形势变化而做出调整。"左翼"文化阵营于抗战之前提出"普罗戏剧"口号，是以阶级对抗为号召的，而这时，民族独立才是全民关注的焦点，"抗战建剧"便应时而出。夏衍所倡导的戏剧大众化追求融汇在其"抗战建剧"的理论之中的，希望借助抗战的势头让戏剧这一艺术形式越来越接近大众。这一追寻在抗战文艺工作推进的道路上渐渐实现，"抗战建剧"的追求也不断向着以戏剧艺术浸润新生中国民主政治的方向迈进。

国难当前、兹事体大，"民族独立"这一鲜明的旗帜将全国上下主要力量的矛头都指向侵略者。夏衍在《扫荡报》上发表"抗战建剧"的言论，可见其爱国热诚与革命担当，可知《扫荡报》与《救亡日报》同人摒弃前嫌、精诚合作、团结抗战的民族大义。

二 异乡旅人的关切挂碍：《不能相忘的纪念》

1940年年末桂林文化界情势日益严峻，1941年1月《救亡日报》被

---

① 夏衍：《论上海现阶段的剧运——复于伶》，载《夏衍全集》戏剧评论，浙江文艺出版社2005年版，第50页。
② 夏衍：《生活、题材、创作——和几位青年剧作家的谈话》，载《夏衍全集》戏剧评论，浙江文艺出版社2005年版，第361页。
③ 夏衍：《〈三毛流浪记〉序》，载《夏衍全集》文学（下），浙江文艺出版社2005年版，第328页。
④ 夏衍：《乐水》，载《夏衍全集》文学（上），浙江文艺出版社2005年版，第340页。

扣发、被警告,"目标太大"的夏衍奉指示离开桂林奔赴香港。夏衍从1940年年末开始创作的四幕剧《愁城记》在次年5月出版,并于10月30日由中华剧艺社在重庆国泰大戏院演出。即使身处香港,夏衍对抗战的局势和"抗战建剧"工作进程仍然颇为关切,有书信《不能忘却的纪念——为中华剧艺社上演〈愁城记〉》发表于《新蜀报》1941年11月5日第四版《蜀道》副刊,署名夏衍。此信六百余字,未见全集收录与研究资料提及,也应为夏衍集外佚作。现辑录如下:

不能相忘的纪念
——为中华剧艺社上演《愁城记》

夏 衍

××兄:

信收到了,谢谢你的关切,为了转递的关系,信到我手里已经是二十四号,要我为特刊写文章,大概是写也不能在上演前寄到了。

这剧本今天还能在陪都上演,这在我是一种喜悦,但,同时也使我感到了一种类似寂寞的感情。重庆上演《一年间》,《上海屋檐下》,乃至准备上演《心防》的时候,我都是砰然心动,打算到战时首都去看一看的,而今天,我已经远在香港,连这想去看一看的念头也已经不再砰然而动了!离开七七前后在上海大家一起工作的戏剧电影界的朋友已经五年,这五年中的许多大事、小事、伤心的、恨人的、使人色然而喜,泫然而涕的一切,一一浮上心头来,特别是为着上演《保卫卢沟桥》而团结了全国新旧戏剧界同志,亲诚和协,没有一丝杂念地工作着的情景,还像是昨日的事情,我相信,在戏剧界,当日配合作战之盛,一定可以再见于今日,也一定可以见诸于永恒的将来的。

在《愁城记》前,我引了一句庄子的话:"不若相忘于江湖",这是我对于剧中那些局促于小圈子里的小儿女们的一个忠告。可是,在我们曾经在一个阵营里工作过,而现在已经散处在激荡的江湖中的朋友,却正如鲁迅先生所说："可悲的我们不能互相忘却"！我冒昧地想将这个可悲的悲字改成喜字，作为一个远遁海外的同志的心情，遥寄给在渝和在各地的友人。

最近的上海来信，在敌伪蹂躏下，一般人的生活重压，早已经远超过《愁城记》中所描写的了，一方面我能预期着必须踹破的小圈子，也在不容情的现实面前，逐一的被弃。《心防》中的战士，以倍增勇气在战斗，是可以告慰于陪都的朋友们的。

伶、泯、的诸兄均在写作，家宝兄的《北京人》下月中旬可以同时在沪港两地上演了。

十月二十五日

此信乃是夏衍为重庆中华剧艺社上演《愁城记》而写，发表于11月5日，作于10月25日。这位给夏衍去信的"××兄"，应是《蜀道》副刊主编姚蓬子，为夏衍昔日"文协"同事。可以大胆还原的情况应该是，姚蓬子为10月11日的"中华剧艺社成立特刊"向夏衍约稿，却由于路途迢遥的关系，信件未能及时转递到夏衍手上，待夏衍回信抵达重庆，特刊已经出版，证实了夏衍的推测——"大概是写也不能在上演前寄到了"。查该期特刊，所载乃郭沫若的《戏剧运动的展开》与陈鲤庭的《揭起新演艺运动之旗》。

夏衍是在"峭骨的寒风中"[①] 悄悄离开桂林的。远离了大陆的硝烟和纷扰，香港之于夏衍不过"物资上是润泽，而心灵上是枯燥的地方"。[②] 大陆"抗战建剧"的情况只能通过亲友的只言片语获悉一些并不完整的信息，加之无法观摩自己的作品在陪都演出的盛况，夏衍生出所谓"类似寂寞的感情"，曾自言"是一种错综而又苦痛的心情"。[③] 简短的文字

[①] 夏衍：《别桂林——〈愁城记〉代序》，载《夏衍全集》（戏剧剧本）（上），浙江文艺出版社2005年版，第406页。

[②] 夏衍：《别桂林——〈愁城记〉代序》，载《夏衍全集》（戏剧剧本）（上），浙江文艺出版社2005年版，第407页。

[③] 夏衍：《别桂林——〈愁城记〉代序》，载《夏衍全集》（戏剧剧本）（上），浙江文艺出版社2005年版，第406页。

间流露的尽是对昔日在上海参与戏剧电影工作时光的留恋，对往昔"亲诚和协"的戏剧界同志的怀念。

身在香港的夏衍似乎在告别往昔，"忘却"旧事，但重庆上演《愁城记》的消息就像一把钥匙，打开了夏衍的回忆之门，曾经的"大事、小事、伤心的、恨人的、使人色然而喜，泫然而涕的一切"都浮于眼前。夏公自言《愁城记》是忠告赵婉、林孟平等"局促于小圈子里的小儿女们"若是在涸辙中相濡以沫，"不若相忘于江湖"。所谓鲁迅先生说"可悲的我们不能互相忘却"，语出鲁迅最后一篇用日文所作的杂感《我要骗人》，原文为"可悲的是我们不能互相忘却"。[①] 夏衍引文脱一"是"字，或为笔误。能够在下笔时信手拈来鲁迅言论，足见夏衍对鲁迅及其文章的关注与熟悉，可作"夏衍与鲁迅"问题后续研究之参考。但夏衍毕竟是夏衍，在引用鲁迅之后却能反其意而用之，"将这个可悲的悲字改成喜字"，也尽显创造性与智慧。夏衍表示不愿"忘却"，认为"不能互相忘却"是可喜之事，旧时的记忆可以给人以支撑，以自己的"不忘之喜"遥寄友人，又借《心防》中战士的勇气告慰陪都故旧。值得注意的是，夏衍指出"在敌伪蹂躏下，一般人的生活重压，早已经远超过《愁城记》中所描写的了""我能预期着必须踹破的小圈子，也在不容情的现实面前，逐一的被弃"，可知其对于戏剧折射现实的有效性和时效性的考量。夏衍自谓"远遁海外的同志"，"遁"乃"逃避、躲闪"之意，可见"海外"之行实非内心所愿，他更愿和戏剧同人并肩战斗，即所谓"相濡以沫"。幸而"伶、泯、的诸兄均在写作，家宝兄的《北京人》下月中旬可以同时在沪港两地上演了"。"伶、泯、的"应指于伶、章泯、宋之的，"家宝"乃戏剧名家曹禺，都是夏衍故交好友，和夏衍就戏剧创作有过颇多探讨。戏剧作为无形的纽带，系结香港和大陆两端，夏衍和他的知己们借剧神交，实现了跨区域联动。这里的不愿"相忘"，是希望借昔日"亲诚和协"的荣光来照亮现在崎岖坎坷的路途。夏衍于昔日携手奋进的

[①] 鲁迅：《我要骗人》，载《鲁迅全集》第六卷，人民文学出版社2005年版，第506页。

记忆和今日同人心照不宣的坚守中,在"平安旧战场"窥见曙光,既然"无法避开崎岖,我们就不辞一再的挫败"。①

此通夏公佚信,文字朴实,真挚动人。一方面身处异乡,身已自由却心有挂碍,不愿忘记与同人一起奋斗的过往,借戏剧"相濡以沫";另一方面时刻记挂着普通民众的生活,敏感于其遭际的重压。此乃夏衍作为一个文艺名家的至情至性,也是作为一个革命工作者的悲悯情怀。

三 技术艺术的不可偏废:《作剧的技术问题》

夏衍1947年3月自香港赴新加坡为《华商报》募款,同年九月接管《华商报》,其间得昔日《救亡日报》同人胡愈之多次相助,也有数篇杂文随笔发表于胡氏主编的《风下》周刊,有《哭杨枣》(1946年14期),后更名《哭杨潮》收入《夏衍全集·文学编》下册;也有《立场与看法》《作剧的技术问题》《香港的民主文化事业》等未收入全集。陈坚、陈奇佳著《夏衍传》(中国戏剧出版社2015年版)对上述三文都有提及,但未披露原文,未著录何期刊发,且题目有误,《作剧的技术问题》误作《作剧的技巧》,《香港的民主文化事业》误作《香港的民主事业》。②《作剧的技术问题》原刊《风下》周刊1947年4月5日第69期,载"每周一课"栏目,署名夏衍。在当期目录页和茅盾的《"列宁博物馆"》等一同加黑加粗,足见编辑重点推荐之意。文后附夏衍剧作《离离草》广告:"夏衍先生著:离离草(四幕剧)定价叻币一元五角 新加坡新南洋出版社经售。"此期《风下》周刊已不易得,既然《作剧的技术问题》原文未见披露,不妨抄录如下:

---

① 夏衍:《别桂林——〈愁城记〉代序》,载《夏衍全集》(戏剧剧本)(上),浙江文艺出版社2005年版,第406页。
② 参见陈坚、陈奇佳《夏衍传》,中国戏剧出版社2015年版,第420页。

作剧的技术问题

夏　衍

　　许多朋友谈到"怎样写剧本"的问题。

　　这个题目应该由专门学者来写一本书，一二千字的一篇短文是"一部二十四史不知从何说起"的。

　　几年来，笔者有机会读到许多年轻朋友们的试作剧本，有的洋溢着热情，有的企图在他的作品中倾诉满怀的痛苦，也有人写一个剧本只为了喜爱他所经历到和听到的一个奇离有趣的故事，毫无疑问，当他们开始执笔的时候，他们总怀抱着要把他所想表现的这个主题，这个故事，或者这种感情，用戏剧的形式来传达给他们的读者和观众的，可是，要圆满地达到这个目的，单靠正确的主题和强烈的感情是不够的。为了要使自己想对读者和观众诉说的思想和感情不折不扣的传达出去，基本的技术，也可以说起码的"作剧文法"是必要的。

　　现在先让我们假定：作者在构思执笔之前，已经有了一个正确的"主题"，就是说，对于社会上的某一个问题已经有了一种新的，进步的看法和主张，而同时，为了表达这一主题，也已经有了一个完全合理，完全入情的故事。这两者是一个剧本的生命和血肉，因为，假如没有一个正确的主题和一个入情入理的故事，那么不仅不能凭空写出一个剧本，而且也就没有劳心劳力地写作的意义了。

　　讲技术一定要在先有了上述两者之后才有意义，否则，为技术而技术，或者用一种巧妙的技术来传达一个不正确的主题，那就有违讲技术的本意了。

　　谈到技术问题，一直就有两种相反的意见，一种人认为艺术要靠天才，天才的创造就如天马行空，不能用一定的规矩来绳则，另一种人完全相反，他们认为技术第一，没有技术就等于没有剧本。笔者个人不相信后者的说法，因为单单外观漂亮精巧的东西不一定切合实用，而一个姿容美丽而毫无思想学术的美人在我们看来也算不得真真的美人，但是，反过来说，对于前一种的说法我们也认为过分偏颇，显而易见，从事艺术的人不一定要是天才，一方面说，凡才可以从学习中逐渐进步而走入艺术的殿堂，而另一方面，假如不是天才而又忽视技术的学习，那么写出来的东西，也就决不可能达到他所企图的目的，对观众传达他要申诉传染的感情。

有了故事主题之后，第一步工作就是布局和构思。用一个造屋子的譬喻来说，主题就是造这所房子的目的，是为了住家，是为了游憩，是为了堆藏货品，这目的在建筑之前是非弄明白不可的，故事，就是构造这所房子的材料，什么性质的屋子要用什么性质的材料，这道理是容易明白的，现在目的确定了，材料买齐了，那么"布局和构思"这一工作就等于建筑师的绘蓝图，"打样"。当然，建筑工程师的设计打样是和房屋的性质与所有的材料是有着不可分明联系①的。

我们到一处地方看到一所建筑物，不一定要穿房入户，只要你远远的看到一间房子的外形，站在门口看到这所房子的格局，你就可能下判断，这所房子是庙宇，是住宅，是别墅或者是仓库了，同样我们拿到一个剧本，不一定要读完最后一幕，只要看到"人物时地"乃至幕前记述，和开幕之后的几行对话，也大致就可以判断这个剧本的性质和格局了。住宅式的建筑不可能用宫殿式的大门，用一亩地来建筑一所房子，那你就该把门房，客厅，卧房，厨房……等等的面积分配的适用得体，写剧本，动笔之前的布局构思，和第一幕的前面三分之一，就几乎可以决定整个戏的命运，其理由就在这个地方。

"想定了再写"，这是初写剧本的所必需记住的事情。"随想随写"，而居然丝丝入扣，有条不紊，这是天才大作家所可能而不是初学者所能随便企及的事情。假定一个四幕的戏吧，那么第一幕如何开端，如何介绍人物，如何刻划性格环境，第二幕如何把情节展开，性格如何发展，

---

① 原刊"系"误作"糸"，"不可分明"或应为"不可分割"。

第三幕如何布置疑问，如何使事件接近高潮，第四幕如何解决问题，如何交代人物，如何把观众的情绪掌握住而不使他们在幕下之前离场，……这一切都须在开始写"第一幕"这几个字前"想定"的问题。

自己寡陋的经验，觉得不论独幕多幕，一个戏的命运决定于最初的几行对话。开幕之后的一二千字，剧作者必须告观众几件事情。假如台上甲乙二人，那么，一定要在极自然的日常谈话之中，告诉（主要的是暗示）观众以这故事的时代氛围，社会情调，甲乙二人的生平，职业，性格，相互关系，然后，再在这些不能太长的对话动作之中，伏下线索，使观众感觉到他们之间将有一件什么矛盾纠纷，或者斗争正在滋长发展。这一点看似容易，做起来却是异样的艰难。有人推荐爱尔兰名剧作家约翰沁孤的《开幕》为古今绝品，因为即使在他很短的独幕剧中，读者一接触到他开幕之后的几句对话，整个剧本的氛围情调，人物性格，事件端绪等等，早就明白如画地展开在我们的前面了。

开篇谦称"怎样写剧本"乃"一部二十四史不知从何说起"的问题，继而从重中之重开始说起。夏衍向来认为，"写作品，世界观、生活和技巧，是三者不可缺一的要素"，且强调"用字遣词的基本功"① 即"技术"的重要性。佚文从自己阅读剧本的经验讲到为传达"思想和感情"的"作剧文法"问题。

第一，谈"技术"与"艺术"。技术之前提，乃"一个正确的主题和一个入情入理的故事"，即所谓"世界观"和"生活"，暗合了夏衍之"提倡取材于现实、反映现实生活的'真'的戏剧观"。② 先借"美人"之喻，谈艺术不可或缺，而夏衍自创作《上海屋檐下》始便加强对剧作"艺术方面的考察"，③ 开启"写作方面的一个转变"，"注意了人物性格

---

① 夏衍：《生活·题材·创作——和几位青年剧作家的谈话》，载《夏衍全集》（戏剧评论），浙江文艺出版社 2005 年版，第 362 页。
② 马圆圆：《求于"真"归于"哗"——论夏衍的戏剧观》，《河南理工大学学报》2019 年第 3 期。
③ 陈坚、陈奇佳：《夏衍传》，中国戏剧出版社 2015 年版，第 246 页。

的刻画、内心活动"①。又借"天才"和"凡才"之比,指出只有艺术而没有技术则无法传达感情。

第二,讲"布局和构思"。以"造屋子"作比,"主题"乃"造这所房子的目的","故事"是"构造这所房子的材料",而"布局和构思"则是绘蓝图和打样,正如房屋能根据外形推断格局,剧本也可根据开头判断性质和格局。若想房屋"适用得体"就需提前规划,若想剧本"丝丝入扣,有条不紊",就得"想定了再写"。

第三,论"开幕"之重要。引约翰沁孤为例,讲开幕的重要性,需在开头的一两千字囊括"氛围情调,人物性格,事件端绪"等。夏衍此后的《读"文协"入选的两个独幕剧》也讲"开幕"之重要与难度,"独幕剧之难,难在一开幕剧就要在极其自然的对话中和动作中,明白而凸出地刻画出人物的性格"。②此文谈夏衍对文协入选的两个独幕剧的看法,涉及夏衍有关作剧的诸多观点,刊《文艺生活》(桂林)1948年海外版3—4期合刊,《夏衍戏剧研究资料》(中国戏剧出版社1980年版)早已披露,《夏衍全集》却失收,令人遗憾。

值得一提的是,夏衍此前的《作剧偶谈——在广西省立艺术馆的讲话》也讲"对作剧的感想和看法",③涉及作剧的顺序:先确定主题、题材,接着布局构思,然后进入具体的写作。该文乃1940年夏衍在广西省立艺术馆的演讲稿,内容虽与佚文相近,但同中有异,可作"互文性"文本对照阅读,揣摩在不同语境、受众的情况下夏衍的表达差异,品读两种文体带来的不同体验。也就是说,虽有讲稿在前,但佚文也值得注意。一则讲稿篇幅长,所涉全面,但思维发散,有时不免漫无边际、肆意而谈,略显冗长;而佚文紧扣题旨、中心明确,文字精练而内涵丰富。二则短文并非讲稿翻版,谈"作剧"问题,却以"美人""天才和凡才"

---

① 夏衍:《谈〈上海屋檐下〉的创作》,载《夏衍全集》(戏剧剧本)(上),浙江文艺出版社2005年版,第227页。
② 夏衍:《读"文协"入选的两个独幕剧》,《文艺生活》1948年海外版3—4期合刊。
③ 夏衍:《作剧偶谈——在广西省立艺术馆的讲话》,载《夏衍全集》(戏剧评论),浙江文艺出版社2005年版,第101页。

"造屋子"作比,将抽象的"作剧文法"形象化,可见夏衍对作剧的技术问题思考越发成熟。三则短文更显夏衍论述的思维明晰、逻辑谨严。虽自谓"一部二十四史不知从何说起",却也说得鲜明通透,每部分都有和上下文及主题密不可分的明确观点,达到夏公所求之"有条不紊,丝丝入扣"。

四 佚文之文献史料价值探讨

三篇佚文,各有侧重,一是呼吁"抗战建剧",二为回顾展望戏剧工作,三则谈论作剧技术问题,但都可以视为还原一个更完整的剧作家、剧评家夏衍的重要补充。

第一能补充考察夏衍在抗战时期的行实,桂林时期与《扫荡报》同人合作,和羊枣、胡愈之等的交往;香港时期与《新蜀报》副刊《蜀道》主编的交往,以及《愁城记》在重庆的上演情况,十月二十五日的活动等,都可资《夏衍年表》补正,也可为未来《夏衍年谱》的编撰出版提供参考。

第二能佐证夏衍"戏剧为人民""戏剧为抗战"之理论,以及技术与艺术不可偏废之观点。夏衍在抗战之初就提出了"抗战建剧"的理论,由佚文可见得其"抗战建剧"的理论是随着抗战戏剧的工作进行而不断深入的,和人民大众的关系也是越来越密切,即使远遁香港却仍心存挂碍,也注意到随着抗战形势的日趋严峻,《愁城记》所能折射现实人民生活的力度也越发有限,这便是出于艺术层面的考量。而对于作剧的技术和艺术的关系问题,也一直萦绕在剧作家夏衍的心头,对此的思考日趋成熟深入。

第三可体味夏衍论述的逻辑谨严,比喻精当。《不能忘却的纪念——为中华剧艺社上演〈愁城记〉》先回顾昔日戏剧电影届同人共事之时光,再放眼当下残酷重压的现实环境,并以"不能相忘的纪念"将曾经与现在联结起来,以示即使身处艰难境地,依然心怀希望,逻辑严密。《作剧的技术问题》的"姿容美丽而毫无思想学术的美人",与"造屋子的譬喻",也是环环相扣层层递进的论述,尽显功力。

第四可展现夏公的爱国热诚与责任坚守。是在团结一切力量抗战形势下,主张"抗战建剧"与戏剧大众化相结合;是即使远遁香港,即使形势严峻,依然对戏剧工作充满信心,于黑暗中窥见一丝曙光;是即便战时,即便"抗战建剧",也没有放弃对艺术的坚守。佚文呼应着夏衍"戏剧为抗战"的主张,与"忠实地去刻画人生的严肃"[①]之倡导。这样的主张并非纸上谈兵,从《上海屋檐下》到《芳草天涯》,抗战时期的夏衍剧作一直坚持"创造人物的深刻性,时代特点的把握和色彩明快,似淡而深",[②]有着"比一般宣传剧要高得多的艺术成就"。[③]

此外,三篇佚文也可以作为现代文学研究尤其是戏剧研究的一个重要补充,能展现抗战时期文艺工作者坚持抗战的姿态,有"抗战建剧"的激昂,也有戏剧工作、文艺工作落潮时的"类似寂寞的情绪"。《作剧的技术问题》虽非作于抗战时期,但也在内战阶段,参照同期戏剧同人的著述,也可窥见战争时期戏剧工作者在抗战宣传的同时对"艺术和技术"的坚守,对戏剧艺术本体建设的坚守。这坚守也能为文艺日趋商业化的当下的戏剧工作提供精神指引——绝不放弃文艺工作者的艺术底线。

《夏衍全集》在出版说明中指出"既考虑主要创作门类力争收全,也注意尊重著者意愿,不主张有文必录",[④]但至少应该"对这些被删除的信息就应当有必要的说明:或存目,或在被删除的文字的位置上出现提示信息等"。[⑤]早在20世纪80年代出版的论著已经收录的文章,为何"全集"反而失收?是因为"不录"吗,"不录"又是作何考虑呢,还是仅仅是漏收而已?由于创作之丰赡、涉足地域之广阔,加上民国时期出

[①] 夏衍:《〈心防〉后记》,载《夏衍全集》(戏剧剧本)(上),浙江文艺出版社2005年版,第479页。
[②] 张颖:《重看〈上海屋檐下〉的感想》,《人民戏剧》1980年第12期。
[③] 陈坚、陈奇佳:《夏衍传》,中国戏剧出版社2015年版,第305页。
[④] 《夏衍全集》编委会:《出版说明》,载《夏衍全集》(戏剧剧本)(上),浙江文艺出版社2005年版,第1页。
[⑤] 陈奇佳:《〈夏衍全集〉编纂商兑》,《现代中文学刊》2015年第5期。

版的报纸期刊浩如烟海、战争的动荡环境使得文献资料难于保存,夏衍仍有许多作品散佚在外,期待夏衍研究者发掘披露更多先生佚作,为夏衍研究和现代文学研究提供新材料、触发新思考。

文献后边的风景

马俊山[*]

读过四篇论文,总感觉有些意犹未尽,因而略作补充,附在下边,供读者和作者参考。

吴彬的论文,讨论的是魏明伦戏曲创作的审美特征。这似乎是一个老话题,并且已经形成了一些固定的解读套路,如地方性、时代性、个人性,等等。在此基础之上,吴彬又向前迈进了一大步。他把魏明伦放在中国戏曲现代化的历史进程之中,考察其独有风貌及特殊贡献,认为这是一种继承了近代剧和传统戏,特别是川剧审美基因的悲喜混杂剧。魏明伦的深刻之处在于,既看到了人性的坚韧,又看到命运的残酷和无可逃逸的苦难结局,批判矛头直指封建的社会关系和文化传统。它打破了传统戏团圆的迷梦,接续了"五四"睁开眼睛看人生世相的启蒙传统,为中国戏曲的现代化开辟了新的道路。魏明伦的成功,具有划时代的意义。这个论断无论对于魏明伦还是中国当代戏剧,都是非常重要的,因为它植根于深邃的历史视野之中。

曾诗和凌孟华介绍了三篇未收入《夏衍全集》的佚文。举凡此类文章,一般会在三个层面上展开。一是介绍材料的发现过程,材料的来龙去脉,勘定材料的价值;二是材料内容的考辨论证,厘清材料涉及的人物和事件,还原历史;三是寻求材料与历史过程的关联,揭示隐藏在材

---

[*] [作者简介] 马俊山(1956—),男,南京大学中国新文学研究中心教授,主要从事戏剧史论研究。

料背后的历史逻辑。这是一个从易到难，由浅入深的过程。前两个层面，本文说得都比较准确到位，唯第三个层面似乎还有进一步讨论的空间。

首先需要关注的是原件发表的时间，1939年10月、1941年11月和1947年4月。就社会历史而言，1939—1941年正是抗战由防御到相持的转折期，表现为战线逐步稳定，社会生活开始恢复。1947年则是内战已经爆发，社会动荡，市场崩溃的岁月。从话剧的历史看，1939—1941年是一个特殊的过渡期。战前成长起来艺术力量，包括编、导、演、舞美等，基本完成了从东到西，从上海到重庆的战略转移。

中国话剧发轫于上海而成熟于重庆，就是以中华剧艺社的成立并上演本土原创剧目为标志的。这个成熟不仅是话剧文学的成熟，也包括表导演、舞台美术、美学观念，以及艺术体制机制的成熟，具有全面性和体系性。在这样一个重要历史关头，夏衍提出检讨过去，计划未来，借抗战之机来完成戏剧本体建设的主张，显然是得风气之先，而又切中历史要害的。论者引同时期夏衍的《论上海现阶段的剧运——复于伶》（1939年5月写于香港），以解读"抗战建剧"的含义，这个思路是对的，可惜没有进一步深入下去，真正挖掘出文献背后的历史和思想逻辑——从普及到提高，建设深刻反映现实，编导演均衡协调的演剧艺术。而当作者进一步引用夏衍1962年的一篇文章，来延伸解读1939年的文献时，就脱离了文献的历史语境，步入以后证前，避实就虚，甚至于风马牛的误区了。

在中国近现代文艺史上，像夏衍这样阅历极丰富而天赋又极高的人并不多见。其思想和艺术虽然有着某些恒定的品格，但变化还是很大的，特别是1957年以后。显然，这是论者没有注意到的。如果论者把"抗战建剧"跟战前的"难剧运动"联系起来，做进一步的解读，我想一定会有令人惊喜的发现。

再说远一点儿，随着互联网和各种数据库的建设，资料收集的难度与成本迅速降低，但思想的系统化和有机化却成了一个新的难题。因为数据库里的很多资料是碎片化、孤岛化的，历史文献的整体性和有机性被机械的、形式化的分类检索所分解,所以如何重建历史的有机性,就成了摆在新时代每个学人面前、必须跨越的一道学术门槛。打个比方说,文献再多也不过是纸上山水,真正的风景在文献后边。这也是几年前,我在重庆师大跟研究生座谈时所讲的话题。

《愁城记》是中华剧艺社公演的第二个本土原创剧目,也是话剧成熟期的重要作品。《不能忘却的纪念》表面看起来,好像写的是某种思念的"情怀",进而说到戏的主题与现实人生的联系。但这种情怀的根由却是中国话剧重心从上海到重庆,从业余到职业,从幼稚到成熟的艰难转折。夏衍的喜悦或哀伤,与其说是因为该剧的上演或战友间的别离,不如说是由他和这一戏剧历史大潮的特殊关系所决定的。心在潮流之中,身在戏剧之外,身心的这种错位,是无奈,更是历史的投影,从一个侧面折射出"此时此地"(夏衍语)新兴话剧与政治的特殊关系。

《作剧的技术问题》,好像说的是一个没有时间和历史规定性的普遍话题。但其写作动机,应该说跟《论上海现阶段的剧运》是一致的,即政治的归政治,艺术的归艺术,可以有交集,但不能互相取代。没有技术的艺术就不是艺术,既无法生存,也无法达到艺术的目的。正因为有了这样一种基本立场,政治色彩浓重的夏衍剧作才经受住了各种历史考验,成为中国现代戏剧的艺术经典。

四篇文章均触及戏剧跟政治的关系,这个近代以来困扰中国戏剧发展的大问题。陈瘦竹先生的影响主要表现在小说创作和戏剧研究方面。抗战开始后,因工作的需要,陈先生在翻译和研究外国戏剧,以及写作戏剧评论上用力较多,但其影响主要是在 1949 年以后。因此,学术界对此前陈瘦竹的戏剧活动和戏剧思想,关注不够,评价也不甚高。梅琳和宋杰所写的《思辨与转变:陈瘦竹的剧人之路》,在一定程度上弥补了这一缺憾。文章以戏剧与政治的关系为轴线,比较准确地勾勒出陈先生 1949 年以前戏剧思想的大致轮廓。如果作者能想一想或问一问,为什么陈在当时影响不大,也许这篇文章在论说的深度上,还能有新的突破。缺少质疑和批判的论文,其价值会大打折扣。

《清明前后》写民族资产阶级的命运，主题的政治性毋庸置疑。林永清的那句台词——"政治不民主，工业就没有出路"，虽然跟"黄金舞弊"案的结合不太贴切，人物和剧情亦不无公式化概念化色彩，但矛头直指国民党集权统治，具有强烈的现实意义。但颜倩的论文"将政治性的东西放到一旁，着眼于戏剧文本"（作者语），讨论的是这个戏的舞台提示，并未涉及戏的主题。论文对这个文本问题的梳理比较完整、准确，特别是对"未来"舞台提示多样化的期许，显示出较高的学术眼光。

茅盾研究成果极其丰硕，有不少涉及《清明前后》的文本范式及思维转型问题，而且已经形成一些学术共识。学界普遍认为，由于小说思维对戏剧思维的严重干扰，使得剧本中叙事和描写的成分过分膨胀，舞台提示比重增加，功能外溢。因此，该剧的文学性、可读性较强而舞台性、可演性较弱。

剧本是否需要舞台提示，以及提示的内容和写法，是个看似简单实则复杂的问题。现代版权制度建立之前，剧本主要是供演出用的，而演出又有固定的套路，所以一般不需要舞台提示，即使有也很简单，如19世纪以前的欧洲戏剧，以及中国的元曲、京剧等。另外，很长一段时间，剧本专为剧团甚至演员而作，是剧团和演员的重要财产，轻易不会示之于人。剧本不能公开出版，直接导致两个严重后果，一是剧本创作对文学性、可读性的轻视甚至无视，二是盗版演出成风。19世纪后期，随着伯尔尼公约等一系列国际条约的制定，剧本的著作权和上演权受到法律保护，因此剧本在演出之外新增一种传播和获利方式——出版发行。读者成为新的受众，也深刻地影响着剧本创作——从思维方式到外部形态。大约从萧伯纳开始，欧美剧本的一个明显变化是舞台提示内容扩大，不再局限于戏剧动作，而是扩张到了叙述和描写，剧本的文学性和可读性大大增强，作者的获利空间也扩大了，上演税之外还有版税。

《清明前后》当初也是为读者而写，首先在重庆《大公晚报》（1945年8月3日起）上连载的。连载未完，即被刚刚从新疆获释回渝的赵丹、徐韬等人要了去，以中国艺术剧社的名义首演于1945年9月26日。茅盾原来担心剧本的内容太尖锐，没人敢演，还担心舞台性不足，难保演出成功。但结果却大大出乎作者的意料，不仅得以公演，而且广受欢迎，连演近一个月，引起巨大社会反响。如果没有国民党当局从中作梗，演出也许还会继续下去。

由此可见，《清明前后》舞台提示膨胀与功能外溢，除了小说思维（线性，叙事）对戏剧思维（场面，行动）的渗透、干扰这个主观原因，还有潜在读者的牵制这个客观条件。现代中国普通读者的审美取向，主要是由报章和小说培养起来的，所以茅盾在构思和写作《清明前后》时，不得不在题材的新闻性、时效性，以及人物相貌，时代背景，故事情节上下功夫，因而叙述与描写的扩张几乎是无法避免的事情。这种情形跟曹禺战前的三个剧本非常相似。《雷雨》《日出》《原野》也是先在期刊上发表，尔后被搬上舞台的。无论是当时还是后来，剧本里大量的舞台提示，其必要性与合理性，一直是个见仁见智的问题。曹禺的理想是剧本既要经得起读，又要经得起演。（《日出》跋）这跟单纯为演出而构撰的脚本，或只为阅读写作的案头剧，有着本质区别。茅盾1937年即参与过《日出》的"集体批评"，构思和写作《清明前后》期间，还曾多次向曹禺请教，所以肯定会受到些影响。只需把二者的人物小传或环境描写略加比较，便一目了然。

舞台性强的剧本，演出来不一定好，而舞台性弱的剧本不一定演出效果就差。因为其中还有个导表演和舞美的二度创作问题。的确，有些剧作家如郭沫若、老舍等，一般不允许导演改动自己的剧本，一句台词都不能改。但是，大多数是允许导演改编，以适应舞台条件和演出任务的，只要主题和基调不变即可。《清明前后》就是如此。茅盾告诉该剧的导演赵丹，"只要能加强演出的效果，你尽管全权处理"。据作者回忆，赵丹的修改主要有三：一是改变结构，四五幕颠倒顺序，解决了原著第五幕"倒降顶点"的问题；二是删减台词，对过长的叙事性、议论性台词做了压缩，使得剧情更具动作性，冲突更加有力，人物形象更加鲜明；三是突出主干，以林永清为中心组织戏剧冲突，而把代表官僚资本的金澹庵推到幕后，直到高潮时才出场。可以说，《清明前后》公演的成功，跟赵丹、王为一、顾而已、秦怡、赵蕴如、孙坚白、朱今明等导表演人员的二度创作有很大关系。

实践证明，《清明前后》不仅是一个好读、可演，而且可以获得很好演出效果的剧本。所以，剩下的问题，就是我们的了。其实，指责该剧叙事性过强而动作性较弱的论者，大多忽略了演出的二度创作这个重要环节。从剧本到舞台还有很长的路要走，绝不能在二者之间画等号，更不能用一套固定的文本标准来衡量所有的创作实践。作家的创作个性不同，作品也必然千姿百态，各不相同。这正是艺术的魅力之所在。

学问必须从文献做起，从现象说起，这是对的，但这不是目的。我们必须穿透文献这道屏障，让思想冲破牢笼，才能看到风卷云舒，花开日落的壮阔历史画面，触摸到历史的年轮与肌理。

区域文化与古代文学研究

主持人：王于飞

主持人语：

如果"空间"是一个相对客观的现象，那么"区域"就更为主观。从本质上说，所有区域都形成于特定的人为设置：它以人为中心，以人的需求为目的，以人的能力来设定，又为人的意识和眼光所制约。

正因为人的因素的主导，区域就不只是一个单纯的空间概念。它不可避免地置身于空间、时间、地域、风土、社会、族群、个体等主客观因素多元混杂、交互作用的特定场域中，并与其他区域产生更为广泛而复杂的关联与互动，再形成、累积、延伸或变异出各种后续的结果和影响。如国际社会所谓"中东""远东"、中国历史之"江东""江左""江表""江南"、重庆区划中的"南岸""江北"等概念，就无不兼具上述多重主客观因素，并置身于各种复杂、动态的关联与变异当中。

这本是一种生动、自然而普遍的社会文化现象。但人们对此现象的认识却存在有无、深浅等各种差异，并因这些差异的存在而形成其他认识上的出入和异同。

本栏目所收 3 篇论文，正好从不同角度、以不同方式，在揭示和验证着区域文化所具有这些复杂的属性。

学界对巴文化的探讨成果丰硕，并已形成相对稳定的学术传统。立足史料文献的搜集、整理与分析是相关研究的一个重要着眼点。但史料中与"巴"相关的"巴方""巴子国""巴师""巴人"等称谓散见于甲骨文、《尚书》《华阳国志》等文史典籍，时间纵贯商周以至晋唐，但从地域上看，这些概念是否都具有同一个"巴"的内核呢？《甲骨文"巴方"解读与巴蜀文化关系献疑》一文正是从这一问题切入，详细厘定历代文献涉及上述概念的具体语境，再从地域、年代、族群等角度辨析上述概念的异同关系，进而展开问题讨论，足以发人深省。

同属巴蜀文化研究的另一篇文章《稀见清代小说集〈阴阳镜〉叙论》，则以小说作者汤承蕖的生平籍贯考察为中心，结合该小说集刊刻、流传的地域，作品内容与方言特征，小说与"在四川境内流行，没有传播出去"的《绣云阁》及其他清代川刻宣讲小说的关系考证，多方面揭示该小说集的四川地域特征。不仅如此，作者还借《阴阳镜》与伪托袁枚所作的《随园戏墨》《怪异录》的关联与异同比较，反向厘清《阴阳镜》的区域文化属性，并间接凸显出该小说集在巴蜀区域之外的影响力。

与前两篇以特定区域文化和文学研究为中心的论文不同，《试论〈红楼梦〉对清代岭南小说创作的影响》一文呈现出跨区域研究的广阔视野。该文结合清代岭南的区域文化特征，讨论《红楼梦》的辐射力对当地小说创作所产生的远程影响，并分别从续作型、借鉴型和翻新型三种类别、三个层次渐次分析，揭示出每一类型中的代表作品都导源或踵武《红楼梦》，而又都不同程度体现出与《红楼梦》相异的区域与时代特征，这就从一个特殊的角度有力呈现出岭南小说既胎息内地而又自具面目的区域文化特征。

甲骨文"巴方"解读与巴蜀文化关系献疑

何易展*

内容提要：无论是记言还是记事的文献，都涉及叙述语境的问题，史料文献中的叙述语境对于文化建构有着极为重要的意义，它在时空演进上决定着我们的文化建构的基础和逻辑。甲骨文中的"巴方"常被学者视为后来的巴子国，但甲骨文的语义系统与周秦汉时期《尚书》《左传》及晋代《华阳国志》等文献的叙述语境是怎样一种逻辑？它们之间存在何种联系？这对于我们建构巴蜀地域文化至关重要。对于这种叙事语境的差异性思考，也对我们解读文献尤其重要。从甲骨文"巴方"到《尚书》八国助武王伐纣，再到《华阳国志》"巴师勇锐"及"以其宗姬（封）于巴"的史叙，其既内含了叙述语境的差异又暗示了内在逻辑的联系。综理其迹，则似乎可以构建出较清晰的巴蜀地域文化关系。

关键词：叙述语境；巴蜀文化；巴方；巴子国

在巴蜀文化研究中，巴、蜀之间的关系问题一直被视为两个分庭抗礼的诸侯国（方国），但是这种关系阐述必须明确其历史语境以及"巴""蜀"在各个历史时期本身的内涵和外延的变衍。巴、蜀之间的关系实际

---

* ［作者简介］何易展（1974— ），男，文学博士，重庆师范大学文学院教授、重庆国学院巴文化研究院院长、重庆师范大学巴文化研究中心主任，主要从事中国古代文学及中国文化史研究。

是十分复杂的,它们既不能简单地用你中有我,我中有你来泛指,也不能用分庭之国来割裂。我们今天在参阅《汉书》《华阳国志》《后汉书》等记载的时候,也必须明确史家的史叙笔法和叙述语境,才可能对历史文献进行合理的解读和利用。任何叙事文献的语境总是在一定的地域或文化视野中展开的,因此史料文献的叙述语境与地域文化关系建构就自然形成了一种内在的逻辑关系。

古代巴、蜀到底是什么关系呢?从逻辑上来看,这也并不是一句话可以回答清楚的问题,古代历史较为漫长,其关系史的演变也较为复杂。如果"巴""蜀"摆脱战国以来政区意识的局限,结合文献的具体叙事语境,从地域文化视野来审视,或许早期巴、蜀关系会呈现给人们一种新的生态。下面即以具体地对"巴方"的解读来重新认识或建构巴蜀地域文化关系,也同时借此阐释正确理解史料文献叙述语境的重要性。

一

中国文献记载的早期历史应大致经历了结绳记事、图画文字、甲骨文辞到周汉古文字,《周易大传》云:"上古结绳而治,后世圣人易之以书契,百官以治,万民以察。"① 因此文字研究也是早期历史文化研究的途径。

在殷商甲骨文辞中已有"巴"字,《甲骨文编》中载有几种刻写体例,如"𠂤""𠃌""𠂤""𠂤""𠃌""𠂤",其注为"方国名,唐兰释'巴'。"② 虽郭沫若释其字为"儿"③,日本学者岛邦男释"夷"④,温少峰、袁庭栋释"卩"或"𠂤"⑤,日本赤塚忠释为"印"⑥,但据杜勇教授

---

① 孔颖达疏:《周易正义》卷八《系辞下》,北京大学出版社2000年版,第356页。
② 中国社会科学院考古研究所编:《甲骨文编·附录上》,中华书局1965年版,第791页。
③ 参见郭沫若《殷契粹编考》,文求堂书店1965年石印本,第159页。
④ 参见[日]岛邦男《殷墟卜辞研究》一书,此处参曹定云《甲骨文"巴"字补释》,《殷都学刊》2011年第1期。
⑤ 参见温少锋、袁庭栋《殷墟卜辞研究——科学技术篇》,四川省社会科学院出版社1983年版。
⑥ 参见[日]赤塚忠《武丁的征伐》一文,此处参曹定云《甲骨文"巴"字补释》,《殷都学刊》2011年第1期。

及曹定云先生等人的考证，释"巴"是基本可信的①。但是这里存在两个问题，一是"巴"本义是指什么？二是商代甲骨文中的"巴"和"巴方"是指什么？

首先，关于"巴"的本义并不是一个简单的文献学问题，而同样涉及文化学和人类学等问题。因为"巴"的本义的定型到文献确载，它同样经历了一个"发生"的过程，简言之，也就是常说的集体无意识的社会性意识过程。关于"巴"的本义问题，我写过一篇文章《文化人类学视野下的早期巴文化探赜》，我认为"巴"字的本义是与这一区域特殊的自然地理和人类早期劳动生活方式密切相关的，"'巴'所反映的劳动和生活情景，正体现了抓捕、攀爬、跪坐等特征，其中手、脚并用，跪、攀、抓等将后来词义中的'静、牢、紧、贴'等义可以说都隐含在其间了。"② 也即是说"巴"字后来无论如何衍化，其中还是内含了其原初的本义。"巴"本义指什么呢？甲骨文中两种形体，其一为"〨"，其一作"〨"，曹定云先生认为"〨"表现的"是一个人用手护住自己的腹部（大肚子）。"③ 但笔者以为，结合"巴"字的其他甲骨文字形来看，恐怕指怀孕并不准确。如《合集》8411中"〨"也并不能反映是怀孕的状态，反而说可能是反映人们跪坐从事采摘劳动时的状态，古人为采摘的方便，常在面前携带篮、罐或其他草竹编盛器，南方人常将上衣衣襟卷起盛放采摘之物，或叫"围兜"或"围腰"。如《诗经》中表现商周时期人们采摘情形的就极多，如《周南·芣苢》中"薄言采之""薄言掇之""薄言捋之""薄言袺之""薄言襭之"等，其中"袺""襭"就是指把衣襟兜起来的状态。而且这与《周南·芣苢》中所反映的地理区域也大体一致。因此"〨"和"〨"可能不是反映怀孕的情形，反而正是反映劳动采

---

① 参见杜勇《说甲骨文中的巴方》，《殷都学刊》2010年第3期；参见曹定云《甲骨文"巴"字补释》，《殷都学刊》2011年第1期。

② 何易展：《文化人类学视野下的早期巴文化探赜》，《四川文理学院学报》2015年第3期。

③ 曹定云：《甲骨文"巴"字补释——兼论"巴"字的原始意义及相关问题》，《殷都学刊》2011年第1期。

摘的情形。如果"🐘"这一字形反映的是怀孕，那么为什么非要跪坐的形态？这与古代或原始社会妇女生产并不完全一致。此外，如果"巴"指妇女怀孕，何以用来特指巴地的物、事、人的情形，而不用于其他地方？因此笔者以为，曹定云先生所举的湖南衡山一带称妇女怀孕为"巴肚"恐怕并不能作为此义的充分义证。"巴肚"恐怕是取"巴"鼓腹和母体紧连的象形意义，所以怀孕的情状比附应是"巴"字的衍生意义。曹先生另举"耙头""钯"确实与手或抓（齿）等动作有关，但另外这种造字还内含了把紧黏的土块抓松的含义，反过来印证了我对"巴"所反映的紧、牢的意义和劳动情状。而所谓"伤疤""泥巴""粑粑"或"鲃"，实际都是指紧致和粘连的意义，由此衍生出来的词汇实际都离不开这层本义。川东一带还有一种鱼儿叫"巴鱼儿"（或可能写作"鲃鱼儿"），就是指一种常黏附在河中卵石上的小鱼。

其次，"巴"的字形演化，经历了刻符文字、甲骨文（见图1）、周以来的先秦古文字、籀文、篆文等，在这个过程中"巴"字本身的部分特征丢失，如籀文"ᛝ"在早期甲骨文字形基础上省略了手形，或者被认为突出了孕妇鼓腹的形象，这实际上是人跪坐的一种简化形式。由于这种简化的形式极似"蛇"的形状，故至东汉或将"巴"释为"虫"，如《说文》云："巴，虫也。或曰食象它（蛇），象形。"[①] 东汉许慎所称"或曰"是指当时有人误释"巴"为"食象蛇"。将"巴"解释为虫，或大蛇皆为附会之说。不过从自然地理来看，"巴"释虫可能与"巴"特殊的

图1 甲骨文"巴"

语用环境以及南方自然山地特征密切相关，这也反过来证明"巴"不是指普泛性的妇女怀孕情形，而是指特殊自然地理中出现的特殊劳动情态。如果"巴"确实是描述和记载西南山地人民劳动时的情形，那么以此特殊的指代来称"巴人"或其所居之地为"巴"就较合情理，对于重新理

---

① 许慎撰，段玉裁注：《说文解字注》卷14，上海古籍出版社1981年版，第741页下。

解甲骨文中的"巴方"也许可以重新发现新义。

第二个问题是关于"巴方"的文献释读。如果殷商甲骨卜辞中的"𢍏"等字形释为"巴",那么在甲骨文辞中的"巴方"是否是指学者们认为的"巴子国"或巴所建的方国呢?

兹录与"巴方"相关的卜辞如下:

贞:我共人伐巴方。(《合集》6467)

贞:王从沚聝伐巴方。(《合集》93反)

贞:沚聝启巴,王惟之从。(《合集》6461正)

[贞]:沚聝启,王从伐巴方,受有佑。(《合集》6471正)

贞:王从沚聝伐巴。(《合集》6475正)

贞:令妇好其沚聝伐巴方,受有佑。(《合集》6479正)

贞:聝偁册,[勿]呼从伐巴。(《合集》6468)

贞:妇好其从沚聝伐巴方,王自东探伐(捍),陷于妇好位。(《合集》6480)

贞:王从奚伐巴方。(《合集》811正)

贞:王从奚伐巴。(《合集》6477正)

从卜辞来看,如果能明确"沚"和"奚"的地理位置,便可以大致推出"巴"的地域范围和方位。杜勇教授认为"灵石往南、汾河以西的晋西南一带,很可能就是巴方的主要活动区域"[①],这种推测有合理的一面。但是商代的"巴方"与周代的"巴国"却并不能等同视之。"巴方"是否可以视为商代的"巴国"或某一具体的部落,恐怕也有待商榷。如果视"巴方"为商代的某一具体部落或部落国,那么何以称"巴"为"巴方",而称"沚""奚"等却极少见与"方"连称呢?

---

① 杜勇:《说甲骨文中的巴方——兼论巴非姬姓》,《殷都学刊》2010年第3期。

"方"在《说文》中释为象形字,表示"并船""并列"之义,即"方"内含了非指单一的含义。尽管有学者认为商代有用"方"来指称外部族的情况,但明显相对于商来说外部族是众多的,作为方位方向义可能是后起的。那么"巴方"是否义指"巴等",即"巴地"或"巴地部落等"呢?这从"巴"字的本义推论来看,特指这一自然地理区域的"巴地部落等"义似乎较符合逻辑。

首先,最重要的一则证据是,在《尚书》所录《牧誓》篇中载武王战前誓师,所从之军"及庸、蜀、羌、髳、微、卢、彭、濮人",却并未提及"巴",而在《华阳国志》中却直接称"武王伐纣,实得巴蜀之师,著乎《尚书》。巴师勇锐,歌武以凌殷人"。① 显然常璩当据《尚书》称引,他将参与武王伐纣战争的"庸、蜀、羌、髳、微、卢、彭、濮"之人直接称为"巴蜀之师"或"巴师",可见"巴"是内包了"庸、蜀、羌、髳、微、卢、彭、濮"诸部落或诸国的,《华阳国志》所内蕴的解读逻辑进一步证明了"巴方"当指一个地域性范畴,而非具指某一诸侯国。《牧誓》是武王伐纣前的誓师陈辞,此时"巴子国"尚未分封,故《牧誓》篇中不及"巴"是合理的。但若商代的"巴方"即为"巴子国",或如学者所认为的"巴方"是商的敌对方国②,那么在商末周初武王伐纣时何以"巴方"不与蜀、庸等共同助武王伐纣呢?而且就其地理位置来考证,"巴方"是介于西方的周与东边的商之间的③,而远在西戎的羌等都参与的征伐之战,何以《牧誓》中不提"巴方"呢?这只可能有两种情况:一是此时所谓方国形态的"巴方"已被商灭亡;二是商代甲骨文中的"巴方"本来就不是指一个具体的方国,而是带有地域性的泛指。从现存材料来看,并没有商代末"巴方"或"巴国"灭亡的记载。反而

---

① 常璩撰,任乃强校注:《华阳国志校补图注》卷1,上海古籍出版社1987年版,第4页。
② 参见杜勇《说甲骨文中的巴方》,《殷都学刊》2010年第3期。
③ 杜勇教授推测的巴方在晋西南一带,就巴方所处的地理位置来看,正是位于中国第二阶梯,商处于东部第一阶梯,这一区域正好由北至南为太行山、中条山、伏牛山、秦岭、大巴山、武当山、巫山、武陵山、大娄山等群山地带。与拙文《文化人类学视野下的早期巴文化探赜》一文所叙的"巴"的起源的地理因素相合。

无论是从自然地理还是当时商末之政治形态来看，商王讨伐"巴方"，乃可能是西方周岐的渐趋强大和商王扩张势力所致，商王要征兵西岐，必假道邻近的巴地诸部落，故所谓"伐巴方"实际就是征讨庸、濮、卢、彭、蜀诸部落方国。

其次，在《华阳国志》叙述中可以多次印证"巴"是一个集巴地、巴国和巴郡的复杂概念，但必须区别对待其历史及叙事语境。在《华阳国志》中谓"周文为伯，西有九国"，而任乃强先生校注称："此云'九国'，指《牧誓》庸、蜀、羌、髳、微、卢、彭、濮，合巴国为九也。《泰誓》与《牧誓》俱首称'友邦冢君'。《史记·周本纪》谓：'会盟津者八百诸侯，诸侯皆曰纣可伐矣。'则巴国于《牧誓》当在'友邦冢君'之列。庸、蜀等八部落，在当时尚未得成为国家，国君未至，亦无司徒、司马、司空与千、百夫长等名称者为统帅，只有原始部落形式之武士从征，故于呼末称之为'人'也。"① 这一推测也还有待商榷，既然同为"九国"，又何以分述？当然如考虑到常璩为追叙的史叙语境，当然也可以将"巴"归为"九国"之列，却与任乃强先生所说的"《春秋》书法"相悖，而且也反证了"巴"可能包属诸部落的可能②。而且《华阳国志》叙述此"九国"，也可能指豳（周）及庸、蜀、羌、髳、微、卢、彭、濮，在《诗经》中就有《豳风》。即使如任乃强先生所推测，但周初文王时"巴国"也不可能就是后来武王所封建的巴国。如果将"巴国"视为周初武王时所封，则前此文献中出现的"巴"都不可能是指国家或诸侯国组织形态的"巴国"，《尚书》中不出现"巴"以及将甲骨文"巴方"理解为地域性范畴就自然符合逻辑。

在《尚书》注疏中称"庸、蜀、羌、髳、微、卢、彭、濮"此"八国皆蛮夷戎狄属文王者国名。羌在西蜀叟，髳、微在巴蜀，卢、彭在西

---

① 常璩撰，任乃强校注：《华阳国志校补图注》卷1，上海古籍出版社1987年版，第3页。
② 在《华阳国志·巴志》中载巴"其属有濮、賨、苴、共、奴、獽、夷、蜑之蛮"，无论此处"巴"是指巴郡还是巴国，但至少可以证明在这块土地上，濮人或濮部族是属于"巴"的。而"髳、微"亦在巴蜀，则可见《华阳国志》对《尚书》叙述的逻辑转换是比较合理的。

北，庸、濮在江汉之南"。① 其中对巴、蜀的关系阐释看似比较模糊，但若能明确史书的追叙语境与史叙笔法，自然可以清楚其中的端倪。如常璩是晋人，其时巴、蜀已历分国建郡的历史，因此在叙述中所谓"华阳之壤，梁岷之域，是其一囿；囿中之国，则巴蜀矣"。② 这显然不太可能是原初社会的真实反映，只可能是一种追述和推测。如《尚书》注疏者已是唐人，巴蜀之地又经历了分合，而其时也基本以"蜀"来指代四川，因此其注既有"西蜀"，又有"巴蜀"，在唐诗中也多"西蜀""东蜀"或"西川""东川"之称。显然他们又将"巴"的地域缩小到了川东一带，不过任乃强先生考证："'髳'为羌之派分部落，殷末住居今之阿坝州地方，后汉时已南移，被称为牦牛种，魏晋时为牦牛王。住今康定木雅乡。历世以牦牛尾毛与中原地区市易。'微'，在庸之北，今湖北堵水下游黄龙滩附近。"③ 如果殷末周初"髳"尚居川西，而《尚书》注疏却称"髳、微在巴蜀"，那么只可能两种情况存在：一是"巴蜀"确实是一种地域性泛指，反过来也印证"巴"包属"蜀"的可能，但此时"巴"绝非指巴国。二是如果将唐人注疏理解为西蜀与巴蜀对举，则巴的地域范畴可能缩小，称"髳、微在巴蜀"，则与任先生考证的"髳"从殷至魏晋一直居川西相悖，即使有移民的现象，这种叙述都是不合理的。在进一步比对这些史料叙述的语境差异中，可以更为明确地证明"巴蜀"一词偏正联合结构的义指功能。

---

① 孔安国传，孔颖达疏：《尚书正义》卷11，北京，北京大学出版社2000年版，第336页。此文标点或为："八国皆蛮夷戎狄，属文王者，国名。羌在西蜀，叟、髳、微在巴蜀，卢、彭在西北，庸、濮在江汉之南。"如果按此，则正好符合唐代将巴蜀概以"蜀"称的习惯，但为分别，又以西蜀、巴蜀代称。其时Р大概因战国时巴国处于蜀国之东，汉、晋之后，在川东又有巴郡与蜀郡并置，故此叙述语境中的"巴蜀"实指东蜀或东川。而"羌在西蜀，叟、髳、微在巴蜀，卢、彭在西北"句或句读为："羌在西，蜀、叟、髳、微在巴蜀，卢、彭在西北，庸、濮在江汉之南。"此则八国皆有提及，且句式结构比较一致，在地理方位上"巴蜀"则变为一般性地域指称。
② 常璩撰，任乃强校注：《华阳国志校补图注》卷1，上海古籍出版社1987年版，第4页。
③ 常璩撰，任乃强校注：《华阳国志校补图注》卷1，上海古籍出版社1987年版，第4页。

二

对史料文献叙述语境的考量，关乎对文献的正确理解与阐释。因为史料文献的书写是与史家的个人视野和时代集体意识、史学观念等密切相关的，它同样是对史家情感系统、史料文献阐释系统的一个综合呈现。所以首先对史料文献中所出现的神话传说、方志、怪异等都必须加以综合地考量，而不能简单地局限于文献学的视野，才能理解其内在的叙事逻辑和叙事语境；其次多种文献的对读与互证，也是理解文献叙述语境和厘清文化关系的主要途径和方法。

虽然清代阎若璩《古文尚书疏证》考证今传《古文尚书》可能为伪书，并非孔安国所撰旧本，但就其中所记《牧誓》篇文本来看，却应是比较符合史实的。现存文献中《华阳国志·巴志》是对巴国和巴郡历史记载比较全面和系统的文献，但在对其解读中却存在明显的误读。我们如果将《华阳国志》《尚书》等大量文献对读，则明显会发现以往学者对文献误读的错谬。兹举《华阳国志》中一例为证。

在《华阳国志》中载："武王既克殷，以其宗姬（封）于巴，爵之以子。"[①] 大多数学者认为《华阳国志》表达了周武王封建巴国的史实。但事实上常璩所陈述的内涵恐怕并不是如此简单，他实际反映的是西周初年大量分封姬姓之民于南方巴地的史实，一是可能将参与征伐之役的"庸、蜀、羌、髳、微、卢、彭、濮"等从原来的部落形态分封为诸侯国，或者是在原来诸侯国的基础上进一步确认身份和地位。二是此次分封也可能同时新封了"巴国"。但结合《华阳国志》前称武王伐纣，曾得勇锐的巴师相助，那说明无论如何周武王也不可能以姬姓王族首领去取代巴族宗长，正如任乃强先生在注释中质疑云："巴既助伐纣有功，则何能更封宗姬夺其君位哉？抑或是巴冒姬姓往，武王以为宗姬也。"[②] 顾颉刚先生也说："而克商之后，巴之君乃遽易以周王之宗亲，何其赏罚之颠

---

① 常璩撰，任乃强校注：《华阳国志校补图注》卷1，上海古籍出版社1987年版，第4页。
② 常璩撰，任乃强校注：《华阳国志校补图注》卷1，上海古籍出版社1987年版，第4页。

倒也？"① 而杜勇教授亦称："若武王以宗姬封于巴，则意味着原先的巴国之君及其王族被姬姓周人的一支所取代，整个巴族则沦为姬姓周人统治和奴役的对象。这似乎不是有功于周的巴人所该得到的结果。"② 显然，这种矛盾因于他们的推测存在一种假设前提的错误，他们都认为武王分封的"巴"就是助其伐纣的"巴国"，也就是说他们先念中已经存在一个"巴国"，既然已有巴国，武王何需分封呢？学者所谓的"巴之君"或"原先的巴国之君"无疑都陷入这种逻辑的矛盾。显然"巴国"（或者说诸侯国形态的巴国）在商末周初是不存在的，"巴"可能是同"戎""夷""狄""蛮"一样是指的一种更大的地域性范畴或族属形态，这与《尚书·牧誓》中所记的状况正相契合。因此《华阳国志》所述"以其宗姬（封）于巴"当是指分封宗姬于巴地。那么此句所反映的史实可能就是武王在巴地分封"蜀、庸、羌、髳、微、卢、彭、濮"等，也可能同时新封了一个"巴国"。

接下来是如何理解"宗姬"，分封的"蜀、庸、羌、髳、微、卢、彭、濮"及"巴"是否为姬姓？结合周初助武王伐纣称有八百诸侯参与其役，其分封自然不可能只是分封"巴国"。那么在南方巴地分封的"宗姬"则当为众姬姓之民。如果"蜀、庸、羌、髳、微、卢、彭、濮"，以及"巴"在商末都未曾建国，只是存在部落的形态，战后武王以姬姓之民率为首领，或改为姬姓也是存在可能性的。当然从考古学材料来看，巴地与商周应存在着密切的文化交流与联系，陈保亚在对南方茶马古道的考古研究中，就证明在新石器时代，南方云南地区就与其他地区有更多接触，并认为稻谷、肩石斧、肩石锛、段石锛在南方广大地区皆有分布，"这些文化因子从浙江、福建、江西、湖北、湖南、广西、广东、贵州延伸到云南横断山脚下。……因此这些文化特征主要应是从东向西传播，沿着珠江水系和长江水系进入云南是最好的路径。可以把这些东西

---

① 顾颉刚：《史林杂识初编》，中华书局1963年版，第28页。
② 杜勇：《说甲骨文中的巴方——兼论巴非姬姓》，《殷都学刊》2010年第3期。

走向的路径成（称）为新石器古道南方走廊"。① 早期文化交流和民族迁徙，说明巴地部落部分为姬姓之民也是有可能的，如《华阳国志》载巴地"其君，上世未闻。五帝以来，黄帝、高阳之支庶，世为侯伯"。② 按世系远推，周与黄帝同为姬姓，《史记·五帝本纪》云："黄帝居轩辕之丘，而娶于西陵之女，是为嫘祖。嫘祖为黄帝正妃，生二子，其后皆有天下：其一曰玄嚣，是为青阳，青阳降居江水；其二曰昌意，降居若水。昌意娶蜀山氏女，曰昌仆，生高阳，……其孙昌意之子高阳立，是为帝颛顼也。"③ 而《史记·周本纪》云："帝尧闻之，举弃为农师，天下得其利，有功。帝舜曰：'弃，黎民始饥，尔后稷播时百谷。'封弃于邰，号曰后稷，别姓姬氏。"④ 此可见巴地之民与宗姬的关系。

另外，武王所封"宗姬"是否就是学者所认为的"汉阳诸姬"？有学者认为《左传》中载僖公二十八年（公元前632年）楚灭汉阳诸姬，但昭公十三年（公元前532年）却记有"巴姬"⑤，似乎颇有矛盾。此不但没有矛盾，反而可以证成前说。一是可以说明"汉阳诸姬"并非"巴姬"。至少"巴姬"如果只指代巴国之姬姓女子，从数量上不可能构成对应关系。二是如果按杜勇教授考证，"姬"并不一定仅指姓，其引《史记·楚世家》《左传》及《诗经·东门之池》为证，认为"姬"应是指美女。《史记·齐太公世家》索引亦云："妇人亦总称姬，姬亦未必尽是姓也。"⑥ 这确实可以解释《左传·僖公二十八年》记（公元前632年）"汉阳诸姬，楚实尽之"与昭公十三年（公元前532年）记仍有巴国女子出嫁楚国的矛盾。但从叙事语境来看显然"汉阳诸姬"之"姬"非指美女，应是指周分封的诸同宗，而昭公十三年所记的"巴姬"嫁楚，倒是

---

① 陈保亚：《论茶马古道的起源》，《思想战线》2004年第4期。
② 常璩撰，任乃强校注：《华阳国志校补国注》卷1，上海古籍出版社1987年版，第4页。并参任乃强先生注，可见巴族与周皆为华夏族黄帝后裔，任乃强先生亦认为"其子女随其师兵所至，留姓于其他氏族则有可能。"（《华阳国志校补图注》第5页）
③ 司马迁：《史记》卷1，中华书局1959年版，第10页。
④ 司马迁：《史记》卷1，中华书局1959年版，第112页。
⑤ 孔颖达疏：《春秋左传正义》，北京大学出版社2000年版，第1518页。
⑥ 司马迁：《史记》卷32，中华书局1959年版，第1494页。

指巴国或巴地之女。这种矛盾的内因在于认同"汉阳诸姬"即周武王所封建之"巴国"。但从逻辑上来看,既然为"诸姬",不可能仅封一国,应存在分封多个诸侯国的情况。因此结合起来看,《华阳国志》所载"以其宗姬(封)于巴",就可能是指以其姬姓的美女嫁给在伐纣战役中表现勇锐的巴地诸部落族长或首领,从而成为一种姻亲或宗主关系。这与"汉阳诸姬"之说也相吻合,当然无论巴国是否是汉阳诸姬之一,后来"巴姬"嫁楚都是解说得清楚的。

再者,从阐释学和叙事学等理论来看,任何一个概念的具体含义都是有特定历史语境的。因此对文献中的"巴"字解读必须结合具体的叙述语境与历史语境。在《左传·昭公九年》中记周大夫詹伯说:"及武王克商,蒲姑、商奄,吾东土也。巴、濮、楚、邓,吾南土也。肃慎、燕、亳,吾北土也。吾何迩封之有?"① 显然詹伯所处的昭公九年已是公元前533年,已是春秋中晚期,其时"巴"已非指商末周初时的状况和专名,因此《正义》引《土地名》云:"巴,巴郡江州县也。楚,南郡江陵县也。"② 虽然可能也不一定非如唐孔颖达正义所对应的郡县,但其时"巴"当为具体的一封建侯国或方国无疑,但它只是巴地之中的一个具体意义的诸侯国,其与杜勇教授所推证的主要活动在汾河以西的晋西南的"巴方"也相去甚远。另《逸周书·王会解》云:"丘羌鸾鸟,巴人以比翼鸟,方扬以皇鸟,蜀人以文翰。文翰者若皋鸡。方人以孔鸟,卜人以丹沙。"③ 此处所引之"巴"皆为春秋战国时期"巴子国"。《左传》中所记述的多为春秋之世的情况,因此所称"巴"并非指商末周初时的状况,因此"巴"是具体落实于指"巴国"或"巴子国",如桓公九年"巴子使韩服告于楚""巴师围鄾"④,庄公十八年"及(楚)文王即位,与巴

---

① 孔颖达疏:《春秋左传正义》,北京大学出版社2000年版,第1459—1460页。
② 孔颖达疏:《春秋左传正义》,北京大学出版社2000年版,第1460页。
③ 黄怀信等:《逸周书汇校集注》,上海古籍出版社1995年版,第917—923页。其注云:"丘羌指氐羌,方扬及方皆为戎之别名。卜人盖为濮人。"
④ 孔颖达疏:《春秋左传正义》,北京大学出版社2000年版,第216—217页。

人伐申而惊其师"①，文公十六年"秦人、巴人从楚师"② 等，都是指春秋这一特殊的历史语境中的"巴国"。

而常璩由于是陈述周初的历史，其所谓"以其宗姬（封）于巴"应是叙述周初分封诸侯于南方的情况，故所陈述的此次分封绝非仅指封建巴国，其时"巴"仍是强调地域形态。将此次封建简单地理解为封建"巴国"应是严重的文献误读，这从大量史料文献的对读中就可以发现。如果联系《尚书》记录不载"巴"而指称其属参与征伐，再结合《华阳国志》封宗姬于巴，其"巴"的原始地域意义就得到明确彰显，而且前后逻辑及关于"巴"的各种记载和传说也就得到合理解读。如果以大多数学者理解的周初封建巴国，那么商代"巴方"自然也不可能是指"巴子国"，它与西周的"巴子国"也应是两个不同的概念，其内涵有着差别。

显然，由于"巴"所内含的地、国、人三个层次的交缠与衍变，在文献中的叙述语境的不同，对"巴"的理解必须区别待之。回头看晋代常璩《华阳国志》关于"巴师勇锐，助武王伐纣"③ 的历史叙事，正是出于对西周初年"巴"及"巴方"的准确理解，因此其所谓"巴师"绝非指"巴国"之师，而是指巴地的军队，即《尚书》所记的"庸、蜀、羌、髳、微、卢、彭、濮人"。这可以证明在晋代人们意识形态中的"巴"并不仅仅局限于指"巴国"或"巴郡"单一和狭隘的内涵，因此我们不仅要明确《华阳国志》《尚书》等的史叙笔法和"巴"字运用的具体语境，更要弄清楚"巴"的早期历史及其衍变历程。

在《华阳国志》中有多处表述，如其称巴"其属有濮、賨、苴、共、奴、獽、夷、蜑之蛮"④。既然濮人为巴之属，则《尚书》中所指参与伐纣王的濮人也应属"巴"，只是在商末周初属巴地或巴方，而非"巴

---

① 孔颖达疏：《春秋左传正义》，北京大学出版社2000年版，第297页。
② 孔颖达疏：《春秋左传正义》，北京大学出版社2000年版，第651页。
③ 《华阳国志》载："武王伐纣，实得巴蜀之师，著乎《尚书》。巴师勇锐，歌武以凌殷人。"（《华阳国志校补图注》卷1，第4页）
④ 常璩撰，任乃强：《华阳国志校补图注》卷1，上海古籍出版社1987年版，第5页。

国"。《华阳国志》中所记巴郡的地望或许也真超过春秋战国时期或巴国分封时期的实际地理范围,虽然《华阳国志·巴志》总体上是叙述汉晋以来巴郡的地望及其历史的,但也不乏揭示了巴地民族和部落多样性特征。

三

古代巴、蜀的关系是十分密切的,在《华阳国志》中载"仰禀参伐,俯壤华阳,黑水、江、汉为梁州""及武王克商,并徐合青,省梁合雍"①,这无疑说明周初对西南地理确实存在政权和管辖权属划分。无论是周初分封史事还是《华阳国志》所记"以其宗姬(封)于巴"的上下文记叙来看,似乎都看不出此次所封仅为巴国的陈述。

首先,如果《华阳国志》具体叙述的是巴国的分封,那么巴国分封的具体位置在何处?为何不在文中加以叙述?如果如学者所推论的此次分封是在汉阳,则"巴国"居汉水之北,而其后所封楚居丹阳②,位于"巴国"之南,这在地理方位上与大多数历史文献对楚国与巴国的地理位置记述是相矛盾的。如顾颉刚《中国历史地图集》置巴于汉水、丹江之间,楚邓之南,穀城之北③。谭其骧先生《中国历史地图集》中也将商代时期巴置于楚、濮之西,与楚并不直接接壤,在西周时期全图中亦是将巴(国)置于楚、濮之西,秦之南,与楚、秦也并不直接接壤。董其祥先生称:"殷周之际,巴人活动中心应在江汉之间,与楚(今河南淅川县)邓(今河南邓县)接壤,故武丁用兵江汉,首及巴方。周武王伐纣,巴人参加战斗。'巴师勇锐,歌舞以凌殷人','武王既克殷,以其宗姬封于巴',巴国实为江汉诸姬之一。乃至春秋之世,巴人活动在汉水流域。巴子聘邓、伐鄾,地在河南邓县附近。巴子伐申,在今河南南阳县,伐那处,在今湖北荆门县附近。秦楚巴联师灭庸,庸即上庸,在今湖北竹

---

① 常璩撰,任乃强:《华阳国志校补图注》卷1,上海古籍出版社1987年版,第1页。
② 参见司马迁《史记》卷40,中华书局1959年版,第1689—1692页。
③ 参见董其祥《甲骨文中的巴与蜀》,《西南师范大学学报》1980年第5期。

山县。古代交通困难，劳师远征，不会远越千里之外，故知春秋之世，巴子活动中心仍然不出河南、湖北之间。巴子入川，建都江州（今四川重庆市），当在春秋末年，即公元前五世纪左右。"① 董其祥先生没有说明商周之际的巴方与周所建巴子国的关系，但他承认武王所封巴国为江汉诸姬之一。故汉阳诸姬的分封与巴国的分封可能都是此次"以其宗姬（封）于巴"的事件叙述，"巴国"既可能为姬姓宗主，也可能为土著首领而娶周姬。

其次，如果从地域文化的视野来看，"巴"的地域性类指特征，使其包属、容受性较广，这也是在甲骨文中有巴方、工方、土方、羌方、人方、鬼方的记载，而少见蜀方之说②。而且在现存诸多文献中多以"巴蜀"联称，而很少见以国名并举含义的"蜀巴"之称，这从语言逻辑上来看，"巴""蜀"既可能是并列关系，但也可能暗含了一种包属关系③。无独有偶，在《华阳国志》中首列《巴志》，其次《蜀志》，这种先后有什么内在逻辑和意义呢？这似乎无从得知。

不过，在甲骨文中除开武丁时期有妇好伐巴方的记载外，也有伐蜀和羌的记载，如《铁云藏龟》（105·3）："贞：吴弗其哉羌、蜀。"董其祥解释此条为卜问吴不去讨伐羌蜀吗？他认为"'哉'的意义在卜辞中与伐同。'哉羌、蜀'即'伐羌和蜀'。……疑羌在北，而蜀地在南，考之地理，亦甚吻合。羌人故地应当在秦岭、渭水之间；而蜀人在秦岭以南，褒斜到四川西北部，古代蚕陵（今四川迭溪附近）湔山之间，就是蜀王、蚕丛、鱼凫、杜宇的活动、生息的场地"。④《殷虚书契后编》（2·27·7）："□寅卜，㱿，贞王收人，正蜀。"《甲骨文合集》（合6858）作"寅卜，㱿贞：登人征蜀。"《甲骨文合集》（合6859）载："寅卜，㱿贞：王登人征蜀。"《甲骨文合集》（合6860）载："丁卯卜，㱿贞：王敦岳于

---

① 董其祥：《甲骨文中的巴与蜀》，《西南师范大学学报》1980年第5期。
② "蜀"（蜀）在甲骨文写作"𤇾""𤆍""𤆏""𤇵"（徐中舒《甲骨文字典》卷13，四川辞书出版社2006年版，第1424页），"蜀"的甲骨文字被学者普遍释为地名或方国名。
③ 参见何易展《扬雄〈蜀都赋〉"巴賨"考论》，《南京大学学报》2017年第1期。
④ 董其祥：《甲骨文中的巴与蜀》，《西南师范大学学报》1980年第5期。

蜀。"董其祥解释"殼（壳）"是武丁时期的贞人①。如果伐羌、蜀同是发生在武丁时期，如果"巴方"被视为在晋西南及秦岭以北的某一方国部落，则武丁伐羌、蜀则不必伐巴方，而且如果巴方、羌、蜀是由北向南的紧邻分布方国部落，则武丁亦不可能同时向如此纵深和狭长的领域展开战争。或许伐巴方就是对伐羌、蜀的另一种表述。如果巴方（国）位于羌、蜀之东邻，则商武丁伐羌、蜀则必伐巴方（国），而巴方（国）则处于参与武王伐纣的羌、蜀、庸、濮之间，在此役中巴方（国）是无论如何也不可能不参与其役的，但在史叙中却唯独不提及。这只能证明前述巴方即指羌、蜀、庸、濮等地域性指义。

最后，一些文学史料似乎也可作有益的补证。在文学史料中除开"巴蜀"常联称并用外，还有两个语词与"巴"关涉紧密，其一是"巴賨"，其二是"巴戎"，它们的语义逻辑可以说与"巴蜀"有着极强的相似性。只不过由于"蜀"后来成为一个确立的方国，这使"巴蜀"一词在后世的使用语境中较"巴賨"和"巴戎"有着更为复杂的情况。

在扬雄《蜀都赋》中有"东有巴賨，绵亘百濮"，从语义逻辑和地理考察来看，巴賨并不是分指巴国和賨国，也不是指巴地和賨地，而"巴賨"应是一种包属关系，即巴地賨人或賨部，其与百濮相连，这在其他文献中也有印证賨地即百濮所居②。虽然扬雄时代"巴"已沦为郡国地域，但"巴"所从附的地域性类指意义依然存在并得以延伸。如在战国时期，巴国尚存在，但在此期文献记述中既有"巴国"的义指，但同样也有"巴地"的地域性类指意义。如《荀子》卷十一载："今秦南乃有沙羡与俱，是乃江南也。北与胡貉为邻，西有巴戎。东在楚者，乃界于齐；在韩者，踰常山，乃有临虑。"③ 从地理方位上看，似乎秦（国）位于巴（国）、楚（国）之间，这与荀子所处的战国时代巴、楚相邻的记载又颇不相合。如何解释这种矛盾呢？如果"巴"在秦之西，只能说明"巴"

---

① 参见董其祥《甲骨文中的巴与蜀》，《西南师范大学学报》1980 年第 5 期。
② 参见何易展《扬雄〈蜀都赋〉"巴賨"考论》，《南京大学学报》2017 年第 1 期。
③ 王先谦：《荀子集解》卷 11，中华书局 1988 年版，第 301 页。

其时地域较广，这又与战国时期巴国可能地处川东或重庆等地的记载和考证不相吻合，那么只能说明"巴"在此处是指巴地，而非狭隘的"巴国"，而且在战国时代，巴国的疆域也不可能远涉秦西的羌戎地区。如此则"巴戎"乃指巴地西边的戎族，"巴戎"也同"巴蜀""巴賨"一样构成一种包属关系。至唐代杨倞注《荀子》云："巴在西南，戎在西，皆隶属秦。"① 这显然与荀子的叙述语境是有着龃龉的。战国时巴国西边尚有蜀国，若论秦西地理，何不云"西有蜀戎"？虽有注者多将胡、貊和巴、戎分解，但从《荀子》此篇的叙述语境及上下文来看，"胡"和"巴"皆是地域性意义的类指。从其他文献关于巴、楚的方位以及考古文化中对峡江地区、汉水及陕南、成都等地的出土考古器物的文化特征比较来看，这些地方器物带有普遍相同的巴文化特征，这也可以反证"巴"有较广的地域范围，结合甲骨文"巴方"、《尚书》及《华阳国志》等记载，"巴方"当指"蜀、庸、羌、髳、微、卢、彭、濮"等所居之地。结合史叙语境及"巴方"的地域性语境叙述，则文献中所出现的相关于巴蜀的地理及事理矛盾也自然可以得到通解。

当然，巴蜀地域文化的研究恐怕不能脱离三个维度：一是文献的基础，主要指传世的物态文献，也包括考古的印证；二是自然地理的考索，这是人类历史赖以存在的基础，也是文化特色和差异形成的本质存在；三是文化人类学的视野，这是研究具有合理性、科学性乃至具有人性化和理性化的保证。这三者的结合和相互参证，才能使文化的研究暗合和呼应潜藏着的某种亘古不变的法则。因此，从这种方法和视野来看，任何一种地域文化研究都是一种庞大的文化体系研究。

---

① 王先谦：《荀子集解》卷11，中华书局1988年版，第301页。

稀见清代小说集《阴阳镜》叙论[*]

杨宗红　张　玉[**]

内容提要：《阴阳镜》是清中后期劝善志怪小说集，作者汤承冀生平不详，但与《绣云阁》作者魏文中交往较深，从小说与其他川刻宣讲小说的改编关系，以及故事涉及的风俗信仰和部分方言来看，汤承冀应当为四川人。《阴阳镜》有240篇故事，其中50篇见于《随园戏墨》《怪异录》，可证明这两部小说并非袁枚所作，可能是《阴阳镜》的选编或别名。《阴阳镜》各故事篇幅较长，所劝之善多为世俗伦理，而又充满佛道意味，小说以传奇手法而志怪，不仅事胜、理胜，亦且辞胜，兼有小说性与劝善性，应引起学界关注。

关键词：《阴阳镜》；汤承冀；《绣云阁》；《随园戏墨》；劝善小说

《阴阳镜》为清咸同年间的一部小说集，全书共16册240个故事，约六十万字。石昌渝主编《中国古代小说总目（文言卷）》，宁稼雨《中国文言小说总目提要》，朱一玄、宁稼雨、陈桂声编《中国古代小说总目

---

[*]〔基金项目〕2018年国家社科基金一般项目"稀见晚清宣讲小说整理与研究"（18BZW093）；2021年重庆市研究生科研创新项目"清代稀见劝善小说集《阴阳镜》研究"（CYS21263）。

[**]〔作者简介〕杨宗红（1969— ），女，文学博士，重庆师范大学文学院教授、重庆市巴渝学者特聘教授，主要从事中国古代小说研究；张玉（1998— ），女，重庆师范大学文学院硕士研究生，主要从事中国古代小说研究。

提要》等，皆无著录。240 篇故事中，最短的是《阴阳报》，约 1500 字，其他故事多在 1800—3000 字，也有超过 3000 字的，如《芙蓉镜》《义狐》《幻术》《马淑兰》《西哥》《观灯》《槐肠石佛》等，《马淑兰》近 3800 字，由此看来，《阴阳镜》可谓是古代少有的各故事篇幅较长的小说集。小说叙事流畅，通过阴阳两个空间对举，写现实却多鬼神精怪，理胜、事胜、辞亦胜，可谓将文学性与劝善性融为一体，是一部文学价值较高的文言劝善小说。

一 《阴阳镜》版本及作者

《阴阳镜》十六卷，吉林大学、北京大学、清华大学、华东师范大学、宁夏大学、郑州大学图书馆均藏有同治元年（1862）重镌本，卷首署"时斋汤承蕙编辑、荣斋吴光耀校证、化醇李成龙参阅、一枝李桂芳校正""及门诸子同证"。版心上为"阴阳镜"，下为册数及故事名、页码，正文半叶 9 行，行 20 字，四周双边，黑单鱼尾。每册有 13—18 个故事，第十三册中的《锦城梦》《狮儿石》《锦云车》《仙钟》《滕凤》《西哥》以及第十四册的版心非故事名而是"附录"。故事中涉及对人事的评价之处，一般都有黑色着重号或白色圆圈标示。作品初刊时间不详，但第九册《姨姨》叙"吾友臧生"为"庚戌科秀才""壬子二十四名举子"，按"庚戌科""壬子"时间应为道光三十年（1850）、咸丰二年（1852）；第四册《土地怕鬼》言及"己未乡试"，当为咸丰九年（1859）。如此，《阴阳镜》初刊本时间不早于 1859 年。

作者汤承蕙生平不详，书前有署名为"时斋汤承蕙自识"之《阴阳镜序》云：

> 予见善书叠出，可谓汗牛充栋矣。然人每多厌视而置之高阁者，或谓书文索然无味，或言词意甚少奇观，毋惑乎懒于翻阅而视若赘疣也。予于是不辞雪月霜天之苦，炎暑酷热之劳，采访古今轶事编辑成书，更其名曰《阴阳镜》。夫镜也，而何以"阴阳"名之？人生

天地之间，命秉阴阳之理，行为有惭，阳世忽诣阴而对镜自明；存心无愧，阴曹鉴于阳而朗如明镜。或善或恶，有阴有阳。一览焉，而阴功阳报令人怡然者，熟视之，而阳恶阴报又令人悚然矣。吾愿阅是书者睹其报应，问己行为，时以惩创启发居心，不徒以鬼怪山妖为奇也则幸甚。①

署名为"持钓老人谨识"之《阴阳镜序》云：

吾友时斋，博古士也，宦途味淡，解组归里，优游林下，以养天年。宅东一楼号曰墨香，日课子弟于其中，尘嚣之迹绝无所染。予常见访，案头遗稿甚繁，略观之，皆注善恶报应以醒世者。内有数十则措辞奇险，阴功阳报语语惊人。予不禁拍案而喜之曰："劝世善书汗牛充栋，然不伤于雅，即失之俗，求其词显意微，深者见深，浅者见浅者，莫过于此。"旁一友曰："既手创劝人，何不语以庸常？似此鬼怪山妖，恐铺叙太奇，凡流见之，反滋疑惑。"予曰："天下之至奇者多矣。如逆子忤亲，暴弟欺长，虽人也，何异乎山妖鬼怪哉！"况吾友之书题其首曰《阴阳镜》，册内所评，尽搜古今阳行阴报之说，一极目而如镜列台。得是书者展卷鉴观，不啻须眉备露，则惩创启发之念，或可于翻阅时而欢欣鼓舞焉，未可知也。正宜付之梨枣，以公诸世。②

由此可知，汤承冀字"时斋"，曾做官，后在家教授子弟。校证、参阅者及其他"同证"的"及门诸子"生平均不详。"证"是佛教之语，即人的思想符合佛的真谛，"同证"即"共同知悟得道"，该书同证的

---

① （清）汤承冀：《阴阳镜》，载林庆彰、赖明德、刘兆祐、张高评主编《晚清四部丛刊》第四编，文听阁图书有限公司2010年版，第1—3页。
② （清）汤承冀：《阴阳镜》，载林庆彰、赖明德、刘兆祐、张高评主编《晚清四部丛刊》第四编，文听阁图书有限公司2010年版，第5—7页。

"及门诸子"有：德修、珍一、抱一、恭德、宏德、阔如、如金、沾如、新德、大德、德立、孝德、成德、豁一、光间、警心、道一、道全、秋泉、艮骥、成廉、明心、成美、成仁、穆如，这些命名可见这部小说的劝善性，但仍未能透露汤承蒉更多的信息。

值得注意的是，《阴阳镜》的一些篇目见于《怪异录》（见下文）。王英志认为《怪异录》作者为"四川某文士"①，其依据是《土地怕鬼》："涪州张锦云，博古士也。尤为精《诗》、《易》，人咸以大器期之。己未乡试，与予同寓。三场毕后，游玩浣花草堂。"② 该篇目亦见于《阴阳镜》。占骁勇依据此篇认为，"《阴阳镜》确为四川人所作，但不是乾隆己未参加乡试的文士，而是咸丰同治年间的汤承蒉"。③ 事实上，《阴阳镜》大多以全知全能视角叙事，偶有几篇以第一人称言事，如《藏经楼》："吾乡纱帽山。"④ 《世冤》："吾友苏勤生，自言能记三世事。"⑤《鬼冤家》："吾乡詹搜山儒业未成。"⑥《诈局》："吾服青衿时，好游山水。名区胜地，无处不投游。入长安，正明皇在位之际……"⑦ "吾曰：'吾乃江南秀士姓王名有郁，闲游到兹'。"⑧ 《鬼围炉》："予之近境有藕花沟"⑨。从故事看，"吾""予"乃叙事者而非作者。因此，仅以《土地怕鬼》条证明汤承蒉为四川人，不具备说服力。

汤承蒉是四川人或长期生活在四川的结论可以成立，有以下依据：

---

① 参见王英志《袁枚评传》，南京大学出版社2002年版，第310页。
② 王英志：《袁枚全集 捌》，江苏古籍出版社1993年版，第133页。
③ 占骁勇：《清末民初伪稗丛考》，《文献》2002年第1期。
④ （清）汤承蒉：《阴阳镜》，载林庆彰、赖明德、刘兆祐、张高评主编《晚清四部丛刊》第四编，文听阁图书有限公司2010年版，第1849页。
⑤ （清）汤承蒉：《阴阳镜》，载林庆彰、赖明德、刘兆祐、张高评主编《晚清四部丛刊》第四编，文听阁图书有限公司2010年版，第177页。
⑥ （清）汤承蒉：《阴阳镜》，载林庆彰、赖明德、刘兆祐、张高评主编《晚清四部丛刊》第四编，文听阁图书有限公司2010年版，第1529页。
⑦ （清）汤承蒉：《阴阳镜》，载林庆彰、赖明德、刘兆祐、张高评主编《晚清四部丛刊》第四编，文听阁图书有限公司2010年版，第2082页。
⑧ （清）汤承蒉：《阴阳镜》，载林庆彰、赖明德、刘兆祐、张高评主编《晚清四部丛刊》第四编，文听阁图书有限公司2010年版，第2084页。
⑨ （清）汤承蒉：《阴阳镜》，载林庆彰、赖明德、刘兆祐、张高评主编《晚清四部丛刊》第四编，文听阁图书有限公司2010年版，第1398页。

首先汤承羹曾参阅《绣云阁》，且《阴阳镜》与《绣云阁》有数篇故事的情节或言论极其相似。按上海古籍出版社 1994 年《古本小说集成 绣云阁》署"正庸魏文中编辑""时斋汤承羹、一枝李桂芳、荣斋吴光耀参阅""及门诸子同证"。由此可见，汤承羹、李桂芳、吴光耀与魏文中关系密切①。魏文中为四川人②，《绣云阁》有咸丰三年（1853）刻本、同治八年（1869）富顺刻本，且"在四川境内流行，没有传播出去"③。对比《阴阳镜》与《绣云阁》可以发现，二书至少有 8 处情节片段与言论极其相似，即《阴阳镜》中《池妖》《霍青》《镜语》《赐珠》《种桃》《楼霞观》对应《绣云阁》第十一、第十五、第三十二、第三十八、第二十一、第八十九回，《隔世缘》《狐媒》对应第十三回、《积金楼》《阴阳报》对应第五十二回故事的部分内容。如《池妖》："口中吐出小孩长尺许，钻入被底，吾推之力，彼近之亦力，竟入吾怀，痛咬两乳，吾极力脱之，将孩子抱定，忙忙出户……近前视其所抱，乃一卧枕。"④《绣云阁》第十一回："瞥见榻前立一孩子，其龄不过六七……被重如山，气几逆而难出，掀之以手，不动，开目睨视，前孩已入吾被，手摸吾乳。戏以哺之，孩子欣然衔诸口内，始而轻吸，恨无乳出，力以齿啮，痛极，掀被而起……乃俯首细视，非孩子，乃卧枕尔。"⑤ 又如《赐珠》："齐向太子前禀曰：'溺籍编成。'太子曰：'所溺多名？'五人曰：'三千二百

---

① 由于影印模糊，学者介绍《绣云阁》时，将"汤承羹"看成"汤永羹"，"同证"看成"司证"。江苏省社会科学院明清小说研究中心编《中国通俗小说总目提要》（中国文联出版公司 1990 年版），石昌渝主编《中国古代小说总目 白话卷》（山西教育出版社 2004 年版）之《绣云阁》条，谭帆《中国小说评点研究》（华东师范大学出版社 2001 年版）提及同治年间的《绣云阁》评点，皆是如此。

② 上海古籍出版社《古本小说集成 绣云阁》前言说："小说中多写发生在四川之事，……则作者似为四川人。初刻刊于富顺，后刻刊于合川，均在四川，亦为佐证。"石昌渝《中国古代小说总目》"绣云阁"条云："作者魏文中，四川人。生平不详。"

③ 汪燕岗：《论清代四川雕版印刷下通俗小说的出版》，《四川图书馆学报》2015 年第 6 期。

④ （清）汤承羹：《阴阳镜》，载林庆彰、赖明德、刘兆祐、张高评主编《晚清四部丛刊》第四编，文听阁图书有限公司 2010 年版，第 223 页。

⑤ （清）魏文中：《绣云阁》，陈尚君、孔沂澜、骆玉明、钱振民点校，江西人民出版社 1989 年版，第 83 页。

有奇。'太子曰：'其人何恶当溺？'五人曰：'不忠不孝者居其半，奸盗诈伪者居其半。'太子曰：'前日上帝有旨，命收此辈。'遂持朱笔，一概勾之。"① 《绣云阁》第三十八回："忽来力士唔之曰：'吾乃水神驾下催水神兵。因此镇人民大斗小秤，奸诈太过，邪淫之事，亦甚多多，前日仙官在龙宫时，上天溺籍已下，命龙君照名编册，此镇男女应死水册者三千七百有奇。'"② 由此可见，汤承蒉与魏文中的确互阅纂作，交往较深。

其次据笔者研究，清代川刻宣讲小说中有54篇直接改编自《阴阳镜》，包括石照云霞子的《万善归一》《福缘善果》《浪里生舟》、广安增生李维周的《指南镜》、无名氏的《救生船》等，其改编的比例约占《指南镜》的1/3，《救生船》的1/2，《万善归一》的1/2，《浪里生舟》的1/3，《福缘善果》的1/2。笔者就上述小说集的存在地及其改编情况另有撰文，不再赘述，但足以证明《阴阳镜》主要流通于四川地区。

再次《阴阳镜》中有十分明显的地区民俗特征，即"鸡脚神"在叙事中出现的次数较多。鸡脚神是民间信仰中奉命缉拿鬼魂的鬼差，其基本特征是鸡脚人身、手持铁索，有关"鸡脚神"的信仰和传说在全国范围内并不普及，基本只存在于西南地区，尤以川渝为盛。从风俗景观来看，四川成都的都城隍庙、绵阳三台县郪江古镇的庙观以及重庆丰都的"十王殿"中都塑有鸡脚神之神像，郪江每年农历五月的城隍庙会都有专人扮演鸡脚神；从文学作品来看，《绣云阁》以及清代川刻宣讲小说《普渡迷津》《辅化篇》《万善归一》《浪里生舟》《救生船》《挽心救世录》等作品中，均有鸡脚神出现；从影视作品来看，川剧《刘氏出嫁》中刘氏有台词曰："刘氏四生来性犟，喜欢作恶不把善向。鸡脚神来了我摸

---

① （清）汤承蒉：《阴阳镜》，载林庆彰、赖明德、刘兆祐、张高评主编《晚清四部丛刊》第四编，文听阁图书有限公司2010年版，第239页。
② （清）魏文中：《绣云阁》，陈尚君、孔沂澜、骆玉明、钱振民点校，江西人民出版社1989年版，第293页。

勾子，无常爷来了我同罗帐……"电视剧《山城棒棒军》中梅老坎与毛子用四川方言对话有言"……你鸡脚神戴眼镜——假装正神"等，如此事例不胜枚举，足见"鸡脚神"在川渝地区的流行程度。据统计，"鸡脚神"（或鸡足神、鸡爪神）共出现在《阴阳镜》的 20 个篇目中，分别是《四鬼谈天》《鬼眼》《鬼差》《鬼票》《泥判官》《鸦集寺》《义狐》《双蝶》《碧莲舟》《潞娇娜》《患贵堂》《佛因缘》《双城隍》《双头鬼》《黄姑》《玉面桃》《雪鞯寺》《花娇》《假鬼》《飞琼》。这种具有地域色彩的风俗信仰也可作为汤承冀当为四川人或长期生活在四川的佐证。

最后《阴阳镜》中一些词语，属于西南方言（着重号为笔者所加）：

书生曰："彼今晨去拜北地海子内之毒龙，吾故得乘隙而来。"①"小哥急谕迁徙，刚三日，雷电交作，此井奔成一海子，有七八里之宽。"②（《镜语》）

其形山巅方平如案，四面极目远视千里，俗故以"四望"呼之。由四望吐脉，下至星开坝，阔不可量，其间村落错杂。③（《翠翼道人》）

中一巨山突立，其形弯环曲折可上，俗以"螺蛳"呼之。下吐一坝如人舌，然坝中多井，……坝右一湾如几形……坝西……④（《玉镜》）

陶生曰："仁民爱物，圣人之心，吾见妖物恃强估娶，怜其惨而救之，自不能救，求之道长有何不可？"⑤（《大肚雷》）

---

① （清）汤承冀：《阴阳镜》，载林庆彰、赖明德、刘兆祐、张高评主编《晚清四部丛刊》第四编，文听阁图书有限公司 2010 年版，第 278 页。
② （清）汤承冀：《阴阳镜》，载林庆彰、赖明德、刘兆祐、张高评主编《晚清四部丛刊》第四编，文听阁图书有限公司 2010 年版，第 280 页。
③ （清）汤承冀：《阴阳镜》，载林庆彰、赖明德、刘兆祐、张高评主编《晚清四部丛刊》第四编，文听阁图书有限公司 2010 年版，第 1440 页。
④ （清）汤承冀：《阴阳镜》，载林庆彰、赖明德、刘兆祐、张高评主编《晚清四部丛刊》第四编，文听阁图书有限公司 2010 年版，第 2659 页。
⑤ （清）汤承冀：《阴阳镜》，载林庆彰、赖明德、刘兆祐、张高评主编《晚清四部丛刊》第四编，文听阁图书有限公司 2010 年版，第 1162—1163 页。

（侯老）近年估占人界限三处，邻人畏其富，莫敢与之争。①（《枣强饿夫》）

后归家庭，勤耕陇畔，赵姓估占吾界七丈有余，旁人为之不服。②（《锦云车》）

称湖泊为"海子"、平地为"坝"、强迫为"估"等是明显的西南方言词汇，一定程度上亦可为佐证。

除此以外，《阴阳镜》有一套同治元年（1862）刻本被私人收藏，如今还保留在绵阳市三台县，据笔者访问，持者自称此书是从绵阳本地区收集而来，然而遍检川渝80余处地方志与汤氏族谱，均未发现"汤承蕢"其人与《阴阳镜》其书。综合以上信息，汤承蕢是四川人或长期生活在四川无疑，但详细信息仍有待考证。

二 《阴阳镜》与《随园戏墨》《怪异录》

郑州大学图书馆有民国十年（1921）上海益新书社石印本《绘图随园戏墨》，正文半叶14行，行30字，黑口，单鱼尾，四周双边。框高17.2cm，宽12.2cm。中山大学图书馆有民国十年上海会文堂石印本《随园戏墨》。每卷开首，下署"钱塘袁枚戏编"。书前有"沪江顾鹿"之《序》称："袁子才先生，钱塘名流也，湛于经史之学……自《子不语》刊行，大有纸贵洛阳之概。今复有《随园戏墨》十六卷，分四集付印出世。"《序言》言十六卷，实见只有前面四卷。其嘉庆元年（1796）《自序》又云："余自戏编《子不语》后，窃以犹未尽善，复贾余勇，博访事迹，广蒐见闻，共辑十六卷，题曰《随园戏墨》，付之剞劂，聊撞警钟。后之读是编者，而等视诸稗官野史之作，此则余之深企也尔。"显然，作

---

① （清）汤承蕢：《阴阳镜》，载林庆彰、赖明德、刘兆祐、张高评主编《晚清四部丛刊》第四编，文听阁图书有限公司2010年版，第1303页。

② （清）汤承蕢：《阴阳镜》，载林庆彰、赖明德、刘兆祐、张高评主编《晚清四部丛刊》第四编，文听阁图书有限公司2010年版，第2240页。

品虽名为"戏",实为"撞警钟"的劝善之书。

《随园戏墨》卷一至卷四,共50个故事。它们分别是:

卷一:《遇仙》《荷花岛》《黑风山》《镜语》《马缨说鬼》《种桃》《卖虎》《泥土地》《鹤舟》《琴女》《四鬼谈魔》《泥判官》《珠宫》《狐媒》

卷二:《狐谈怪》《剑女》《戎女》《蛙姬》《玉如意》《黑猿》《池镜》《赤蛇》《柳相公》《化牛》《双蝶》《飞琼》

卷三:《蕉精》《荷三姑》《西山夜笛》《山阴道》《义狐》《狐妻》《钱痴》《花王》《雪河怪》《秦美人》《仙姑洞》《池妖》

卷四:《壁上人》《化缘和尚》《催魂台》《穷鬼》《土地怕鬼》《碧莲舟》《泉女》《雪罗汉》《白猿》《幻术》《观灯》《白娘娘》

《怪异录》更为罕见。辽宁大学有民国十八年(1929)上海校经山房石印本《怪异录》,内封面镌:"袁枚全集之四十一",其《自序》与民国六年(1917)顾鹿之《序》完全同于《随园戏墨》序。篇目有44篇,卷目、篇目顺序亦与《随园戏墨》相同,但卷一缺《镜语》《马缨说鬼》《鹤舟》《四鬼谈魔》《泥判官》,卷二缺《池镜》。每卷开首,下署"钱塘袁枚戏编",亦与《随园戏墨》相同。

《随园戏墨》《怪异录》中的故事均散见于《阴阳镜》。包括第一册:《遇仙》《荷花岛》《黑风山》;第二册:《仙姑洞》《池妖》;第三册:《种桃》《卖虎》;第四册:《泥土地》《琴女》《珠宫》《狐媒》;第五册:《蕉精》《荷三姑》;第六册:《山阴道》《西山夜笛》《义狐》《狐妻》;第七册:《双蝶》《飞琼》《钱痴》《花王》;第八册:《化牛》《雪河怪》《幻术》;第九册:《狐谈怪》《剑女》《观灯》;第十册:《戎女》《蛙姬》;第十一册:《玉如意》《白娘孃》;第十二册:《黑猿》《秦美人》;第十三册:《赤蛇》《柳相公》;第十四册:《壁上人》《化缘和尚》《催魂台》;第十五册:《穷鬼》《土地怕鬼》;第十六册:《碧莲舟》《泉女》《雪罗汉》《白猿》。其对应关系如下表(表1)所示:

表1　　　　　《随园戏墨》与《阴阳镜》重合篇目对照表

《随园戏墨》	《阴阳镜》（大写数字表示册数，小写数字表示篇数）
卷一	一（4）、二（2）、三（2）、四（5）、五（1）
卷二	七（2）、八（1）、九（2）、十（2）、十一（1）、十二（1）、十三（3）
卷三	二（2）、五（2）、六（4）、七（2）、八（1）、十二（1）
卷四	八（1）、九（1）、十一（1）、十四（3）、十五（2）、十六（4）

由此可见，《随园戏墨》卷一、卷三中的故事主要散见于《阴阳镜》第一至第八册，卷二、四中的故事，主要散见于《阴阳镜》第八至第十六册。

王英志著《袁枚评传》言："《随园戏墨》十六卷，分四集付印出版，有民国十六年（1927）上海校经山房成记书局《袁枚全集》本。杨鸿烈《袁枚评传》列之为袁枚著作。此书四集今已难觅，仅见到四集之一的《怪异录》四卷，为《袁枚全集》之四十一。"①照此说法，《怪异录》是《随园戏墨》的一部分，以两部书前四卷篇目来看，似为如此。王英志主编《袁枚全集》时，将《怪异录》纳入，后来发现其中内容与思想同袁枚的生平与思想明显不合或冲突，断定《随园戏墨》为坊间谋利，伪托袁枚之作，"至于其真正的作者与产生的年代还是个谜，如果有朝一日能揭开这个谜，将会对其价值作出更恰当的评价"②，故在《袁枚全集新编》将其删除。

《随园戏墨》中的故事是严肃的，充满说教意味，而非"戏"或"聊撰"警钟，"戏墨"命名并不恰当。命名为《怪异录》，虽不背离小说主旨却重在鬼怪形象或怪异情节。《阴阳镜》之命名含蓄，且又有烛照幽冥之意，较之于《随园戏墨》《怪异录》更适合。《随园戏墨》与《怪异录》都只见前四卷，未能见全貌，故不能断定它们就是《阴阳镜》的他名。不过《随园戏墨》十六卷，《阴阳镜》恰好共十六卷，这种巧合加

---

① 王英志：《袁枚评传》，南京大学出版社2002年版，第309页。
② 王英志：《〈怪异录〉非袁枚作考论》，《明清小说研究》2004年第4期。

上前四卷篇目都见于《阴阳镜》,《随园戏墨》就是《阴阳镜》的可能性较大,若其如此,作者则非袁枚而为汤承赟。《阴阳镜》之《土地怕鬼》《姨姨》所提及的时间都在袁枚卒年(1798)之后,且故事中的"予"乡试是在成都,更见"予"非袁枚;《雨花城》提及1786—1788年的林爽文之乱,又写"逾十年,劫难复至"①,若完整的《随园戏墨》中亦有此故事,也可作袁枚非《随园戏墨》作者之一证。书非袁枚所作,所谓嘉庆元年《自序》,亦当是后人假托。

反观汤承赟"自识"的《阴阳镜序》,其言该书"采访古今轶事编辑成书,更其名曰《阴阳镜》",但遗憾的是他并未给这些故事注明出处,到目前,除了《随园戏墨》《怪异录》,书中故事尚未见于其他文本。不过,"更其名"暗示出,书在名为《阴阳镜》之前应有其他名。有学者认为,《怪异录》皆选自《阴阳镜》②,其潜在含义即《阴阳镜》在前,《怪异录》在后。但就《序》所透露的信息,笔者猜测,汤承赟隐居时编辑、纂写的这部含有一定"游戏"意味作品集,最初可能就命名为《随园戏墨》或《怪异录》(至于为何以"随园"名之,尚不清楚)。汤承赟在参阅《绣云阁》时,有"及门诸子同证",故此书更名为《阴阳镜》时,也请多人来同证。但因"随园"极负盛名,《随园戏墨》也较《阴阳镜》更易为人所知,后人因"随园"联想到袁枚,出版商为了盈利,将作者更为袁枚,并假托袁枚而作"自序",也不难理解了。

三 《阴阳镜》性质、内容及特点

《阴阳镜》是一部劝善小说集,其劝善性质体现在叙述层面和故事层面。从叙述层面来看,《阴阳镜》书前自序与友人之序都阐明了该书的写作意图,即以劝善为务。作品的结尾多以叙事者口吻直接就事就人发出议论,直接劝勉世人忠主孝亲,敬兄信友,矜孤恤寡,敬老怜贫,勿好

---

① (清)汤承赟:《阴阳镜》,载林庆彰、赖明德、刘兆祐、张高评主编《晚清四部丛刊》第四编,文听阁图书有限公司2010年版,第668页。
② 参见占骁勇《清末民初伪稗丛考》,《文献》2002年第1期。

杀生等，其内容不出善书范畴；亦有直接道出叙事缘由的，如《阴阳报》："生明其阳报绝嗣之故，并思阴罚不孝之严，泪下潸然，不胜叹息，一为世人悲之，一为世人恨之也。遂迤□而归，作劝孝文以警世。"①《世冤》结尾写道："二魂赴阴，森罗不没秦姑节孝，送之驻节厅中，刺史为老道保举，投生苏姓，幼拜老道为师，得证仙果，因将三世冤情详著于书，以为世之结冤者劝。"② 因此无论作品以怎样的方式收束，都显示出作者将作品视作劝善文的主观倾向。从故事层面看，书中不离劝善、阴骘、功过格的言论甚多，如《猩太医》："大士知之，传猩猩至南海曰：'尔施药活人已满八十之数……'阎老回文云：'将案对清，除前劫毒人之恶，只剩功二万余，尚不可列仙籍，须再投人世伐毛洗髓，苦行善事方可。'""异日，饮村人酒，途遇一道，飘然而来曰：'功满可钦。宜即上升。'"③ 这些语言由小说人物说出，不独立于故事之外，故不伤小说之意，不损其故事性，可以说作者的劝善意识已内化于人物的思想、言语与行动之中。

作为劝善小说，《阴阳镜》所宣扬的善，大部分都是世俗社会的伦理道德。如《水晶瓶》《花月楼》戒奢华，《世冤》戒好色，《黑猿》斥责人见利忘义，《赤蛇》斥为富不仁，《蛙姬》戒妇女多舌，《三头尸》斥存心不良、两面三刀，《玉珠》斥责以"笔尖害人"的诉讼之行，《槐肠石佛》斥狐假虎威，《姨姨》斥责士人蛇蝎之心，《四鬼谈魔》论及士农工商之德，《猩太医》言医者之戒，《山阴道》批为师者无才无德，等等。作者特别强调五伦八德，宣扬孝道，力言酒色财气之害。如《阴阳报》写忤逆不孝而地狱受刑，《黑风山》讲述孝与不孝者的不同遭遇，《采霞夫人》言吴遂生之孝感动鬼神，《祠神》记钱任选和睦宗族。此外，小说

---

① （清）汤承冀：《阴阳镜》，载林庆彰、赖明德、刘兆祐、张高评主编《晚清四部丛刊》第四编，文听阁图书有限公司2010年版，第10—11页。
② （清）汤承冀：《阴阳镜》，载林庆彰、赖明德、刘兆祐、张高评主编《晚清四部丛刊》第四编，文听阁图书有限公司2010年版，第188页。
③ （清）汤承冀：《阴阳镜》，载林庆彰、赖明德、刘兆祐、张高评主编《晚清四部丛刊》第四编，文听阁图书有限公司2010年版，第435—439页。

尤其具有现实意义之处，是揭露彼时鸦片对于社会的危害，《彩衣楼》《鸦集寺》《仙钟》皆提及洋烟，《彩衣楼》将吸食洋烟与酒色财气并列为第五害，《鸦集寺》专以吸食鸦片为主题，所描绘吸食鸦片之形状、吸烟之后果及在地狱所受之刑罚，令人惊惧。

小说中有些"善"的观念，既是世俗的也是宗教的。如《夕阳楼》《善果园》《义狐》《戎女》《麒麟阁》《珠宫》《狐媒》等篇目借故事倡导放生戒杀；《杜夫人》《戎女》《红牙石》劝人们不可推坟造室，鼓励看护荒坟；《彩衣楼》《香泉》《蠹役》《鬼冤家》论风水与心地善恶之关系；《铁案船》《歌舞台》批驳因不信鬼神而使人不孝不悌不友等，力证鬼神报应实有。还有些故事专以修仙成道为主题，如《遇仙》言忠孝节义为求仙之法，《荷花岛》言郑锦屏遇仙，《仙梦缘》写冯生求道，《游竺园》写华秀才成佛，《卖虎》写神仙下界化为村老度人。亦有一些故事专门宣扬佛教教义，如《冤果》《世冤》以轮回转世为框架，言恶不可作；《藏经楼》述见恶佛祖、毁谤经章之恶报与修经楼之善报；《南湖梦》以梦醒人，示富贵皆梦；《翠云观》戒强占佛观之地，赞美修庙之举。小说中，佛道人物及寺观庙苑比比皆是，天堂地狱、轮回转世、因果报应之说充斥其中，佛道意味浓重。

《阴阳镜》又是一部文言志怪小说集，诚如序言所言，与"汗牛充栋"而索然无味的善书相比，《阴阳镜》"词显意微，深者见深，浅者见浅"而雅俗兼具，其重要原因，乃是小说以阴阳对举，以善恶报应为主要构架且多"山妖鬼怪"。小说构思巧妙，如《钱痴》将悭吝刻画细致入微，由于引入鬼神，较之一般的守财奴故事，更具奇幻性；《泉府》载杜观光入泉府见人受刑，探讨兽化人与人化兽之奇，现"奇观"警醒世人，以自然之奇而言人事之奇，思路极佳；《笑虎》写石盘之虎貌似柔和，实则食人几十年，以虎为喻，发人深省；《虎卷》言人心与禽兽之关系，铺陈安秀才之奸恶，与其后成虎豕做铺垫；《雪中香》《戎女》写雪中香遇猿、蟒、女鬼、土地神，后一次所遇都交代前一次遭遇之由，首尾照应……在时空腾挪中，《阴阳镜》善于借助傍晚、夜间，或清明、中元节这个时间点，进入恍兮惚兮的梦境，或天堂地狱、神仙洞府，主人公在异界空间的游历中，见证各种刑罚或奖赏，了解事件的缘由及走向，人物所见所闻成为他们行为转变的节点。"进入——苏醒"作为一个框架，联系现实与非现实，令故事充满神异性与真实性。同时，作者对这些现实空间与非现实空间的景物描写都充满诗情画意。如"入径绕篱，时闻松涛飒飒，时闻水声潺潺，或有时由坦途，或有时到山巅，溪桥石级，水复山重"①（《哑城》）；"遥望沿村灯火错杂如星，四野犬声闹攘若市。既而人声不闻，犬停其吠。一轮朗月吐出金痕，万点山尖含来暗翠。"②（《柳林春》）"但见秋风送月桂之香，秋雁过衡阳之浦。秋梧叶落，月映如蛱蝶之飞，秋露珠生，树坠若丁冬之漏。秋景秋光，色色逼人"。③（《马淑兰》）。甚至鬼神精怪也长于诗词，善言性理，小说由此呈现出诗文互渗、亦雅亦俗之特征，传达劝善之旨。

值得注意的是，《阴阳镜》体制具有一定的特点：其故事中的议论承袭了文言小说篇首、篇尾议论的形式却有所变化，篇首议论未采用《女才子书》以"烟水散人曰"为标识的模式，篇尾议论也不是《聊斋志异》的"异史氏曰"的史书式议论，或《女才子书》之"钓鳌叟评"式的他人评论，而是在故事的篇首或篇尾直接议论。少数篇目的结构模式是开头一段议论，中间讲述故事，结尾再对事件议论。如《牛屠》开篇议论牛之苦，斥责屠牛，言其有恶报。再叙述川西文以华屠牛，杀一孕牛，文食而臭，被拘入冥，见众多屠牛者之报应，文亦遭罚。苏醒后誓不杀牛，且劝人不杀生，后获得好报。结尾议论："由是观之，弥天大恶力解可除。人何文过弗改，甘于堕落而为天所不佑哉！"④ 此外还有《姨

---

① （清）汤承蕡：《阴阳镜》，载林庆彰、赖明德、刘兆祐、张高评主编《晚清四部丛刊》第四编，文听阁图书有限公司2010年版，第909页。
② （清）汤承蕡：《阴阳镜》，载林庆彰、赖明德、刘兆祐、张高评主编《晚清四部丛刊》第四编，文听阁图书有限公司2010年版，第1224页。
③ （清）汤承蕡：《阴阳镜》，载林庆彰、赖明德、刘兆祐、张高评主编《晚清四部丛刊》第四编，文听阁图书有限公司2010年版，第1278页。
④ （清）汤承蕡：《阴阳镜》，载林庆彰、赖明德、刘兆祐、张高评主编《晚清四部丛刊》第四编，文听阁图书有限公司2010年版，第2157页。

姨》《锦云车》《香泉》《家政》《泉女》《鲍家怪》《紫云天》《易道》《幻术》《庆紫姑》《西湖歌舞》《水晶瓶》《金穴》《猩太医》《赏花院》等。这种议论——故事——议论的结构在古代文言小说中甚少见，《阴阳镜》这样的结构就有16篇，虽然总篇目不是很多，但也应引起重视。

总的来说，中国古代文言小说中以《聊斋志异》为代表的小说以传奇而志怪，故事性强，主要是书生"红袖添香"的白日梦，以《阅微草堂笔记》为代表的小说"过于偏于议论，且其目的为求有益人心，已失去了文学的意义"①，乃为"学者之书"。谭正璧认为，清代小说三大家，《聊斋志异》以辞胜，《新齐谐》以事胜，《阅微草堂笔记》以理胜。②《阴阳镜》兼具上述三部小说之长而避其短，既以传奇手法志怪，强化文学性，又多议论与鬼神报应，强化其劝善性。文学性与劝善性因篇幅的增长而很好地融在一起，令小说兼有事胜、理胜、辞胜之特点，这在明清文言小说中并不多见。当然小说仍有不足，或故事内容与标题不符，如《马缨说鬼》；或结尾议论与主题偏离，如《澄清冤狱》《荷三姑》；或部分情节格格不入，如《鹤舟》。不过，瑕不掩瑜，《阴阳镜》无论是作为劝善书，还是作为文言志怪小说，都应引起学者关注。

---

① 郭箴一：《中国小说史（下）》，上海书店出版社1984年版，第448页。
② 参见谭正璧《中国小说发达史》，谭埙、谭箎编《谭正璧学术著作集》，上海古籍出版社2012年版，第293页。

试论《红楼梦》对清代岭南小说创作的影响

梁冬丽*

内容提要:《红楼梦》对清代岭南小说创作的影响,分三层:一是机械地模仿《红楼梦》的续书《红楼复梦》,简单"复"原著之思想主旨,补原著留给世人的遗憾,结果落入才子佳人小说的俗套;二是借用《红楼梦》叙事经验,如《蜃楼志》《廿载繁华梦》,以岭南人视点成功讲述岭南"世家"近事,脱颖成兼备时代与地域特色的世情名作;三是脱离"倚赖性质"的短篇化、科幻化创作,如《新石头记》仅借助《红楼梦》人物作为引子,既吸收"现形体""目睹体"的讲述手法,又以贾宝玉环球体验的方式描绘近代文人心中的理想国,熔中国的谴责小说、"未来体"与西方科幻小说、冒险小说体例于一炉,成为"新小说"。

关键词:《红楼梦》;《红楼复梦》;世情小说;《新石头记》

曹雪芹的《红楼梦》一经问世,便风靡全国各地,并对清代中后期的小说创作产生了巨大影响。以岭南小说为例,受《红楼梦》影响,就先后出现了续书《红楼复梦》,借鉴《红楼梦》的叙事经验书写粤地世态人情的《蜃楼志》《廿载繁华梦》,以及借《红楼梦》为由头去写晚清文人心目中之理想国的"翻新小说"《新石头记》等。可以说,清代中后期

---

* [作者简介] 梁冬丽(1978—),女,文学博士,广西师范大学文学院教授、博士生导师,主要从事中国古代小说研究。

岭南小说创作之所以取得了令人瞩目的成就，与《红楼梦》的深刻影响是有一定关系的。因此，探讨岭南小说受《红楼梦》的影响，对于拓展《红楼梦》的影响研究、深化清代岭南小说的创作研究等，皆有较为重要的文学史意义。

一　续书试图"复"红楼之梦

清末文人箸超指出，《红楼梦》梓行于世后大为畅销，因此"操觚之士，慕其获利之厚，腼颜续貂，强为邯郸学步，后先迭出，名目繁多，如《风月梦》《红楼再梦》《红楼圆梦》《续红楼梦》《后红楼梦》《疑红楼梦》《疑疑红楼梦》《大红楼梦》《绮楼重梦》《大红楼题解》等，为书不下数十余种，核其情节，无非为黛玉吐气，重谐好事而已"。① 吴趼人在《新石头记》第一回中也慨叹："自曹雪芹先生撰的《红楼梦》出版以来，后人又撰了多少《续红楼梦》《红楼后梦》《红楼补梦》《绮楼重梦》……种种荒诞不经之言，不胜枚举。"② 远在岭南的文人陈少海也不能免俗，其所作《红楼复梦》，即以"复"红楼未尽之梦为初衷。为该书作序的武陵女史陈诗雯即说："问天不语，伤心人代诉衷肠；补天何难，有情的都成眷属。"③ 自序署"时嘉庆四年岁次己未中秋月书于春洲之蓉竹山房"，可知至迟在嘉庆四年（1799）秋，该书已写成。自序谓："雪芹之梦，美人香土，燕去楼空。余感其梦之可人，又复而成其一梦，与雪芹所梦之人民城郭，似是而非，此诚所谓'复梦'也。"④ 那么，《红楼复梦》所写的"人民城郭"，较之于《红楼梦》，究竟有哪些"似是而非"之处呢？

首先，《红楼复梦》设置的空间背景，虽然仍是荣国府，人物情节也努力向《红楼梦》靠拢，但为了拓展叙事空间，又别出心裁地在离京城

---

① （清）箸超：《古今小说评林》，载朱一玄编《明清小说资料选编》，南开大学出版社2006年版，第648页。
② 吴趼人：《新石头记》，花城出版社1987年版，第2页。
③ （清）陈诗雯：《序》，载（清）小和山樵《红楼复梦》，齐鲁书社2006年版，第1页。
④ （清）陈少海：《自序》，载（清）小和山樵《红楼复梦》，齐鲁书社2006年版，第2页。

千里之外的镇江丹徒,设立了一个"祝府",借此生发新的故事,以解决续书叙事空间腾挪不开的局限。小说中"宝玉的后身梦玉生活在镇江祝府,与贾宝玉原来生活的京都,两地悬隔,实际上,是创造了一个贾、祝两府平等的空间格局"①。

其次,《红楼复梦》有意将岭南地区的风土人情融入小说的人物、情节与环境描写之中,刻意营造一种陌生化、奇诞化的叙事效果。不过,作者秉持的乃是中原文化中心主义的立场,在描写岭南地域风物人情时,充斥了夸张、扭曲、失实的虚构与想象,明显地带有地域文化的歧视和偏见。如书中写瑶民男女混处杂居,野蛮不开化,其长相"眼若铜铃,尖嘴缩腮,左右獠牙如锯"(第九十三回),男性均称"狗某某",女的则叫"雪狼、雪狒、雪犴、雪猞"等,分明都是野性十足的动物人。有些瑶民还以"峒、穴"为名,这自然与其洞居生活有关;而做了海盗的瑶民,又多起名为"海里虎""海里蛟""海里鳅"。作者一方面渲染瑶民作乱如何猖獗,另一方面又描写瑶民乃乌合之众,不堪一击,以此凸显平南军队的神勇无敌。至于环境描写,也是刻意渲染其水土、气候恶劣,瘴疠、蛊毒流行,令人望而生畏。如书中就写"南方极热之地,虽在严冬,犹如春夏。时值半夜,忽然雷雨交作"(第九十三回)。薛宝钗意识到这种气候的危害,于是建议"秋凉进兵",主帅采纳了这个建议。可是当年没能获胜班师,出兵第二年,平南军队果然受到岭南气候的煎熬,"现今春尽夏初,瘴气正甚"(第九十四回),"河中毒气更甚"(第九十四回),"又兼不服水土,多生疾病"(第九十四回)……小说围绕岭南山区恶劣的环境、陡峭的山岭,设置了好几个情节,大肆渲染战争的艰难险阻,以此凸显平南军队的大无畏精神。不过,由于其夸大其词,危言耸听,描写有失分寸,因而难免荒谬无稽之讥。

特别值得一提的是,《红楼复梦》在描写薛宝钗等女性形象时,也力求"另立格局",翻新出奇。如写薛宝钗等女子走出闺阁,练习武艺,智

---

① 张云:《谁能炼石补苍天——清代〈红楼梦〉续书研究》,中华书局2013年版,第154—155页。

勇双全，远征岭南狗国，所向披靡，展现了令人惊叹的雄才大略与飒爽英姿。虽然这样写未免荒诞不经，让人匪夷所思，但毕竟赋予了薛宝钗等女性以新的个性精神。而就叙事空间而言，竟然将笔触延伸到了岭南瑶族地区，并且也写了像柳绪这样忠勇可嘉的岭南人以及接受王化、真心归顺、性情率直的南蛮女王塞鸿等。如此这般，小说便营造了一个"与雪芹所梦之人民城郭，似是而非"的陌生化世界，在一定程度上增强小说叙事的传奇性与吸引力。

最后，《红楼复梦》本着"补天何难，有情的都成眷属"的创作意图，有意为贾府与祝府的人物安排了"大团圆"结局。书中祝梦玉的绣像题诗即云："痴情栽下风流种，又聚金陵十二钗。"尽管该书《凡例》中一再声称"无公子偷情、小姐私订及传书寄东恶俗不堪之事"，但并没有消除才子佳人一夫多妻、状元及第的痕迹，甚至为了牵合《红楼梦》之人事，小说在处理祝府与贾家这对宾主关系时，"疏于贾宅"，有使贾政之流落入"赘瘤"之嫌。从这个角度看，《红楼复梦》虽有特色，但也仅为《红楼梦》众多思想艺术平庸的续书之一。

二 借鉴《红楼梦》，书写粤商家庭兴衰

大凡读过《蜃楼志》《廿载繁华梦》的人，都不难看出这两部小说有《红楼梦》的遗风余韵，可是其摹写的岭南人物故事又与《红楼梦》迥然有别。这是因为它们灵活地借鉴了《红楼梦》的叙事经验，来真切地描绘近代南中国的时代内容与地域风情，以"广东世家"的近事参悟人生哲理。

《蜃楼志》署"庾岭劳人说，禺山老人编"，书前有"罗浮居士"序。其作者与序者，生平不详。从罗浮居士序云"劳人生长粤东，熟悉琐事"一语知作者为广东本土人氏。编辑者"禺山老人"，当与他寓居广东禺山有关，有学者推测他是"寓居广州的苏州人氏"[1]。《蜃楼志》的

---

[1] 耿淑艳：《岭南古代小说史》，社会科学文献出版社2015年版，第159页。

命名、立意，与《红楼梦》相近，以"蜃楼"隐喻人生之虚幻缥缈。该小说以广州十三行、粤海关为背景，以苏万魁与苏吉士父子为中心人物，透视近代中国官场的腐败黑暗、商界的风云变幻，预见近代中国之将崩，犹如"蜃楼"之隐没。在人物设置上，作者刻意塑造的主人公苏吉士跟贾宝玉性质相类：多情风流，爱博心劳；不爱读书，无意科举；轻视金钱，淡薄功名。在题材内容上，两者皆聚焦于家庭生活，反映世态人情；不过，《红楼梦》写的是封建贵族家庭的没落，而《蜃楼志》则描写新兴洋商的家庭生活。与《红楼梦》相比，《蜃楼志》的新颖之处主要在于：

首先就题材而言，它首次涉笔广州十三行洋商的家庭生活，由十三行洋商与粤海关监督之间的矛盾冲突入手，描写了广州洋行官商苏万魁及其子苏吉士两代人的兴衰际遇，真实地反映了清代海禁开放后，广州洋商的生活琐事和海关官场的黑暗腐败，带有浓郁的时代气息和鲜明的地方色彩。小说一开头就写当时广州"海关贸易，内商涌集，外舶纷来"，"洋行生理在太平门外，一切货物都是鬼子船载来，听凭行家报税，发卖三江两湖及各省客商，是粤中绝大的生意"（第一回）。接着，作品通过描写洋商苏氏父子与海关关差赫广大的关系，揭示了洋行与官场的矛盾，暴露了粤东海关"任意勒索""病商累民"的种种情弊，有一定历史真实性。这种取材在以往的古代小说中是极为罕见的，也是很有新意的。

其次就人物塑造来说，作品完全将洋商作为正面人物加以描写、歌颂，这在以往的小说中也是没有过的。如它赞赏广州十三行"商总"苏万魁，"人才出众"，又能急流勇退；津津乐道苏吉士"儒雅温存""轻财好客""豪气干云"。苏吉士既像西门庆，又能"跳得过""酒色财气"；既近似贾宝玉，又多了一点近代洋商洒脱不羁的个性风采，其人生态度和价值取向颇能展现广府人重商兴业、务实包容、贵和尚中、善于变通、乐善好施等精神品格，小说甚至宣称"吾愿普天下富翁都学着吉士才好"（第二十回）。值得注意的是，作者还赞扬"广省粗直"，"不比江浙地方刁滑"（第七回），书中就写了苏州帮闲篾片时邦臣、曲光郎等人的刁滑、无耻；对四川人似乎也无好感，书中写"那天妃庙的和尚，本系四川神木县人，俗名大勇，白莲余党，因奸而毙六命，逃入藏中安身"，后来又"飘洋潜遁，结连着许多洋匪"（第九回）。而本为勋旧子弟的赫广大，之所以自愿来广州粤海关当差，也是"慕粤东富艳，讨差监税，契眷南来"（第一回）。至于苏吉士的老师李匠山，本来是江苏名士，也"因慕岭南山水，浪游到粤"，不知不觉就在广东待了三年（第一回）。由此可见，随着海禁开放与对外通商，岭南已从曾经的荒蛮之地变成了令人向往的富庶之邦，而作者也因此摆脱了对中原文化的推崇心理，表现出较强烈的对于岭南文化的认同感。

最后就时空设置来看，该书所写"不过本地风光"，具有浓郁的时代气息与独特的地域文化色彩。如作品开头所写："这省中越秀山，乃汉时南粤王赵佗的坟墓，番山、禺山合而为一山，在小北门内。坐北面南，所有省内外的景致，皆一览在目。"（第四回）越秀山乃是极有代表性的广州地标，故而书中着意点染，以之作为人物活动的重要场所之一。书中还多处写到粤东洋匪的猖獗、横行。如白莲教余党摩刺，勾结洋匪，驻扎浮远山，以劫掠为生，后来"想着广东富庶，分付众头目看守山寨，自己带了一二百名勇健，驾着海船，来到省城……"（第九回）这些描述，就真实地反映了清中叶白莲教与洋匪勾结，在东南沿海杀人越货的现状。可以说，在此之前，像《蜃楼志》这样富有地域文化色彩的小说是不多见的。

除了《蜃楼志》，清末广东番禺人黄小配所作的《廿载繁华梦》，也是一部学步《红楼梦》，描写粤商家庭兴衰荣枯的世情小说。它在创作主旨上与《红楼梦》一脉相承，如它的开篇诗即云："世途多幻境，因果话前缘。别梦三千里，繁华二十年。人间原地狱，沧海又桑田。最怜罗绮地，回首已荒烟。"（第一回）它所写的南海富贾周庸祐，"以海关库书起其家"，历经富贵繁华、宦海风潮，最终被抄家，逃亡海外，不知所终，真是廿载繁华，恍若南柯一梦。

它在创作手法上也较好地继承了《金瓶梅》《红楼梦》聚焦主要人物、描写世态炎凉的写实传统，着重围绕周庸祐的人际交往与发迹变泰，以贪赃枉法、卖官鬻爵、寻花问柳、狎妓纳妾等主要内容，书写官场、商界的种种黑幕，揭露现实生活中的许多阴暗面，因而颇有一些现实批判精神。作者选取广州海关作为人物活动的中心地点，然后向香港、上海、北京乃至南洋辐射，由一家而写及国家天下，其时代特征、地域风情等灼然可见。如小说第十回写中法谅山之战后，中国被迫赔款六百万元，致使广东财政左支右绌，张督帅欲凭此敲诈富户，并向周庸祐开刀。又如第二十一回写租界香港地位独特，其行事有别于清廷惯例，以离婚来说，"惟是香港规则，纵然休了妻妾，也要给回伙食的"。再以典当为例，"怎想香港是个法律所在，凡典肆中人，见典物的来得奇异，也有权盘问，且要报明某街某号门牌"（第二十回）。当清廷要查办逃匿到香港的政治犯时，也得看港督脸色："昨天来的照会，本部堂已知道了。论起两国交情，本该遵办，叵耐敝国是有宪法的国，与贵国政体不同，不能乱封民产，致扰乱商场的。且另有司法衙门，宜先到臬司衙门控告，看有何证据，指出某某是周、潘两家产业，假托别名，讯实时，本部就照办去便是。"（第三十八回）诸如此类的描写，就带有明显的时代色彩与地域文化特征，令人耳目一新。

总之，《蜃楼志》《廿载繁华梦》虽然在创作思想与创作方法上受到《红楼梦》的启发，但它们在题材内容、人物塑造以及环境描写等方面又能别开生面，表现出较浓厚的时代气息与地域文化特色，因而取得了相当不俗的艺术成就。

三 借《红楼梦》人物，作"翻新小说"

继模仿、借鉴之后，清代岭南作家的小说开始脱离"倚赖性质"，仅借《红楼梦》主要人物组织故事框架，"独树一帜"，大加翻新，"写自家的怀抱"，创造了全新的小说风格与文体。翻新小说有两个表现：一是短篇化，二是科幻化。

首先来看短篇化的小说。近代报刊小说家很会"蹭热点",试图通过攀附《红楼梦》,借重其名气以提高关注度,传播其在作品中寄寓的政治思想。如岭南报人王斧《艳情小说:佳人泪》①,其所写男主人公许宝玉"少痴情、家世性质仿佛贾宝玉",女主人公赵慧琴"敏黠类宝钗",陆月珠"感情同黛玉",作者通过书写他们的情感纠葛与感人事迹,宣传以暴力革命来"补天",歌颂报效社会、舍身救国的岭南"英雄儿女"。署名"荛"的《理想小说:幻境》②,则写何生游历巴黎,在落寞中与自称为"绛珠"的丽人互诉"不能独善其身""无人为知己"的凄凉境况。第二天何生再往寻踪,"绝无苑宇,只有杂花树树,委谢春前而已",这显然是借黛玉之悲以述时事之艰,意绪化、哲理性较强,余音袅袅,令人唏嘘。再如短篇小说《海上花:王可卿》③亦用《红楼梦》的人物姓名、"十二金钗"等作典,"前身""情天"又是《红楼梦》的幻景与象征意境。还有两篇小说虽然无《红楼梦》的直接痕迹,但是营造"女儿毕竟为花亡"④悲情基调,描写"不得所爱"的恶果,自是从《红楼梦》中黛玉葬花、宝黛婚恋悲剧一脉中引出,演绎情深一脉之痴女儿。总之,这些短篇小说,均或多或少地从《红楼梦》中汲取艺术养料,为我所用,借风使船,写出了别出心裁的新小说。

其次来看科幻化的小说。吴趼人《新石头记》堪称晚清科幻小说的代表作。其所以取名《新石头记》,是因为它巧借《石头记》中的贾宝玉,着重叙述贾宝玉在文明境界的奇幻经历。为了使叙述合理,吴趼人袭用了《红楼梦》的奇幻时空框架,写宝玉(石头)到人间游历一周之后,被女娲氏从大荒山青埂峰搬到了文明境灵台方寸山、斜月三星洞里去了。接着,作者便借贾宝玉、焙茗与薛蟠三人为引子,作为游历者、目睹者与讲述者,编织故事内容,这些故事情节基本脱离原作,跟家族

---

① 参见(清)亚父《艳情小说:佳人泪》,《唯一趣报有所谓》1905年7月20日至28日。
② 参见(清)荛《理想小说:幻境》,《社会公报》1907年12月19日、20日。
③ 参见(清)司花《海上花:王可卿》,《天趣报》1910年11月26日。
④ (清)晓峰:《短篇小说:情天恨海》,《香山旬报》1908年第3期;(清)计伯《绘情小说:芙蓉血》,《香港少年报》1906年10月23日、10月24日。

败亡关系不大，甚至撤去大观园原有的儿女私情，连女主角都没有，与《红楼梦》"大旨谈情"相去甚远，最终吴趼人让贾宝玉在新的艺术世界中圆了"无才可去补苍天"的人生遗憾，使《石头记》转变成了《新石头记》。

《新石头记》一方面借贾宝玉这个第三人称限制视角展示其荒诞经历，另一方面又借薛蟠之口讲述新世界的变化。贾宝玉在南京打听旧居时，竟然不知道《红楼梦》、"新闻报"是什么，路人看到贾宝玉与焙茗的言行也十分纳闷，受叙述视觉限制，贾宝玉认为本人在前竟无人识君，路人认为贾宝玉主仆"看《红楼梦》看疯了"，互相困惑、疑惑，笑话百出，读来喜剧感十足。这是彼时流行的谴责小说的做派，熔铸了"目睹体""现形体""游记体"的写作技巧，添加一些话柄取笑。后半部从二十二回开始，由"老少年"带领，以贾宝玉亲历见闻的方法，想象异域，想象新中国未来的文明境界，蕴含"秩序""文明""富足""发达""自由""平等""博爱"等精神，是晚清文人心中的理想国，与梁启超的"未来体"建构不谋而合。贾宝玉游历了医院、食物制造与配送厂、讲武堂、博物院、制衣厂、公园、军营、水师学堂、水下地球等这样的"再造天"，使用的交通工具是飞车、猎车、猎艇、隧道火车等融自由与速度、安全与智能于一身的非现实交通工具。新科技的介绍完全理想化，套入科幻小说情景，融入冒险小说的叙事空间，重点强调的是"人间"的文化开明，与《红楼梦》太虚幻境强调"天上"神仙的"天伦之乐"之内涵迥然不同，时代特征鲜明。《新石头记》的"境界"极似乌托邦，这是典型的西方小说叙事空间，不过这个西化的空间中又熔铸了中国传统的桃花源式的清明之界，创建了古今融合、中西合璧的全新的理想国度。先融合本土生成的谴责小说叙事空间，再采纳西方科幻小说的空间想象，捏合成新的小说文体，具备了古今、中西糅合的性质，这是"全新"的拓展，中国小说文体，由此实现了从梦幻到科幻的转变。

结 语

《红楼梦》以金陵四大家族的覆灭为主要思想内容,写出了家族、青春、爱情与生命的悲剧,"现实—理想—神话"三重结构打破了传统的写法。清代岭南小说受《红楼梦》影响创作的初级层次是模仿,以《红楼复楼》为代表。陈少海在创作过程中,虽然极力复原原班人马,以自己的感受与爱好去安排祝府众多人物,还改变了薛宝钗的性格与能力,涉笔岭南风土人情,强化传奇效果,但情节结构单一,人物类型化,反而写成了曹雪芹谴责的"千部共出一套"的"才子佳人"式小说。可见,以机械模仿的办法写小说,在艺术上很难有真正的突破与创新。

高级层次是借鉴《红楼梦》的创作精神与创作方法来描写粤商的家庭兴衰。《蜃楼志》《廿载繁华梦》就借鉴了《红楼梦》描写金陵四大世家的艺术经验,以岭南人的切身体验,专力于写"广东世家"的兴衰成败,并反映近代南中国变幻莫测的历史风云,甚至触及整个世界的形势变化,其作品很接地气,时代特征鲜明、现实感强,因而取得了令人瞩目的艺术成就。

至于《新石头记》《佳人泪》等翻新小说,虽然牵合《红楼梦》的神话结构或人物纠葛,或借重《红楼梦》的名声来抬高身份,但其艺术魅力在于脱离了"倚赖性质",编造了全新的叙事结构,注入了全新的思想内容。游历、目睹、现形、科幻、冒险,现实之腐败与未来之文明,形成鲜明对比,视角既新颖亲切,又符合读者尚奇猎异的审美趣味。另外,它们将多种文体要素合并一书,混融一体,而并不显得割裂或突兀,这在一定程度上也促进了中国传统小说的近代转型。

因此,从小说创作的角度来说,简单、机械地模仿《红楼梦》,很可能变成"狗尾续貂,贻人笑话"(《新石头记》第一回)。而如果像《蜃楼志》《廿载繁华梦》一样,在学习《红楼梦》优秀的创作技巧之余,能够在写人叙事方面,紧贴现实生活、把握时代脉搏,彰显地域文化特色,那么即使其作者创作才华不及曹雪芹,也能写出有内涵、有新意、有特色的作品。如果再像《新石头记》,"借他人之酒杯,浇自己之块垒",另出机杼,别开生面,那就相当于艺术独创了,即便其成就逊于《红楼梦》,也能在小说史上自占地步,成为新人耳目的"绝世奇文"(《新石头记》第四十回)。

区域文化与抗战文艺研究

主持人：杨华丽

主持人语：

"区域文化研究"与"抗战文艺研究"是两个有着特定的研究对象因而各有广阔的研究空间的学术领域。若将二者整合起来加以审视——从区域文化角度来研究抗战文艺或凸显抗战文艺的区域文化特征，我们就会发现一个新的颇具魅惑力的研究空间。

本栏目选用的三篇文章，即是从这一研究空间采撷到的三株花草。周晓风、杨雅以抗战大后方新诗文体演变为例，来探究中国现代新诗三十余年的发展历史中他律与自律的双重变奏问题，入口较小而探究的问题却颇为重要。文章通过宏观考察抗战初期、抗战中期、抗战后期大后方诗歌创作潮流的演变，微观分析此期代表诗人、诗作、诗集对时代的回应、对艺术的追求的努力，从而得出抗战大后方新诗文体的演变吻合于他律与自律的变奏规律这一结论，颇有说服力。

周晓平以"抗战烽火中的艺术之光"为题，论析抗战时期林风眠与徐悲鸿这两位艺术大师在重庆的生活与创作情况、两人精神上的交集与现实中深度交往的缺失，并试图探究两人抗战时期的艺术创作的影响。该文为我们了解这两位艺术家的抗战人生提供了一个入口，或可为进一步深究大后方的抗战艺术面貌提供若干有价值的线索。

金安利长期从形象学角度来研究中国抗战小说中的日本及日本人书写。此次撰写的《布德反战小说中的"另类"日本士兵形象》，突破"兽化"和"妖魔化"日本士兵的固有认知，以布德的短篇小说集《第三百零三个》为核心，重点分析其间"另类"的反战日本士兵形象。文章在细读文本的基础上，分析了善良可怜的日本士兵形象、挣扎在"人""兽"之间的日本士兵形象、深受战争摧残的日本士兵形象，以及经历艰难觉悟历程的反战士兵形象，所述较为具体，所论较为深切。读者诸君若将其与她此前的论著联系起来看，当能获得更多感悟。

本次所载三篇文章，分论战时诗歌、小说与绘画而各具特色。细读之当能发现，"区域文化与抗战文艺研究"确实有着广袤的研究空间，我们期待着更多的学人能在这一领域里深耕细作。

现代新诗他律与自律的双重变奏*
——以抗战大后方新诗文体演变为例

周晓风　杨　雅**

内容提要：中国现代新诗文体的演变常常在他律与自律之间徘徊，这其实是现代新诗发展的一个规律性现象。全面抗战时期大后方的新诗文体演变便是其中一个典型代表。在抗战初期，为了直接鼓动和宣传抗战，以朗诵诗和街头诗为代表的歌谣体诗歌成为时尚。随着抗战的深入和新诗内在艺术自律性的作用，更富有艺术表现力的新写实体诗歌逐渐取代歌谣体诗歌占据了主导地位。另外，随着人们战时精神生活的多样性需要和诗歌艺术自身丰富性需要，曾经对现代新诗发展产生过重要影响的现代主义诗歌传统也在一度退隐之后开始在大后方文化人诗歌趣味中得以复苏，使一种可称为新现代体诗歌在抗战大后方也有了可观的收获。正是这种他律与自律的双重变奏，使得中国现代新诗文体建设在抗战诗歌发展中取得了意外的可喜成绩。抗战大后方诗人们在特殊历史语境下所表现出的强烈社会责任感，以及在艰难岁月里对艺术的坚守及其对新诗文体创造所做出的卓越贡献，留给我们丰富的启示和许多值得进一步探讨

---

* [基金项目] 2016 年国家社科基金重大项目"抗战的大后方文学史料数据库建设研究"（16ZDA191）。

** [作者简介] 周晓风（1957—　），男，文学博士，重庆师范大学文学院教授，硕士生导师，主要从事中国现当代文学研究；杨雅（1996—　），男，重庆师范大学文学院硕士研究生。

的课题。

关键词：抗战大后方；现代新诗；文体演变；他律与自律

一

中国新诗自 20 世纪初期滥觞以来，历经了种种探索与变革，带着草创期的白话特征，加上新格律体在诗歌外部规范上的规制、初期象征体在新诗内涵上的赋能，终于在 20 世纪 30 年代初期，形成了以戴望舒、卞之琳等人的创作为代表的现代诗体这一诗学结晶，标志着中国现代新诗开始走向成熟。其中，最值得注意的规律性现象是现代新诗受时代需要产生的他律性冲击和诗歌艺术自身美的规律制约而形成的他律与自律的双重变奏。即使是在战争年代，在诗歌的他律性社会需要极为突出的特定历史语境下，诗歌艺术的自律性内在制约机制也从未缺席。这正如诗人艾青在抗战时期所作的《诗论》中所说，"一首诗的胜利，不仅是那诗所表现的思想的胜利，同时也是那诗的美学的胜利"。① 事实上，正是抗战时期沉重的社会历史加之于诗歌内容的深广忧愤，以及忠实于时代和诗艺的诗人们在艺术自律与他律相互激荡中的不懈努力，创造了中国现代新诗自"五四"新文化运动以来第二个高峰，极大推进了中国现代新诗的文体建设和发展。以往的诗歌史由于偏重于从社会历史演变的角度解释新诗的演变，对此有所忽略。本文拟以抗战大后方诗歌文体演变为例，就此略做说明，以就教于方家。

1937 年七七事变全面抗战爆发不久，诗人郭沫若便立即"别妇抛雏"从日本回国加入抗日战争的洪流，并于 1937 年 8 月 25 日在全面抗战爆发后上海中国诗人协会创办的第一个抗战诗歌刊物《高射炮》上发表了呼吁全民抗战的《前奏曲》："全民抗战的炮声响了，/我们要放声高歌，/我们的歌声要高过/敌人射出的高射炮。"② 中国诗人协会还在成立宣言中明确写道："在这种全国抗战的非常时期里，我们诗歌工作者，谁还要哼

---

① 艾青：《诗论》，三户图书社 1942 年版，第 9 页。
② 郭沫若：《前奏曲》，《高射炮》1937 年创刊号第 1 版，1939 年 8 月 25 日。

唱着不关痛痒的花、草、情人的诗歌的话，那不是白痴便是汉奸。目前最紧迫的任务，是将我们的诗歌，武装起来……我们是诗人也就是战士，我们的笔杆也就是我们的枪杆。"① 诗人艾青也在同期《高射炮》诗刊上发表了《复活的土地》。面临强敌的入侵，诗人并没有悲观，而是敏锐感受到战斗必将带来新的希望。上述中国诗人协会成立宣言和《高射炮》中的诗作明白无误地宣示出中国诗人在大敌当前要用诗歌作为保卫祖国的武器的态度和激情。而动员广大人民群众投入抗战洪流的有效方式之一，就是开展抗战诗歌大众化运动。这就正如诞生于"九一八"炮火后的"中国诗歌会"刊物《新诗歌》中穆木天执笔的《发刊诗》所写的那样："我们要用俗言俚语，／把这种矛盾写成民谣小调鼓词儿歌，／我们要使我们的诗歌成为大众歌词，／我们自己也成为大众中的一个。"② 1937年11月在广州出版的由《广州诗坛》改版的《中国诗坛》（广州）发表雷石榆的《开展大众诗歌活动》更是明确提出，"在舞台上朗读和歌咏我们的诗歌"，"油印或铅印传单，标语式的（并非无艺术性的）短小作品，散发到群众去或贴在街壁上"。③ 这实际上已经提出了后来被称作朗诵诗和街头诗运动的雏形，并把此前"九一八"以来已经广泛开展的抗战诗歌大众化运动推向一个新的阶段。而更广泛和更大规模的以抗战建国为主题的朗诵诗和街头诗运动，则形成于稍后的武汉和延安等地，以及抗战大后方中心的重庆。

全面抗战初期的武汉诗坛对于朗诵诗运动的形成以及抗战时期诗歌大众化实践具有特别重要的意义。1937年10月19日，会聚到武汉的文化界人士在汉口青年会礼堂举行鲁迅逝世周年祭活动。1937年11月1日汉口出版的《七月》第二期刊登的罗衣寒《记鲁迅先生周年祭》中写道："庄严的纪念会开始了，主祭者是胡风，冯乃超，洪深，萧军，胡绳，聂绀弩，何伟，光未然。首推胡风致祭词，大致说鲁迅先生的一生就是战

---

① 《中国诗人协会抗战宣言》，《中国诗坛（广州）》1937年第1卷第4期。
② 《发刊诗》，上海《新诗歌》1933年2月创刊号。
③ 雷石榆：《开展大众诗歌活动》，《中国诗坛（广州）》1937年第1卷第4期。

斗,三十年来,从反封建到反帝国主义,这坚韧的精神是一直到先生放下了那支战斗的笔,是始终继续着的。我们要纪念鲁迅先生,要学习鲁迅先生,就必须继续鲁迅先生的坚韧的战斗精神。接着演讲的有胡绳,洪深,阳翰笙,何伟,萧军,柯仲平等。讲演完毕后,由王莹小姐朗诵高兰的《我们的祭礼》,声调是柔和然而悲壮的,特别是最后一段,那声音掀动着每一个参加者:我们献上了这祭礼——抗战!/这里有血有泪有火也有光,/这里有生有死也有光荣的创伤,/这里也有奴隶们反抗的呐喊,/这里也有永恒不灭求生的烈焰;/鲁迅!你'旷野呐喊者的声音'。/鲁迅!你'与热泪俱下的皮鞭'。/请你来餍吧,/大的祭礼在明年的今天!"① 另一位诗人柯仲平也在会上朗诵了自己的诗作。② 身处水深火热境地的中国人民由对一位他们景仰的精神领袖的祭礼点燃全民抗战的激情,由此开始,抗战诗歌朗诵运动在诗人穆木天、光未然、锡金等人的倡导和组织下,很快在武汉开展起来。稍后在武汉创刊的中华全国文艺界抗敌协会会刊《抗战文艺》更是以更大的力度不遗余力推进朗诵诗运动并在全国产生广泛热烈的影响。

值得注意的是,在中国共产党控制的陕甘宁边区,除朗诵诗外,还广泛兴起了街头诗运动。关于街头诗,其代表人物田间曾有过这样的回忆:"一天,我和柯老(柯仲平)相遇,谈起西战团在前方搞的戏剧改革,也谈起苏联马雅可夫斯基搞的'罗斯塔之窗',还谈到中国过去民间的墙头诗。于是我们一致问道:目前,中国的新诗往何处去?怎样走出书斋,才能到广大群众中去,走出小天地,奔向大天地?我们又一致回答,必须民族化,必须大众化,要作一个大众的歌手。柯老随即便这样高呼:写吧,唱吧!唱吧,写吧!是呵,新的'普罗米修士'就在延安,就在这个圣城。于是1938年8月7日,延安的大街上,便高高悬起一幅长条的大红布,上面写了一行醒目的大字:街头诗运动日。不久,几乎

---

① 罗衣寒:《记鲁迅先生周年祭》,《七月》1937年第2期。
② 参见雪韦、沙可夫、柯仲平《关于诗歌朗诵:实验和批判》,《七月》1938年第9期。

是片刻之间，城门楼旁、大街小巷，写满了街头诗，诗传单。"① 群众性街头诗运动由此在延安等地广泛开展起来。当时的"边区文协战歌社"和"西北战地服务团战地社"还联名发表过一份《街头诗歌运动宣言》，其中写道："在今天，因为抗战的需要，同时因为大城市已失去好几个，印刷、纸张更困难了，我们展开这一大众街头诗歌（包括墙头诗）的运动，不用说，目的不但在利用诗歌作为战斗的武器，同时也就是要使诗歌走到真正的大众化的道路上去；不但有知识的人参加抗战的大众诗歌运动，更要引起大众中的'无名氏'也大多起来参加这项运动。"为此，《街头诗歌运动宣言》大声疾呼，"有名氏、无名氏的诗人们啊，不要让乡村的一堵墙，路旁的一片岩石，白白地空着，也不要让群众会上的空气呆板沉寂。写吧——抗战的、民族的、大众的！唱吧——抗战的、民族的、大众的！我们要在争取抗战胜利的这一大时代中，从全国各地展开伟大的抗战诗歌运动——而'街头诗歌运动'，我们认为就是使诗歌服务抗战，创造新大众诗歌的一条大道！"② 同期延安《新中华报》还发表了田间的街头诗《假使敌人来进攻边区》："假使敌人来进攻边区/我们应该跟着——/边区的旗帜，/首长的/指挥，/站到大队里头，/照毛主席所说：//'坚持持久战斗！'"这些朴素的诗歌活动和创作宣传抗战建国的思想，活跃了延安的文艺生活，扩大了延安文学的影响，同武汉、重庆等地一道，共同推进了抗战诗歌的发展。

因此，稍后形成的以重庆为中心的抗战大后方诗坛实际上承接着上海、武汉、延安和全国的诗歌大众化浪潮，把抗战诗歌大众化运动推进到一个新的阶段。其中，中华全国文艺界抗敌协会会刊《抗战文艺》从1938年10月第二卷第五期起开始从武汉转移到重庆出刊，不仅发表了大量具有大众化特点的抗战诗歌，而且还经常刊登"文协"举办诗歌活动的消息，辟出版面开展抗战诗歌理论批评和相关讨论。吕进先生等著的

---

① 田间：《田间自述》（三），《新文学史料》1984年第4期。
② 边区文协战歌社、西北战地服务团战地社：《街头诗歌运动宣言》，《新中华报》1938年8月10日第4版。

《大后方抗战诗歌研究》一书就特别介绍了"文协"仅从 1938 年 8 月移驻重庆后到 1939 年年底一年的时间里举行了六次诗歌座谈会和三次诗歌晚会，不遗余力推进大众化诗歌创作和理论研讨。① 此外，胡风主编的《七月》也于 1939 年 7 月从武汉迁到重庆出版，继续推出田间等有影响的抗战诗人诗作。1938 年元旦创刊于武汉的通俗文艺刊物《抗到底》也在 1938 年 9 月第十五期起迁到重庆出刊。该刊坚持通俗文艺路线，老舍、老向、何容等都在刊物上发表了不少歌谣诗作品，扩大了抗战初期大众化诗歌的成绩和影响。中共南方局在重庆主办的《新华日报》也一直热心抗战文艺大众化创作和理论探讨，发表了大量相关作品。与此同时，桂林的《救亡日报》副刊《诗文学》《诗》刊以及昆明的《战歌》等，也都刊载了不少通俗易懂的诗歌作品，从不同角度推进抗战大后方诗歌大众化运动，促进了抗战大后方歌谣体诗歌的形成和发展。除上述抗战文艺刊物外，以重庆为中心的抗战大后方诗坛还出版了一批有影响的抗战主题的歌谣体诗集，包括"丘八诗人"冯玉祥从 1938 年起陆续在桂林三户图书社出版的系列《抗战诗歌集》共计五集，延安街头诗代表诗人柯仲平 1940 年在重庆读书生活出版社出版了他的另一部抗战题材的口语诗代表作《平汉路工人破坏大队的产生》，光未然和冼星海合作的《黄河》（新型大合唱）1940 年也在重庆生活书店出版，艾青 1941 年在重庆文化生活出版社出版了他的仍然带有街头诗痕迹的长诗《火把》，穆木天 1942 年在重庆文座出版社出版了诗集《新的旅途》，其中收录了早先在武汉创作的大众化诗歌代表作《我们要作真实的诗歌记录者》《赠高兰》等，朗诵诗代表诗人高兰也将此前创作的朗诵诗编为《高兰朗诵诗》（新辑第一集）和《高兰朗诵诗》（新辑第二集）收入陈纪滢主编的建中文艺丛书 1943 年在重庆建中出版社出版，田间 1943 年在桂林南天出版社出版了街头诗代表诗集《给战斗者》，王亚平 1943 年在重庆未林出版社出版了《生活的谣曲》，任均 1943 年在重庆国民图书出版社出版了诗集

---

① 参见吕进等《大后方抗战诗歌研究》，重庆出版社 2015 年版，第 136 页。

《为胜利而歌》，其中的序诗《我们要唱新的歌》与其 1933 年《新诗歌》上的发刊诗《我们要唱新的诗歌》有异曲同工之妙，任均的另外几部诗集《后方小唱》（1941）、《少年诗歌》（1944）、《战争颂》（1945）后来也都在重庆出版；老舍 1942 年在重庆出版的长诗《剑北篇》则可说是抗战时期诗歌大众化浪潮中最重要的收获。总体而言，抗战前期的绝大部分诗歌创作及时呼应了时代要求，创造了特殊年代的歌谣体诗歌样式。爱国诗人们的历史使命感和社会责任感也在其中得到了充分的展现，为抗战诗歌、抗战文学乃至伟大的抗日战争，都做出了无愧于历史的贡献。

二

然而，随着全面抗战进入相持阶段，战时的社会生活和文艺生活也进入一个新的阶段。这一新阶段的突出特征是抗战初期的浪漫主义退潮，现实主义写实文学日渐占据主导地位。抗战文学的这种变化来自两个方面。首先，随着战争的持久与深入，以及文学上的大众化实践，作家们对战争以及整个现实生活都有了进一步的感受和理解。人们开始认识到，"战争不但是为祖国底解放的斗争，同时也是为祖国底进步的斗争"。[①] 战争不仅是带来鲜血与荣耀，而且还掀开了生活中令人窒息的丑陋的一面。战争更不可能凭着热情就可以一朝取胜，而是一个艰苦的漫长的过程。这样一种现实情势势必要求把那种亢奋的浪漫激情转变为一种更富有韧性的战斗的现实主义精神。真实写实的文学、对我们自身冷静反思的文学以及更富有韧性战斗精神的现实主义文学受到重视。对此，郑伯奇曾指出："武汉退出以后，开始了抗战第二阶段，从此以后，战事进入相持状态，敌人陷入无法进展的泥沼之中。而我们当然是动员一切力量准备反攻。在这时候，作家的热情更加理智化了，作家的视野也更加宽广了。大家看到战壕以外，还有许多问题需要作家去处理。于是反映抗战后方的《残雾》，讨论回汉问题的《国家至上》才产生出来了。这些作品在上

[①] 胡风：《民族战争与我们——略论三年来文艺运动底情势》，《中苏文化》1940 年"抗战三周年纪念特刊"。

海大战时期和武汉时代都不会有的。"因此,"今后新文艺的任务是什么呢？我们认为是提高并发扬作家的批判性。这是在第二阶段初期的作品中才萌芽出来的，我们今后应把它发扬光大"。① 胡风还在《民族革命战争与文艺》一文中进一步分析了战争生活在主客观两个方面都为现实主义文学的成熟创造了条件。由此，胡风得出结论是："随着战争前进，随着国民经济生活的改造前进，在方法上是现实主义的广大发展，在形态上是国民文艺的逐渐形成，和国民精神的开花一同开花，和战争的胜利一同胜利！"② 其次，从另一方面看，抗战中后期现实主义文学的新发展，也是中国新文学自身发展逻辑作用的结果。这就是我们在前面提到的现代新诗受时代需要产生的他律性冲击和诗歌艺术自身美的规律的制约而形成的他律与自律的双重变奏，推进现实主义诗歌在新的水平上的回归和发展。现代文学是如此，现代新诗也是如此。这既是作家和诗人的真切感受，也是文学史家对历史经验教训的总结。艾青在1941年所作的《抗战以来的中国新诗》一文中一开始就明确提出要运用两种尺度去衡量中国新诗的发展。"中国新诗，一开始就承担了如此严重的使命：一，它必须摆脱中国旧诗之封建的形式和它的格律的羁绊，创造适合于表达新的意志新的愿望的形式，和不是均衡与静止，而是自由的富有高度扬抑的旋律。二，它必须和中国革命一起，并且依附于中国革命的发展，忠实地做中国革命的代言者。"③ 正是依据这样的尺度，艾青在该文中对抗战三年以来的中国新诗给予了高度评价："中国抗战是中国革命的一个发展，是中国民族解放与民主政体的实现的最初的胜利，所以，作为中国革命的代言者的诗人，最初就被这为他甘愿用生命来争取的战争所鼓舞。这真是一个诗的时代，战争发动以来，全国的作家几乎全部都激动着诗的情感，用素朴的形式写过诗。"④ 但是艾青是认真的，他在谈到抗战初

---

① 郑伯奇：《文学的新任务》，《新蜀报·七天文艺》1941年8月4日。
② 胡风：《民族革命战争与文艺：对于文艺发展动态的一个考察提纲》，《七月》1939年第4卷第1期。
③ 艾青：《抗战以来的中国新诗》，《中苏文化》1941年第9卷第1期。
④ 艾青：《抗战以来的中国新诗》，《中苏文化》1941年第9卷第1期。

期诗歌的激情时也谈到抗战新诗的"相当普遍的缺点":一方面,"单纯的爱国主义与军国民精神的空洞叫喊,常用来欺骗读者的那种比较浮嚣的情感;普遍的诗人没有能力在情绪的激动下,去对抗战做政治的或是哲学的思考";另一方面,"概念的罗列与语言的贫乏,也同样地是中国一般诗人的缺点"。① 艾青在这里所说的抗战初期诗歌的不足,成为抗战大后方诗歌下一个阶段发展所要解决的问题,持续抗战的历史背景和现实主义文学的深化则为抗战中后期诗歌的发展提供了需要和可能,进而成为抗战大后方中后期诗歌的主流。这既是社会历史条件选择的产物,也是文学自身发展规律作用的结果。中国现代新诗正是在这一背景下确立了现实主义诗歌的主导地位,并使现实主义新诗本身逐渐走向一种并不圆满的成熟,其发展明显表现出以下两大特征。

首先,较之战前和抗战初期的诗歌,此时诗歌对现实生活有了更为真切、细腻和丰富的展示,诗歌的写实性得到了加强,抗战初期诗歌的那种"空洞叫喊"的普遍缺点也得到初步克服。此前那种抒写心灵的主观的诗更多地被一种描写现实的客观的诗所取代。一方面,这一时期产生了为数不少的叙事诗,其情形大约如臧克家所述,抗战中期,"诗人们从战地、从农村,回到大后方的都市,生活比较安定了一些;较之抗战初期,诗人也真正深入了战时生活,初期的那种高昂的情绪,浪漫主义的幻想,逐渐地淡化了,破灭了,希望的光辉,也暗下来了。这时候,诗人有时间、有心情回忆、整理、消化蓄积下来的生活经验,酝酿较大的诗篇。有的为英雄烈士作传;有的记述抗战的行迹和个人感受,名符其实的长诗产生了"。② 其中较有代表性的作品有艾青的《他死在第二次》(1939)、《火把》(1940),臧克家的《淮上吟》(1939)、《他打仗去了》(1941)、《古树的花朵》(1942)、《诗颂张自忠》(1944),老舍的长诗《剑北篇》(1940),徐迟的《一代一代又一代》(1942),力扬的

---

① 艾青:《抗战以来的中国新诗》,《中苏文化》1941年第9卷第1期。
② 臧克家:《序》,载臧克家主编《中国抗日战争时期大后方文学书系·第六编 诗歌》,重庆出版社1989年版,第6页。

《射虎者及其家族》（1942），玉杲的《大渡河的支流》（1942）等。此外，当时在陕甘宁边区等敌后根据地的一批诗人，由于生活的相对稳定，更由于受到延安特定文化氛围的影响和现实生活的感召，创作出不少有影响的叙事长诗。它们包括柯仲平的《平汉路工人破坏大队的产生》（1939），何其芳的《一个泥水匠的故事》（1940），艾青的《雪里钻》（1941），厂民（严辰）的《雪原上》（1942），田间的《她也要杀人》（1942），戈茅的《草原故事》（1942）等。这些作品不仅丰富了抗战时期的现实主义诗歌创作，从一个侧面促进了中国新诗的新写实体的成熟，而且对以后的诗歌创作以及整个现实主义文学都产生了深远影响。

另一方面，以艾青、臧克家等人为代表的现实主义抒情诗包括稍后的讽刺诗仍是这一阶段现实主义诗歌创作的主流，但其中的写实倾向明显增强，使抗战初期以歌谣体为标志的诗歌转变为一种可称作新写实体的诗歌。艾青在抗战期间的诗歌创作广泛而真切地反映了那个时代的多方面的社会现实。抗战刚爆发不久，艾青就从家乡赶往武汉，与在那里的胡风等人会合，渴望投入这场决定民族生死前程的战争。但艾青在武汉却感受到了寒冷和失望。在1938年一个寒冷的日子，艾青在武汉写下了抗战以来的第一篇名作《雪落在中国的土地上》。该诗以深广的忧愤，写出了中国大地上正经受的寒冷和灾难。此后，艾青还写有《手推车》《北方》《补衣妇》《乞丐》《人皮》《向太阳》《吹号者》《他死在第二次》《兵车》《火把》等现实主义名作。这些作品写出了诗人从南方到北方沿途所见的种种生活画面。特别是开始深刻把握到人们的心理现实。其中，《手推车》《北方》等诗写中国北方的悲哀和人民的坚韧。《人皮》写日本法西斯从中国妇女身上剥下的一张人皮，其惨状令人发指。该诗表达了诗人对日本侵略者极度愤怒和控诉。《向太阳》《吹号者》《他死在第二次》则写出了中国人民的英勇斗争和昂扬的时代精神。其中，"吹号者"的形象尤为鲜明动人。诗中用一种情感饱满和富有张力的语言描写了一位在战斗中光荣牺牲的号手，讴歌了他的战斗牺牲精神。胡风曾经评论说，"艾青底使我们觉得亲切，当是因为他纵情地然而是至情地歌唱了对于人的爱以及对于这爱的确信。"① 艾青抗战时期的这些诗歌作品无疑是现实主义的，但这种现实主义不是表现为一种简单的写实，而是表现为写实与抒情相结合，尤其是把诗的充沛情感内涵与富有感受力的语言表达很好地结合起来。现实主义在此主要表现为一种从现实出发、反映现实、评价现实的艺术精神。这是一种更具主体特色和现代意味的现实主义，也正是艾青自己所命名的"新写实主义"诗歌的最好的注脚。艾青曾在他的《诗论》中这样写道："浮面的描写，失去作者的主观；事象的推移，不伴随着作者心理的推移，这样的诗也就被算在新写实主义的作品里，该是令人费解的吧。"② 正是沿着这样一条既紧扣时代现实，又充分发挥抒情个性的新写实主义创作道路，艾青在抗战大后方时期的诗歌创作不仅成为他的诗歌创作的高峰，而且他在这一时期所创造出一种新的新写实体诗体范式，把中国现代诗歌的发展整体上推进到一个新的历史阶段。

臧克家抗战时期诗歌创作的发展也颇为典型。众所周知，臧克家一开始就是以现实主义诗人面貌登上诗坛的。他在1933年出版的第一部诗集《烙印》里表现出一种对现实生活细节精练描写和含蓄抒情的现实主义风格，在白话新诗还不够成熟的背景下显得格外瞩目。臧克家稍后还出版了《罪恶的黑手》（1934）、《运河》（1936）等短诗和长诗《自己的写照》（1936），进一步显示了臧克家现实主义诗风的发展和成熟。全面抗战爆发后，臧克家诗风为之一变，精致的细节描写和含蓄抒情改为直接怒吼甚至空洞的喊叫，如臧克家写于1938年1月的《抗战到底》："抗战到底！／我们的热血不是白流的。／炮火毁了／我们的河山城池和土地；／同时也洗净了／污秽，陈腐，／在上面／遍撒／新鲜自由的种子。"但稍后在臧克家1938年4月所作的《兵车向前方开》等诗中又可以看到他的那种精致写实的笔法在抗战题材诗歌中的运用："耕破黑夜，／又驰去白日，／赴敌千里外，／挟一天风沙，／兵车向前方开。／／兵车向前方

---

① 胡风：《吹芦笛的诗人》，《文学》（上海）1937年第8卷第2期。
② 艾青：《诗论》，三户图书社1942年版，第24页。

开。/炮口在笑,/壮士在高歌,/风萧萧,/鬓影在风里飘。"如果说此诗还只是体现了臧克家从抗战初期直抒胸臆的抒情诗向新写实风格的某种回归的话,臧克家1943年在桂林出版的另一部诗集《泥土的歌》,才更为广泛而熟练地表现出他的现实主义诗歌风格,同时在艺术表现上也有新的发展,整体上显得更为平实朴素,意味隽永,如他的《送军麦》:"军麦,孩子一样,/一包一包/挤压着身子,/和衣睡在露天的牛车上。/牛,咀嚼着草香,/颈下的铃铛/摇得黄昏响。/燎火一闪一闪,/闪出梦的诗的迷茫,/这是农人们/以青天作帐幕,/在长途的野站里/晚炊的火光。"《泥土的歌》既代表了臧克家抗战中后期现实主义诗歌创作的新境界,也标志着"新写实体"诗歌在抗战中期的发展和成熟。

其次,抗战中后期产生的新写实体诗歌,不仅战时的现实生活得到了更为丰富地展现和揭示,而且在写实倾向普遍增强的同时,诗人的主观战斗精神也同时得到高扬,诗歌对现实生活有了更为热烈深入的拥抱,现实主义文学特有的"干预生活"的精神以及文学与现实生活的同一性幻想在这些现实主义诗歌里更是表现得十分鲜明,从而使抗战初期普遍存在的那种客观主义的、冷漠的诗风得到了改变。这之中,抗战题材仍然占有主要的地位,但较之抗战初期已有了更为多样化的表现。像王统照的《正是江南好风景》、天蓝的《队长骑马去了》、苏金伞的《我们不能逃走》、罗铁鹰的《劫后的古城》、柳倩的《在太阳下》、覃子豪的《废墟之外》等,都是相当优秀的以抗战为题材的现实主义新诗。其中,一些国际题材的诗作显得尤为别致,可以说是从另一个特殊的角度展示了战争生活的侧面,如王平陵的《期待着南斯拉夫》把中国人民的抗日战争与整个世界反法西斯战争联系起来加以表现。李震杰的《给日本士兵》写日本士兵因远征他乡,而使"徘徊樱花林下的岛国女儿失去季节的狂欢"。当然,日本士兵失去的绝不仅只是这些,而是还有更多。这正如程千帆《一个"皇军"的墓铭》中写道:"异国的呼喊夹着枪声,/一阵昏眩,使你/就倒下了。……/何所闻而来,何所见而去,/帝国的臣民？可是/你的手册使来者翻开了/日本现代史。……"①

除抗战题材外，对战争年代现实生活多样性和丰富性的描绘，也是抗战中后期现实主义诗歌的突出现象。其中，对于民生疾苦的表现仍是现实主义诗歌的长处所在，现实生活的其他方面也在诗中得到反映。例如，何其芳在战前曾是汉园三诗人之一，其作品风格华丽，充满浪漫情调和梦幻色彩。然而写于抗战期间的《夜歌》则明显趋于朴实明朗，现实主义写实成分大为增强。其中的代表作如《成都，让我把你摇醒》不仅表现了对于现实的沉痛感，也反映了诗人的惊醒。此外，堪与臧克家抗战中后期新写实体诗歌相媲美的还有方敬的《背夫》："不毛的羊肠小道上，/寸寸的步履，寸寸的艰辛，/走着你中年走着的背篓苦力/从这座山到那座山，/坚毅而沉默有如屹立的岩石。"江村的《灰色的囚衣》描绘出一幅灰暗的山村景色："天/板着死灰的脸，/挂下绵绵的雨丝；/向无数根铁柱、围城了人间底囚室。/雨声/滴出深深的烦厌/像一个年老的狱吏/叨叨地吐出怨言。"作者借此抒写了对于生活在"山国的人民"在苦难里煎熬的深切同情。阿垅的《纤夫》则不只是在讴歌嘉陵江边的纤夫，它还深切表现了中华民族的苦难深重和执着坚韧，表现了中国人民要战胜一切困难，一步步走向胜利彼岸的伟大意志："偻伛着腰/匍匐着屁股/坚持而又强进！/四十五度倾斜的/铜赤的身体和鹅卵石滩所成的角度/动力和阻力之间的角度，/互相平行地向前的/天空和地面，和天空和地面之间的人底昂奋的脊椎骨/昂奋的方向/向历史走的深远的方向，/动力一定要胜利/而阻力一定要消灭！/这动力是/创造的劳动力/和那一团风暴的大意志。"曾卓的《母亲》亦是这种现实主义手法与浪漫主义情怀相交织的诗作。该诗在雨天的夜里描写一个漂泊异乡的儿子对自己母亲的惦念。诗人在诗中写自己一遍又一遍地读着那充满着悒郁与渴望的来信，想着母亲一生不幸的悲苦和遭遇，泪水如窗外的秋雨凄然落下。诗中的情景虽然极富个性，描写也相当具体，却因诗中深沉的情感基调而

---

① 程千帆：《一个"皇军"的墓铭》，原载《中国诗艺》1941年复刊第1期。

具有了极为动人的艺术力量。鲁黎的《延河散歌》和杜谷的《泥土的梦》则属于另一种类型。这些诗作中的情感往往有更为直接和多样化的呈现，以区别于一般现实主义诗歌，跳动在这些情感背后的，仍是一种渴望拥抱生活、干预生活的现实主义精神。这在艾青和"七月"派诗人的现实主义诗作中体现得尤为突出，从而使这一类现实主义诗作中充满了浓郁的浪漫主义情调和跳跃着激越的主观战斗精神。艾青的诗，以及"七月"派的诗歌堪为这一方面的代表。这可以看作一种更具主观特色的现实主义诗作。上述这些作品虽然还不能完全代表抗战中后期的现实主义新诗，却也能反映出其中的大体情况。

在中国现代诗歌发展史上，新写实体诗歌的出现，其意义是有多方面的。首先，从诗与时代的关系看，新写实体以其执着的现实态度和大众化的语言形式，深入广泛地契入时代和大众，成为这个时代最典型的诗歌样式，有效地发挥了诗歌的现实主义战斗作用，推动了社会历史的进步。应该看到，抗战时期的文学并非只有抗战文学，诗歌也不只有现实主义诗歌，那些善于抒发一己之幽情或探索语言技巧的作品也都或多或少有其存在的理由。但是文学与时代毕竟存在一种深刻的相互选择的关系。战争与革命的时代所需要的是一种能够深刻契合时代和唤起民众的文学。反之，现实主义文学也只有在呐喊与斗争的时代才能找到最适合自己的土壤。因此，新写实体这样的现实主义诗歌的产生、发展并成为诗的主流，乃是时代对于文学的一种必然选择，也是文学对于时代要求的一种有力应答。其次，从中国现代诗自身发展的逻辑看，新写实体诗歌所取得的成就也可以说是对现代新诗三十年的一个总结，代表了现实主义新诗的成熟。这里主要包含了两层意思。第一，现实主义诗歌作为现代新诗发展中的一家，经过三十年的发展，经过历史与诗艺的双重选择，而今终于成为中国新诗的主流，并将对新诗今后的发展产生深远影响。第二，现实主义诗歌本身由早期白话诗那种简陋的写实，发展为今天的新写实体，创造出一种具有时代特色和诗艺水准的诗歌语言范式。它仍然以大众化口语为基础，以写实为主要艺术手法，同时却融合了其他多种艺术表现手法，并且高扬主体精神，把现实主义诗歌乃至整个现代新诗都推进到一个新的历史水平。

三

中国现代新诗的发展，在20世纪30年代中后期已经进入了一个较为自觉和成熟的阶段。抗日战争爆发后，经过短暂的喧嚣和调整，现实主义的新写实体诗取得长足的进步。它不仅顺应时代潮流使现实主义诗歌成为新的时代主流，而且涌现出了艾青、臧克家这样的代表性大诗人，从而推动新诗发展到一个新的水平。从这个意义上讲，抗战之于中国现代新诗发展，意义也是双重的。一方面它中断了新诗发展的正常秩序，另一方面它又带来了现实主义新诗的繁荣和成熟。以艾青和臧克家为代表的新写实体诗自此成为现代新诗发展的主潮，这既是时代需要使然，也是现代新诗发展他律与自律相互作用的结果。事实上，在抗战大后方诗歌发展过程中，即便是艾青所说的新写实主义逐渐成为诗歌的主流，浪漫主义的歌谣体诗歌和现代主义风格的诗歌始终存在。它们之间在一种矛盾博弈的关系中构建起抗战大后方诗歌发展的多元生态，共同推进中国现代新诗的发展和成熟。

因此，人们注意到，在抗战中后期现实主义诗歌主潮的大背景下，仍有相当一部分重要诗人和他们的作品难以归于现实主义的旗帜之下。例如艾青在1940年写过一首题为《树》的诗作：

> 一棵树，一棵树
> 彼此孤离地兀立着
> 风与空气
> 告诉着它们的距离
>
> 但是在泥土的覆盖下
> 它们的根生长着

在看不见的深处

它们把根须纠缠在一起

这里的树表面上"彼此孤离地兀立着",但"在看不见的深处,它们把根须纠缠在一起。"这使人想起人与人之间的某种关系,甚至也可径直理解为在中国大地上生活着的人民、整个民族之间浑厚的内在联系。在革命和战争年代,体会到这一点应该说是非常重要的。不过按照过去的观念,像这样把革命的、进步的主题与象征方法这样的现代派手法结合起来理解是颇为困难的。这也是理解艾青的一个难题所在。实际上这既是艾青新写实主义时期的诗作,又是一首典型的象征诗。我们只要把人为的藩篱拆开,现实主义与现代主义的结合并非毫无可能。另一位重要诗人戴望舒也是一个相当典型的例子。戴望舒在20世纪30年代无疑已是典型的现代主义诗人。全面抗战爆发后,戴望舒出走香港编辑报刊,曾因宣传抗日被日本人逮捕入狱。1948年戴望舒出版了他的第三部创作诗集《灾难的岁月》,所收作品多为1939年以后的诗作,包括他的《元日祝福》《狱中题壁》《我用残损的手掌》《萧红墓畔口占》等。这些诗作标志着他创作风格的重要变化,不仅诗的题材和主题开始贴近时代和人民的斗争,诗风也更为明朗。戴望舒的这种变化并不意味着所谓从现代主义向现实主义的回归,而更像是现代主义艺术方法与现实主义艺术精神的一种融合。在某些时候,人们乐于把戴望舒后期诗歌称作具有现代主义特色的现实主义诗歌。在另外一些时候又把它们视为具有现实主义特色的现代主义诗歌。也有的称为"后期现代主义诗歌"[①]。这表明,即使在现实主义诗歌占据主导地位的情况下,像戴望舒这样的诗人仍然难以简单划入现实主义诗歌阵营。冯至也是引人注目的一位。他在20世纪40年代前期昆明创作的《十四行集》不仅在40年代诗坛,而且在整个现代新诗史上都占有很重要的地位。冯至是现代主义的,同时又是富有现

---

① 参见苏光文《大后方文学论稿》,西南师范大学出版社1994年版,第355页。

实感的。此外，像绿原、曾卓、彭燕郊、徐迟、方敬、欧外鸥等人以及艾青的部分诗作，都或多或少具有一种现实主义与现代主义相融合的特点。把这一特点表现得更充分和更有影响的，则是20世纪40年代前期的昆明西南联大诗人群和40年代后期的上海《中国新诗》诗人群。它们中的成员有部分交叉。其中主要的代表有辛笛、穆旦、陈敬容、杜运燮、杭约赫、郑敏、唐祈、唐湜、袁可嘉等。这就是几十年后人们从《九叶集》中见到的九位诗人。它们被认为创造了一个新的诗歌流派。但若放到20世纪40年代诗坛背景下看，它们的意义还不止于流派。它们的产生和存在表明在现实主义主流诗歌之外的另外的力量，从而显示了现代新诗发展的某种内在张力。其在诗歌文体上的收获或许可以称作新现代体。之所以把它们称作新现代体，是因为具有现代主义特色的新诗此前已有20世纪20年代初期的李金发和20世纪30年代初期的戴望舒等人的作品。抗战中后期形成的这批具有现代主义特色的新诗则明显具有某些新的值得探寻和回味的时代特点。

在抗战中后期新现代体诗的星群中，穆旦无疑是其中最亮的一颗，冯至则亮得最为持久。冯至早在20世纪20年代就开始写诗，并被鲁迅称作中国最为杰出的抒情诗人。[①] 冯至20世纪30年代曾到欧洲研究诗歌和哲学，1937年抗日战争爆发后，随学校南迁到昆明，任西南联大外文系教授，在这里度过了他一生中最难忘的岁月。冯至在极为困苦的生活环境里，恢复了他的文学创作，在1941年前后创作了《十四行集》，成为他诗歌创作的第二个高峰，也是抗战中后期新现代体诗歌最重要的代表作。对于20世纪40年代中国的诗坛来说，冯至的《十四行集》的出现可以说是一个奇迹。对于冯至本人来说，他在20世纪40年代初的昆明写出了《十四行集》这样的诗则颇为偶然。当然这种偶然之中也包含了某种必然。从诗人个人因素方面看，它可以说是冯至长期浸淫于现代诗艺中的一个结果，也是他善于在平凡事物中发现新异并进行富有哲理的沉

---

① 参见鲁迅《中国新文学大系小说二集·序》，载《鲁迅全集》第6卷，人民文学出版社1981年版，第243页。

思的产物；从更大的范围看，当日西南联大那种自由活泼的文化氛围玉成了冯至，也可以说是20世纪40年代新诗发展的现代性张力选择了冯至。冯至曾这样谈到他在20世纪40年代初写作《十四行集》的缘起："一九四一年我住在昆明附近的一座山里，每星期要进城两次，十五里的路程，走去走回，是很好的散步。一人在山径上，田埂间，总不免要看，要想，看的好像比往日看的格外多，想的也比往日想的格外丰富。那时，我早已不惯于写诗了，——从一九三一年到一九四零十年内我写的诗总计也不过十几首，——但是有一次，在一个冬天的下午，望着几架银色的飞机在蓝得像结晶体一般的天空里飞翔，想到古人的鹏鸟梦，我就随着脚步的节奏，信口说出一首有韵的诗，回家写在纸上，正巧是一首变体的十四行。"① 1942年5月，冯至把它们结集为《十四行集》交由桂林明日社出版，很快引起了国统区诗歌评论界重视。朱自清在《新诗杂话》中称"这集子可以说建立了中国十四行的基础，使得向来怀疑这诗体的人也相信它可以在中国诗里活下去。"② 李广田在论冯至《十四行集》的长篇论文《沉思的诗》里则认为冯至"在平凡中发现了最深的东西"，"他不但是诗人，而且是哲人。"③ 透过历史的沧桑，我们发现当年朱自清、李广田等人的评价至今依然是可靠的。冯至的《十四行集》也因其深刻契合了现代新诗发展的内在规律而愈益显示出其不朽的魅力。从诗体的角度看，冯至《十四行集》的基本特色在于他把一个正直、善良、敏感的中国知识分子对于动荡现实的忧患感用一种非常个人化的，具有西方现代主义特征的诗歌艺术方式凝定下来和传达出来。或者也可以说，在冯至的《十四行集》里，现实主义和现代主义这两种重要的创作方法被创造性地结合起来，对于现实的关心和对于诗艺的追求这两种不同的价值取向被成功地统一起来。这正是我们所理解的新现代体诗的基本特征所在。

穆旦1935年9月考入清华大学外文系，全面抗战爆发后随学校西迁

---

① 冯至：《序》，载冯至《十四行集》，文化生活出版社1949年版，第1页。
② 朱自清：《诗的形式》，载朱自清《新诗杂话》，上海作家书屋1947年初版，第143页。
③ 李广田：《沉思的诗：论冯至的"十四行集"》，《明日文艺》1943年第1期。

至昆明西南联大。穆旦在西南联大外文系读书期间开始系统接触到英美现代派诗歌和文论,并对之产生强烈兴趣,为穆旦的现代主义诗歌兴趣提供了难得的契机。据穆旦当年同学之一的周钰良回忆,"记得我们两个人都喜欢叶芝的诗,他(穆旦)当时的创作很受叶芝的影响。我也记得我们从燕卜荪先生处借到威尔逊(Edmund Wilson)的《爱克斯尔的城堡》和艾略特的文集《圣木》(*The Sacred Wilson*),才知道什么叫现代派,大开眼界,时常一起讨论。他特别对艾略特著名文章《传统和个人才能》有兴趣,很推崇里面表现的思想。当时他的诗作已表现出现代派的影响"。① 不过穆旦所受西方现代诗歌的影响并不限于艾略特和叶芝。他更直接受到冯至、卞之琳等西南联大师生现代主义诗歌创作的影响。他在此后相当长一段时间里也继续坚持了他已经形成的现代主义诗歌艺术方法。更重要的是,抗战时期西南联大期间的生活教会了穆旦和他朋友更加深刻地体验了现实的破败、生活的艰辛以及对于国家和民族的责任。这样一种特殊的历史机遇促使穆旦的诗获得一种新的成熟,也使中国现代新诗的发展掀开新的一页。西方方式与本土精神,现实主义与现代主义达到一种历史性的奇特的统一。这便是新现代体诗的形成。穆旦这一阶段的代表作《在寒冷的腊月的夜里》《赞美》《春》《诗八首》等既是新现代诗的代表作,又成为中国现代新诗最重要的诗歌经典。穆旦的一首写抗战战士牺牲的《奉献》几乎完美呈现了新现代体诗的美学特征:

> 这从白云流下来的时间,
> 这充满鸟啼和露水的时间,
> 我们不留意的已经过去,
> 这一清早,他却抓住了献给美满,

---

① 周珏良:《穆旦的诗和译诗》,载杜运燮、袁可嘉、周与良编《一个民族已经起来——怀念诗人、翻译家穆旦》,江苏人民出版社1987年版,第20页。

> 他的身子倒在绿色的原野上，
> 一切的烦扰都同时放低，
> 最高的意志，在欢快中解放，
> 一颗子弹，把他的一生结为整体。

这位战士的死不仅被写得壮丽，而且优美。现代新诗中似乎从来还没有人这样写过战士的死。穆旦的创造给我们带来一个永恒的美的瞬间和艺术上的惊奇。穆旦的另一首长诗《隐现》则表现了诗人对现代文明的复杂性的认识，从语言方式到精神境界都近似于艾略特的《荒原》。它所反映的却纯粹是中国诗人对20世纪40年代中国文明复杂性的体察。《我歌颂肉体》则发现"它的秘密远在我们所有的语言之外"。穆旦的这些作品在思想上所达到的深度、广度和艺术表现上的完美性在当时和后来都很少有人能与之匹敌。

抗战中后期大后方诗坛出现的新现代体诗在创作上的主要代表除冯至和穆旦外，还有其他西南联大诗人群和《中国新诗》诗人群。他们的作品大都发表在昆明西南联大师生所编的《文聚》杂志和上海《诗创造》《中国新诗》等报刊上，后来结集出版的作品有辛笛的《手掌集》，杜运燮的《诗四十首》，陈敬容的《盈盈集》《交响集》，杭约赫的《噩梦录》《火烧的城》《复活的土地》，郑敏的《诗集1942—1945》，唐祈的《诗第一册》，唐湜的《骚动的城》，穆旦《探险队》《旗》《穆旦诗集1939—1945》等。这些作品从不同的侧面反映了新现代体诗的诗体特征，表现出某种内在的一致性。这种内在的一致性如果从创作方法的角度看，即是所谓现实主义与现代主义的某种成功的结合。换言之，这些作品"既坚持了三十年代新诗反映重大社会问题的主张，又保留了抒写个人心绪波澜的自由，而且力求个人感受与大众心志相沟通；既继承了民族诗歌（包括新诗本身）的优秀传统，又吸收了西方现代诗艺，努力尝试走新旧贯通、中西结合的道路，有所继承又有所创新"。①

在 20 世纪 40 年代的诗坛上，现实主义诗歌无疑是当时的主流。但是，由新现代体诗所代表的具有新的时代特点的现代主义诗歌仍有其不容忽视的意义和价值。这意义首先在于它的出现恢复和延续了中国新诗的现代化追求，一方面与世界诗歌的现代化潮流保持应有的联系，另一方面又以对于诗歌艺术纯粹性的坚持对新诗的健康发展起到内在的制衡作用。其次，新现代体诗所提供的一批成功的诗作体现了现实主义精神与现代主义诗歌艺术融合的范例，它们不仅代表了现代新诗在思想性和艺术性的结合上所达到的新水准，而且也为现代新诗今后的发展提供了一条可资借鉴的发展方向。一切正如谢冕所说："这一群，即闪烁在宽泛的四十年代天宇上的最后的这一群星辰，他们在那样一个风云际会的年代所呼唤的，所追求的对于单调沉滞的排拒，对于繁复和矛盾交错的统一的追求，以及对于'大和合'的欢乐的期盼应当是合理的——它符合现代艺术的趋势而与世界诗潮相应和。"② 而且，更重要的是，新现代体诗歌的出现也再一次表明，现代新诗受时代需要产生的他律性冲击和诗歌艺术自身美的规律的制约而形成的他律与自律的双重变奏，不仅成为中国现代诗歌健康发展的一个重要规律，而且留给我们丰富的启示和许多值得进一步探讨的课题。

---

① 袁可嘉：《西方现代派诗与九叶诗人》，《文艺研究》1983 年第 4 期。
② 谢冕：《新世纪的太阳》，时代文艺出版社 1993 年版，第 243 页。

抗战烽烟中的艺术之光
——林风眠与徐悲鸿在重庆的创作与交集及其影响*

周晓平**

内容提要：抗战时期，在重庆艰难的岁月里，林风眠与徐悲鸿两位艺术大师经历了抗战的洗礼。他们以民族大义为重，创作了不朽的宣传抗日救国的艺术作品。尽管两位艺术家的创作理念、创作风格不尽相同，但他们爱国抗战思想的大方向是一致的。他们的艺术之作在抗战时期的重庆同样焕发出艺术的光彩。但历史也留下了遗憾，由于各种因缘际会，林风眠与徐悲鸿终究未能走到一起，他们的交集与影响，留给了世人深深的思考。

关键词：林风眠；徐悲鸿；抗战时期；重庆；艺术创作；影响

历史是不同的，历史又有惊人的相似。生活在同一历史时代的人们既有共通之处又呈现出不同的差别。在抗战时期，国民政府迁都重庆，使这座山城顿时热闹起来，它迅速被提升为中国政治、经济和文化的中心。巴金、老舍、茅盾、梁实秋、胡风等一大批作家也纷纷投奔于此。林风眠、徐悲鸿、陈抱一、关良、吴大羽、丁衍庸等具有相当实力与影

---

* ［基金项目］2014 年广东省普通高校人文社科重点研究基地项目"民俗视野下粤闽赣客家民间文学研究：以粤东为考察重点"（14KYKT04）、2016 年广东省"十三五"规划项目"粤东客家华侨妇女生存地位的深层构成——以民俗与文学双重视野为重点研究"（GD16TW0824）。

** ［作者简介］周晓平（1968— ）男，文学博士，中国社会科学院访问学者，广东嘉应学院教授，从事现代当代文学、地域文化研究。

响的艺术家也云集重庆。这里很快成为文学与艺术的重镇,但它是文学与艺术的"异乡"。这表现在云集重庆的作家和艺术家多为外地人,他们在此仅仅是避难,并不存在认同感与归属感。相反,在当时极为艰苦的条件下,现代文学家与艺术家们在重庆经历着人生空前的磨难和考验①。他们对未来既充满着希望,却又在某种程度上存在着一定的迷茫。经历了人生的起伏与坎坷。林风眠与徐悲鸿,也在此书写了人生最为可贵而生动的一页,演绎了艺术史上一段可歌可泣的动人故事。

那么,作为中国现代两个著名的艺术家,林风眠与徐悲鸿在抗战时期的重庆经历了什么?创作情况怎样?有何交集与影响呢?

一 林风眠在重庆的岁月及其创作

1937 年,抗战爆发以后,林风眠经历了一段相当长时期的沉寂,似乎被人遗忘了,令人唏嘘不已。第二年,国立杭州艺专奉命与北平艺专合并,改称国立艺术专科学校,废校长制为委员制,林风眠从校长的位置旁落,仅担任委员。鉴于各种矛盾与内部事务的纠葛,加上学校搬迁,林风眠愤而离职。因为林风眠的学术地位与影响,他的离开,引起学生对校方的强烈不满而闹起风波。在外界的压力之下,教育部被迫请林风眠返校主持工作。但是因为校方内部的复杂人事关系与办事不力,林风眠确定已没有在学校继续工作下去的必要。时隔不久,他再次提出辞职。其实在当时掌管宣传与教育的张道藩的抽屉里已有一束状告林风眠的小报告,而张道藩与林风眠也积怨已久。张道藩认为林风眠是艺专不安定的主要因素。鉴于林风眠当时的影响,官方视其为眼中钉,肉中刺,非得除之而后快。而且在这个节骨眼上,作为林风眠伯乐的蔡元培也陷于困境,且心力交瘁,卧病在榻。其权力被剥夺而远走香港。在这种艰难的情况下,林风眠不仅在权力上遭到排挤,即使基本的生活也得不到保障。也是因为朋友的帮助,国民政府军委政治部才给了他一个设计委

---

① 参见张全之《重庆:中国现代文学的"异乡"》,《重庆师范大学学报》2012 年第 2 期。

会的闲职。林风眠似乎暂时稳定下来。即便如此,林风眠依然进行着创作,其心中民族之大义从未泯灭。画家李长白先生回忆,林风眠此时的艺术创作除画风景、静物外,还创作了大量的抗日宣传画。其实,林风眠在七七事变前就创作过一些抗日宣传画,可惜他的此类作品至今一张也未能保存下来①。身遇困厄,心力疲惫。当人生之舵被剥夺、前进的风帆被狂风暴雨打落的时候,有多少人能够经历这一番风霜之苦?有的人动摇了,有的人颓废了,有的人甚至变节当了叛徒。林风眠却没有沉沦,他很快试图调整了自己的生命路标,而利用另一种方式开启人生的航向:用自己的彩笔,描绘出人世的真相,画出人生的精彩。然而,其中点点滴滴的甘苦酸甜,只有林风眠知道。

出生于广东客家的林风眠,深受优良传统文化的影响。客家人具有家国情怀,以民族大义为重,自古以来就推崇"慎终追远"和"修身、齐家、治国、平天下"的民族精神,这也是儒家思想的体现。而儒家思想的另一种体现则表现为:"穷则独善其身,达则兼济天下。"因为理想与现实的差距,人们才有了种种的心理准备。多次努力改革之后,改造社会的艺术运动对于林风眠而言已不再是梦想了,他进取、热情的精神被平静、深沉的悲剧精神所代替。而风云变幻,严酷的战争和复杂的政治斗争现实使林风眠不得不放弃他"在中国实现以艺术为主帅的文艺复兴"的远大理想,他不想与当局者同流合污。为了保持人生的节操,林风眠选择辞职也是一种明智之举。这预示着林风眠的抉择就是:急流勇退。他暂时放弃"兼济天下"的艺术革命、艺术运动抱负,退而转向"独善其身",继续探索着自己的艺术之路。即使独辟蹊径而前途艰险,也无怨无悔。于是,林风眠冒着战火硝烟而取道河内、昆明,1939年年初到达大后方重庆。经陈布雷介绍,林风眠来到国共合作的政治部三厅做设计委员会委员工作。他回忆说:"记得只在张治中任部长时曾召集设计委员会开过一次会,参加的人很多,记得有一百多人,我每月到部会

---

① 参见郑朝《抗日战争中的林风眠》,载陈菊秋编《林风眠研究文集》(Ⅱ),阁林国际图书有限公司1989年版,第233页。

计科去领薪水。"① 当时，许多的抗日救国之士都满怀着抗战的热情，他们不约而同地来到大后方重庆，共同从事抗日宣传工作，领取一份微薄薪水。林风眠主要从事艺术的创作。他目睹国破人亡、民不聊生的惨状，经历每天面对飞机轰炸的惊险生活。敌机轰炸之处，烽烟四起，到处一片狼藉。生灵涂炭，一片哀鸿。为了鼓舞民众抗日之斗志，他积极投入抗日宣传画的写作之中去。在这段时间，林风眠以控诉日本侵略者的残暴行径为主题的抗日宣传画就有十多幅，而且其创作目的十分明确。

当然，在抗战时期的重庆，林风眠的艺术创作风格也发生了一定的变化。他以柔美的侍女、红衣飘飘的少女、芦苇中的鸬鹚、枝头的猫头鹰以及斑斓的静物等，替代了那些城市街头赤膊的愁苦农民、躺卧的被残害的人群、骨瘦如柴的少年等形象。这并不代表林风眠从此不关心现实与社会，而是他对现实与社会厌倦之后的一种更替的创作取材，一种寓情于景的创作方式。在嘉陵江畔，林风眠似乎才真切地回归到自然、回归到自己。他虽然远离了官场与艺坛高层人士，但他却重新接近下层民众，创作似乎更接近泥土气息。有一位作家曾记载了林风眠这一时期他自己的一段回忆："当时大官僚刘健群（后任立法院长）乘汽车来看我，发现我住在仓库里，不禁愣住了。他说住在这种地方，不是白痴，就是得道之人。林先生，你是得道了。"接着，他又说："在希腊，有个哲学家德摩颉尼斯，坐在木桶里，对亚历山大皇帝吐唾沫：滚开！不要挡住我的太阳！在现代中国，只有你！"林风眠则说："我不是白痴，也不是得道。我是一个人，是那间破旧陋室，那张白木旧桌子，那些厨刀、砧板、油瓶、洗衣板，叫我真正变成'人'的。在北平、杭州当了十几年校长，住洋房、私人轿车，身上一点'人气'几乎耗光了。你必须真正生活着，能体验今天中国几万万人的生活，身上方有真正的人味。首

---

① 苏天赐《黑院墙》手稿是1998年9月12日苏天赐、凌环如先生共同送给我的。（1942年，国立艺专迁址于重庆沙坪坝盘溪龙脊山麓之果家园，俗称黑院墙。）

先是'人',彻底'人'化了,作品才有真正的生命的活力。"① 这就是一个与老百姓同呼吸、共患难的真实的林风眠!

在重庆的七年中,林风眠有机会将主要精力用于独立艺术规律的探索。他的探索是对他的艺术理论和艺术信念的继续与实践。当然,即使在这种艰苦的岁月中,也不忘培养艺术新人。正如苏天赐回忆:"迷惘而徘徊中我,际遇了恩师林风眠先生。得以师从于他是我一生的大幸,他引领我去深察这个世界上那两条最伟大、最悠久的文化长流。它们同样喷涌自人类的心灵深处,却分流于东西两方。因条件不同,取道各异而冲积成不同的沃野和高峰。可是它们又太古老,资源的反复使用已缺少生气,唯有引流互补才能培育新的沃野,积聚高峰。他用简单、中肯的语言给我以鼓励:'艺术,应该引导人类的精神永远向上。''爱好自然,忠实自己。'"② 抗战时期,得到林风眠教诲与指导的艺术新人为数不少。林风眠的艺术实践更多的是借自然景物与形式抒发他对当下苦难的独特感受。嘉陵江的山水、渔民、村妇都成为他笔下最常用的题材。如吴冠中所说,"从此跌入人民大众的底层,深深感受国破家亡的苦难。生活剧变,人生剧变,艺术开始质变。林风眠不再是国立艺术专科学校的校长,作为一个孤独寂寞的贫穷画家,他挥写残山剩水、逆水行舟、人民的挣扎、永远离不开背篓的劳动妇女……"③ 林风眠把艺术当作自己的生命与人生的最大追求。从这时起,他绘画材料应用也开始更大胆尝试,他说:"我什么颜料都用,中国颜料如花青、洋红或水彩颜料都用,使用的颜色不只是紫的、绿的、别的也很多。至于所使用的纸张,全部是宣纸,都是生宣,要发散开来的,我不喜欢用熟宣,我利用宣纸的发散画画。"④ 林风眠的生活是极其艰苦的。他的学生席德进的记述说:"他常常从城里

---

① 郑朝:《抗日战争中的林风眠》,载陈菊秋编《林风眠研究文集》(Ⅱ),阁林国际图书有限公司1989年版,第242页。
② 苏天赐:《我站在画布面前》,《美术》2008年第11期。
③ 吴冠中:《尸骨以焚说宗师》,载《沧桑入画》,学林出版社1997年版,第129页。
④ 《林风眠主持开幕式,林风眠台北答客问,1989年》,载金尚义集辑《风眠全书》,半瓶斋1999年印行。

买回来的两三斤猪肉和蔬菜,往锅里一丢,加上水和作料煮熟,就可足不出户吃上好几天。吃饱了就回到桌前,展开宣纸,画他的水墨。一天画上一百张是常事。他实验着新的题材、新的创造、新的笔法,迅速地用大笔挥洒,几分钟一张,不到几个月,就堆集了一大堆习作,大部分被他一把火烧成了灰……他也画过一些抗日的宣传画,描写日本军人对中国民众的残暴行为。"①

客观地说,在重庆的七年,是林风眠浴火重生的艺术创作时期,人生角色的转换,使他重新回归民间,进一步体会到下层百姓的甘苦,而彻底地痛恨那污水浊流的官场。林风眠饱含着满腔的热情描绘出祖国美丽的大好河山、表现下层劳动人民的疾苦、为抗日救国而创造出不朽的艺术作品。

二 徐悲鸿在重庆的岁月及其创作

与林风眠一样,作为一代画坛巨匠的徐悲鸿亦接受抗战的洗礼,不辞辛劳而又被迫无奈地来到了重庆。重庆时期,徐悲鸿掀开人生历史的崭新一页,艺术创作达到一个新的高度。

为了避免敌机的狂轰滥炸,徐悲鸿在来重庆之前便将自己的全部作品存放在了广西桂林的七星岩岩洞内。这个时候他在广西工作。一方面在中学教书育人,另一方面把部分作品送去新加坡展览,来往于桂林之间。抗战以来,由于社会、家庭与个人情感的因素,徐悲鸿因为忧国忧民、心绪纷扰,而显得孤独寂寥,十分无奈。但在桂林期间,他创作出了一批极为珍贵的抒发爱国情怀的作品,如《麻雀芭蕉》《自写》《佳果》《牛浴》《蕉竹》《秋树》《无题》等,这段岁月,也是徐悲鸿的高产期②。来到重庆之后,徐悲鸿尽管个人生活遭到极大不幸,然而,他的创作热情依然旺盛。徐悲鸿运用他那支彩笔抒发他对国家命运、山河破碎的忧虑和对劳动人民的同情。在重庆,徐悲鸿发现这个美丽的山城,房

---

① 孙晓飞:《百年巨匠·林风眠》,文物出版社2017年版,第97页。
② 参见徐冀《徐悲鸿画传》,四川人民出版社2018年版,第158—159页。

屋高低不一，街道斜坡众多，且层层石梯。在他的住地，常常看见许多人用双肩挑水，爬越高高的阶梯，将一担水送上岸来。这种极为艰苦的劳动，深深触动着艺术家的同情心。徐悲鸿深入生活，深入民间，创作了一幅长二百九十五厘米、宽六十三点五厘米的国画《巴人汲水》。它深刻表现了劳动人民的艰辛。其中题写了一首诗：

忍看巴人惯担挑，
汲登百丈路迢迢。
盘中粒粒皆辛苦，
辛苦还添血汗熬。

在此期间，心情抑郁的他还创作了一幅国画《自写》，抒写了他对国难家仇的忧愤和对光明的憧憬。画面上，他站在两棵巨大的古柏下，遥望远方，脚下是乱石、流水、幽兰。在画的左上角题写了深沉的诗句：

乱石依流水，
幽兰香作威。
遥看群动息，
伫立待奔雷①。

同时，徐悲鸿还创作了《负伤之狮》《光岩》《象鼻山》《钟馗》等画作，从实际情况来看，在重庆的这段时期是徐悲鸿艺术生涯的重要时期，也是他思想日趋成熟、技艺日趋完美的过渡期②。那时中央大学迁到重庆，在中央大学担任教职的徐悲鸿，一是引导学生完成既有的日常课堂作业；二是配合当时形势的需求，教学生创作抗战宣传画，使广大学生积极投入抗日的社会潮流中去。在此期间，徐悲鸿仍然在南洋各国进

---

① 廖静文：《徐悲鸿传》，中国青年出版社2016年版，第175页。
② 参见廖静文《徐悲鸿传》，中国青年出版社2016年版，第198页。

行画展。一方面推介自己的创作理念、风格与方法，另一方面，团结广大海外华侨，向华侨宣传抗日救国的道理。徐悲鸿在海外展出的抗日宣传画，获得了积极的效果。事实上，由于家庭的原因，当时徐悲鸿神形兼疲，日子过得非常的艰辛。但是他仍旧全身心投入抗日救国的宣传中去。1942年，重庆举行全国木刻展览，徐悲鸿兴奋地看到解放区木刻家丰富多彩的作品。这些作品深刻地反映了人民的生活和斗争。其中，徐悲鸿对木刻家古元的作品，进行了热情洋溢的赞美：

> 我在中华民国三十一年十月十五日下午三时，发现中国艺术界一卓越之天才，乃中国共产党的大艺术家古元。我自认不是一个思想有了狭隘问题的国家主义者，我惟对于还没有二十年历史的新中国版画界已诞生一巨星，不禁深为庆贺。古元乃他日国际比赛中之一位选手，而他必将为中国取得光荣……①

后来，徐悲鸿又创作了一些爱国抗日之画。先后画了屈原《九歌》的插图：《国殇》《山鬼》《湘君》《湘夫人》《东皇太一》《云中君》等，且将《国殇》及《山鬼》两幅画成大幅国画②。《国殇》全诗生动地描写了战况之激烈与将士们奋勇争先的气概，对雪洗国耻寄予热望，抒发作者热爱祖国的崇高精神。《山鬼》叙述多情的山鬼在山中与心上人幽会以及再次等待心上人而心上人未来的情绪，描绘了瑰丽而又离奇的神鬼形象。两首诗中屈原怀念故国的心情激荡着徐悲鸿，挥毫作画，寄寓自己的爱国之情。也正是这种爱国之情，支持他在抗战时期重庆的这些艺术创作。

三 林风眠与徐悲鸿在抗战时期重庆的交集

林风眠与徐悲鸿人生事业的巅峰期都曾得到过蔡元培的提拔，换言

---

① 廖静文：《徐悲鸿传》，中国青年出版社2016年版，第198页。
② 参见廖静文《徐悲鸿传》，中国青年出版社2016年版，第336页。

之,林风眠与徐悲鸿在人生的事业中有一个共同的伯乐——蔡元培。但林风眠与徐悲鸿既非同学,也不是师兄弟的关系。从实际年龄来看,徐悲鸿长林风眠4岁,应该同属一个年龄段的人。他们又有一个共同的敌人——张道藩,此人原是他们的同行(他与徐悲鸿一道来到法国巴黎求学于国画艺术),后来却成为国民党达官贵人。林风眠与徐悲鸿既是同时代的画坛佼佼者,又有共同的理想——抗日救国,他们是有交集的。但是从客观事实来看,林风眠与徐悲鸿虽有交集,然而,他们的交往却并不深。为什么呢?

一是他们的艺术创作的理想与学术观点的差异;二是他们的个人际遇不同,其中还夹杂着一种传统文人相轻的因素。

事实上,林风眠与徐悲鸿出国与回国的时间,前后相差无几。

1924年年初,早在法国巴黎留学期间,林风眠与林文铮共同发起组织了"霍普斯"会(海外的艺术运动社团)。李金发、刘既漂、吴大羽、王代之等八九人为会员。可是当时在法国留学的徐悲鸿与张道藩并未参加。而一个个近乎金兰结义式的"天狗会"团体,则由外交官谢寿康、徐悲鸿、张道藩等人组成,包括其他留学生。可见,由于思想和艺术观点不同,当年留学巴黎的美术学生虽只寥寥十多人,却分成互相不来往的两个团体。"霍普斯"会成立后,在蔡元培的力促下,组织了中国第一次在欧洲举办的"中国美术展览会",蔡元培主持了开幕典礼,并发表了"美育代宗教"的思想感言。林风眠参展了《摸索》等多幅作品,获中外一致好评。也是在这次空前隆重的展览盛会上,林风眠的才能被蔡元培发现。从此奠定了两人合作推广"美育"事业的关系基础。1928年,林风眠已和蔡元培共同创办了西湖中国艺术院,并担任全国艺术教育委员会要职。林风眠提出了"艺术救国"口号,发表《致全国美术界人士书》一文。当时,徐悲鸿也回国了,并担任了南京中央大学美术系主任。当林风眠他们开展的艺术运动如火如荼之时,林风眠与徐悲鸿之间是否有互动,不得而知(未见史料记载)。其实,在此之前,徐悲鸿也曾受过蔡元培先生的赏识栽培，批准公费赴法留学，也有赖于蔡元培先生的帮助①。但对于蔡元培在法国赞赏支持"海外艺术运动社"与在国内支持林风眠和杭州艺专倡导"美育"等举措似乎并不关心。林风眠等"新派画"提倡"采西方艺术之所长，补东方艺术之所短"，融合中西艺术的兼容并蓄理论，包括学习民间艺术的主张，是符合现代艺术的发展规律的。然而，遭到国内一些画派包括徐悲鸿画派们的挞伐。徐悲鸿则主张融合中西绘画艺术，但排除了西方的近代艺术，充其量只能吸收西方的写实技法，或者自然写实的经验。可见，徐悲鸿与林风眠未能结为深交，主要是艺术观念的矛盾所致，且这种矛盾由来已久。抗日战争开始，形形色色的画派成员也各散东西。

其实，在重庆的时候，画家李可染已感觉到林风眠与徐悲鸿之间曾有的矛盾，于是苦心地愿做中间调节者。作为研究艺术的同人，林风眠与徐悲鸿又何尝不曾想去向对方多加了解呢。正如中国现代文学史上的两位叱咤风云的文学家——鲁迅与郭沫若一样，鲁迅与郭沫若有过许多的交集，但是因为历史的各种原因，他们始终没有走到一起，甚至在人生之中连一次见面的机会都没能形成，实在令人遗憾！同样，历史有着惊人的相似。在中国现代艺术史上的两位艺术大师——林风眠与徐悲鸿，他们之间有着同样的人生遭际，但历史似乎更为怜悯一点，林风眠与徐悲鸿毕竟还是见过面的。即便如此，也未能相向而行，也是令人遗憾的！

据资料记载，1943年，徐悲鸿在重庆中央图书馆举办画展（参阅蒋碧微《我与悲鸿》），这次画展办得十分隆重，轰动了重庆山城。画家吴冠中回忆：林风眠也参观了徐悲鸿的这次画展，在展厅中，发现林先生正在悄悄地观摩，而且林风眠、徐悲鸿还握了手②。又有一次，李可染把林风眠要来造访徐悲鸿之事告知徐悲鸿。徐悲鸿一听到林风眠突然造访

---

① 参见谭雪生《透过历史的风尘——徐悲鸿与林风眠交往的曲曲折折》，载何万真主编《诗坛双馨——林风眠、李金发诞辰100周年纪念文集》，花城出版社2001年版，第75页。

② 参见包立民《徐林首次会面考异》，载郑朝选编《林风眠研究文集》，中国美术学院出版社1995年版，第319页。

便"非常震惊,样子都变了"且"话未说几句,徐先生就说我三天后摆一桌子盛大宴席请林先生呢"。① 李可染先生甚至还认为,林风眠与徐悲鸿的会面"可以在艺术(史)上大书特书"。可是不知什么原因徐悲鸿与林风眠会面之事却没有如愿实现,而自抗战结束到新中国成立之后的九年间,两人也从未再有一次交往见面。难道这不是一件遗憾的事情吗?

林风眠与徐悲鸿的交集,也可以从他们与张道藩的关系上得到进一步的说明。

林风眠、徐悲鸿、张道藩本来是同时期一道去法国留学画画的有志青年。在国外学习,真正修道得成的是林风眠与徐悲鸿。而张道藩是借艺术之名走的是官场之路。张道藩利用留学的经历,苦心经营,与国民党官僚结党营私,为日后捞取政治资本,成了国民党大官要员之后,便对前任蔡元培及其同人实行竭尽夸张之能事而进行无情打压。因为林风眠是蔡元培"美育代宗教"的忠实的执行者与实践者。张道藩对林风眠采取了最为毒辣的手段,即借用政府的权势威逼林风眠、林文铮离开国立杭州艺专。他认为林风眠是杭州艺专主要的不安定因素。林风眠不得不二次辞职。即便如此,在重庆期间,张道藩仍然利用手中的权势继续对林风眠进行打压。

对于徐悲鸿而言,从某种程度上来说,张道藩是徐悲鸿家庭破坏的罪魁祸首。也许由于人生观的不同,加上性格的差异,徐悲鸿与蒋碧薇两人的关系本来就不和。抗战后,徐悲鸿随中央大学来到重庆。此时,蒋碧薇也已在重庆安顿下来,家中时常高朋满座。然而,夫妻二人争吵不断,情感的间隙亦越来越大。如果说,两人在以前的争执中,偶尔还带着关切的感情,那么,如今剩下的却只有冷漠和憎恨了。甚至有一天,徐悲鸿与蒋碧薇因对一件小事的看法大相径庭,蒋碧薇竟对徐悲鸿出言不逊,恶语相加。无法忍受的徐悲鸿,只好又一次默默地离开了家。自此,他再也没回来过。与蒋碧薇分居后,徐悲鸿住进了中央大学的单身

---

① 谭雪生:《透过历史的风尘——徐悲鸿与林风眠交往的曲曲折折》,载何万真主编《诗坛双馨——林风眠、李金发诞辰100周年纪念文集》,花城出版社2001年版,第76页。

宿舍，过起了孑然一身的生活。在忙碌的教学与创作工作中，家庭破碎的落寞感也渐渐被冲淡了些。①

事实上，蒋碧薇与时任国民党宣传部部长的张道藩一直保持着暧昧的关系，两人经常暗送秋波。其实，当初张道藩与蒋碧薇在柏林初识时，张道藩便对她垂涎三尺，久久不能忘怀。后来，因同为"天狗会"的成员，两人接触愈加频繁。张道藩时常趁徐悲鸿不在家就主动串门蒋碧薇，其目的不可告人。蒋碧薇随徐悲鸿迁居重庆后，张道藩与蒋碧薇依旧书信频繁。张道藩甚至写信给蒋碧薇，要她"拒绝一切调解，说明和他（徐悲鸿）永久断绝"，另外，蒋碧薇则信誓旦旦："忍痛重圆，此一做法，当为吾人最难堪、最惨痛之牺牲"，并希望张道藩放心。至此，徐悲鸿与蒋碧薇两人的关系亦确已决裂，破镜难圆了。②

本质上，无论于公于私，林风眠、徐悲鸿与张道藩是不共戴天之仇敌，林风眠、徐悲鸿都是抗日救国的艺术家，他们有着一种深厚的民族情结、爱国情结，这种信念深深地烙印在他们的脑海里。张道藩则是时代历史长河中一个投机分子，一个跳梁小丑而已。

然而，林风眠与徐悲鸿两位深受人们爱戴的艺术家也终未能走到一起。

四 林风眠与徐悲鸿抗争时期艺术创作的影响

林风眠早期艺术活动的重心是美术教育。从 1925 年年底由法国留学归来，到抗日战争开始后的 1938 年年初，将近 13 年中，他对中国美术的贡献，主要在美术教育方面。在 20 世纪初期中国美术教育的代表人物刘海粟、徐悲鸿、林风眠等人中，林风眠的目标是以系统的欧洲艺术教育观念，改造中国艺术院校，与其他美术教育家的着眼点有所不同③。也许

---

① 参见徐冀《徐悲鸿画传》，四川人民出版社 2018 年版，第 152 页。
② 参见徐冀《徐悲鸿画传》，四川人民出版社 2018 年版，第 152 页。。
③ 参见水天中《林风眠的历史地位》，载《林风眠与二十世纪中国美术国际学术研讨会论文集》下册，中国美术学院出版社 1999 年版，第 408—409 页。

由于处在一个战争的年代，由于各种原因与条件的限制，国人一致对外，林风眠与徐悲鸿两位艺术家在重庆的岁月勤奋耕耘，创作出了大量的抗日宣传画，从而唤起了芸芸众生的抗日意志，而在他们个人关系的问题上却没有来得及作更多的顾及与思考。

20世纪40年代，林风眠身处抗战后方的文化中心重庆。从当时的文化艺术思潮来看，经十余年的美术革命运动，中国的现代美术已有了一定基础。虽然徐悲鸿的写实派画在20世纪40年代的中国画坛占有一定的市场，但是徐悲鸿对于西方现代艺术偏执的观念，在一定程度上贻误了中国美术向现代发展的进程。以改造中国绘画为使命的徐悲鸿，身处在新旧交替的艺术变革时期，却不能洞察世界艺术发展的这一趋向，对现代艺术闭目塞听、固执己见，一意孤行地排斥否定，其严重影响可想而知[①]。然而，在当时的重庆，各种风格流派互相竞争，呈现出百家争鸣的繁荣景象却是事实。可以想象，如果林风眠不隐退，仍然像当初青年时期的林风眠一样，把自己融中贯西的艺术目标，在参与时代变革中进行积极的转化，开辟一条中国走向现代艺术的新路，那么，中国现代美术史将是另一番新的气象。令人扼腕叹息的是，林风眠放弃了早年为"实现社会艺术化"的艺术使命，退到他早年曾检讨过的光致力"个人创作的一方面"了。

---

① 参见陶咏白《回望历史——徐悲鸿与林风眠》，载郑朝选编《林风眠研究文集》，中国美术学院出版社1995年版，第308页。

布德反战小说中的"另类"日本士兵形象[*]

金安利[**]

内容提要：中国抗战文学中的日本士兵形象，其主流无疑是"日本鬼子"形象，此外也存在着一些"另类"的日本士兵形象。本文以布德的短篇小说集《第三百零三个》为例，分析归纳出四种"另类"的日本士兵形象：一是善良可怜的日本士兵；二是兽性中闪烁着人性之光的日本士兵；三是深受战争摧残的日本士兵，四是觉悟的日本反战士兵。在此基础上，运用形象学相关理论探寻布德笔下"另类"日本士兵形象产生的深层原因。

关键词：布德；"另类"；日本士兵形象；《第三百零三个》

在长达十四年的中国抗战文学中，涌现了大量针对各种日本侵略者形象的描写，包括日本军官、日本士兵、日本战俘、日本间谍，等等。为了抗战的需要，中国抗战作家对这一异国形象的集体阐释普遍持否定态度。"日本鬼子"形象无疑是中国抗战文学中日本侵略者形象的主体。它从原先残酷的人类转变成野兽和魔鬼，并最终形成了形象学中的套话"日本鬼子"。目睹了日军种种暴行的广大知识分子，成为这一时期日本

---

[*] ［基金项目］2016 年国家社科基金项目"中国抗战文学中的日本形象研究"（16BZW130）；2016 年国家社科基金重大项目"抗战大后方文学史料数据库建设研究"（16ZDA191）。

[**] ［作者简介］金安利（1978— ），女，文学博士，重庆师范大学文学院副教授，主要从事抗战文学研究。

形象的主要塑造者。受限于外在的视角，大部分作家对战场上日本侵略者的描写是表层的，不够深入的，鲜有塑造出活生生的具体形象。

当我们把目光聚焦到日本士兵形象时，发现其中的绝大多数都是"兽化"和"妖魔化"的群体形象。在战时的特殊语境下，中国抗战作家所塑造的日本士兵形象能突破"日本鬼子"类型的只有极少数，布德无疑是其中最杰出的代表。短篇小说集《第三百零三个》是布德的代表作，其中《第三百零三个》《海水的厌恶》《四层包围圈内的黑点》《母反舌鸟》《寂寞的哨兵》《手的故事》等篇目中都出现了"另类"的日本士兵形象。

本文以小说集《第三百零三个》为例，分析归纳出布德反战小说中四种"另类"的日本士兵形象：一是善良可怜的日本士兵；二是兽性中闪烁着人性之光的日本士兵；三是深受战争摧残的日本士兵；四是觉悟的日本反战士兵。这些"另类"的日本士兵形象与主流的"日本鬼子"形象迥然不同，可谓是中国抗战文学之日本人形象画廊中一朵娇艳的奇葩。本文在分析典型形象的基础上，运用形象学相关理论来探寻"另类"日本士兵形象产生的深层原因。

一 善良可怜的日本士兵形象

抗日战争时期，一些中国抗战作家笔下出现了少数善良可怜的日本士兵形象，布德小说《四层包围圈内的黑点》中的主人公川岛就是其中之一。这类异国形象与当时中国人关于日本士兵的社会集体想象物——"日本鬼子"有着巨大的反差，呈现为一种乌托邦的异国形象。

在《四层包围圈内的黑点》中，布德并没有写主人公川岛的任何"兽行"，而是开篇就指明他是一个善良而又可怜的人："我们恨日本兵是恨到骨髓里去了。无论你问三岁的孩子还是七十岁的村翁都好，你问他们要打鬼子不打！他们会爽捷的告诉你要打的。无疑地，整个中国在苦难的折磨下，知道用如何坚忍和苦难去搏斗了。而日本兵呢？有好多都是挺善良而又挺可怜的，我在这里想告诉大家的川岛正是一个。"① 川岛虽然身为日本皇军，但他并没有伤害中国的游击队员。小说通过他与失散的游击队员对话来展示日本士兵的善良和可怜。

川岛这样自述道："我曾经有过一个温暖的家的，但如今，大儿子在华北死了，第二个又死于黄河决口，征集的命令降到我第三个儿子，我最后的一个儿子。我不忍看像他这样年青青便死去，我用自己替代了他……妻和幼子也许常常盼望我回去呢，但她们那里会知道我现在是变成一个黑点，一个黑点……"② 为了让自己最小的儿子不再重蹈两个哥哥命丧沙场的覆辙，这位老父亲替儿出征，作为日本皇军的一员来到了中国战场。

川岛对战时日本皇军在中国的处境有着独特的理解。他认为日本皇军就犹如四层圆圈包围着的一个小黑点。"黑点是他们皇军，而围着的第一圈是支那游击队，第二圈是支那正规军，第三圈是全支那人民，第四圈则是国际舆论。"③ 听到川岛这样的谈话，游击队员沉默了好久，内心充满着怜悯之情。当川岛叹息着"我要什么时候才能结束这悲惨的生活"时，游击队员又沉默了好久。本来要结束川岛悲惨的生活，对于游击队员来说是最轻松的工作，只需要摸出口袋里的手枪瞄准川岛射击即可。然而，游击队员并没有枪杀川岛，而是摸出自己口袋里仅有的两张纸币送给了川岛。"一直到听到谈话落到这样一个段落时，我们躲在柴堆里的游击队员才开始放下了一直向川岛瞄准着的手枪；川岛是不会明白的，把自己作为一个黑点，他正陷在最内一圈包围线。"④

然而，这样清醒又理智的川岛、不幸成为黑点的川岛，并没有进一步追问自己为何沦落成黑点："谁驱使那群可怜的黑点呢？黑点又怎样安排自己呢？"⑤ 由此可见，作者对主人公有"怒其不争"的惋惜之情。布

---

① 布德：《四层包围圈内的黑点》，《第三百零三个》，上海杂志公司 1940 年版，第 25 页。
② 布德：《四层包围圈内的黑点》，《第三百零三个》，上海杂志公司 1940 年版，第 31 页。
③ 布德：《四层包围圈内的黑点》，《第三百零三个》，上海杂志公司 1940 年版，第 32 页。
④ 布德：《四层包围圈内的黑点》，《第三百零三个》，上海杂志公司 1940 年版，第 33 页。
⑤ 布德：《四层包围圈内的黑点》，《第三百零三个》，上海杂志公司 1940 年版，第 33 页。

德希望主人公川岛能够醒悟，意识到自身悲剧的根源在于日本军阀，进而走上反战的道路，这无疑是作者主体情感的投射。因此，当中国抗战文学中的日本士兵形象大都以野兽、魔鬼的日寇形象出现时，川岛却不是人们常见的杀人如麻的刽子手形象，而是呈现为一个善良可怜的形象。

这类善良可怜的日本士兵形象投射出了形象塑造者的思想情感，即他们对此类日本士兵的感情是怜悯而非憎恨。可以说，对普通的日本士兵表现出怜悯之情是当时中国文坛的一种普遍现象，不仅仅局限于布德一人。譬如孙钿在报告文学《污暴的行进——十二月三日在上海》中就对那些被驱赶到战场上的日本士兵表达了怜悯之情："一辆装满了日本兵的卡车掠过了我们的眼睛，接着，马蹄声近了，那些短身子的兵士也出现了，吹着啼啼达达的行军号，每个兵士都一点也没有精神，他们完全像拙劣的工人手中制造出来的木偶，我望着他们每一张罩满着忧愁与苦痛的脸孔，我心里不禁为他们而难过极了。我似乎瞧见了他们底哭红了眼珠急坏了心脏的母亲，妻女……我似乎瞧见了他们的伙伴在觉悟地喊着：'我们错死在战线上了'而悲痛地死去的情况……我的血在奔流，我的血在狂沸，我欲痛哭了，我欲为这些不幸的生命而痛哭了！"[①]

当然，中国抗战作家的这种怜悯心有明确的指向，仅仅表现在他们对待普通的日本士兵之时，那些可恶的日本军官则不在他们的同情之列。"那些坐在漂亮的汽车里的士官们，挠起了那短短的一撮胡髭，在狞笑着，他们一方面在向我们狞笑；一方面也在向那些走酸了腿的可怜的日本兵士们狞笑；我知道这狞笑是用了多少生命多少血肉多少眼泪去暂时换来的。然而，在这种混蛋面前，同情和我们分离了。"[②]

所以，当中国抗战文学中的日本士兵形象大都以野兽、魔鬼的形象出现时，布德反战小说中善良可怜的日本士兵形象让我们看到了群体中

[①] 孙钿：《污暴的行进——十二月三日在上海》，《中国抗日战争时期大后方文学书系·第四编 报告文学》，重庆出版社1989年版，第636页。

[②] 孙钿：《污暴的行进——十二月三日在上海》，《中国抗日战争时期大后方文学书系·第四编 报告文学》，重庆出版社1989年版，第636—637页。

二 兽性中闪烁着人性之光的日本士兵形象

中国抗日文坛看待日本军人的基本思路是用阶级分析的方法机械地划分日本军阀和日本士兵,从而使得抗战开始后的一段时期内描写日本士兵身上人性和兽性矛盾冲突的作品频频出现。这些兽性中闪烁着人性之光的日本士兵形象特别值得我们关注,布德的短篇小说《第三百零三个》是此类题材的代表。小说于 1938 年 8 月 23—24 日在汉口的《大公报》连载发表后,引起了极大的社会反响。

《第三百零三个》源于一个真实的事件:有一个日本士兵在扬州妇女慰劳所里偶遇了自己的妻子,两人在悲愤之中双双自杀。小说的主人公吉田三太郎是一个残暴又野蛮的日本士兵。他常常在战场上肆意糟蹋和残害中国妇女,遭到他屠杀的人竟有 302 个之多。但是他还为自己屠杀的人数不如身边战友而自惭形秽。有一次,有个中国女人反抗之中杀死了吉田的七个同伴。唯独幸存下来的吉田满怀着强烈的"复仇"心,这使他觉得自己的一切兽性行为都是无可指责的:"到支那虽然仅仅两三月的时间,却不知有多少门多少女人坏在吉田手里,他的眼睛比警犬的眼睛还要敏捷,只那么滴溜溜一转,马上便在一架木厨下发现那个刚在街上跑过而看起来年纪还不满二十的'花姑娘'了,如同抓一只鸡那么容易,吉田抓住她。……一切日本皇军是不会知道人道正义是什么的。"①

莫非吉田与生俱来就是个杀人不眨眼的恶魔吗?不是的,参战之前的吉田是一个仁慈的人,可是战争改变了这一切。小说这样描述道:

> 吉田曾经是一个仁慈的人,可是战争使他离开了妻子,离开了祖国,他看见多少伙伴死在血泊里,生命真是一根鹅毛。血又有什么可怕呢?如今吉田是在血海里经过长距离游泳过来的人了。战争

---

① 布德:《第三百零三个》,《第三百零三个》,上海杂志公司 1940 年版,第 3 页。

使吉田变成了残酷。可是，即使是一个最残酷的人也不会完全被抹煞天性的。吉田。他怀念他的妻子慧子，怀念"浅草观音堂"红色的帐篷，蓝色的帐篷，紫色的帐篷，怀念小小的樱花的梦。①

吉田因为这种怀念感到寂寞而忧郁，可见他内心深处还尚存着人性的温情。于是，他在同伴的提议下来到绿杨旅馆——日本妇女劳军慰问队去寻求解脱。然而在这里，吉田遭到了一个沉重的打击，直接导致他用自杀来获取终极的解脱。

当吉田怀念着那上野的樱花，和那和樱花一样鲜艳的慧子时，慧子却已沦为了日军的慰安妇。"吉田想不到在支那曾经奸淫了三百以上的女性，这回竟几乎奸淫到自己的妻子，有什么话说？自己在支那过的是魔鬼的生活，而军部是这样无人道的处置出征将士的家族。在人道正义下他完全省悟过来了，开始忏悔用刺刀戳死被自己强奸过的支那妇人的不该；做个虔诚的佛教徒啊，来赎取自己如山的罪恶吧！"② 吉田无法接受这可怕的事实，也不知生活该如何继续，唯有与妻子一起自杀。于是，布德不禁在题记中这样呼吁道："能够勇敢地死，也许便是日本的武士道精神。可是，死，并不能阻止日本军阀的狂暴。无数的吉田呵，无数的慧子呵，起来！举起你们自己的臂膀，把日本军阀打倒吧！"③ 作者"哀其不幸，怒其不争"之衷情溢于言表。

值得关注的一个有趣现象，那就是鲍雨的报告文学《扬州的日兵在自杀》也是对同一事件的叙述，但是两人塑造的日本士兵形象存在着一定的差异。该文中自杀的日本士兵叫宫毅一郎，年仅 26 岁的他近来很忧郁，因为多时没有妻子的来信。宫毅以前时常跑到大陆慰安所，与一名叫芳子的日妓打得火热，后来又突然不去了。自杀前的那晚，宫毅在大陆慰安所里与新来不久的日妓秋子聊天，而后在一家小旅馆里自杀了。

---

① 布德：《第三百零三个》，《第三百零三个》，上海杂志公司 1940 年版，第 4 页。
② 布德：《第三百零三个》，《第三百零三个》，上海杂志公司 1940 年版，第 9 页。
③ 布德：《第三百零三个》，《第三百零三个》，上海杂志公司 1940 年版，第 1 页。

同天晚上，日妓秋子也自杀了。

　　宫毅一郎是日本长崎人，已经是第 7 次被征出来了。他来到中国差不多已经有 5 个月了。家中还有老母和一个妹妹。自从来到这广大的中国后，他每日都在思念着自己的亲人。前三个月他接到了妻子的三封来信，但是每封来信都增加他的一份烦恼。近两个月他不见妻子来信，于是便开始怀疑妻子，他消极地想自杀。谁知他的妻子是被应征来慰劳皇军了，就在大陆的慰安所里。他的妹妹因反对出征被关在牢里，母亲已急死。宫毅陷入深深的愤恨和羞愧之中，他觉得自己已经无路可走，只得自杀。检查死者宫毅的衣袋，除了一般遗物，里面出现的几条日语标语值得关注："你们想想，侵略中国有何利益？""日本军阀牺牲你们的生命，换取他们的权位，你们的敌人是日本军阀不是中国！"① 在册子的最后一页写着几个日文大字："支那人民应该和日本人民联合起来打倒日本军阀！"②

　　同一扬州日兵自杀事件，两位不同的中国作家所塑造的人物形象是不一样的。两者最大的差异在于作品主人公反战意识的不同，布德塑造的吉田三太郎能够勇敢地选择死亡，但没有勇敢地举起反抗日本军阀的旗帜，有的只是作者在题记中的呐喊和怒其不争。这面反战的旗帜由鲍雨塑造的宫毅一郎举起，在他的遗物里出现了反战的标语和两国人民联合打倒日本军阀的口号。在这里，我们不去追究那位在扬州自杀的日本士兵原型是否真的有反战意识，而是关注这一差异现象的缘由。都说异国形象是形塑者主观情感的投射，可以说两位形塑者都具有反战的主观意识，只是在艺术处理方式上存在着不同，从而导致同一异国人物原型所表现出来的日本士兵形象存在着明显的差异。

---

　　① 鲍雨：《扬州的日兵在自杀》，《中国抗日战争时期大后方文学书系·第四编　报告文学》，重庆出版社 1989 年版，第 1909 页。
　　② 鲍雨：《扬州的日兵在自杀》，《中国抗日战争时期大后方文学书系·第四编　报告文学》，重庆出版社 1989 年版，第 1910 页。

三 深受战争摧残的日本士兵形象

战争对于人性的摧残,不仅作用于战争的受害者,同时也作用于战争的发动者,布德的《寂寞的哨兵》就关注了这个问题。小说中的主人公哨兵佐藤野夫,在冰凉的雨水中做着一个远征人轻柔的怀乡梦。他承受着生理饥饿和心灵寂寞的双重煎熬,最后在"迫害狂"的幻觉中恐惧地死去。

小说开篇这样写道:"有一个人说永远也忘不了他女人的面貌,有一个人跳海自杀了!在苦念着飞鸟山呢,樱花红到昨夜的梦里来了;敏子!我不能再见你吗?战争是什么呢?在这儿,我们成为杀戮者了,……"① 饥饿而寂寞的佐藤野夫,反复地背诵着阵亡士兵山崎的这段日记,寂寞的感觉似乎更加浓重了。他对自己诉说着:"欲又是樱花要红到梦里来的季节呢!"②

在巡逻的哨兵佐藤野夫,亲眼看到林间有人影闪烁。"他仿佛觉得来者是一个支那'花姑娘',长裙子正轻轻飘过芦苇,他大步的走上前去。佐藤野夫和他的伙伴们一样,迎接'花姑娘'他有出奇的勇敢。"③ 他竟然梦幻般地觉得来的"花姑娘"正是自己出征半年以来夜夜怀念的芳子。然而,梦幻中的芳子消失了,佐藤疲倦的眼睛正好搜索到一个陌生的来人,他认定那无疑是支那便衣队。

> 他想举起枪来射击,可是,手那么软,想声张,林子是一个寂静透顶的林子。想跑,但是没有劲挪动腿子。数万道金针刺着他底眼,……支那便衣队似乎更近一些了,雪亮的钢刀闪着雪亮的光。
>
> 不知是一种什么东西压上他胸膛,佐藤野夫觉着支那便衣队的钢刀,深深戳进去了!再没有动弹,没有挣扎。但在佐藤野夫正要

---

① 布德:《寂寞的哨兵》,《第三百零三个》,上海杂志公司1940年版,第43页。
② 布德:《寂寞的哨兵》,《第三百零三个》,上海杂志公司1940年版,第43页。
③ 布德:《寂寞的哨兵》,《第三百零三个》,上海杂志公司1940年版,第45—46页。

静静地闭上的眼睛前,他又看见了山崎。

山崎的样子是那样可怕,血挂在脸上,身上,还掉了一只胳膊,……现在所有的恐怖都飞散了,佐藤野夫安静的想着:"无疑的,一定山崎来迎接我了。"他轻轻地叹了最后一口气:"芳子!难道我不能再见你吗?"于是,和平地闭上了他的眼睛。①

第二天,另外一个巡逻的日本哨兵在林间发现了佐藤野夫的尸体。他俯身下去查看佐藤的心口,抬头时恰好又看见了林间闪烁的人影。这位哨兵赶紧向那闪烁的人影连开数枪,虽然子弹准确地打中了人影的胸膛,可人影始终没有倒下。

这始终站着的人影,到底是怎样的妖魔呢?这位胆大的哨兵鼓足勇气上前查看,发现那原来是一张被虐死的中国人的人皮,手和足都被死死地钉在树干上,身上是密集的弹孔。"一两支白色的芦花摇曳在这张人皮左右,没有想到在佐藤野夫眼里那会是刀光闪亮……"② 由此可见,寂寞的哨兵佐藤野夫,不是死于便衣队之手,而是在这张人皮所产生的幻象中活活被精神虐杀致死。佐藤野夫最终并没有觉悟,没有认识到导致自己悲剧的根源。

《寂寞的哨兵》侧重表现了生命竟然可以被战争摧残得如此彻底和无声,揭示了普通日本士兵的爱情、亲情和友情被战争无情地摧残和扼杀,以及因为兽性对人性的亵渎而导致的不可避免的悲剧命运。

四 觉悟的日本反战士兵形象

中国作家对日本士兵形象的塑造,并非都是一味地揭示日兵的惨无人道。极少数日本士兵在经历了艰难的觉悟历程之后,最终都踏上了反战的征程。这类觉悟的日本反战士兵形象,在布德反战小说中有《母反舌鸟》的鹰林、《海水的厌恶》的田武和《手的故事》的铃木。

---

① 布德:《寂寞的哨兵》,《第三百零三个》,上海杂志公司1940年版,第48页。
② 布德:《寂寞的哨兵》,《第三百零三个》,上海杂志公司1940年版,第49页。

《母反舌鸟》的主人公鹰林，妻子静子已去世，留下的两个孩子需要他来照顾。但是，他却被日本军部强行征调入伍。临行前为解除后顾之忧，鹰林经历了艰难的抉择之后竟然亲手用刀砍死了自己的两个孩子。这段惨痛的记忆一次次在鹰林的脑海中回放，令他的心灵备受煎熬。最终这位日本士兵回归了自我，他十分懊悔自己只知道用刀残杀自己的孩子。主人公最后彻底地觉悟了，发出了"打倒军阀"的号召："自然那两个孩子的心也仍然在我耳边跳着，响着；但是你们替我想想，我怎么选择我的决定呢：杀死孩子？或者让孩子领受无人照料的苦楚，长大了作为'国家的身体'而腐烂在桥下？……嗨！这样惨痛的事情，在我们今日的国内，听说是不在少数的。可是，为什么我们之间，只知道用刀残杀自己的亲属，而不知如何去结合集体，使无数把刀集中一个方向：'来！兄弟们，我说为什么不打倒我们共同的仇人——军阀?!'"①

在《海水的厌恶》中，田武等十五个日本士兵开始对战争以及自我生命的价值和意义进行灵魂拷问。小说以虚拟田武和大海之间的对话来展开，昔日伙伴的战死和凄凉的祭礼使得田武和他的十四个伙伴对这场战争的意义发生了质疑。他们开始意识到自己的爱情、亲情和友情被无情地扼杀了。既然死亡必将来临，那么究竟选择何种方式离开这世界？一番论争之后，他们相约一起投身大海，用"尸谏"的方式来表达他们对战争的反对和抗议。十四个伙伴已经投海自尽，但田武好像听到了海的灵魂与自己的对话：

> 轻轻的一个声音又从海上浮起来了，说话的依然是海的灵魂。
> "你们不要来吧，伟大的任务是多种的，去告诉和你一样不幸的人们，叫他们怎么用自己的力量来打倒给他们制造不幸的军阀。"
> 我犹豫了。这些话说得那样清楚，那样准确。我紧担负更伟大的任务，我要活下去，活下去，而且，我还年青……②

---

① 布德：《母反舌鸟》，《第三百零三个》，上海杂志公司1940年版，第42页。
② 布德：《海水的厌恶》，《第三百零三个》，上海杂志公司1940年版，第17—18页。

田武深深地留恋着自己的爱人芳子和老母亲，也眷恋着自己年轻的生命，因此他迟迟未能鼓足行动的勇气去追随自己的同伴。主人公的内心是何等的纠结，他又想起了同伴川岛的一句话："不要把生命看得比自由还重，有好些事情只有我们死了才能自由谈论。"① 他看着"尸谏"的纸条，想着那些闪亮的利器。他要怎样去履行比"尸谏"更伟大的任务呢？最后当他终于抛开这一切，投身到海底去追寻自己的伙伴们时，却又听到了一千个中国工人的冤魂在海底愤怒的控诉。田武并没有就这样的死去，他和两个伙伴被海军陆战队的同伴搭救了起来。经历了生死考验的田武真正觉醒了，认识到造成他们苦难的源头是日本军阀：

> 海正在怒吼着。是一千个冤魂在海中敲击他们的铁链吗？还是海在替一千个冤魂诉说不幸？那一千个冤魂才真是不幸的，但为什么海却宽大的收容了他们？
>
> 可是，后来我明白了，海所真真厌恶的还是懦弱的人。
>
> 我记起了海赋给我的任务：我要告诉和我一样不幸的人怎样用自己的力量来打倒给我们制造不幸的军阀。于是，在联队长问到我为什么要寻消极的短见时，我的勇敢的供状是："强服兵役，不愿战死。"②

布德在小说的后记中这样写道："最近在同一张报纸的两面，我发现了两个悲惨的事实，一千个中国工人被日人毒害抛在江底，而另一面，十五个日本海军陆战队士兵投江自杀，为什么非惨苦到这样不可？谁制造这惨苦的根源？无数的田武呵，我希望我们对准军阀，一齐挥动拳头。"③

《手的故事》中铁匠出身的日本士兵铃木，在经历了朴素而艰难的觉

---

① 布德：《海水的厌恶》，《第三百零三个》，上海杂志公司 1940 年版，第 18 页。
② 布德：《海水的厌恶》，《第三百零三个》，上海杂志公司 1940 年版，第 22—23 页。
③ 布德：《海水的厌恶》，《第三百零三个》，上海杂志公司 1940 年版，第 23 页。

悟历程后,最终用自己的实际行动反战了。刚刚被征调到中国时,铃木在离开横滨的船上第一个举手高呼着"天皇万岁"的口号。当他抵达上海后踏上前往战场的征途时,他也第一个高呼着"天皇万岁"。铃木的好友小田惨死在中国游击队破坏铁轨导致的火车事故中,铃木粗糙而圣洁的手第一次染上了血。铃木花了好大努力才使自己接受了小田惨死的事实。铃木还被联队长剥夺了向国内亲人透露实情、寻求抚慰的权利。

对于在中国的日本士兵来说,与国内亲人之间的书信往来是他们唯一的精神慰藉,正如以群在《听日本人自己的告白》中所言:"在中国底土地上的日本士兵,经常置身于现实底悲惨的绝境中。当做唯一的精神底慰藉和幸福底源泉的,是国内亲人底来信。他们渴望着爱妻底声援以激发自己底疲颓的勇气;盼待亲人底鼓励以刺激自己底沮丧的精神;祈求国内底可喜的消息以抚慰眼前底绝望的苦恼。"① 然而,日本士兵的亲人来信,不是千篇一律的骗人的"平安"两字,就是涂满悲哀与痛苦的血泪的篇章。这样的信件,对于日本士兵来说无疑是雪上加霜。它们没有给"出征"的日本士兵带来愉快,而是更深的烦恼。"喘息在这精神的和物质的双重压迫之下的日本士兵们,要叫他们'奋发','勇敢','严守军纪','不自暴自弃','不发生反战厌战的情绪',那怎么可能呢!他们时时都在嗟叹着:'今后生命不知将如何结局,死于何方!'"② 于是,日本士兵们的出路除了急性或慢性的自杀,就只有彻底地反抗了。

主人公铃木就是这样慢慢觉悟成长的:"谁使这许多人流血?为什么这许多人非流血不可?"③ "夜接替着白日,人性接替着兽性。白日铃木用那双手杀戮,掳掠,征发。黄昏,铃木想到今番手上再没有昔日沉重的铁链,再没有红红的炉火,再没有温暖的家庭时,他的忧伤和暮霭一样

---

① 以群:《听日本人自己的告白》,《中国抗日战争时期大后方文学书系·第四编 报告文学》,重庆出版社1989年版,第299页。
② 以群:《听日本人自己的告白》,《中国抗日战争时期大后方文学书系·第四编 报告文学》,重庆出版社1989年版,第298页。
③ 布德:《手的故事》,《第三百零三个》,上海杂志公司1940年版,第67页。

沉重。这种忧伤不是他一个人的，无数伙伴都分担这一份沉重的忧伤。"①
在人性与兽性的不断循环之中，铃木慢慢地对战争的实质有了自己的理解："战争是一个铁锤啊！过去无数伙伴，无数伙伴美好的家庭，在这巨大的铁锤下粉碎了，……谁挥动这铁锤？为什么挥动这铁锤呢？铃木想澈底的知道这些，却永远不能澈底知道这些的。"②

苦闷而彷徨中的铃木只能一次次到"皇军慰安所"寻求寄托。一次偶然的机会，他幸会了"四十七"号慰安妇，事后才得知这妇人竟然是自己好友小田的妻子："如同一种触电一样的麻木，铃木忽然省悟了慰安所里'四十七'号女人，原来就是这照片上的女人。"③ 这使得他陷入了忏悔的深渊："苦恼，悔恨，……好多夜铃木不能闭起眼睛瞌睡，有一夜好容易能闭起眼睛瞌睡时，却又梦到无数双陌生的手正旅行在菁子的身上。"④ 这无尽的忏悔最终促成了铃木的觉醒。一年后的春天，他参加日本士兵的反战哗变，喊出了"打倒军阀"的口号。

这样的异国形象值得我们关注，铃木的成长及其最后喊出"打倒军阀"的口号，无疑投射了作者布德复杂的主观情感。可以说，这种主动参加哗变的日本士兵形象尚不多见。在抗战文学中有不少描写日本士兵蜕变的作品，基本上都是从他们成为中国军队的俘虏之后开始的。他们在中国共产党的宣传和感化之下，喊出了打倒"日本军阀"的口号，积极投身于反战事业。

五 "另类"日本士兵形象背后的作家观照

综上所述，布德在短篇小说集《第三百零三个》中生动地刻画了人物形象的心理活动，塑造了一批"另类"的日本士兵形象：既有善良可怜的日本士兵形象；又有兽性中闪烁着人性之光的日本士兵形象；也有

---

① 布德：《手的故事》，《第三百零三个》，上海杂志公司1940年版，第68页。
② 布德：《手的故事》，《第三百零三个》，上海杂志公司1940年版，第68页。
③ 布德：《手的故事》，《第三百零三个》，上海杂志公司1940年版，第73页。
④ 布德：《手的故事》，《第三百零三个》，上海杂志公司1940年版，第74页。

深受战争摧残的日本士兵形象；更有觉悟的日本反战士兵形象。"在两国交战的状态下，中日作家从什么角度，站在什么立场上表现战争，如何表现日兵士兵的形象，不仅仅是作家的文学观问题，更是一个民族问题、政治问题。"① 因此，"另类"日本士兵形象的背后，不仅反映了布德的个人情感因素，也隐含着他的民族立场与价值取向。

布德笔下之所以会出现这些有悖于社会集体想象物"日本鬼子"的"另类"日本士兵形象，笔者认为可从创作动机和创作背景两个方面来探讨。

其一，可从作者的创作动机来考察。布德是在抗战烽火之中真正地走上文坛，他的作品是从烽火中锻炼出来的。抗战爆发后，布德自杭州流亡到重庆，在重庆北碚四川国立中学师范部继续读书。在象牙塔之外，他饱受了战争之苦，颠沛流离的流亡生涯让他走近了人民，扩大了情感范围和感受空间，这极大地拓宽了他小说创作的题材领域，也深化了其思想追求。

陈纪滢在《第三百零三个·序》中这样介绍道："这本集子中的《第三百零三个》一直到《政训员》，空间包括了前方后方，时间包括了两年。从敌人到自己，从光明面到黑暗面，都有所摄取，而他用一致的手法，篇篇都能描写入微，大概每个读过他的文章的人都有此感觉；尤其是他那股绵绵的情感，常常在每篇文章上显露着。"② 可见，布德在技法上擅长人物心理的刻画，特别是他用第一人称的身份来刻画日本士兵内心的种种惨痛。这使得布德的反战小说在抗战文坛中独树一帜。

其二，可以从布德反战小说的创作背景来考察。在战时的特殊语境下，日本士兵形象是以"日本鬼子"群像为主流的。然而，这种外在视角的描写使得日军形象限于一般化、模式化的泥淖。为了改变对日军一

---

① 王向远：《日本的侵华文学与中国的抗日文学——以日本士兵形象为中心》，《北京社会科学》1997年第3期，第40页。
② 陈纪滢：《第三百零三个·序》，布德《第三百零三个》，上海杂志公司1940年版，第2—3页。

般化描写的弊病，不少作家开始尝试着对侵华日军作具体个别的深入描写，试图发掘侵华日军别样的内心世界，否定并反对日本的这场侵华战争。布德的反战小说无疑是其中比较成功的范例。

抗日战争时期的日本士兵确实没有多少人性可言，以致"日本鬼子"形象在抗战文学中比比皆是，成为当时中国人关于日本士兵的社会集体想象物。但是，如果只看到兽性而忽略人性，势必会带来艺术上的失真。正如郁达夫在《从兽性中发掘人性》所言："人性里带有兽性，同兽性里带有人性一样。敌人的残暴恶毒，虽是一般的现象，但兽尚且有时会表露人性，人终也有时会表现本性的无疑……这种兽性里的人性，在我们当前的敌人中间，也不能说是完全没有。……敌人中间，也有的是被迫而来，不失本性的人，我们但从各俘虏的忏悔，及各战地敌尸身上搜出来的日记，通信等文件里一看就可以明白。"[①]

布德用他那支满溢民族情感的笔，深入挖掘了"兽性"日本士兵身上的人性，为世人展示了日本士兵的另一面。他让读者看到了日兵兽性中的一点人性，看到了悲惨大地上的那一丝盎然春意。真正的反战意识是以人性的觉醒为基础的。直面战争的日本士兵，其人性的觉醒与反战意识的生成绝不是朝夕之间的事情，而是一个复杂而曲折的过程。布德通过一系列的短篇小说呈现了这种转变的艰难性。他深入战争受害者的灵魂来表达对战争的厌恶和对日本军国主义穷兵黩武的抗议。所以，有论者认为："这本集子特别应该送给日本善良的大众去看，因为，在他们的军阀疯狂地进行侵略战争的过程中，他们很少看见另一方面的文章，特别是站在自己方面写的作品。布德在这里有几篇文章，完全是用第一身写法，刻画出种种惨痛的形态，恰是为他们自己的写照。"[②]

布德用感人的笔触写了日本士兵的思乡和忧郁，使得到中国来烧杀

---

① 郁达夫：《从兽性中发掘人性》，《郁达夫全集》（第11卷），浙江大学出版社2007年版，第374页。
② 陈纪滢：《第三百零三个·序》，布德《第三百零三个》，上海杂志公司1940年版，第3页。

抢掠的日本士兵反而成了被侵略的中国人同情的对象！这样的描写一方面说明中国作家对日本极端民族主义的侵略本质认识不够；另一方面，也是更主要的方面，它表明了中国作家对日本士兵的基于阶级分析的人道主义的同情，表明了善良的中国作家试图将日本士兵"人化"所付出的努力。"这种情形和日本侵华文学对中国人'充满憎恶和愤恨'的法西斯主义的描写，形成了一个巨大的反差。中国的抗日文学所表现出来的中国人民伟大的人性、美好善良的心灵、博大的同情，与日本侵华文学所表现出来的日本军人令人发指的兽性、狭隘的民族主义和军国主义狂热，业已永远书写在了各自的文学史上，两者的对照也将永远发人深省。"[①]

作为中国抗战文学中日本士兵形象的主流，"日本鬼子"形象在很长的历史时期内以压倒性的优势遮蔽了其他类型的日本士兵形象。时至今日，在抗战文学主流的"日本鬼子"形象之外，挖掘布德反战小说中的"另类"日本士兵形象，有助于丰富中国抗战文学中日本人形象的画廊，使其呈现出一种多元的色彩。

[①] 王向远：《日本的侵华文学与中国的抗日文学——以日本士兵形象为中心》，《北京社会科学》1997年第3期，第45页。

区域文化与外国文学研究

主持人：伏飞雄

主持人语：

严肃学术始终在为探求事实、真知或智识做不同视域、不同意义、不同程度的去蔽或还原工作。其去蔽或还原，总是基于对本真人性的追求或期待。

本栏目所收三篇论文，或是对作家创作文学作品时的"初心"或"人格"的还原，对基于这种"初心"创作的作品所呈现的某些艺术品质的还原；或是对文学作品喻指的某国某历史时期社会伦理实践面相的还原；或是对外国作家作品在我国某历史时期的"译介"的还原；或是对某部文化著作写作动因、特定国家之历史接受的还原。无论哪一种还原，总会体现特定文化区域在特定历史时期的精神气质与文化风貌。

某国作家作品被他国大众、学界误读，是文化交流常态，但"常态"（状态描述）并不意味着"正常"（价值判断）。契诃夫出身并非俄国贵族，更非大贵族，然观其一生日常，可明见其"文化贵族"的基本气质。其单纯、质朴、真实的人格结构，平静、平淡中自有一种闲适与诗意的生活方式，自然塑造了他的某些喜剧智慧，即《樱桃园》所体现的喜剧艺术：平淡、不无诗意地呈现新旧转型时期的人事沉浮与命运波折，哀而不伤，清新超脱。《〈樱桃园〉"心象"与中国"本土化"误读》一文还原了这种喜剧艺术，由此展开的对中国本土化误读的梳理，既镜显了我国某些文艺观念的浅陋，也反观出我们过于在时代社会等"形下"需求中接受他国文艺的鄙俗。

与传统社会历史批评的笼统性相比，文学伦理学批评具有更为明确的问题指向，它已成为我国近年来较为热门的文学批评模式之一。《善亦有道：易卜生戏剧中的伦理观照及其转向》一文，在联系19世纪挪威社会伦理状况的基础上，具体、深化地释读了易卜生戏剧中的不同伦理问题侧面。作为一种文学解释框架，文学伦理学在核心思想、基本概念框架与批评方法等层面（实证性地联系文学文本喻指的社会各阶层的伦理实践状况），还走在细化、深化的路上。

从读者接受的角度来说，不少作家的命运，像历史长河中的漂流瓶。在美国与我国文艺界，萨洛扬（William Saroyan）都遭遇了几起几落。然则，他是一个具有鲜明创作风格的多产作家。他随性写作，以平视的眼光看待、书写日常生活与人性，不受他人创作模式、时代文艺思潮冷热的影响，拒绝商业评判文学，凡此种种，值得学界与大众关注。《民国时期对威廉·萨洛扬的译介》一文，全面梳理了萨洛扬在民国时期的译介，既纠偏了相关研究，也为我们反观民国时期外国文学接受的社会生态、文学观念及其历史局限，奠定了坚实的文献基础。

《樱桃园》"心象"与中国"本土化"误读*

陈传芝**

内容提要：《樱桃园》"心象"，是契剧人物内在情绪的抒情性再现。契诃夫反讽的叙事技巧，理性地淡化了历史转型、人生转变中的哀戚与冲突。其中的理想憧憬与历史怅惘，处于现实的协调平衡之中。中国主体接受，在特定的历史背景下择取理想，批判现实的"本土化"阐释，是对契诃夫现实主义抒情风格的误读。

关键词：契诃夫；《樱桃园》；"心象"；抒情风格；误读

契诃夫将俄国世纪之交的历史运动"严格而精确地记录，虽然有时甚至乍一看来，这种运动并不直接反映在作品人物的遭遇上"[①]。《樱桃园》新旧更替的历史情境，作为"严肃而精确地记录"，无关乎社会批判的价值取向，坍塌的心墙与未来憧憬皆化作轻松喜剧的抒情。巴黎远景衬托的"樱桃园"之恋，台球戏语中的别离之苦，致使"家园沦落"的忧伤，好似风中淡淡的气味，只有执意捕捉，才会辛酸不已。

丹钦柯认为，这是再现《樱桃园》"心象"的现实主义抒情风格。他

---

* ［基金项目］2016 年国家社科基金重大项目"抗战大后方文学史料数据库建设研究"（16ZDA191）。

** ［作者简介］陈传芝（1967— ），女，比较文学与世界文学博士，宜宾学院文学与音乐艺术学部教授，主要从事欧美文学、文化与中外文学关系研究。

① ［英］J. L. 斯泰恩：《现代戏剧的理论与实践》，周诚译，中国戏剧出版社 1986 年版，第 457 页。

说:"《樱桃园》的心象是现实的,简单的,明朗的,同时又熔铸成为十分深刻结晶的菁髓,所以,这些心象,结果都象是象征一样了。整篇戏都是这样简单,这样通体真实,这样纯净而不肤浅,抒情的本质,发展得使我认为那简直是一首象征诗了。"①

在柳鲍芙焦躁不安地等待拍卖结果时,犹太人乐队偏巧赶上这个时候,舞会正好选在这么个日子。在场的每个人,谁也不在意安德烈耶夫娜的焦灼不安,忘乎所以地跳着舞,打着扑克,变着戏法,各自醉心于各自的快乐。这让她的苦恼只能独自无声飘荡。樱桃园告别,不见苦楚与哀怨,各得其所的归属,让留恋过往的哀愁自然得如同花开花落。

这互不交集的各行其是,并不意味着混乱不清,模糊一片。整部剧作传递给受众的"心象"是:每个人物都以自己特有的抒情方式,真切地展示完整的情感世界。他们是统一于整个基调的"交响乐"中的单一乐曲,融合与分开都一样完整、明确。《樱桃园》"心象"的诗意呈现,是众位表演者分立而又完整、冲突而又调和、颠倒而又回归的抒情性再现。

一 《樱桃园》"心象"的诗意呈现

《樱桃园》"心象"的舞台艺术再现,会使观众"觉得在剧本的平淡情节中有着人类对幸福的永恒憧憬、人类的努力和俄国诗的真正芬芳"。② 这诗意的芬芳,是契诃夫的创作驱动力。斯坦尼在《我的艺术生活》中回忆说:

> 他(契诃夫)用各种不同方法、各种不同语调与音色重复念着,向我表明樱桃园这名字的美:"樱桃园,听着,这是一个极好的名

---

① [俄] N. 丹钦柯:《文艺·戏剧·生活》,焦菊隐译,文化生活出版社1946年版,第276页。
② [俄] 斯坦尼斯拉夫斯基:《我的艺术生活》,瞿白音译,上海译文出版社2005年版,第266页。

字，樱桃园。"他的声调使我体会到他正在谈到一种美丽的、热爱的东西。"听着，不是 Вишневый сад，而是 Вишнёвый сад"，他得意地说，发出了一阵笑声。起初，我甚至不了解他在说什么，但契诃夫喜爱地重复着这个剧名，加重 ё 这个字母的温柔的声音，仿佛他正想借助于这个字母的柔声来抚慰那种旧时的美丽生活……Вишнёвый сад 是无利可图的，果园意义就是它本身，在它正开花时的一片白色中，隐藏着贵族没落生活的伟大诗意。Вишнёвый сад 是为了美而栽种的，为了满足那些娇生惯养的审美家的眼福而栽种的。[1]

柳鲍芙·安德烈耶夫娜是 Вишнёвый сад 的最后主人，作者对这位夫人致以温柔的敬意，一直称她为"柳鲍芙·安德烈耶夫娜"，其他人物则都是简称。她不把钱当回事，却为金钱所负累，难以固守家园，是不合时宜的喜剧人物。当钱袋不再有钱时，她只能苍凉地挥别"樱桃园"。"樱桃园"命运，似乎是生活之流或历史之风使然。

《樱桃园》人物可分两类：向往未来的憧憬与追忆过往的留恋。展望新生活，嗅不到樱桃园诗意的芳香：雅沙开始厌弃樱桃园，向往巴黎；杜尼亚沙对叶比霍夫的求婚无比激动，不久却又爱上了雅沙；安尼雅神往特罗费莫夫描绘的未来；皮希克开始还账，罗巴辛从仆人的儿子变成主人。他们乐观地面向未来，他们的诗意在远方。然而，面对变迁，固守者也并非苦不堪言，加耶夫一直拿进球方式消释心中的烦恼，上火车前还念念有词："（心里感触很深，但是又怕哭出来）火车……火车站……打红球'达布'进中兜；白球绕回来'达布列特'进角兜"[2]；老仆人费尔斯充耳不闻樱桃园的落锁声，不断叨叨着列昂尼德·安德烈耶维奇外套穿得不够厚就出门了。承载过往岁月的樱桃园，对柳鲍芙来说

---

[1] ［俄］斯坦尼斯拉夫斯基：《我的艺术生活》，瞿白音译，上海译文出版社 2005 年版，第 266 页。
[2] ［俄］契诃夫：《契诃夫戏剧集·樱桃园》，焦菊隐译，上海译文出版社 1980 年版，第 415 页。

如诗如梦，但也只发乎于情，哀而不伤。这些表演者均以微言与琐细传达淡然的微末情绪，显现各自的"心象"。

列夫·托尔斯泰认为，"契诃夫有他自己独到的形式，犹如印象派一样，乍看上去，他仿佛是用杂七杂八的颜料随意涂抹，仿佛在这些笔墨之间毫无根据关系。但离远了一看，却不禁让你拍案叫绝：在我们面前的是一幅无法形容的、光彩夺目的图画。"① 对《樱桃园》的把握，需要读者、演职人员和观众，潜心体会"随意涂抹"的细节，并将它们汇聚一起，其"心象"才会显灵。

契诃夫着笔于人物动机、眼神，或言不由衷、词不达意的对话，传达平常生活中的情绪变化或心灵起伏。情节矛盾的不集中，激情冲突的缺失，醒目人物的缺席，常让受众陷入似有所得，又不明所以的茫然，但却又因点点细节牵绊，如同绕梁余音，久久回荡在心头。然而，终有一天，不知何时这点点滴滴就晕染成一片景观，让你惊诧地回味着剧作者苦心孤诣的匠心。

虽然《樱桃园》初演失败，可丹钦柯依然认为，"《樱桃园》成了艺术剧院最光辉最特色的象征"②。再现《樱桃园》艺术魅力的剧演，需将细节和片断有机整合，传递台词背后的情感，帮助观众追忆前后，具象剧本"心象"。这不仅针对某个人物，而是整部剧，每一场景，每个人物。其艺术思维的贯穿性，具有"交响乐"③ 特征。正如曹禺所说："无数的沙砾积成一座山丘，每粒沙都有同等造山的功效"④。这些人物的生活"正是因为分属不同的世界，材料方能彻底发挥自己的特点和特性，同时既不损害完整统一，又不变统一为呆板"⑤。

---

① 王爱民、任何：《俄国戏剧史概要》，中国戏剧出版社1984年版，第340页。
② 王爱民、任何：《俄国戏剧史概要》，中国戏剧出版社1984年版，第278页。
③ 参见［英］J. L. 斯泰恩《契诃夫对现实主义的贡献》，申慧辉译，中国戏剧出版社1986年版，第128页。
④ 曹禺：《日出》，人民文学出版社1994年版，第197页。
⑤ ［苏联］巴赫金：《陀思妥耶夫斯基的诗学问题》，白春仁、顾亚铃译，生活·读书·新知三联书店1988年版，第42页。

二 《樱桃园》"心象"的抒情再现

四幕喜剧《樱桃园》，只有第二幕取景野外，其余场景均在客厅。每幕剧人物先后齐整出场，人物结构呈对称网状关系：仆人和主人，年老的和年轻的，恋爱的和失意的，借钱的和放债的，精神追求者与物质崇拜者，新生力量与守旧势力，甚至包括背景中的犹太人，一起构成了俄国社会的缩影。然而，他们却类同街坊四邻，各自沉湎于自我独语，"众多的地位平等的意识连同它们各自的世界，结合在某个统一的事件之中，而互相间不发生融合"①。

樱桃园易主是牵动所有人的"统一事件"——开满白花的樱桃园，众人生活的家园，是俄罗斯的诗意象征。樱桃园易主之变，意味着家园面貌变更，故国情愫更改。柳鲍芙回家后，激动地说："坐在这儿是我吗？（笑）我真伸开胳膊跳起来啊。（用手蒙上脸）这别是在做梦吧！上帝知道，我爱的我的祖国，我真爱得厉害呀。"②

看似不搭调的人群，统一于"樱桃园"事件，协调于总的社会情境和人生思考。冰冷的交易之外，给受众提供诗意想象与温情的是繁花绽放的樱桃园。从柳鲍芙第一幕的窗口抒情，到最后一幕"于无声处听惊雷"的砍伐，"樱桃园"拨动着受众心弦，不是患得患失的事件后果，而是情感效果。这使"樱桃园"的诗情画意及其独特的情绪再现，在另一向度激发了受众的审美潜能。

契剧不分主次的人物结构，彼此看似不相关，却又各自在同一环境中呈整体平衡协调之势。即使个体情感，也常在激情迸发之际而归于平静，如第一幕，柳鲍芙·安德烈耶夫娜的情感特点：

---

① ［苏联］巴赫金：《陀思妥耶夫斯基的诗学问题》，白春仁、顾亚铃译，生活·读书·新知三联书店1988年版，第29页。
② ［俄］契诃夫：《契诃夫戏剧集·樱桃园》，焦菊隐译，上海译文出版社1980年版，第352页。

> 柳鲍芙·安德烈耶夫娜：（望着窗外的花园）啊，我的童年，我那纯洁而快活的童年啊！我当初就睡在这间幼儿室里，总是隔着窗子望着外边的花园。每天早晨，总是一睁开眼就觉得幸福；那个时候，这座园子就跟现在一样，一点没有改样儿。（愉快得大笑起来）满园子全是白的，全是白的！哦，我的樱桃园啊！你经过了凄迷的秋雨，经过了严寒的冬霜，现在你又年轻起来了，又充满幸福了，天使的降福并没有抛开你啊！……啊！我要能够把沉甸甸压在我心上的这一块大石头除掉，那可多么好哇！痛苦的往事前尘哪，只要我能忘掉它，那可多么好哇！
>
> 加耶夫：居然要把这座园子也拍卖了还债，真叫人不能相信哪！不是吗？……
>
> 柳鲍芙·安德烈耶夫娜：啊！看哪！我们去世的妈妈在园子里散步呢……穿着白衣裳！（愉快的大笑起来）是她！①

百感交集的柳鲍芙因"大笑"而变得中和；温馨的诗境，怀旧的苦涩，被起伏夸张的情感所消解，进而变得有些可笑。

如果说契诃夫的《伊凡诺夫》《凡尼亚舅舅》《海鸥》和《三姊妹》，对某些不明朗的梦想倾注了同情。那么，在《樱桃园》中，他却只驻足于人物情绪，并没提供价值判断，显示情感倾向，而是让人物顺遂生活之流，与现实讲和，自行化解伤感与失落，即便是未来的美好设想，也不予以评价，为其勾画蓝图。他说："这个世界上没有一件事情弄得明白。只有傻瓜和骗子才什么都知道，什么都懂。"② 这不同于传统喜剧，终归于现实圆满或未来希望的观照，而是当下生活自身，除此别无他物。

"生活中的一切在它理想的本质上是抒情的，悲剧在于它的命运，而

---

① ［俄］契诃夫：《契诃夫戏剧集·樱桃园》，焦菊隐译，上海译文出版社1980年版，第358—359页。
② ［俄］契诃夫：《契诃夫论文学》，汝龙译，安徽文艺出版社1997年版，第80页。

喜剧却是它的存在状态。"① 《樱桃园》再现平常生活，人物各不相干的抒情消解了理想与现实的悲剧冲突，化解了个体情绪的紧张。这正是契诃夫不拘泥于乐观理想和命运慨叹的现实主义喜剧风格。

樱桃园易主，显然存在着失去和拥有、精神追求与物质掠夺、仆人打倒主人的悲喜冲突。而柳鲍芙和罗巴辛之间却是情感的调和。罗巴辛曾多次劝柳鲍芙出租樱桃园，不必拍卖。因为柳鲍芙不忍亲手毁灭樱桃园，没有理会。罗巴辛对此无法理解。得知罗巴辛是樱桃园买主时，她哭了。罗巴辛则带着责怪的口气说："谁叫你不听我的话的呀！我的可怜的、善良的柳鲍芙·安德烈耶夫娜！事到如今，可已经太晚啦。（眼里含着泪）啊！要是能够把现在的一切都结束了，可多么好哇！啊！要是能够把我们这么烦乱、这么痛苦的生活赶快改变了，那可多么好啊！"② 此时此景，非但无得意与失意的心理落差，反倒相怜相惜起来。这看似情感的错位，实则是平凡的丰满，能够理性地引导受众在情感的调和中，领悟物质生活之外的情感真谛——人生如过客的悲悯认同。

失落者大笑的中和，得胜者顾惜的平衡，再现了自我情感的二维，携带了"两个信息"。这属于叙事的反讽，反讽就是"通过一套代码传达两个信息"，既可当作局部技巧，也可作为整体叙事模式。反讽的叙事艺术效果表现在："可以毫不动情地拉开距离，保持一种奥林匹斯神祇式的平静，注视着也许还同情着人类的弱点。它也可能是凶残的、毁灭性的，甚至将反讽作者也一并淹没在它的余波之中。"③

契剧反讽的整体叙事模式是：在日常平淡的叙述中，现实解构历史与未来，外在生存环境消解内在渴望。其间虽有残酷的一面，如《伊凡诺夫》和《海鸥》中人物自杀的悲剧。然而，一旦人物绕过自我煎熬，

---

① Robert W. Corrigan, *Introduction: Comedy and the Comic Spirit*, *Comedy: Meaning and Form*, San Francisco, CA: Chandler Publishing Company, 1965, p. 10.
② ［俄］契诃夫：《契诃夫戏剧集·樱桃园》，焦菊隐译，上海译文出版社1980年版，第400页。
③ ［美］华莱士·马丁：《当代叙事学》，伍晓明译，北京大学出版社2005年版，第183页。

拉开情感距离，进入自我解嘲，以理性、冷静、豁达姿态，超现实眼光，赋予重大事件以无关紧要之轻，就能抵达另一明亮的喜剧境界。当然，并非有意规避冲突的犬儒妥协，而是敞开自我封闭之后的情感广度和精神高度，是宗教怜悯，或是人格魅力铸造的涉渡之舟。正如高尔基所言的"忧郁"，他在给契诃夫的信中说："您的才华是一种纯净和明朗的精神，可是被人间的枷锁——平常生活的枷锁——给束缚住了，因此它是忧郁的。"① 这是契诃夫类同普希金的明朗忧郁，"深刻而又明亮的悲哀"②。这忧郁是一种情调，具有诗意和哲学的超越，能让读者和观众回味无穷，虽无现实功利性，却能在审美乐趣中评析自我，敞亮人生阴郁之灰暗。

  契剧反讽的局部技巧是"颠倒"的修辞。契剧人物，习惯于生活平淡的理性与常态，有意无意地淡化内心世界的热烈与执着。"每一个形象都是其内部相互矛盾、相互否定的两个部分组成。主要效果正好就在于它们的两极性。……它们虽然互不相容，却又好像归结在一起，相互映照；于是产生了一种由互相否定的部分组成的这一种离奇的相等和平衡。现象的本质为形式所嘲弄，但它好像又以颠倒了的形式重新回归自身。"③ 韦恩·布斯在《小说修辞学》对这种"颠倒"的修辞效果给予肯定："某些能打动人的文学，是基于一种对许多读者都'自然地'认为是一种正常反应的东西的成功的颠倒。这样的颠倒，只有在作者能够提请我们注意到客体的表象所遮蔽的关系和意义时，才能成功。"④《樱桃园》人物应有的情感失衡，因"以颠倒了的形式重新回归自身"而产生喜剧效果。柳鲍芙的悲苦交集，费尔斯不自知的习惯使然，皮希克借债的喜剧性处理，杜尼亚莎与叶比霍多夫、雅沙之间情感不对等的喜剧性揭示，罗巴辛求婚场景的戏谑，皆以"颠倒"的反讽方式让读者和观众处于平

---

① ［俄苏］高尔基：《文学书简》上卷，人民文学出版社1962年版，第14页。
② 郑克鲁主编：《外国文学史》，高等教育出版社2003年版，第270页。
③ ［苏联］帕佩尔内：《契诃夫怎样创作》，朱逸森译，上海译文出版社1991年版，第22页。
④ ［美］韦恩·布斯：《小说修辞学》，华明等译，北京大学出版社1987年版，第126页。

和心态,对的人物忧喜悲欢产生共鸣。

通常情形下,对于接受者来说,留恋过往则忧郁,倾向未来则达观,尤其是社会转型、人生转变带来的急跃心情,甚至会怀疑眷恋往昔的合理性。高尔基在1903年10月写给К. П. 皮亚特尼茨基的信中说:"《樱桃园》没有什么新东西,情绪和思想(如果可以提到思想的话)、人物——所有这一切在他从前写的剧本里都已经有过了。当然,剧本写得很优美,不用说,从舞台上向观众吹来一种浓厚的忧郁气息。但为什么忧郁,我却不知道了"。① 高尔基的布尔什维克信仰所质疑的契诃夫忧郁,正是中国主体接受对其明朗化改造的切入点。

三 《樱桃园》"心象"的中国"本土化"改造

契诃夫戏剧的中国接受,主要集中于契剧忧郁情绪的认同与接受。尤其是中国抗战进入相持阶段后,中国文学创作逐步从"性急的呼喊到切实地申诉,从拙直的说明到细致的描写,从感情的投掷到情绪的渗透"②。这类似契剧生活之流的客观再现。当时"交织着孤独、寂寞与喜悦的沉思状态"③,与契剧明亮的忧郁相契合。

20世纪三四十年代,中国的契诃夫评价,有悲观厌世说:"契诃夫对于人性及其弱点是有深刻的理解的。他走上文坛的时候还能轻松地笑,但立刻他沉入悲哀失望的浓雾。直到他死,他是悲痛地呻吟着,他不曾有过乐观。"④ 另有预言家、战斗者之说:"在前世纪末和本世纪开头的文学领域中,他是感觉到革命之不可避免的第一人。"⑤ 中国接受的阐释点集中在契诃夫作品的情感特征上。其实,就其抒情风格而言,"他的作品

---

① [苏联]安·屠尔科夫:《安·巴·契诃夫和他的时代》,朱逸森译,中国社会科学出版社1984年版,第467页。
② 夏衍:《于伶小论》,载《夏衍戏剧研究资料》,中国戏剧出版社1980年版,第184页。
③ 钱理群:《大小舞台之间——曹禺戏剧新论》,北京大学出版社2007年版,第139页。
④ 茅盾:《契诃夫的〈三姊妹〉》,载《世界文学名著杂谈》,百花文艺出版社1980年版,第361页。
⑤ 胡风:《A. P. 契诃夫断片》,《中原》1945年第2卷第1期。

和作风是很合乎东方人的口胃。东方人于文学喜欢抒情的东西,喜欢沉潜而有内涵的东西,但要不伤于凝重,那感觉要像玉石般玲珑温润而不像玻璃,像绿茶般于清甜中带点涩味,一切都要有沉潜的美丽而不尚外表的华丽。喜欢灰青,喜欢忧郁,不是那么过于宏伟,压迫得令人害怕。"① 然而,当时接受语境,提及东方审美情趣是奢谈,更多接受者认为,契剧人物的苦恼是控诉,契剧忧郁来自外界压迫:"在我们这里,特别是旧社会崩溃、反动统治把人压得透不过气来的时候,我到处都发现契诃夫所谓的'霉臭',到处都看见契诃夫笔下的人物,他们哭着,叹息着,苦笑着……"② 中国契剧接受的现实化解读,是契诃夫人物与中国现实社会斗争需要的嫁接。

"现实这个概念是一个客观的概念。它包括人在其中生活、思考和进行创造的整个世界。因此,把现实划分为'外界现实'和'内在现实'的做法是形而上学的徒劳。"③ 契剧内在情感的外在显现,遭遇中国接受的"外界现实"化。契诃夫抒情与民族解放愿望相结合之后,旧时代是灰色、黑暗的腐朽,新时代则是黎明到来的希望。

《樱桃园》描述的戏剧场景,作为人物心境的衬托,与人物浑然一体,是无声的台词,蕴含着时代情感。《樱桃园》"心象"的中国化改造,将剧景传达的现实场景与历史幽思,与中国现实相结合,释读为新旧时代交替的曙光。

> 第一幕,黎明,太阳不久就要升东。已经是五月了,樱桃树都开了花,可是天气依然寒冷,满园子还罩着一层霜。窗子都关着。④
> 第二幕,野外。一座孤老、倾斜、久已荒废的小教堂。旁边,

---

① 郭沫若:《契诃夫在东方》,《新华日报》1944年7月15日。
② 巴金:《谈契诃夫》,上海平明出版社1955年版,第47页。
③ [苏联]鲍·苏奇科夫:《现实主义的历史命运》,傅仲选等译,外国文学出版社1988年版,第6页。
④ [俄]契诃夫:《契诃夫戏剧集·樱桃园》,焦菊隐译,上海译文出版社1980年版,第342页。

一口井和一些厚石头块，显然是旧日的墓石；一条破旧的长板凳；一条通到加耶夫地产的道路。一边，高耸着一些白杨树的昏黑剪影；树的后边，就是樱桃园的边界，远处，一列电线杆子；天边依稀现出一座大城镇的模糊轮廓……将近夕阳西落的时候。夏洛蒂、雅沙、和杜尼亚莎都坐在长板凳上。叶比霍夫站在他们旁边，弹着吉他；四个人各自想着心思。①

五月黎明中的"太阳"与"寒冷"，"花"与"霜"，在柳鲍芙回家之际，暗示既悲又喜的情感。樱桃园外"夕阳西落"，颇有"枯藤老树昏鸦，断肠人在天涯"情调——"孤老、倾斜、久已荒废的小教堂"，"旧日的墓石"，"白杨树的昏黑剪影"，"一列电线杆子"，"二十二个不幸"弹着吉他。这是历史与现代、精神与物质相铸的当下情境。沉湎于自身的封闭个体，类似雕塑群像。他们好像与樱桃园不相干，又好似习惯于樱桃园的存在，而就在樱桃园即将成为传说时，茫然环顾，不知乡关何处。这历史纵深处的幽思与时事感触的忧郁，无须只言片语，透过场景直接冲击受众心灵。

伊格尔顿认为，"一切读者都有其社会和历史地位，他们怎样解释文学作品将受到这一事实的深刻影响"。② 处于内忧外困之际的彼时中国，《樱桃园》解读主要集中于樱桃园易主所致的情感渲染。抗战时期，芳信翻译的契诃夫多幕剧有多种版本。他说："抓住旧生活的悲哀的落日之余晖与新时代微熹的曙光的交错，美丽地典型化了它的诗意和内在意义，在这儿就有着《樱桃园》动人的地方和价值。"③ "悲哀的落日之余晖"与"微熹的曙光"，暗示"旧生活"和"新时代"，进步与落后两种价值观。"落日余晖"与"微熹曙光"，分别是第二幕和第一幕背景，芳信由

---

① ［俄］契诃夫：《契诃夫戏剧集·樱桃园》，焦菊隐译，上海译文出版社1980年版，第366页。
② ［英］伊格尔顿：《现象学、阐释学、接受理论》，王逢振译，载《当代西方文艺理论》，江苏教育出版社2006年版，第75页。
③ 王璞：《契诃夫与中国戏剧的"非戏剧化倾向"》，《外国文学评论》1989年第4期。

此切入《樱桃园》抒情艺术，并对此进行创造性阐释。"微熹曙光"照亮樱桃园，"落日余晖"下被时空切割的樱桃园，本是晨曦回忆到夕阳幽思的剧情，则转换为旧的没落和新的希望。夏衍肯定芳信的创造性误读，他说，《樱桃园》结尾，"舞台上空无一人，先听到的是门户上全上了锁的声音，此后马车的声音渐渐的远去，寂寞支配了一切，只有砍伐树木的迟钝声音打破了周遭的沉寂、凄凉、忧郁"。① 此时，砍伐樱桃园的斧声，好似敲响庄园贵族的丧钟，安德烈耶夫娜代表了一个阶级和一个时代的退场。

基于此，夏衍再次深化《樱桃园》的中国"本土化"改造，他说："当我们的知识分子还在低徊咀嚼那《樱桃园》的哀愁和寂寞的时候，这样一个历史的阶段已经悄悄地溜走了，中国的'樱桃园'绝不可能像契诃夫笔下所写一般优美，中国的新时代登场者也不可能像'陆伯兴'（焦菊隐译罗巴辛）一样的恭谦了，他们更加粗暴，更加鲁莽，他们不是'陆伯兴'，而是'老百姓'，只因为，他们的受难太久远、太深重，他们的仇恨太深沉太苛烈了。"② 一位激情满怀的革命者以救苦救难的急切心情参与作品解读时，《樱桃园》"心象"丰富多样的情绪则简化为一种情感，即对劳苦大众的同情与鼓舞，坚信他们就是摧枯拉朽的新生力量。这乐观分明的阶级情感，偏离了契诃夫抒情性的现实主义风格，表现出浪漫主义艺术特色。

《樱桃园》旧时代离去的哀愁和新时代到来的期许，相互交织、相互否定的喜剧抒情，遭遇中国接受的"本土化"改造：契剧的故园哀伤，转换为新时代到来前的物质困苦，理想难以实现的精神烦闷。对于契诃夫来说，人物处于历史和未来的缝隙之中，未来希望化解历史忧思，现时正处于自我解嘲的、平衡的平常态，跨时空的深邃与哲思蕴含其中。

---

① 夏衍：《从〈樱桃园〉说起》，《夏衍选集》第四卷，四川文艺出版社 1988 年版，第 237—238 页。
② 夏衍：《从〈樱桃园〉说起》，《夏衍选集》第四卷，四川文艺出版社 1988 年版，第 237—238 页。

而中国接受,则是单向的未来展望和历史压迫,革命乐观主义化解历史怅惘。历史和未来是两个向度,中国接受阐释为两个阶级:未来的新生阶级与保守势力。《樱桃园》人物自我情感的两极交集,改换成两个阶级的情感对立,新阶级是抒情主人公,他们是旧时代的控诉者与革命者。

改换天地的新生力量和底层人民,作为抒情主人公的创作模式,从中国20世纪30年代的左翼文学到抗战文学,延续到解放战争和新中国时期。这样的接受语境,使《樱桃园》的中国误读,一直持续到当代。1960年,上海戏剧学院演出《樱桃园》,导演认为:"这出戏的主题是:封建贵族阶级的没落和消亡。剧中主人公加耶夫和朗涅夫斯卡娅(安德烈耶夫娜),正如当时许多贵族后裔一样,尽管他们的经济情况已经衰落不堪,却还在过着极其荒唐而糜烂的生活,饱食终日无所事事,并任性地挥霍无度,以至于负债累累,不得不将所有的庄园和地产,全部拍卖出去,他们是俄罗斯旧生活(农奴制度)的遗迹。庄园易手后新的所有者罗巴辛,是平民出生的富商。这个暴发户,早就想染指樱桃园了。不过,他起初利用父亲给加耶夫当过农奴的关系把自己伪装成庄园主的热心朋友,建议他们用分租地产给人盖别墅的办法去还债。这,看来好像他是在替庄园主寻找挽救命运的出路,其实是巧取豪夺的诡计。"①

2004年,纪念契诃夫逝世100周年,林兆华再次排演《樱桃园》,他说:"我排契诃夫,不为契诃夫服务,只是我作为生活在当下的人对契诃夫的理解;第二,我为当下的中国观众服务。"② 他说:"面对新、旧两种生活时的犹豫和彷徨,应该是《樱桃园》的主要情绪特征。"③ "犹豫和彷徨",接近于丹钦柯的"不明朗的梦想"④,芳信解读为曙光乍现的前兆,夏衍则认为是革命斗争的彷徨。当下学者刘研说,不存在两难困惑,

---

① 田稼:《契诃夫和他的〈樱桃园〉》,《上海戏剧》1960年第2期。
② 《"永远的契诃夫"——纪念契诃夫逝世一百周年座谈会纪要》,《读书》2004年第12期。
③ 刘文飞:《两座"樱桃园"》,《读书》2004年第12期。
④ [俄] N. 丹钦柯:《文艺·戏剧·生活》,焦菊隐译,文化生活出版社1946年版,第26页。

契诃夫借特罗费莫夫在乐观地吟唱:"人类朝着最高的真理前进,朝着人间没有达到的一个最大的幸福前进。"①

《樱桃园》"心象"的中国化阐释,聚焦于三个人物:柳鲍芙·安德烈耶夫娜、罗巴辛和特罗费莫夫。他们是拥有樱桃园过去的贵族,是正在毁灭樱桃园的新贵——资产阶级,是纵论未来理想的大学生。罗巴辛,靠个人辛劳,从祖辈仆从跃成樱桃园新主,成为现实社会发展的主力军。夏衍把他与中国老百姓类比,作为新生力量,与旧阶级之间是你死我活的革命斗争。如果说,罗巴辛是实干家,是登上历史舞台的物质新贵,那么特罗费莫夫,这个永远毕不了业的大学生则是空谈家,属于精神新贵。特罗费莫夫经常遭到罗巴辛奚落,何况,在物质贫困和行动疲软中妄谈高远追求,本身就是一种讥讽。特罗费莫夫是契诃夫笔下的知识分子代表之一,他是"一种模糊而美丽的人类真理的担负者,不幸的是,他对于这个重负既卸不下又担不动"②。契诃夫"不喜欢唱高调,而……可爱的俄国人却非常热衷于这种高调来安慰自己。他们忘记了,在连一条像样的裤子都没有的今天议论未来的天鹅绒西装是非常可笑的,也是毫不机智的"③。樱桃园的迟暮花开,与特罗费莫夫的远方新景,产生鲜明对比,相互否定,却又自我消解。如果读者和观众没有把握住契诃夫的戏剧技巧,就会认为他是顾左右而言他的"犹豫和彷徨"。其实误读了契诃夫"奥林匹斯神祇式的平静"④,即超现实的悲悯情怀。三个人物,既存在着相互否定和自我否定,又彼此统一,统一于祖国、家园变迁的历史情境,统一于惺惺相惜的生存艰难,统一于彼此需求的情感慰藉,统一于平平淡淡的生活真实。在吃饭和谈天的过程中,他们之中"有人倒霉了,有人走运了",这是《樱桃园》的"力量分布"特点:"在拉涅

---

① 刘研:《契诃夫与中国现代文学》,上海社会科学院出版社2006年版,第232页。
② [美]弗·纳博科夫:《论契诃夫》,《世界文学》1982年第1期。
③ [苏联]帕佩尔内:《契诃夫怎样创作》,朱逸森译,上海译文出版社1991年版,第409页。
④ [美]华莱士·马丁:《当代叙事学》,伍晓明译,北京大学出版社2005年版,第183页。

夫斯卡娅（安德烈耶夫娜）、洛帕欣（罗巴辛）或特罗菲莫夫之间，并没有个人要求方面的对抗性冲突，在他们的关系中充满了相互的善意，然而他们仍是格格不入的，而且在生活过程中他们相互取笑、互相排斥。这种情况本身包含着这样一个思想：他们间的分歧的根源不在于个别人的道德品质，而在于生活结构本身。"①

然而，立足于现实的中国化阐释，一直将《樱桃园》附会在浅表的单向度误读，遮蔽了其"心象"所呈现的艺术精神。契剧的生活再现，具有多层面的丰富，与进步、落后的二元对立无关，不是历史与未来的简单线性附议，其中散落着的"心象"，是可聚合的触点，是寻索历史转型与人生转变的纲目，浓缩的"心象"是人生历史大舞台剧幕的多重叠加。《樱桃园》"心象"，是作者现实生活分析与人物结构高度结合的艺术化处理，是一幅画，是一首交响曲，是一首诗，代表了戏剧文学艺术的高度。"'樱桃园情结'是不少中国作家特定的审美运思取向和创作心理定势"②，对其误读的还原与追根溯源的重读，敞开"本土化"需要的遮蔽与误读，厘清中外文学交流的瘀滞点，再次重现作品光辉，有助于反观中国戏剧文学创作，进一步推动中国与世界文化交流的可持续性发展。

---

① ［苏联］帕佩尔内：《契诃夫怎样创作》，朱逸森译，上海译文出版社1991年版，第461页。
② 杨经建：《文学的"忧郁"：契诃夫与20世纪中国文学》，《河北学刊》2010年第3期。

民国时期对威廉·萨洛扬的译介*

熊飞宇**

内容提要：威廉·萨洛扬是民国时期备受欢迎的一位美国作家。其作品译介，主要集中于长篇小说《人类的喜剧》《杰克逊从军记》、短篇小说集《我叫阿拉木》、戏剧《人生一世》，另有其他多种单篇，同时不乏作家介绍。文章尽可能搜集、整理有关文献，以期能呈现民国时期对威廉·萨洛扬译介的总体面貌，进而订正学界部分的错误认知。

关键词：威廉·萨洛扬；民国；译介

威廉·萨洛扬（William Saroyan，1908—1981），美国小说家、戏剧家，或译作萨洛阳、索洛延、沙乐扬等。民国时期，尤其是自抗战爆发之后，萨洛扬与欧内斯特·海明威、约翰·斯坦贝克等美国文坛新星一道，"在中国文艺界成为注目的人物"①，其作品风行一时，有关译介不绝如注。但时过境迁，自20世纪下半叶以降，萨洛扬已逐渐淡出读者的视野，相关研究亦颇为冷寂。其中较具代表性的论文有刘静的《20世纪中期的萨洛扬译介》与张云霞的《抗战时期萨洛扬作品的翻译及特点》等，

---

* ［基金项目］2016年国家社科基金重大项目"抗战大后方文学史料数据库建设研究"（16ZDA191）。
** ［作者简介］熊飞宇（1974—　），男，四川南江人，文学博士，重庆师范大学重庆市抗战文史研究基地副研究员，硕士研究生导师，主要研究方向为重庆抗战文化。
① 沈福伟：《西方文化与中国（1793—2000）》，上海教育出版社2003年版，第1021页。

但所涉史料较为瘠薄，致使部分论说立脚不稳。本文拟对民国时期萨洛扬的译介做一全面梳理，重在史料的钩稽排比，从而呈现其总体面貌。需要说明的是，此一时段有关《人类的喜剧》和《我叫阿拉木》两书的史料甚丰，笔者已分别专文叙论，此处仅略述大概。

一 作家介绍

民国时期，有关萨洛扬的介绍，多见于单篇译文的译者小序或后记。此外，亦有专文数篇：

（一）《介绍〈人类的喜剧〉作者威廉·萨洛阳作风新颖》，署"裘洛美"，发表于《七日谈》（*The Wednesday Post*）周刊①第 25 期（第 11 页），1946 年 6 月 5 日出版。论者指出，萨洛阳的第一篇小说是《秋千架上的勇少年》，其作风新颖，让海明威相形之下，都显得"很老很老"。

（二）《萨洛阳》，署"曹锡珍②"，发表于《申报》1946 年 7 月 26 日第 11 版副刊"春秋"。篇末署"一九四六，七，十六"。论者认为，萨洛阳的小说，"多半是自传性的"，具有"自己特创的风格"，即"不致力于修饰和辞藻上的华丽与堆砌，不讲究文法不喜欢研究结构与技巧，不爱矫揉造作；只是很平淡的，随笔所至，用简练的对话，加上一些最经济的连络对话间所必需的说明，蕴藏进他自己所计划的主题"。至于萨洛阳笔下所刻画的人物，性格单纯，"有时甚至会怀疑世界上是否存在这种单纯的人物"。从这些人物中，可以看到萨洛阳"对人类的爱与憎，友与敌的理解"，同时，也反映出萨洛阳的"人生观与世界观"。

（三）《剧作家威廉·萨洛扬 William Saroyan——世界名作家访问记之二》，署"R. V. 郭尔德著，楚英编译"，发表于散文月刊《宇宙风》

---

① 社址：派克路廿一号。
② 据徐迺翔、钦鸿编《中国现代文学作者笔名录》："曹锡珍（？— ）笔名：路阳——署用情况未详；曹锡珍——见于译小说《大山》（美国史坦培克作），载 1946 年 8 月重庆《文艺先锋》9 卷 2 期。"（第 602 页）又曾译有传记文学《我的故事——英格丽·褒曼传》（漓江出版社 1983 年版）等。

第149期①（第97—98页），1947年4月1日出版。在采访者笔下，"萨洛扬是黑发，中等身材，鼻梁凸出，不减于西哈诺的大鼻子。他的声音似乎有约翰·史坦柏克那么样沉重，不过在表面上那种神经质的态度底下，却提供着相当的活力"。"他的谈话富有彩色"，"明快如流水"。

（四）《勇敢的年青人：萨洛扬》，署"冯亦代"，发表于《时与文》周刊第22期②（第20—21页）的"艺文志"，1947年出版，具体日期不详。后以《"勇敢的年青人"萨洛扬》之名，收入《书人书事》③（第88—91页），1949年8月出版。

（五）《关于威廉·萨洛扬》，署"李联④译"，发表于《谷雨文艺月刊》9月号⑤（第25页），1947年9月1日出版。题下有小序："现代美国的年青作家威廉·萨洛扬的作品被译成中文的已经很不少了，上面我们介绍了他的一本精心小说《人类的喜剧》，现在再选译了关于他的生活背景和作品的介绍，以供读者参考。"所谓"上面"的介绍，是指发表于同期的葩蕾的《爱是永生的，恨每分钟都死去！——读萨洛扬〈人类的喜剧〉》。

译文又以更完整的形式，刊于《真善美》半月刊第8期⑥（第43页）的"作家介绍"，1948年10月16日出版。署"李联译"，篇末注明出处："译自美国《文学之光》。"题下的译者小序也有变化："现代美国最年青作家威廉·萨洛扬的作品被译成中文的已经很不少了，如开明书局出版的吕叔湘译之《石榴树》，此外刊载在《中学生》文艺栏上的还有不少短篇。这篇短文介绍作者生活的背景，值得一读。"

---

① 主编者：林语堂，编辑者：林翊重、叶广良，发行者：林翊重、林伊磐，发行所：宇宙风社（广州文德路四十七号三楼）。
② 发行人：程博洪，编辑者：时与文周刊编辑部，经理部：上海牯岭路三十四号。
③ 其版权页署著作者：冯亦代，出版者兼发行者：潮锋出版社（上海九江路二一〇号四一四），发行人：卢亚平。该书系"文学者丛刊"之Ⅷ。
④ 李联，或即李渧泖。
⑤ 出版者：谷雨文艺杂志社；社长：黄学勤，主编人：思达、葩蕾、毕彦。
⑥ 发行人：胡铭藻，社长：徐国玓，出版者：真善美出版社（广州汉民南路一六五号二楼）。

（六）《可爱的小伙子！——萨洛扬》，署"罗裕"，发表于《中流》半月刊第 1 卷第 1 期①（第 27 页），1948 年 4 月 10 日出版。主要介绍萨洛扬"自兼街头书贩""假名试编辑""拒受普查奖"三件趣事。

二 《人类的喜剧》

长篇连载《人类的喜剧》（*The Human Comedy*），署"By William Saroyan，柳无垢译"，分五期连载于《半月文萃》的"文艺之页"，即第 2 卷第 4 期（1943 年 11 月出版）、第 2 卷第 5 期（1943 年 12 月出版）、第 2 卷第 6 期（1944 年 1 月出版）、第 3 卷第 1 期（1944 年 3 月出版）、第 3 卷第 2 期（1944 年 4 月 1 日出版）。该译本是节本，据 1943 年 6 月出版的 *Omnibook* 杂志译出。

1944 年 11 月，《人类的喜剧》收入"世界文学名著译丛"正式出版。其版权页署著者：萨洛扬，译者：柳无垢，发行人：陆梦生，发行所：文光书店（重庆夫子池特二号），印刷者：军事委员会政治部印刷所（重庆磁器口斧头岩五号），实价：国币壹百二拾元整。

1946 年 9 月"沪再版"。其版权页署总发行所：文光书店（总店：上海狄思威路天同里十八号，分店：重庆中山一路二一八号），分发行所：联营书店（成都：祠堂街，重庆：林森路，汉口：交通路）。

1948 年 6 月，《人类的喜剧》（全译本）在上海出版。其版权页署著者：美·萨洛扬，译者：柳无垢，发行人：陆梦生，发行所：文光书店（总店：上海河南路三二八号，分店：重庆中山路三一八号），分发行所：联营书店（汉口、重庆、成都）、利群书报联合发行所（上海河南路三二八号），定价：国币七元正。此译本虽名为"全译"，实则仍是节译。

三种版本均有译者《后记》，作于"一九四四年五月一日"。

三 短篇小说集《我叫阿拉木》

《我叫阿拉木》（*My Name is Aram*），或作《我叫阿剌木》。有两种译

---

① 社址：上海长治路二八八号。

本，一是胡仲持译的《我叫阿拉谟》，二是吕叔湘译的《石榴树》。

首先来看《我叫阿拉谟》。据张鸿慰《蕻蔚集——报业史志稿》，该书曾由桂林"作者书店1943年出版"①。另一版本，题作"我叫阿拉谟——少年小说集"，内封署"美国萨洛扬著，胡仲持译"，"一九四七年三月，香港咫园书屋版"，包括：《白马的夏天》《小旅行》《石榴树》《未来的诗人》《五十码赛跑》《旧式罗曼斯》《小演说家》《两歌童》《马戏》《游泳家和诗人》《沃伊勃卫人》《乡下佬的劝告》《阿拉伯人》《教会小册子》。卷首有《题记》，末署"维廉·萨洛扬，一九四〇年六月三十日旧金山"。

其次是《石榴树》。初版于1943年6月。其版权页署著者：威廉·索洛延，译者：吕叔湘，发行者：章锡琛，开明书店（重庆分店：保安路一三二号，成都分店：陕西街一三一号）印行，定价：一元八角。包括：《漂亮的白马》《罕福之行》《石榴树》《未来的诗人》《五十码赛跑》《情诗》《演说家》《长老会的歌唱队》《马戏班》《三个泅水的和一个掌柜的》《三十八号火车头》《经验之谈》《可怜的亚剌伯人》《得救》。有《译者附记》，末署"一九四二年，十二月"。

"中华民国三十三年二月内二版发行"，发行者：范洗人（赣县西安路开明书店），总发行所：开明书店（桂林环湖路一七号），分发行所：开明书店分店（赣州西安路、衡阳陕西巷、重庆保安路、江山柴金巷、成都陕西街、西安北大街、昆明武成路、贵阳醒狮路），印刷者：慈灿轩印刷厂，实价国币一元四角。

初版及赣一版（总第二版）扉页均有"志谢"，云："《石榴树》曾载新中华复刊号，《情诗》及《经验之谈》曾载乐山诚报副刊，《漂亮的白马》及《马戏班》曾载中学生，今承诸位编者允许收入此本，谨此志谢。"

后收入"开明少年文学丛刊"，于1944年4月三版，1947年4月四

---

① 张鸿慰：《蕻蔚集——报业史志稿》，广西新闻史志编辑室2003年版，第143页。

版，1949年3月五版。自1944年4月的新一版（即总第三版），始在书末附录（叶）圣陶的《读〈石榴树〉》，目次则未见增补。

最后是《我是阿拉木》〔附译文〕。其版权页署著作者：William Saroyan，译注者：吕叔湘，发行者：开明书店（代表人范洗人），印刷者：开明书店，1947年3月初版。该书选译四篇，包括：《漂亮的白马》(*The Summer of the Beautiful White Horse*)、《马戏》(*The Circus*)、《三十八号火车头》(*Locomotive 38, the Ojibway*)、《经验之谈》(*Old Country Advice to the American Traveler*)，列为"详注现代英文丛刊"(Readings in Present-Day English)甲辑第一种。卷首有"本书介绍"。

四 长篇连载《杰克逊从军记》

第二次世界大战期间，萨洛扬曾加入军队服务。1945年战争胜利后，从欧洲回到美国，继续从事创作。《杰克逊从军记》"就是以战争为题材所完成的长篇杰作"①。《杰克逊从军记》，或译作《惠斯莱从军记》《贾克逊的经历》等。

小说在被翻译之前，国内已有人关注到此书。1946年7月1日，《世界知识》第14卷第1期②（上海复刊第15期，第31页）曾发表张挚辑译的《书的世界》，告诉读者"世界最近出版了一些什么新书"以及"那几本是好书"，其中第一部即"萨洛扬：贾克逊的经历"(William Saroyan: *The Adventures of Weslay Jackson*)，并配发萨洛扬像。论者指出，《贾克逊的经历》"保持了过去的风格"，"有的是同情，了解和温暖的爱情"。"其背景取自战争时代，但横贯一切的主题是'爱'——各种各色的爱，父子之爱，夫妻之爱，朋友之爱。"主人公是"一个典型的，懦弱而真诚的萨洛阳式的英雄"。"威斯莱碰见许多人，也都是典型的萨洛扬风的"，"时常所有的人物都是蘸着感情写成，只除了女主人公写得比较

---

① 曹锡珍：《萨洛阳》，《申报》1946年7月26日第11版。
② 编辑人：金仲华，发行人：王德鹏，发行所：世界知识社（上海中正路二六〇号一〇六室）。

差些"。"关于军队生活的部分,冷嘲热讽,针针见血。但关于人物描写,感情的成分又特别浓重,几乎一字一泪,令人感泣",同时又能"体味到一个诗人对大自然的美的发掘"。"萨洛阳人物的单纯性,有时令人感觉到似乎过于矫揉造作,但书中充满了幽默,温暖和人性,所以不失为一部值得一读的佳作。"

小说共25章,包括:(1)"惠斯莱唱'伐兰西亚',接到一封重要的信";(2)"惠斯莱解说陆军对一个人做些什么";(3)"维克多·土司卡高明的打岔";(4)"裘·福克斯霍尔告诉惠斯莱生活之道";(5)"惠斯莱避免了扯谎的生活";(6)"哈莱·柯克和惠斯莱看到一个美女";(7)"杜米尼克·土司卡向他弟弟维克多告别";(8)"惠斯莱在新军站中出马不利";(9)"惠斯莱的父亲来看他";(10)"惠斯莱遇到军中电影作家们,不知道他们是不是真正的敌人";(11)"惠斯莱被放逐到沃海奥去";(12)"惠斯莱遇见了作家,写了一个剧情";(13)"惠斯莱引作者去见爸,发现他已经走了";(14)"惠斯莱回到纽约,遇到了维克多·土司卡";(15)"惠斯莱庆祝他十九岁的生日";(16)"惠斯莱爬行";(17)"惠斯莱庆祝圣诞节";(18)"大家在营外找到一个住所,惠斯莱接到他舅舅来的信";(19)"惠斯莱找到了他的女郎";(20)"惠斯莱和琪儿去看摩尔夫人,她许女儿嫁给他";(21)"裘·福克斯霍尔为惠斯莱和琪儿主持结婚式,维克多和作家作证人";(22)"詹姆·蔻贝告诉惠斯莱,杜米尼克·土司卡在太平洋中战死的消息";(23)"维克多·土司卡告诉惠斯莱关于裘·福克斯霍尔的死";(24)"约翰·温斯丹莱戴着草帽吹大喇叭";(25)"惠斯莱结束他的故事"。

《杰克逊从军记》分11期连载于《知识与生活》(半月刊)①,署"W. 萨洛扬作,张尚之译",分别是:(1)第9期(第28—30页),1947年8月16日出版;(2)第10期(第30—31页),1947年9月1日出版;(3)第11期(第30—31页及封四),1947年9月16日出版;

---

① 编辑发行者:知识与生活社(北平西单高义伯胡同五号)。

(4)第12期(第30、29页),1947年10月1日出版;(5)第13期(第30—31页),1947年10月16日出版;(6)第14期(第29—30页),1947年11月1日出版;(7)第15期(第23—24、10页),1947年11月16日出版;(8)第16期(第22—23页),1947年12月1日出版;(9)第17、第18期合刊(第33—34页),1948年1月1日出版;(10)第19期(第26—28页),1948年1月16日出版;(11)第20期(第24—28页),1948年2月1日出版。

文前有《萨洛扬的路》(代译序),末署"一九四七,二,三日晚,北平"。译者指出,萨洛扬作品中的主角,大都是对世界、对人生有着天真看法的人物,代表着从美国大熔炉中所形成的典型美国人,即是"平平凡凡的美国老百姓","有爱,有憎,有力量,有个性的生命"。同时,萨洛扬式的幽默,不再是"无力的机智",而是"健康的,积极的幽默"。其笔下的美国人,在《惠斯莱从军记》中"第一次参加了一个世界性的大屠杀"。对于"无人性的屠杀",作者表示出"极大的憎恶"。小说以萨洛扬的风格写出"典型的美国老百姓对于战争的看法",呼喊"真和美统治这个世界"。

《杰克逊从军记》又曾以"军中喜剧"之名,发表于《巨型》月刊[1]。其一,刊第2期(100—101页),1947年8月1日出版。署"萨洛阳原作,蓝依[2]译",目录中则作"萨洛杨"。其二,刊第3期(110—112页),1947年9月1日出版。署"萨洛阳原作,蓝依译",目录中则作"萨洛扬"。篇末署"未完"。两期的内容包括:"华斯莱唱《凡仑茜》和得到一封重要的信"和"华斯莱解释军队对于人"。其后,小说恐因刊物

---

[1] 主编人:沈寂、钟子芒,发行人:丁基、朱曾洪,出版者:大众出版社(新闸路五六八弄四三七号)。

[2] 蓝依,或作蓝漪,本名余阳申,其兄余彭申。曾参加《西点》《春秋》编委会。据王金城、袁勇麟主编《中国当代文学编年史:第十卷·港澳台文学(上):1949—2007》(山东文艺出版社2012年版),余阳申,笔名白香灯、上官牧。1949年去港,曾任大公书局编辑、《良友丛书》主编、电影公司编剧等。20世纪50年代后期逝世。著有小说《燕子河》《远方》《闺怨》等。另有小说《随风而逝》自1951年9月10日至9月17日连载于香港《星岛晚报》。

停办而未及续完。

《军中喜剧》的全貌虽无从睹,但在1948年8月1日《春秋》第5年第3期①(第120页)的"名著评介"②,则有蓝依对该书的评论。论者认为,"萨洛扬的作品有一股清新之感,冲淡,隽永,而有人情味"。《人类的喜剧》写"征人之家","出现的人物都是你所熟悉的人物,发生的故事也正是你所熟悉的故事"。而《军中喜剧》系其战后新作,"描述小兵生活,幽默而讽刺"。华斯莱·杰克生的从军,"原本不带丝毫爱国色彩",而是"莫名其妙地被送到军队"。"这样一个平凡的人有他平凡的小天地,这个小天地被击破之后,他有点手足无措。"在杰克生看来,"英雄的声誉会和死亡做伴",大部分的小兵,不过是为了兵役才抛妻别子。萨洛扬生活在军中,"体味小兵的生活,接近小兵的思想",所以其笔下的杰克生,"正是标准的美国兵士"。

五 戏剧《人生一世》

《人生一世》(*The Time of Your Life*,或译作《千载难逢》),署"美·萨洛扬作,洪深译",1949年3月出版,晨光出版公司(上海四川中路二一五号)发行。有"威廉·萨洛扬"像。

戏剧的主要人物有报童、醉汉、威利、求、尼克、托姆、凯蒂·貂福、达德利、哈利、韦斯利、罗楞、玛丽·L、克虏伯、马卡提、基脱·卡松、尼克的妈、水手、爱茜、杀人者、她的好友、贵妇、绅士、布力克、阿拉伯人、警察甲、警察乙。地点:旧金山,安巴加特罗的底下,尼克的兼营餐馆和娱乐场的太平洋街酒吧间;"并转湾不远处那纽约旅馆楼上二十一号房间"。时间:一九三九年十月某日的下午和晚上。

该剧为五幕剧,书前有短文《人生一世》,阐明对待"生"与"死"

---

① 编辑者:编辑委员会,发行人:冯葆善,出版者:春秋杂志社(上海山东路二二一号)。
② 书评提供的小说信息为:作者"萨洛扬"(目录中错写作"史坦倍克著"),出版日期:一九四六年。

的基本态度,颇可玩味:

> 在你活在世上时,你得生活着——使丑恶和死亡在这一段美好的时光里不临到你和你的生命所接触的任何生命上。处处寻求善良,而在发现的时候,便把它从隐藏的地方奉献出,让它自由而毫无惭怍。把物质和血肉看作至微至贱的东西,因为这些必死之物终有消逝的一天。从万事万物中发掘那光耀而永不败坏的宝藏。从任何心灵深处把那些为世俗的羞耻和恐惧所驱逼而致不求人知惟与哀愁相伴的善良的品德,鼓舞起来。无视那徒有其表的一切,因为在明慧的眼光与仁慈的心灵中,它们诚为不值。不自居任何人之下,亦不临越任何人之上。请记取:每个人是你自己的化身。没有一个人的罪恶不也是你的;没有任何人的清白完全与你无缘。憎弃罪恶,但非憎弃那有罪恶的人。如此种种,你须明白。遂行你的仁慈和温厚,你无须惭愧;但如在你的一生中那个灭杀的时机到来,那么你就灭杀,也毋庸后悔。在你活在世上时,生活着——务求在那一段难得的时光里你不致为这世界加添痛苦与哀愁,而对世上无尽的欢乐与神秘,你不辞报以微笑。

此书系"晨光世界文学丛书"第 18 种。卷首有赵家璧作于 1949 年 3 月 11 日的《出版者言》。据此可知,晨光出版公司曾编印两套丛书,即"晨光文学丛书"和"晨光世界文学丛书",前者专刊创作,后者专刊翻译。"晨光世界文学丛书"第一批共计 18 种,约五百万字,是中华全国文艺协会上海分会和北平分会与美国国务院及美国新闻处合作编译完成的。1980 年 4 月 20 日,赵家璧曾作有《出版〈美国文学丛书〉的前前后后——一套标志中美文化交流的丛书》[①],详述其始末。

《中外文学交流史:中国—美国卷》在谈及此书时说,1949 年,"上

---

① 该文原刊《读书》1980 年第 10 期,后收入《编辑忆旧》时有所补充。

海商务印书馆曾出版了张骏祥译萨洛扬的戏剧《人生一世》"①，其译者和出版社均误。

六 其余单篇作品

（一）《我在地球上》

署"威廉·沙洛阳著，曹泰来译"，发表于《东方杂志》第 32 卷第 8 号②（第 113—119 页）的"文艺"，1935 年 4 月 16 日出版。题下有译者小序：

> 在他故事底里，还有另一故事。
>
> 威廉·沙洛阳（William Saroyan），如今还只二十六岁的青年作家，是生长在加州佛利斯诺葡萄园区域内的，父母都是阿曼尼亚人（Armenian）。他业余学写小说，可是杂志编辑都不喜欢他那种特殊底作风。他继续地创作了十年，才有人注意到他。
>
> 波斯顿的一家《海伦尼克》（Hairenik）报纸刊登了他关于阿曼尼亚生活的故事。他署名西拉克·哥利阳（Sirak Goryan），为着要分别他关于美国生活的故事。编辑认为佳稿，便选了三篇送交亚白利安（O'Brien），都已收进《一九三三年短篇小说年鉴》。
>
> 同时沙氏也在美国《小说》上刊登了许多小说。他每天写小说一篇，寄往该杂志，连写了一个月，编辑认为都是佳稿。稿件刊登后，引起了文人们很大的注意。于是编辑便写信寄给亚白利安，说着他们发现了一个阿曼尼亚作家，同时亚白利安也说发现了一个阿曼尼亚作家。后来他们才发现西拉克·哥利阳和威廉·沙洛阳原来是一个人。
>
> 该事发见后，兰敦印书馆（Random House）便收买了两处沙洛

---

① 钱林森、周宁主编，周宁、朱徽、贺昌盛、周云龙著：《中外文学交流史：中国—美国卷》，山东教育出版社 2015 年版，第 250 页。

② 编辑：李圣五，发行人：王云五（上海河南路），发行所：商务印书馆。

阳的稿件，印成《在十字街头的勇敢年青人》（*The Daring Young Man on the Flying Trapeze*），那便是他的第一部小说集。

沙洛阳的作品，确是新奇极了。非但在美国，即是在巴黎也是认为与众不同的。巴黎开波以尔（Kay Boyle）说"沙洛阳的小说不像我以前看过的小说——它们是一种新的生命。我用着眼，耳，鼻来念它们。"看了下面这篇似故事似散文的文章，便能领会这个意义了。

作者"在这篇模拟主人公的自述中，叙说了一个尚未走运的青年作家的苦衷和对前程的坚定信心"，宣称自己"并非不能创作一些能够赚钱的文章，诸如仿效鲍罗（Edgar Rice Burroughs）写作《泰山和猩猩》，或正风行一时的约翰·邓·帕索斯、威廉·福克讷、詹姆士·乔伊斯"，"但是我说过我要保存我的本性"，"我不信仰名誉"。① 这在很大程度上，堪称萨洛扬的写作宣言。

《我在地球上》一译《我自己在地球上》，发表于《新文苑》（*The Vine-yard*）第1卷第1期② （第84—92页），1939年11月15日出版。署"美利坚·萨洛扬，路龙环"。

曹泰来所译《我在地球上》，是"初次向中国读者披露这位年仅26岁的美国新进作家的一个信号"③。张云霞认为，"20世纪40年代，萨洛扬的作品首次被译介到中国"，而"第一部译介作品为《唱歌班的歌童们》"④。此说有误。《唱歌班的歌童们》系短篇小说集《我叫阿拉木》中的一篇，发表于《时与潮文艺》第1卷第2期，1943年5月15日出版，

---

① 沈福伟：《西方文化与中国（1793—2000）》，上海教育出版社2003年版，第1022—1023页。

② 主编者：新文苑月刊社（上海环龙路花园别墅廿九号），发行者：文理图书有限公司（上海环龙路花园别墅廿九号），总经售：五洲书报社（上海山东路）。

③ 沈福伟：《西方文化与中国（1793—2000）》，上海教育出版社2003年版，第1022页。

④ 张云霞：《抗战时期萨洛扬作品的翻译及特点》，《短篇小说》（原创版）2015年第6期。

署"William Saroyan 作，胡仲持译"，较之《我在地球上》晚甚。

(二)《哈哈》

署"美国 William Saroyan，白庐①"，发表于《红豆漫刊》第 3 卷第 5 期②（第 152—153 页），1935 年 12 月 1 日出版。篇末有译者"后记"：

> Wm. Saroyan 是一个新进短篇作家，生于美国加省，父母为阿美尼亚人，对短篇小说有十年不懈的努力，虽然最初不为人注意，到最近出版了一本"The Daring Young Man on the Flying Trapeze"，才开始为世人触目，这一本小说集，名目之长，想再没有比伦的了。他之得到提拔是由《小说》（Story）的编者 Whit Burnett 及 Martha Foley 在一九三四年正月发掘出来的，这新作者的确光芒夺目了。他自叙说："我是一九零八年［八］月三十一日生于加省之法打奴地方。十五岁便见拒于高等学校了，我比学校教师所知的连哲学也更多些。我替人采葡提一年，学函授潜水术的课，那时十分孤寂。其后便到三藩市替一家意大利人水果店卖西瓜。我是美国一个最爱马戏绳技的（即俗名三上吊）。我写了一本《绳戏上一个勇敢的青年》，如果你们要欢喜读它，最好不计较它的文法错误，和质料恶劣。"
>
> 此篇字数极少，形式手法却极新，原载于去年美国《水星》八月号；又十二月的 Esquire 也有他的一篇《小小的宇宙姑娘》；又英国之《约翰奥伦敦》周刊本年二月十三亦有他的一篇《还乡》。
>
> 我们记得美国的一本 Story 是崭新的刊物，专志于短篇小说尝试的，在当代怕再没有短篇小说那末有机会发展的了。

---

① 白庐，应即李育中的笔名。李育中系香港早年的作家、诗人、新闻工作者，另有笔名马葵、李远等。
② 编辑兼督印人：梁之盘，经理：梁晃，出版：香港南国出版社，发行：梁国英报局，总经售处：生活书店。

（三）《黑黎》

署"美国 William Saroyan 著，曹泰来译"，发表于《文艺月刊》第 8 卷第 1 期①（第 176—180 页）的"散文小品"，1936 年 1 月 1 日出版。

（四）《蛇》，译文有二：

1. 署"美利坚·萨洛扬，路龙环"，发表于《南风》创刊号②（第 41—46 页），1939 年 5 月 15 日出版。

2. 署"（美）W. 萨洛扬作，李国香③译"，发表于《世界文艺季刊》第 1 卷第 4 期（第 140—145 页），1946 年 11 月出版。

（五）《好莱坞与作家》

署"William Saroyan"，末署"宜"译，发表于《集纳》（*The Journal: Chinese Digest of World News and Views*）周刊第 1 卷第 6 期④（总第 143 页），1938 年 1 月 29 日出版。译自 *Story*。

（六）《笑》

署"美利坚·萨洛扬，路龙环"，发表于《南风》第 1 卷第 4 期（总第 284—291 页），1939 年 8 月 15 日出版。

（七）《一二三四五六七八》《责罚》

发表于《文学研究》（*Literary Culture Monthly*）创刊号⑤的"翻译"

---

① 编辑兼出版者：中国文艺社（南京中山北路二四七号），发行者：正中书局（南京太平路）。

② 编辑人：林微音，发行人：周乐山，出版者：商务出版社（上海汉口路协兴大楼一一七号），总经售：中国图书公司。

③ 李国香（1921—1990），笔名斯纪，甘肃武山人。1946 年毕业于国立西南联合大学。先后任教于兰州大学、西北民族学院。精通英、法、俄、波斯和维吾尔语。曾撰著国内外第一部维吾尔文学史。其所译萨洛扬《蛇》《猫》《鼠》，收入《李国香文集》第二集（中国文联出版社 2004 年版）。

④ 编辑人：邵塚寒，发行人：金大仁，总经售：五洲书报社（上海山东路二二一号）。

⑤ 编辑者：文学研究月刊社，发行者：徐闻海。

栏，1939年10月出版。其中《一二三四五六七八》（第67—73页），署"美利坚·萨洛扬，路龙环"；《责罚》（第74—77页），署"美国W. Saroyan著，西崖译。"后者题下有小序：

> 威廉·萨洛杨（William Saroyan）是当代美国的新进作家，一九一一年生于美国，祖先为亚美尼亚（Armenia）人。他的父亲也是一个小说家。萨洛杨踏入文坛虽不过数年，但已占有一个重要而且荣耀的地位。他是以一篇名叫《一万七千个阿西利人》的小说才露头角的。一九三四年他在美国文学杂志《小说》上发表短篇《在飞行架上的勇敢青年》后，始轰动文坛。从此英美的文学杂志一般杂志的文艺栏，都争载他的作品。这些短篇后来收集成单行本《在飞行架上的勇敢青年》，《呼与吸》，《幼孩们》等几种。
>
> 他的作品中充满着浓厚的情感，笔调轻快而深入，使读者不自主地随着他的思路走。对于死亡与凄楚等，一般人向来对之有一种恐惧感的，但他的人物却大都漠然地处置着。批评家曾把他比作惠德曼和卢骚。

（八）《致葛莱泰·嘉宝信》（中英文对照）

A Letter To Greta Garbo, By William Saroyan, Translated and Notated by King Soong（金松），分两期刊于上海《英文知识》第21期（总第322—323页）和第22期（总第347页），1939年出版，具体日期不详。

（九）《真正聪敏人》

署"William Saroyan著，吴一平译"，发表于《杂志》第9卷第6期[①]（复刊第2号）的"读者之页"（第181—183页），1942年9月10日出版。

[①] 编辑者：吴诚之，发行者：杂志社（上海山东路二九〇号）。

（十）《十七岁》（William Saroyan: *Seventeen*）

署"萨洛扬作，李葳①译"，发表于《时与潮文艺》第 2 卷第 2 期（第 91—95 页）的"美国当代小说专号"，1943 年 10 月 15 日出版。

（十一）《沉默的人》

署"美 W. 萨洛阳作，荒芜译"，发表于《新中华》复刊第 2 卷第 1 期②（第 201—207 页）的"文艺栏"，1944 年 1 月出版。后收入《沉默的人》（第 1—9 页），中华书局 1948 年 10 月初版。

（十二）*The Shepherd's Daughter*，译文有六：

1. 《牧羊人的女儿》，署"W. 萨洛扬著，麦耶译"，发表于《中国周报》第 124 期③（第 6 页），1944 年 4 月 24 日出版。文末附"译后记"云："作者威廉·萨洛扬是美国著名青年作家，加里福尼亚人。他底第一个志愿是做个油画家，十四岁想做律师书记，十八岁终于做了作家。他的短篇小说以风格新颖见称，新到甚至海明威与他比起来，也是美国最老的老作家了。他也写剧本，*The Time of Your Life* 曾得一九四〇年普立兹戏剧奖金。"译者麦耶，即董乐山（1924—1999）。

2. 《看羊人的女儿》，署"萨洛扬作，陈原译"，发表于《开明少年》第 4 期（第 45—47 页），1945 年 10 月 16 日出版。译文末附"编者说"："萨洛扬祖籍亚美尼亚，一九零八年，生在美国加州的 Fresno 城。少年时代就学写小说，摹仿通俗刊物上的小说的笔路，没有什么成就。于是恍然大悟，'我该有我自己的写法'。一九三四年，他的小说开始受人赏识。直到现在，他的小说与剧本出版很多。他写文字，纯任自然，

---

① 李葳，"东北作家群"之一，也是重要的俄苏文学翻译家。
② 编辑者：新中华杂志社（重庆中华书局三楼），代表人：金兆梓、姚绍华，发行者：中华书局有限公司（重庆民权路四十一号）。
③ 编辑：中国周报社（上海河南路三〇八号），新中国报社发行。

不加修饰，对他的评论，毁誉参半。我国有吕叔湘先生译他的短篇集《石榴树》，开明书店出版。又有柳无垢小姐译他的长篇《人类的喜剧》，文光书店出版。后一种是这回大战期间他的新作。"

3.《牧人的女人》，署"William Saroyan 作，石地译"，发表于《东方杂志》第 42 卷第 6 号（第 62—63 页），1946 年 3 月 15 日重庆初版，1946 年 10 月上海再版。

4.《牧人的女儿》，署"美·萨洛扬著，田潮译"，发表于《文汇：半月画刊》第 4 期（第 20—21 页），1946 年 5 月 15 日出版。译文末署"一九四六，一月，十五，译于昆明"。

5.《牧羊人的女儿》，署"威廉·沙洛岩作，研译"，发表于《新思潮》第 1 卷第 6 期①的"文艺"（第 17 页），1947 年 5 月 1 日出版。有《作者介绍：威廉·沙洛岩（William Saroyan，一九零八年生）》（第 34 页）云：

> 威廉·沙洛岩有一种有计划的幻想，遇有一线希望就努力想把自己的作品印出来的本能的催促，使一般比较保守的批评家否认他应得的敬服。在沙氏平凡的形骸中却饱藏着极丰富新颖的天才，他的幻想和对生活的爱好，已予美国文学和戏剧上以丰满及极有趣味的贡献。沙洛岩生在美国加州（California）费司诺（Fresno）的田园中，父母是简单的亚美尼亚人，十一岁时曾做过送电报生，他收集了不少材料，结果在《人类喜剧》（The Human Comedy）中发表。于收割的季节在他叔父的园中和墨西哥的工人一同采割葡萄，他观察了许多事物而且完全不曾遗忘。他对于工作和接触的人每感觉无限兴趣，这是使在著作的每一行发光的特点。
> 沙氏在一九三四年所著的《在飞动的秋千上的大胆青年》（The Daring Young Man on the Flying Trapeze）使他在文学界成了名。他喜

---

① 主编兼发行人：李辰冬，发行所：北平红蓝出版社（八面槽七十四号）。

欢表现自己，而且无论别人造作什么关于他本人性格的谬言，他总肯相信；因此新闻界人都十分喜欢他。他写的剧本《你一生的时机》（*The Time of Your Life*）在一九四零年间获得普利兹（Pulitzer）奖金，但被奇怪的沙氏却拒绝接受。

《牧羊人的女儿》（*The Shepherd's Daughter*）是《在飞动的秋千上的大胆青年》中的一篇故事。

《编辑者言》（第7页）对此译文亦有推介："《孤独的快乐》，《牧羊人的女儿》是两位女作家译的，文笔清新流畅，故事生动有趣，为小说中之短篇杰作。"《孤独的快乐》为 John Cheever（约翰·契弗，1912—1982）原著，邱韵珊译。

6.《牧羊人的女儿》，署"W. 萨洛扬作，竺磊①译"，发表于《今译文丛刊第一辑：火烧的城》②（第54—55页），1949年6月出版。

（十三）《耶鲁出身的诗人》

署"美·萨洛扬作，胡仲持译"，发表于《诗创作》第19期③（第14—19页），1944年出版，具体时间不详。题头插画为珂琪仿刻。篇末有"译者附记"：

> 这篇东西形式上虽是短篇小说，可是就内容来看，却比我国出版的有些长诗更像诗。
>
> 在近年来美国不景气的浪潮中间以一个耶鲁大学出身的诗人也只好在乡村里开杂货店来维持生活了。这个诗人听到三个少年在冬天的急流里游泳的冒险故事，不由得感觉着自己好像瘠地的农作物

---

① 竺磊，或即高庆琛。
② 丛刊编辑人：李琼、范之龙，发行人：刘柏年，出版者：西门出版社（上海北京东路盐业大楼三〇四号）。
③ 发行：诗创作社（桂林六合里五三号），社长：李文钊，主编：胡危舟、阳太阳，总经售：上海杂志公司（桂林桂西路）。

和被摘下的葡萄一般没有活力了，于是他说了一些疯话——也可以说做了一些即兴诗。

听说桂林也有诗人开着杂货店，因此我愿意把这节译文投登《诗创作》。

(十四)《萧伯纳与萨洛扬》与《我会见了萧伯纳》

《萧伯纳与萨洛扬》，署"威廉·萨洛扬（Saroyan）著，林疑今①译"，发表于《一年间》②的"文艺之页"。译文题下有"译者按语"：

> 本文原为萨氏独幕剧 Hello Out There 序文，后载于一九四二年行销一时的美国当代作家自选集。萨洛扬为美国最负盛望的青年作家，先写短篇小说，继编剧本，最近又试写长篇小说，各有他个人独特的成就。萨氏的成名只是十年来事，他的第一篇短篇小说《荡秋千的青年》，于一九三四年为小说杂志（Story）的编辑，大加赏识，后又经名批评家孟肯（Mencken）的推荐，再加以萨氏努力创作，十年苦斗，始有今日辉煌的地位。文中述其作剧经过及其受前辈作家影响，或堪作吾国文艺青年的参考，因特译出。萨氏著作，国人已略有翻译，开明书店已出版其短篇集《石榴树》（吕叔湘译），文光书局近又刊印其著名长篇《人类的喜剧》的节译（柳无垢译），后者描写美国战时家庭生活，颇为精采，惜译文只及原文三分之一，实为美中不足。
>
> 本剧作于一九四一年八月初，一九四一年九月十日（星期三）在加里福尼亚州圣大巴巴拉城的 Hodbero 上演，当为萧伯纳剧本《魔

---

① 林疑今（1913—1992），原名林国光。福建龙溪人。其五叔为林语堂。1936 年留学美国，在哥伦比亚大学研究院攻读英美文学，获得文学硕士学位。1941 年回国后，任职于中央银行经济研究处，协助编辑由该处出版的英文季刊。

② 重庆图书馆所藏该刊仅一期，因封面及版权页破损，已无法辨识其具体刊期，但知其社址为民生路一二三号，由国民公报印行。出版时间已知为 1945 年，因其内刊元旦献词，大致可推知出版于 1945 年 1 月 1 日。

鬼的门徒》(*The Devil's Disciple*) 戏院的开场戏。

《我会见了萧伯纳》，署"萨洛扬著，晓容①译"，发表于《月刊》第 2 卷第 3 期②（第 72—73 页）的"萧伯纳之页"，1946 年 10 月 20 日出版。题下有小序：

> 第一颗原子弹在新墨西哥爆炸之前一年岁，一九四四年五月是萨洛扬会见萧伯纳的月份。
>
> 为庆贺萧翁七月二十六日的九十岁诞辰，《新共和》(*New Republic*) 的编者特呈献出萨洛扬先生自己未曾发表的萧翁会见记。这同时也是庆贺萨洛扬先生八月三十一日的诞辰，在那天萨洛扬先生是三十八岁。

（十五）《理发匠的叔叔》

署"William Saroyan 作，叶琼③译"，发表于《东方杂志》第 41 卷第 13 号（第 58—61 页），1945 年 7 月 15 日重庆初版，1945 年 10 月上海再版。

（十六）《一群穷光蛋》/《一群穷人》

《一群穷光蛋》，署"W. 索洛延作，曹锡珍译"，发表于《中学生》复刊后第 94 期（第 27—29 页），1945 年 12 月出版。

《一群穷人》，署"熊碧洛"，目录中作"一群穷人（翻译小说），熊秉洛"，译者姓名有误。发表于《宇宙》第 1 年第 3 期（一月号、二月号合刊，第 124—127 页），其出版时间，封面及版权页作"1946 年 2 月 1

---

① 晓容，或即张振珮（1911—1988）。下文另有译者张振楣，两者的关系待考。
② 主编者：沈延国，编辑人：沈子复、翁逸之，发行人：孙雪泥，出版者：生生图书公司（上海六合路一〇五号）。
③ 叶琼（1924—2005），浙江慈溪人。原名叶雅江，笔名亚江。1943 年就读于北平辅仁大学，上海圣约翰大学肄业。

日出版",但在目录页第 2 页上端,又有"中华民国三十五年一月二十五日出版"字样。① 译文末署"一九四五,十二,十七,于重庆"。其正文首页左上角有作者介绍云:

> 威廉·萨洛扬是美国新进的作家,曾以短篇集《我名叫亚拉莫》获得文学界批评的非常盛誉。他的著作多而广泛,尤以小说及戏剧为著,其长篇小说《人类的喜剧》已由柳无垢先生节译,并有吕淑(叔)湘先生所译之短篇小说集《石榴树》。本篇系译自一九四二年纽约亚芒书店出版之《四十八个萨洛扬的故事》②。上期本刊曾刊萨洛扬之《三十六号机关车》。

《三十六号机关车》为"坚卫(董鼎山)"自 *My Name is Aram* 译出,发表于《宇宙》第 1 年第 2 期(1945 年 12 月 10 日出版)。

(十七)《与死搏斗》

署"William Saroyan 作,曹锡珍译",发表于《东方杂志》第 42 卷第 4 号(第 61—64 页),1946 年 2 月 15 日重庆初版,1946 年 10 月上海再版。

(十八)《航向转萨克比湾》

署"W. 萨洛阳作,曹锡珍译",发表于《野性的黄河:骆驼文丛之二》③(第 29—31 页)的"译文",1946 年 4 月 1 日出版。篇末署"一九

---

① 据靳明全主编《重庆抗战文学与外国文化》(重庆出版社 2006 年版),熊碧洛译萨洛扬的《一群穷人》曾刊重庆《国民公报》,具体日期待查。
② 据朱磊 1995 年自费出版的日记体回忆录《时光倒流在我心上》之"觅食时期(1946—1948 年)",穆旦曾为其带来萨洛扬的短篇小说集(46 篇故事集),并鼓励他翻译。后曾在报上(应指穆旦主编的《新报》)连续发表过几篇经其校正的译文。再后来,朱磊又将整本故事集全部译出。参见李方《穆旦主编〈新报〉始末》,《新文学史料》2007 年第 2 期,第 16 页。
③ 发行者:新风文艺社,编辑者:青苗、郑震,社址:开通巷五十二号。

四六，一，十五，渝"。"栋材三、二十九、于大中"所作《校后记》（第 38 页）云："稿件的拥挤，以致使王郁天君的《某校长》以及曹锡珍先生译的萨洛阳另外一篇《偷掉的自行车》没有排上，这是我们要特别声明和请作者特别原谅的一点。""栋材"即阎栋材（1922—1948）。

小说一译《航行契塞批克湾》，金隄译，发表于天津《益世报》1947 年 8 月 30 日第六版的《文学周刊》（沈从文主编）第 55 期。篇末有"本篇完"。此系"萨洛扬短篇二则"之一，但仅见其一，未见其二。

（十九）《偷掉的自行车》

署"萨洛阳（William Saroyan）作，曹锡珍译"，发表于《雷雨进行曲：骆驼文丛之三》①（第 15—16、40 页），1946 年 5 月 15 日出版。

（二〇）《宣战》，译文有二：

1. 署"[美] W. 萨洛扬著，方敬译"，发表于《世界文艺季刊》（原名《世界学生》）第 1 卷第 3 期②（第 146—151 页），1946 年 4 月重庆初版，1946 年 8 月上海再版。篇末有"附记"：

> 威廉·萨洛阳（William Saroyan, 1908—   ）祖籍亚美尼亚，生于美国加州之 Fresno 城。初写小说，产量甚丰。他说，"我是个说故事的，我只有一个故事——人。我要说的是这个简单的故事，我爱怎样说便怎样说，我不理会修辞的规则，我不记得作文的秘诀。"因此，他有他自己的风格。后来又写剧本，剧本的演出都很成功。他的短篇小说集"My Name is Aram"有吕叔湘译本，改名为《石榴树》，在开明书店出版。长篇《人类的喜剧》（*The Human Comedy*），亦有中译本。

---

① 社长：景梅九，编辑：青苗，发行者：新风文艺社，社址：南四府街一一九号。
② 社长：杭立武，主编者：杨振声、李广田，发行者：世界文艺季刊社（南京北平路六九号），总经售：商务印书馆。

2. 署"W. 萨洛扬，倪明①译"，发表于《文艺与生活》第 1 卷第 5 期②（第 5—7 页），1949 年 8 月 1 日出版。篇末署"一九四七十一月初"。

（二一）《旅行的危险》

署"美·W. 萨洛扬作，张尚之译"，发表于《民间周刊》第 3 期③（第 9 页），1946 年 4 月 26 日出版。篇末有"四，廿日，追记"，系译者讲述自己在上海旅馆里类似经历。后又发表于《新文艺》创刊号④（第 62—63 页）的"小说"栏，1946 年 6 月 1 日出版。篇末无"追记"。

（二二）《打你们的屁仗去！》（小说，附图）

署"W. 萨洛扬作，陈原译"，分两期连载：（1）《文汇：半月画刊》第 6 期⑤（第 24—27 页），1946 年 6 月 15 日出版。（2）《文汇：半月画刊》第 7 期（第 29—30 页），1946 年 7 月 1 日出版。后转载于《书报精华》第 51 期（第 20—23 页），1949 年 5 月 1 日出版。

（二三）《爱情，死亡，牺牲及其他》

署"威廉·萨罗扬，董文译"，发表于《文章》第 1 卷第 4 期⑥（第 19—23 页），1946 年 7 月 15 日出版。篇末有"译者按"："威廉·萨罗扬是美国名小说家，作风新颖。他也写过剧本《与父亲相处的日子》曾得戏剧奖。不久前上演的《人类的喜剧》（米高梅影片，米盖罗纳主演）正是他的著作之一。"

---

① 倪明，应即倪受禧。
② 发行者：文艺与生活社，编辑者：文艺与生活编辑部，社址：成都文庙西街五十一号。
③ 出版：大中出版社（上海崧厦街三十六号），总经售：五洲书报社。
④ 发行人：周庆爵，编辑人：史伍、何礼传、萧斧，发行所：新文艺社（上海汶林路汶林村一弄六号、广州逢源路一四三号二楼）。
⑤ 发行人：严宝礼；编辑人：余所亚，出版者：文汇报。
⑥ 编辑者：文章社（上海山东路永乐里二十七号），出版者：文章社（上海静安寺路同益里十八号），发行者：永祥印书馆（上海福州路三八〇号）。

《爱情，死亡，牺牲及其他》译自 The Daring Young Man on the Flying Trapeze。1956 年 10 月《译文》杂志又曾发表黄星圻所译萨洛扬的两个短篇，即《爱情、死亡、牺牲等等》和《哈利》。论者或将《爱情、死亡、牺牲等等》视为初译，并将其作为萨洛扬早期成名作《秋千架上的大胆青年及其他》在中国受到"冷落"的例证，① 当是资料收集出现的疏失。除此之外，如前所示，The Shepherd's Daughter 也是译自该小说集。

(二四)《一条曲线》

署"威廉·萨洛扬著，坚卫译"，发表于《民主文艺》创刊号②（第 8—9 页），1946 年 9 月 1 日出版。篇末有"译者按"："这里，萨洛扬生动地刻划了一个穷极无聊的人的心理。"

(二五)《猫》

署"(美) W. 萨洛扬作，李国香译"，发表于《世界文艺季刊》第 1 卷第 4 期（第 146—149 页），1946 年 11 月出版。编者在 1946 年 6 月 20 日所作《编辑后记》（第 178 页）中，曾说："上一期（按：即《世界文艺季刊》第 1 卷第 3 期），我们曾发表过萨洛扬一篇《宣战》，本期又发表了他两个短篇，《蛇》和《猫》，文章简短，富戏剧性，那种清新的感觉，真有一种说不出的魔力。"

(二六)《青年与老鼠》

署"萨洛扬著，熊碧洛译"，发表于《春秋》第 4 年第 1 期（第 49—50 页），1947 年 4 月 10 日出版。

后又以《笨鼠》之名，发表于《家庭》第 15 卷第 1 期③（第 73—75

---

① 刘静：《20 世纪中期的萨洛扬译介》，《河南科技大学学报》2006 年第 3 期。
② 编辑人：钟子芒、沈寂，封面设计：池宁，发行人：冯葆善，出版者：民主文艺社（上海南京路慈淑大楼五二八号）。
③ 编辑兼发行人：徐百益，人生出版社出版，总经售：上海山东路二二一五洲书报社。

页),1948年6月出版。署"美国W. 萨洛扬原著,熊碧洛译述"。篇末有"编者"对作者所作简介:"威廉·萨洛扬是美国最新的名作家,无论在时代与作风上都是如此,他的作品非但替美国文学划了一条线,而且也替世界文坛开了一条路,其特点是散文化的小说,现代人的心理分析,破坏了一切旧的规律,代之以簇新的风格,可称为现代新感觉派文艺台柱。大战时代,他曾亲赴各战场,参加实际战斗,其生活经验之丰富,可以自傲于一般的作家。"

(二七)《法国画片》

署"美国W. Saroyan著,张振楣译",发表于《文艺复兴》第3卷第3期[①](总第366—367页),1947年5月1日出版。

(二八)《回家》(附图)

署"萨洛扬著,温凡译",发表于《春秋》第6年第1期(第89—93页),1949年1月10日出版。

(二九)《吉姆、排船斯与死的挣扎》

署"W. 萨洛扬,倪明译",发表于《文艺与生活》第1卷第4期(第19—20页),1949年7月1日出版。

1943年,《时与潮文艺》第二卷第二期曾辟有"美国当代小说专号",重点推出八位作家的作品八种。此八位,分别是:德莱塞(Theodore Dreiser)、安特生(Sherwood Anderson)、凯漱(Willa Cather)、威士各特(Glenway Wescott)、休士(Langston Hughes)、海明威、史坦贝克和萨洛扬。主编孙晋三为专号特作"引言",指出:史坦贝克与萨洛扬的作品,"都全以口语写成",而"萨洛扬以天真烂漫的笔调,写出了美国生活,不涉一点技巧,不加半点煊染,更是妙笔天成"。他俩在美国文坛的

[①] 编辑人:郑振铎、李健吾,发行人:钱家圭,发行所:文艺复兴社(南京西路六二四号),总经售:上海出版公司。

"相继兴起",标志着"美国的写实主义,已渐渐脱去仅存的少许矫作,而踏入和生活打成一片的化境"。① "生动健壮的美国小说",正是因为萨洛扬,更显"年青活泼"。②

萨洛扬的创作,自有其特点与不足。对此两面,张尚之有过中肯的评价。在《萨洛扬的路》中,他指出:其"取材和处理的独特",一方面使之"充份地发扬了所谓'萨洛扬式'的新鲜,动人的幽默",但也使其不如斯坦贝克和海明威"显赫"。萨洛扬的作品,如中国民间的年画,"从沉朴中流露出它的美",以及对现实生活的乐观看法;但同时给予读者的,也"大都是一幅可喜的场面",因此,对"生活和社会的黑暗,残酷的一面",缺少"正面的抉发",从而削弱了作品的社会意义,冲淡其"原有的启示性"。不过,论者相信"年月的累积",将使萨洛扬"更进一步地体味到美国社会的发展中的本质","发现人间的喜剧是不断地在一个庞大的社会的——或者说世界的悲剧中搬演"。③

关于抗战前后中美文学的交流,《中外文学交流史:中国—美国卷》曾分阶段予以概括,认为:自1936年后期到整个1937年,"中国一直被战前的某种浓密的阴影包围着,中国的翻译家们似乎也走到了一个谷底。包括美国文学在内的所有域外文学翻译活动几乎都因为战争的爆发而被迫陷入了暂时的停顿"④。1938年至1942年的五年间,"翻译家一方面为配合抗战而积极地将域外有关战争的各种信息及时地传递到国内"⑤;另一方面,也在"极其艰难的境况"下,"努力坚持将美国名作家的各式著述译介到中国"。⑥ 从1943年开始,域外文学的翻译,才有"逐步复苏的

---

① 孙晋三:《"美国当代小说专号"引言》,《时与潮文艺》1943年第2卷第2期。
② 孙晋三:《"美国当代小说专号"引言》,《时与潮文艺》1943年第2卷第2期。
③ 张尚之:《萨洛扬的路》,《知识与生活》1947年第9期。
④ 钱林森、周宁主编,周宁、朱徽、贺昌盛、周云龙著:《中外文学交流史:中国—美国卷》,山东教育出版社2015年版,第248页。
⑤ 钱林森、周宁主编,周宁、朱徽、贺昌盛、周云龙著:《中外文学交流史:中国—美国卷》,山东教育出版社2015年版,第248页。
⑥ 钱林森、周宁主编,周宁、朱徽、贺昌盛、周云龙著:《中外文学交流史:中国—美国卷》,山东教育出版社2015年版,第249页。

迹象"，其标志即在于胡仲持所译萨洛扬《唱歌班的歌童们》和《沃伊勃卫人》的相继发表。① 在论及萨洛扬作品的翻译及特点时，张云霞曾指出其"特殊"性：首先，对萨洛扬作品的翻译，与作者的创作基本同步；其次，中国对萨洛扬作品的关注，"仅集中"在抗战时期，这与萨洛扬小说的特点有着很大关系，即"以边缘化群体的视角书写了对于自由的追寻、对于战争的厌恶，其间展现出的亚美尼亚精神成为当时中国抗战所需要的精神支持"。而此后，国内对于萨洛扬作品的译介、阅读热度则迅速下降。② 此说大体准确。不过，从上面的梳理来看，萨洛扬在中国的影响，即便是抗战胜利之后的一段时期，也依然长盛未衰。而其影响所及，在余光中、姚一苇、施蛰存、周作人、钱歌川等人的文字中，均可寻觅到大量的踪迹。③

---

① 参见钱林森、周宁主编，周宁、朱徽、贺昌盛、周云龙著《中外文学交流史：中国—美国卷》，山东教育出版社2015年版，第250页。

② 参见张云霞《抗战时期萨洛扬作品的翻译及特点》，《短篇小说》（原创版）2015年第6期。

③ 如余光中在其《记忆像铁轨一样长》中曾写道："萨洛扬的小说里，有一个寂寞的野孩子，每逢火车越野而过，总是兴奋地在后面追赶。四十年前在四川的山国里，对着世界地图悠然出神的，也是那样寂寞的一个孩子，只是在他的门前，连火车也不经过。"参见余光中《世故的尽头 天真的起点》，北京联合出版公司2019年版，第218页。又如1972年姚一苇在《有感于威廉·英吉之死》中曾说，"我在大学读书的时候，曾一度是萨洛扬（William Saroyan, 1908—   ）迷"，"我爱好的是他所描画的腐化社会中流露出来的孩子式的善良，使我们不会为痛苦所压倒，使我们还能而且值得活下去"。1992年，施蛰存在接受新加坡作家访问时，称"譬如说有一位短篇作家，我是受他影响的，就是萨洛扬（Saroyan）。萨洛扬在三十年代是很时髦的。他是美国的阿美尼亚人，短篇小说写得好"。1947年间，施蛰存在主编《大晚报·每周文学》时，亦曾接连刊发自己或署名陈玫者所译萨洛扬的小说。参见朱双一《姚一苇早期小说与鲁迅、施蛰存》，《常州工学院学报》（社科版）2007年第1期。

善亦有道：易卜生戏剧中的伦理观照及其转向*

王金黄**

内容提要：易卜生戏剧不仅具有本体化的个性风格，而且兼有北欧文化的共性特征。若全面把握和客观审视蕴藏其中的伦理品格及其文学价值，首先要解决的问题就是作品中的伦理观照以及善之观念的显现。个人价值、家庭关系与社会意识分别构成了易卜生戏剧伦理观照的三重维度，三者之间相对独立，但又彼此呈现出互为聚焦的参照关系。当参照客体发生移位时，不同维度映射出来的伦理问题也随之产生变化，从而导致两次转向的发生。在不断寻求突破的创作过程中，作家朝着人类至善的方向持续深化和提升。由历史传奇剧中的制度之善到社会问题剧中的共同体之善，再到象征哲理剧中的人性之善，整体上勾勒出易卜生戏剧善之观念的发展与递变轨道。

关键词：易卜生戏剧；伦理观照；制度之善；共同体之善；人性之善

作为北欧文化的巨人，易卜生的戏剧创作贯穿了19世纪北欧文学的主潮。他作品中的伦理观照之所以能够自觉，从根源上离不开历史环境

---

* ［基金项目］2020年重庆市社会科学规划博士项目"易卜生戏剧伦理叙事研究"（2020BS20）；2020年重庆师范大学校级项目"易卜生戏剧伦理思想研究"（20XWB010）。

** ［作者简介］王金黄（1990— ），男，文学博士，重庆师范大学文学院讲师，主要研究北欧文学与比较文学。

的土壤和时代呼唤的诉求。在 19 世纪上半叶民族复兴精神的引领下，北欧各国浪漫派纷纷走上文化自主的创作道路。在挪威，筚路蓝缕的开路先锋是彼得·蒙克，他编纂出版的《挪威古代法律》（三卷本，1845—1850）和《挪威人民历史》（六卷本，1851—1863），填补了挪威文化的空白。①"其他如挪威童话的改写和出版（阿斯比龙生和摩埃），挪威民歌的收集（兰德施塔德），则都是由于浪漫主义者对于民间风味的偏爱，影响了北欧人的心灵"②；稍后创作历史传奇剧的易卜生亦属于此列。如果说早期关于维京先祖的伦理观照是北欧文化自信的体现和张扬；那么，在中期社会问题剧中，他所倡导和呼吁的共同体伦理建构就是对挪威民族解放运动的一场积极回应，旨在改造社会结构和推动国家独立。这使侨居海外的易卜生得以与其他三位本土作家——比昂松、约纳斯·李和阿雷克山德·基兰德，一起并称为"挪威文坛四杰"。从历史传奇剧到社会问题剧再到象征哲理剧，易卜生不断地变换和拓展着戏剧创作的方向与题材表现的空间，上自北欧先民的狩猎生活，下至 19 世纪末人类的压抑苦闷；作品中的人物行踪更是以挪威为圆心，欧洲为半径，辐射了亚、非、美诸洲大陆，时空跨度之广阔浩瀚着实令人惊异！然而，作家的视线并没有因此发生偏移或改道，反而留下了愈加清晰深刻的发展轨道。

一　易卜生戏剧伦理观照的三重维度

在易卜生戏剧中，个人价值、家庭关系与社会意识构成了伦理观照的三个维度。就个人价值而言，它不是指某个人物已经获得的或者可以被他人拿来利用的价值，而是指作为主体内心所向往的或通过独立自愿的伦理选择来加以实现的未知部分。身为教区的牧师，布朗德的价值在于加强上帝和子民的精神联系，坚固众人的宗教信仰，这也是世俗社会所寄托于他的伦理责任。但是布朗德认为："我不是宣讲福音的人；我不是作为教会的

---

① 参见石琴娥《北欧文学史》，译林出版社 2005 年版，第 156 页。
② ［丹麦］勃兰兑斯：《十九世纪文学主流·德国的浪漫派》，刘半九译，人民文学出版社 1981 年版，第 348 页。

牧师说话。我算不算个基督教徒，我也说不清。但有一点我敢肯定，我是一个人。"① 他从自身的道德认同和情感需求出发，拒绝那个老态龙钟的"睁一只眼闭一只眼的上帝"，更不愿意接受他所赋予的传教使命，而是极力寻找像赫拉克勒斯那样既能"普爱众生"又能"铁面无情"的年轻上帝，以至于不肯宽恕即将离世的母亲、不愿施舍身患重病的妻儿以爱怜，将满腔的热情用来带领众人走向冰教堂的"陡峰绝壁"。他的个人价值体现于这布满荆棘的探索道路中，亦体现于对年轻上帝的绝对虔诚中。在《玩偶之家》里，娜拉经历了由满足丈夫的期许向自我价值体认的痛苦蜕变。一直以来，她都是一个勤俭持家的贤妻良母，一个惹海尔茂喜爱的"小松鼠儿"或"小鸟儿"，唯独冒名借款替丈夫渡过难关这件事，完全出于自己的意愿。她深知此举对海尔茂名誉乃至事业的不利，所以能够委曲求全地节省开支、没日没夜地抄写还贷，甚至事件败露，她被斥责为"一个下贱女人"、一个沾染父亲坏德行"不信宗教，不讲道德，没有责任心"的"伪君子"时，都做好了自杀的准备来维护所爱之人的清白，此时的娜拉根本没有思考过一切行为的合理性问题，而是生活在无偿付出的爱情谎言里。直到被褫夺了孩子的抚养权，她才冷静下来；再到事情转机，海尔茂若无其事地宣告妻子是丈夫的私有财产，她才意识到自己在家庭中的"玩偶"价值，并开启了探索人生意义的新旅程。在易卜生戏剧作品中，某一种人物类型虽然会面临相似或趋同的伦理困境，但由于每个人物的性情、经历和生存环境之差异，不可能出现完全一致的价值选择。同样是家庭主妇，阿尔文太太就从未逃脱悲惨的宿命，一边残喘于丈夫荒淫无度的死亡阴影中，另一边拘囿于对曼德牧师的深情厚谊而从不质疑他所灌输的人生理念；在她身上，完整地展现了个人价值是如何被强大的外界势力一步步蚕食和侵占的消亡过程。当然，在追求自我价值的时候个人也不都是处于被动的地位，建筑师索尔尼斯就是如此。为了施展自己的人生抱负和创建基业，他可以无视烟囱出现缝隙的安全隐患，甚至渴望一场冬日的大火把妻子的

---

① ［挪威］易卜生：《布朗德》，成时译，载《易卜生文集》（第三卷），人民文学出版社1995年版，第158页。

祖宅烧成废墟；果然诚如他所愿："通过烟囱里那道小黑裂缝"，索尔尼斯的建筑事业"冒出了头"。如今，为了保持自视甚高的名誉和地位，他大肆压榨瑞格纳父子，骗取簿记员开雅的信任和依赖，使所有的建筑项目和设计方案牢牢地掌握在自己手中。但索尔尼斯也付出了惨重的代价——大火之后失去了孩子的性命和妻子艾林的幸福，同时牺牲掉了一对年轻人的爱恋生活，以及年迈老父布罗维克的羁绊与牵挂。

显而易见，易卜生无意于孤立地探讨个人价值的实现路径，而是把它放置在具体的伦理语境中客观辩证地考察二者的联动关系，以及思考个人价值在何种程度上能够体现善的问题。而这就需要谈及伦理观照的另外两个维度：家庭关系和社会意识。有史以来，在人类所有的伦理关系中，家庭依旧是最为稳定的构成单位，它大体包括了夫妻、亲子和长幼三种关系类型。其中，以《社会支柱》《海上夫人》《约翰·盖吕勃尔·博克曼》等为代表的多幕剧均有集中而完整的体现：在剧中不仅存在博尼克与贝蒂、房格尔与艾梨达、博克曼与耿希尔德这样常见的夫妻关系，也存在像博尼克兄妹、楼纳姐弟、希尔达与瑞替姆两对姐妹等大家族式的长幼序悌，还存在着渥拉夫、博列得、遏哈特等下一代新人与父辈们的血脉相连。尽管这些作品人物众多、关系复杂，但大多以夫妻之间的婚姻关系为核心展开叙事，亲子和长幼关系作为补充或外延，最终的聚焦点仍然是两性关系，确切地说是以家庭为轴心的两性关系。而且在同一部戏剧中，远远不止一组两性关系：

《社会支柱》：
第1组：博尼克与贝蒂（妻子）、楼纳·海尔斯（妻姐）、铎尔夫太太
第2组：约翰（妻弟）与马塞·博尼克（妹）、棣纳·铎尔夫（私生女）

《海上夫人》：
第1组：艾梨达与房格尔（丈夫）、陌生人、阿恩霍姆；

第 2 组：博列得（继女）与阿恩霍姆；

第 3 组：希尔达（继女）与凌格斯川

《约翰·盖吕勃尔·博克曼》：

第 1 组：博克曼与耿希尔德（妻子）、艾勒·瑞替姆（妻妹）、威尔敦太太；

第 2 组：遏哈特（儿子）与威尔敦太太、富吕达

父辈们的两性纠葛与子辈之间刚刚萌生的两性情感，形成了一种跨越时空的伦理对位和代际互文关系，而笼罩在巨大张力之下的家庭成员亦面临着道德的考验，或者分崩离析，或者凝聚合力。即使是《咱们死人醒来的时候》只有六个人物出场的情况下，作家仍然保留了最基本的家庭模式，以"梅遏—鲁贝克"这对夫妻为核心建构起两组价值观相对的人物关系。如果我们把每一个家庭都视为一个半封闭的伦理圈，那么与之发生联系和交集的友邻、同事、宾客乃至婚姻第三者等外来群体，则具有某种社会意识的渗透功能。有些以集体众意的面目出现，比如《人民公敌》里以印刷所老板、房主联合会主席阿斯拉克森为代表的挪威中小资产阶级，他们"在本地是个结实的多数派"，主张"稳健是公民最大的美德"。① 最初对斯多克芒表示谢意和支持的是这群力量，最后在市民大会上无理喧闹和叫嚣乃至发动人身攻击的还是这群力量，他们就像杆秤上的砝码推动并影响着德性博弈的结果。有些则以法律条文、风俗习惯等意识形态化的方式出现，具有教化性质而深入人心；比如《玩偶之家》中威严苛刻的挪威民法、《罗斯莫庄》里言之凿凿的当地谣言与那封谁也不曾看见的揭发信。还有一些则假以国家命运或正统秩序等宏观意识形态的名义，运用残酷的权力手段进行伦理关系的胁迫或干预来实现社会统御的政治目的；《厄斯特罗特的英格夫人》《觊觎王位的人》以及《皇帝与加利利人》等历史传奇剧中的社会意识均属于此类范畴。

---

① ［挪威］易卜生：《人民公敌》，潘家洵译，载《易卜生文集》（第五卷），人民文学出版社 1995 年版，第 322—323 页。

二 维度之间的参照关系与伦理映射

那么，伦理观照的三个维度在戏剧作品中到底呈现出一种怎样的状态呢？易卜生想要借此表达或传递出什么样的善之观念呢？在易卜生戏剧里，个人价值、家庭关系与社会意识并不是完全割裂而独立存在的，三者融为一体，彼此之间互为参考坐标，是一重又一重叠加起来的照映关系，共同推动着作品的伦理叙事与主题建构。在《培尔·金特》这部早期代表作中，易卜生不仅保持了一贯的张弛有度和层次分明，而且整体上实现了三个维度的会通与交合。主人公培尔·金特是挪威农民的典型，具有浓厚的作家自传色彩；同时他又超越于一般的文学形象，"作为十九世纪文学作品中的人物，其广博可与文艺复兴时期想象力创造出来的最显赫人物媲美，远非歌德笔下的浮士德（易卜生极力赞慕的角色）可以匹敌"[①]。这一切得益于人物的丰富想象力与游历世界的现实经验相结合，随着时间的推移和阅历的增长，个人的世界观和价值观也在不断地转变。在剧中，易卜生先后以理想主义者—实业资本家—宗教先知—科学研究者—年老颓废的多余者为节点，通过人物多重身份的更替折射出社会近百年间的思想流变历程，并以离家出走和回归家庭贯穿始末，以"保持自己的真正面目"为临终寄托，将社会意识、家庭关系与个人价值浓缩于培尔·金特颠沛流离的一生，从而使之成为19世纪人类社会伦理现状的普遍性隐喻。虽然三重维度能够完美地共存于同一部戏剧作品中，但是在不同的创作阶段，作家进行伦理观照的侧重点也会随之发生变化。

在早期创作的历史传奇剧中，个人价值和家庭关系一起依附在社会意识之下，而群体的社会意识所体现的恰恰是特定时代的规章律法或深入人心的民风民俗，它是人类制度体系最外在的表征。易卜生借此考察了北欧历史进程中制度之善恶的相关问题。一方面，伦理制度的不完备会对家庭关系的团结和睦造成不可逆转的消耗和破坏，以抢婚制为代表。在

---

① ［美］哈罗德·布鲁姆：《西方正典——伟大作家和不朽作品》，江宁康译，译林出版社2011年版，第291页。

《海尔格伦的海盗》中有一处细节，古纳和西古尔得来到冰岛作海上贸易时，并未见过厄努尔夫的两个女儿伊厄棣斯和达格尼，彼此之间也不相识；在宴会醉酒和黑夜掩映下，古纳抢走了伊厄棣斯、西古尔得抢走了达格尼并互相结为夫妻。这一行为反映了人类婚姻史上曾经出现过的抢婚习俗，其最显著的特征是未经对方同意而贸然使用武力抢夺其他部落女子以成婚。尽管这种习俗被称为"抢婚制"，但"它是一种求妻方式，而不是一种独立的婚姻形态"，在世界许多民族都存在过，主要"产生于母系氏族向父系氏族过渡或妻方居住向夫方居住过渡时期，是原始社会末期对偶婚向一夫一妻制过渡的重要标志"①。该行为直接导致了戏剧冲突的产生——厄努尔夫家族上门寻仇，并促使伊厄棣斯走向万劫不复的死亡深渊。通过一些线索，我们可以发现伊厄棣斯所尊崇的是一种原始的对偶婚制：其一，她一直希望自己保有婚姻的选择权，而非屈从于义父之命；其二，当她知道丈夫古纳不是杀死白熊之人时，愿意保留婚约并同时与梦中情人西古尔得展开交往。可惜事与愿违，信奉了基督的西古尔得严格遵守一夫一妻制，宁死不与伊厄棣斯媾和。最后，她跳海自杀的选择象征着对偶婚从北欧地区的彻底退出，婚姻伦理必然会被下一个时代的道德规范所取代。然而，抢婚制尚不足以承担这样的历史使命，因为"没有一个民族曾把抢婚作为通常的或正规的结婚形式"；"它主要是作为战争的伴随物"，在剧中厄努尔夫与伊厄棣斯的父亲两个部落之间的确发生过局部战争，所谓义女不过是件值得炫耀的战利品而已；抢婚制也会"发生在某些较为发达的民族中，他们的青年男子为了压低新娘价格或根本不付财礼，往往就将抢夺婚作为买卖婚的一种替代形式"②，古纳和西古尔得的行为就属于这一种情形，以友情为重的二人把伊厄棣斯作为财物互相赠送，爱恋与否从未纳入考虑的范围。所有男性都在抢婚制中获得了物质和心理的极大满足，而让女性置于危险的尴尬境地，这种只符合一方利益而竭力压制另一方正常需求的风俗习惯不可能使两性

---

① 陈国强主编：《简明文化人类学词典》，浙江人民出版社1990年版，第249页。
② ［芬兰］韦斯特马克：《人类婚姻简史》，刘小幸、李彬译，商务印书馆1992年版，第76—77页。

关系维持长久。作为婚姻制度的替代品，它自身却存在着权利义务关系及其程序化的巨大漏洞，特别是女性在判决实施过程中的缺席地位使伊厄棣斯无法取得正当的申诉途径，这就决定了发生在厄努尔夫、古纳与西古尔得三个家庭的伦理悲剧是男性独权话语自食其恶的必然结果。

另一方面，某些制度所体现的滞后性伦理观念不仅严重阻碍了个人价值实现的最大化，甚至导致大规模的战争爆发，造成社会混乱与民生凋敝。一场由王位继承的血统问题引发的挪威政权动乱与民族纷争在《觊觎王位的人》这部戏剧里得到了淋漓尽致的展现。当霍古恩四世身世之谜尚未解开之时，各路王亲贵族、勋爵总督乃至教会司职蠢蠢欲动，他们均以血统作为统治者合法化的唯一标准，互相为敌而连年征战。即使血缘关系最疏远的尼古拉斯主教也在积极地储蓄力量，不断挑唆和激化其他兄弟子侄之间的伦理矛盾以求篡夺王位，实现自己的政治野心。然而，连军事力量强大的斯古利伯爵也不得不承认——众多候选人中只有霍古恩一人具有治理国家的伟大能力，并发出自我怀疑："难道我自己不能实现这种理想吗？如果我不能实现它，为什么我又这么喜欢霍古恩的思想呢？"[①] 最终事实证明，爱民如子的霍古恩四世赢得了王位之战，阻止了国家陷入分离的局面，使挪威重新恢复为统一的君主政权；而他的血统和身世已经不再重要。在易卜生笔下，这些饱含社会意识而又建设迟缓的国家制度所发挥出来的伦理功效具有极大的不确定性和延宕性，让个人和家庭付出了惨重的代价；作家通过历史传奇剧中的伦理观照向当时的治国者们发出了急切吁求——只有建立起切实完善且符合正义的制度体系才能够最大限度地实现制度之善[②]。

---

① ［挪威］易卜生：《觊觎王位的人》，潘家洵译，载《易卜生文集》（第三卷），人民文学出版社 1995 年版，第 92 页。
② 制度之善（institutional good），亦称"制度的善"，它主要包括内容之善和形式之善两个基本方面，"内容善侧重于制度的实质方面，考察制度内在所具有的社会成员相互间的权利义务关系，看其是否具有时代精神"，而"形式善侧重于制度的技术性方面，看其是否自洽、严密、有效"；二者统一于制度之善。参见朱贻庭主编《应用伦理学辞典》，上海辞书出版社 2013 年版，第 391—392 页。

三 易卜生戏剧伦理观照的两次转向

不过，上流阶层在社会问题剧中的不堪表现使这一念想很快成为奢望。不管是 16 世纪还是 19 世纪后半叶，无论贵族世家出身的英格夫人还是叱咤风云的执政党或自由主义在野党，他们都不能胜任制度建设的重担，或因缺乏魄力和决断的统御能力，或因私欲炽盛而陷入钩心斗角的权力漩涡。挪威的命运在这些权贵手中不停地滚动交接，整个国家的局势危如鸡卵，民众仍然生活在水深火热中。

因而，在创作中期，易卜生的关注点开始由社会意识寄托的制度之善转移到以家庭关系为根基的共同体之善。虽然在某种程度上两者都是个体与社会相连接的道德纽带，并体现了"共同的善"①；但在本质上又存在着天壤之别。海尔茂和阿尔文两个家庭谨遵恪守本地的律法或习俗，却没有获得过任何来自制度的有效保护。如果说娜拉因贷款的僭越之举而遭受丈夫的怒骂詈责尚且情有可原，那么，在曼德牧师训斥下放弃了私奔的念头而整日守在家中的规矩妻子——阿尔文太太仍然要面对儿子乱伦、家业殆尽的困境就显得匪夷所思了；制度之善在两个女性身上都化为了血淋淋的人间恶行。而在斯多克芒和博尼克家中却展现出融洽与和谐的另一番景象：尤其是斯多克芒一家人即使已无立锥之地也不足以畏惧，因为他与妻子、女儿以及两个刚入学的小儿子形成了唇齿相依的共同体，合力维护正义的荣耀。在比较中，我们可以发现二者之间有着根本性差异：首先，就范围而言，制度之善只面向权力话语者，它以一小部分人的善（快乐/利益）代替了公众的普遍的善，使大多数人处于失声的状态，而共同体之善则体现了群体所有人的意愿和需求，是经过协调之后的包容的善，是每个家庭成员乃至社会成员共同享有的善。其次，就形态而言，制度之善是一种"条

---

① "共同的善"最初由英国新自由主义者格林（T. H. Green）提出，他认为道德的善是共同的，存在于不同人的能力发展和理想实现过程之中，并把"共同的善"视为人类善恶意志的主要标准以及法律与社会制度实施的必要基础。参见金岳霖《T. H. 格林的政治学说》，载王中江编《中国近代思想家文库：金岳霖卷》，中国人民大学出版社 2015 年版，第 500—518 页。

件性共同善",完全仰赖社会资本、制度激励和权力支配,不管是彼得市长、曼德牧师还是曾经攫取豪夺的金融巨头博尼克均是制度之善的重点保障对象,他们分别掌握着当地的政治、宗教和经济各大领域,为坐享其成提供了先天的便利条件。而共同体之善则属于"目的性共同善",它基于连带关系的社会事实而自发形成,是寄宿于共同体内部的本源性目的。① 同时,这也决定了其实现过程的曲折与反复。在马塞、约翰等家人的道义感化以及后来的儿子失踪事件中,薄情顽固的博尼克逐渐回心转意,发出"你们女人是社会的支柱"的喟叹,而楼纳的解释——"真理的精神和自由的精神才是社会的支柱"② 则印证了共同体伦理的无穷能量。它所蕴含的善否定了平庸之恶与群氓心理,将共同的善播撒在每一个人身上。

在首部象征哲理剧《野鸭》中,易卜生以格瑞格斯的视角检验了共同体之善的可行性,当雅尔马与基纳这对夫妻开诚布公、不再互相欺骗时,不料却酿成了女儿自杀的惨剧。接下来的作品《罗斯莫庄》标志着易卜生戏剧伦理观照的第二次转向,他开始更加关注具象而真实的个人价值与人性之善的关系问题。一些国外学者在分析该作品后强调:"我不认为易卜生提出了对完全边沁式的功利主义的批判,或是对穆勒更加经验化的功利主义之辩护的批判,或是对西季威克更为保守式应用的批判;相反,他批判了一个更广泛的幸福论的特点,这是可以辨识地由几种思路所影响的功利主义。"③ 在19世纪末的大殖民时代,它从欧洲大陆快速地扩散和渗透到挪威世俗生活的各个角落,使共同体之善彻底成为无本之木。该剧中布伦得尔的原型是曾引导易卜生进行社会问题剧创作的勃

---

① 按照共同体的目的及实现情况,共同的善大体可以分为"目的性共同善""条件性共同善"与"成果性共同善"三种;其中,"成果性共同善"只存在和附着于"公共物品"之中,是"公共物品"的特有属性。参见曹刚《论共同善》,《伦理学研究》2016年第5期。
② [挪威]易卜生:《社会支柱》,潘家洵译,载《易卜生文集》(第五卷),人民文学出版社1995年版,第112页。
③ 英文原文为"I do not argue that Ibsen offers a critique of a strictly Benthamite utihtarianism, or of Mill's more sophisticated defence of utilitarianism, or of Sidgwick's more conservative application of it; rather, he critiques features of a broader eudaimonism that is recognizably utilitarian and is informed by several strands of thinking." Stanton Ife, Anne Marie, "Happiness as End: A Reading of *Rosmersholm*" *Modern Drama*, Vol. 49, No. 3, 2006, p. 349.

兰兑斯，这个形象大半生都在东奔西走地宣传自由思想，先后在庄园里、广场上甚至挨家挨户地散播关于善的共同信念，然而收效甚微以至于最终只好放弃。从布伦得尔的一无所得体现出作家对当时社会及家庭生态的绝望，易卜生专门写信给勃兰兑斯谈论过此事："去年夏天我的挪威之行留给我的印象和我的一些观察，困扰了我很长一段时间"，"你对克里斯蒂阿尼亚的访问以及在那儿的经历，也引起我很多的思考，尤其有助于我在剧中塑造进步人士的形象。"① 这里的"进步人士"指的是罗斯莫和吕贝克这对不合世俗道德的情侣，他们无法像斯多克芒一家人那样组建家庭共同体，但可以凭借人性的善念来坚守自己的爱情理想，《咱们死人醒来的时候》中鲁贝克与爱吕尼亦是如此。这预示着伦理转向的目标不再是外部世界的人或物而是每个个体潜藏的能量与内在的价值。

纵观象征哲理剧里的男性和女性，无论是一出场的遏哈特、艾梨达，或是因某人某事而半途发生思想变化的索尔尼斯与沃尔茂夫妇等，他们都存在着相似的心理倾向与趋同的行为选择，即通过"发掘人类灵魂中'一切善良的幼芽'和隐隐存在的'神性'"来抗争"本性中潜伏着的具有破坏性的'蛮性'与'魔性'"②，试图以个人的意志突破现实的藩篱来把握自身命运，在道德重塑和价值重估的过程里获得精神的变革与自我的新生。同时，人性的表现并没有跳出天性的范围前提与现实的经验立场。一方面，人物先天性格的差别很大导致了人的本质的不同，即使是同一种性格类型也会在具体的行为中出现个体的偏差，这就决定了善的多源性与多样性而不可能总归于同情、正义或仁爱之某一种。③ 另一方

---

① ［挪威］易卜生：《1886年11月10日致乔治·勃兰兑斯》，载《易卜生书信演讲集》，汪余礼、戴丹妮译，人民文学出版社2012年版，第269页。
② 汪余礼：《易卜生后期戏剧对人类精神生态的洞鉴与审思》，载聂珍钊等主编《易卜生创作的生态价值研究：绿色易卜生国际学术研讨会论文集》，华中师范大学出版社2011年版，第24页。
③ 叔本华（Arthur Schopenhauer）就认为人类的一切道德行为都基于同情，它是所有善的道德动机之源，现实生活中每一个人的道德程度均由同情在性格中所占比例来决定，并且人类的同情不具有道德基础的差别。参见［德］叔本华《伦理学的两个基本问题》，任立等译，商务印书馆2004年版，第280—284页。

面，易卜生作品中的人性之善虽然也会存在利己的动机，但不是绝对地以自身利益作为终极目的。它本身同样包含着他人的合理需求，在方向与目的上善与恶并非完全相反或敌对排斥，在这一点上易卜生沿承了卢梭自爱观（Amour-propre）①的辩证法，使人性之善兼具主观的能动性与广阔的包容性，人物可以借此走向自由的彼岸。

总体而言，社会意识、家庭关系与个人价值三重观照维度与制度之善、共同体之善和人性之善形成了一种互为表里的对应关系，分别呈现于早期历史传奇剧、中期社会问题剧和后期象征哲理剧中，从基本的善到共同的善、再到至善的提升与超越，完整地揭示了易卜生对于善之观念的伦理认识和思考的轨迹（见图2）。

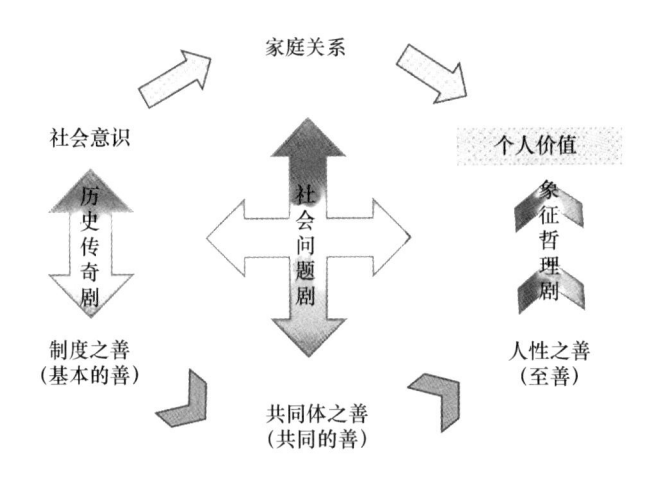

图2 伦理观照的三重维度与善的关系示意图

---

① 与自然状态下的自爱心（Amour de soi-même）不同，卢梭认为自爱（Amour-propre）的激情除产生道德之恶外，它还可以用来培养——通过促使个体重视他人的欲求而使之不断调整一己之私和偏见，以互相寻求认可为基础在社会状态中实现人性的善。参见［法］卢梭《论人与人之间不平等的起因和基础》，李平沤译，商务印书馆2009年版，第57—72、91—155页。

巴渝学人掠影

主持人：熊飞宇

主持人语：

李敬敏是巴渝学术界一颗熠熠生辉的大星，于人于学，时人均极钦仰。余入重师既晚，无缘亲聆教诲，然先生嘉言懿行，早已盈盈乎耳。本辑共选编三篇文章：《简历与著述辑要》（李敬敏作，王开国修订）、《平凡的人与真正的学术研究——李敬敏学术研究述评》（王开国）和《敬真敬美 敏学敏行——李敬敏先生访谈录》（陈庆江），读之，先生的人格风范，如在目前，可触可感；而先生的学术成就，则令人高山仰止，心生向往。

敬敏先生的学术研究，最为人称颂者，首在于文艺理论和美学领域的追求与创获，次则是对文艺理论教学改革的探索与践行。而对于区域（地域）文化与文学的研究，先生亦有长期的理论思考，其学术见解，往往通过笔谈、序言、书评、论文等多种形式，得以精准地表达和精彩地呈现。现撷其一二，与读者共享。

文学的文化学研究，一段时间内，聚焦于两个热点：一是文化（文学）的全球化问题，二是地域文化的问题。而西部大开发战略的提出、部署与实施，更是激发了西部各地区对本地文化资源发掘与研究的热情。重庆的直辖，"不仅意味着一个行政区域的确立，同时也是一个有自身特色的地域文化实体的认定"。此后，研究和建构"重庆文学史"的呼声，日渐高涨。《涪陵师专学报》自1999年第1期，即辟设"重庆文学史"专栏，聘请李敬敏、傅德岷、李怡、张荣翼为顾问，展开热烈研讨，为重庆文学史的撰写进行学术准备。在"重庆文学史"第二期的主持人语《重庆地域文化与重庆文学》中，敬敏先生指出："建构一部文学史，特别是地域文学史，绝非易事。因为地域文学史首先是真正意义的文学史，然后是'地域性'的文学史，大凡一般文学史所碰到的难题都会碰到，然后还要碰到特殊的、特定地域范围内的文学流变中的问题。"在理论上，对钟仕伦提出的概念"地域审美观"以及阿尔弗雷德·赫特纳（Alfred Hettner,1859—1941）的术语"美学地理学"（Aesthetic Geography），他认为都值得讨论并为前者贡献出自己的意见。同时也强调，构建"重庆文学史"，需要在思想认识和实际操作上，解决"大中华文化与文学"同"各具民族特色和地域特色的文化和文学"这一一般性与特殊性的关系问题，方可破解吴福辉提出的关于地域文学史的"两难处境"。最后，敬敏先生认为，重庆文化和重庆审美文化的地域特色，作为"一种流贯着历史血脉的现实存在"，显见于重庆代表性的作家作品之中。通过个案研究，可以逐步开掘并展示"重庆地域文化与重庆文学经过作家创作心理的中介所产生的双向影响与渗透"。

2001年冬，"21世纪与中国西部文艺发展论坛"在渝举行。西部省区的许多代表，就如何开发本地区的区域文化资源，表现出浓厚的兴趣，并彼此交换区域文化研究的有关信息。2002年4月，"区域文化与文学学术研讨会"在重庆召开。会上，敬敏先生提交了论文《全球一体化中的地域文化与地域文学》，其总的观点是：经济全球化与地域文化研究热，看似互不相容，"实则表现了文化生态的多面性和互补性以及人们审视文化的多侧面视角"；"经济全球化的发展进程与文化的民族性和文化的地域性将长期存在，并行不悖"。该文初发表于《西南民族学院学报》2002年第5期［又收入靳明全主编的《区域文化与文学》（中国社会科学出版社2003年版）］，后以"地域自然环境与地域文化和文学"为题，摘要发表于《文学评论》2002年第4期的"笔谈：区域文化与文学"。

在此期间，傅德岷主编的《巴蜀散文史稿》由重庆出版社于2001年12月正式出版。敬敏先生在为该书所作序（即《巴蜀散文研究的历史开掘》）中，提出地域文学史相较于全国性中华本土文学史，具有两大优点：既可"扩大文学史的研究视野"，也可发掘地域文化资源。在他看来，"编著高水平的中华本土文学史"与"出版各地区的地域文学史"，两相结合，互为补充，可满足不同读者的需要；而"发掘地方文化资源，发展地方特色文化"，不仅具有文化的意义与价值，更有利于地方经济的发展，促进与外界的交流。巴蜀地区由于地理人文的独特性，其文化的地域性更相对突出。而《巴蜀散文史稿》秉持"大散文观",对所选作品予以考订、分析和判断,"不失为一部向历史深处开掘的"拓荒之作。其问世,从散文史方面,为《巴蜀文学史》和《重庆文学史》的写作,奠定了基础。

2009 年 11 月,重庆出版社再次推出周晓风主编的《20 世纪重庆文学史》。面对这部历时八年方成的著作,敬敏先生欣然命笔,写下评论《一部难能可贵的区域文学史》。他在肯定《巴蜀散文史稿》《20 世纪重庆新诗发展史》(吕进主编,重庆出版社 2004 年版)、《重庆儿童文学史》(彭斯远著,重庆出版社 2009 年版)所做贡献的基础上,高度称赞《20 世纪重庆文学史》是"一部综合的断代的区域文学史",是"一部前所未有的展示 20 世纪重庆文学发展变迁历程的内涵丰富的区域文学史著作"。而这部"巨大的理性建构",主要有三个关键词:20 世纪、重庆、文学史,分别指向研究的时间、空间和特定对象。敬敏先生认为,作为区域文学史的重庆文学史,其入史条件包括两个方面,即准入条件和充分必要条件,但这二者"仅仅是一个原则,一个框架,操作时有许多情况必须考虑,不同时段本土作家与外籍作家各有其突出作用",对此原则与权变的相与为用,在《20 世纪重庆文学史》中,有着"极其明显的体现"。另一方面,文学史著作对于入史者必须有所评价,而所谓评价:一为隐性,二为显性,通常的做法,则是"通过对具体某一作家作品的具体描述分析而显示作者的评价"。《20 世纪重庆文学史》的作家评价,即是"以对其文学活动的经历、作品的题材内容、艺术特色的描述和分析判断以及在论述中所占篇幅的长短等方式,表明其评判分寸与尺度"。此种方式,对于区域文学史的写作,足堪借镜。该著另有一点值得肯定,乃是书中所提供的有关重庆文学史的新的信息,大多来自主编及参编者的研究所得。

综上以观,敬敏先生对区域文化与文学的研究,既作深湛之思,兼发精到之论。今重温斯言斯旨,对于相关研究的开展,以及对于本刊的编办,仍不无悠长的启迪与深远的启示。

简历与著述辑要

李敬敏*

　　李敬敏，男，1933年生于四川省绵阳市。1956年毕业于西南师范学院（后西南师范大学，现西南大学）中文系，毕业后先后在四川师范大学、西昌专科学校等校主讲文学概论、中国现代文学、中外文学名著选读、鲁迅研究等课程。20世纪70年代调入重庆师范学院工作至今，先后担任教务处处长、主持行政工作的副院长，正院级调研员。1987年任教授，1991年开始招收文艺学硕士研究生，主讲文艺美学、文艺批评学概论等。文艺学批准为省（市）级重点学科后，任文艺学省（市）级重点学科带头人及负责人。20世纪80年代至重庆直辖，连续数届任四川省普通高校教师高级职务评审委员会委员兼中国语言文学学科组组长，同时任四川省文艺理论研究会副会长，四川省美学学会副会长，四川省比较文学学会副会长，四川省作家协会理事和重庆市文学学会会长等。重庆直辖后先后任重庆市作家协会副主席、顾问，1997—1999年任重庆市高校教师高级职务评审委员会委员兼中国语言文学学科组组长。连任重庆市文学学会会长，重庆市书评家协会副会长，重庆市电影评论学会副会长等。学术研究及杂文、文艺随笔等写作活动开始于20世纪50年代末60年代初。现在仅将文艺理论、美学和文艺评论的主要研究情况辑录如下：

---

*［作者简介］李敬敏（1933—　），男，重庆师范大学文学院教授，主要从事文艺理论、美学和文艺评论研究。

1960 年　《试论群众创作的伟大意义》发表于《文艺哨兵》（天津）1960 年第六、七期（合刊）。

1961 年　《鲁迅小说的知识分子形象》发表于《西昌专科学报》（内刊）。

1974 年　与四川省内各文科艺术院校编著《毛泽东文艺思想》，担任统稿工作。

1977 年　《世界观与创作方法的关系不容颠倒》（与苏恒合作）一文发表于《四川师范学院学报》（现《四川师范大学学报》）1977 年第 4 期。《漫谈短篇的"短"》，发表于《四川文艺》1977 年第 12 期。

1979 年　《实践标准与文艺批评》发表于《四川文学》（月刊）1979 年第 1 期。此文为四川文艺界从文艺批评角度所组织的关于"实践是检验真理的唯一标准"的笔谈。

1980 年　《文学教学应是中学语文教学的重要组成部分》发表于《重庆师范学院学报》（后《重庆师院学报》，现《重庆师范大学学报》，下同）1980 年第 1 期。《谈许茂》发表于《红岩》1980 年第 2 期。《共同的"人性美"初探》发表于《社会科学研究》1980 年第 3 期。《文艺理论教学改革刍议》发表于《南充师院学报》（现《西华师范大学学报》）1980 年第 4 期。《真实，不就是一切》发表于 1980 年 3 月 30 日《四川日报》。《不钻"套子"》发表于 1980 年 12 月 17 日《四川日报》。

1981 年　《文艺的审美认识和反映本质》发表于《红岩》1981 年第 1 期。《真实性、倾向性及其它》载四川省社会科学院编辑的丛刊《真善美的探索》一书。《文艺理论研究》1981 年第 2 期全文转载《文艺理论教学改革刍议》一文。《关于文学作品反映生活本质的两个问题》发表于《重庆师范学院学报》1981 年第 2 期。《美、道德及其他——对小说〈花工〉的几点看法》（署名肖晓）发表于《四川文学》1981 年第 6 期。《美好心灵颂歌——中篇小说〈彩色的夜〉的启示》发表于 1981 年 3 月 31 日《四川日报》。《"我和鲁迅的心是相通的"——谈谈鲁迅和党的关系》发表于 1981 年 9 月 25 日《四川日报》。

1982年　《从"不美"到美》载于重庆出版社出版的《美的研究与欣赏》丛刊第1辑，本文后来获四川省政府优秀社科成果奖。《创新谈片》发表于《红岩》1982年第2期。《天府农村谱新曲——读我省近年来反映农村生活的部分短篇小说》发表于《重庆师范学院学报》1982年第2期。《现实主义与作家的思想武装——与石天河同志商榷》发表于《文谭》（现《当代文坛》，下同）1982年第7期。《热情，更要深刻地理解——浅谈陈朝璐作品的得与失》发表于《四川文学》1982年第10期。

1983年　《向生活逼近与提高艺术质量——短篇小说艺术特征琐谈》发表于《重庆工人作品选》第2期。《谈谈现实主义创作方法》发表于《文谭》1983年第12期。

1984年　《也谈"正面人物"与"反面人物"》发表于《当代文坛》1984年第1期。《发现和展示生活的美——谈王群生小说集〈彩色的夜〉》发表于《现代作家》1984年第3期。《现实主义不能兼容无边》发表于《当代文坛》1984年第8期。

1985年　《以智取胜是历史的必然》载于《智力开发》1985年第1期，本文发表后被《国内外教育文摘》1985年第10期摘登，1987年由重庆思维科学与智力开发协会评为一等奖。

1986年　主编教材《美学概要》一书内部发行。

1987年　与四川师范大学苏恒共同主编的《文学原理新论》由四川省社会科学院出版社出版。王定天以《但开风气不为师——读〈文学原理新论〉》（《当代文坛》1988年第2期）为题发表专评，陶东风、和磊合著的《当代中国文艺学研究（1949—2019）》（中国社会科学出版社2019年版）肯定该书文学作为"审美意识形态"的新观点及其对于形式主义等新方法的全面分析。该书由《文艺理论与批评》向全国同行推荐，后来为美国国会图书馆收藏。《聂赫留朵夫：在探索和真诚忏悔中"复活"——托尔斯泰〈复活〉研究之一》发表于《重庆师院学报》1987年第2期。《批评的生命》发表于《红岩》1987年第6期。《论艺术形象应是物象与意象的统一》载于重庆出版社出版的《美的研究与欣赏》丛刊第 4 辑。

1988 年 《突破"封闭"走向"开放"——建设科学的马克思主义文艺理论的必由之路》发表于《重庆师院学报》1988 年第 2 期。《真实·创新·多样》发表于 1988 年 12 月 23 日《重庆日报》。

1989 年 《美与审美》由重庆出版社出版。丁志中以《"理论研究贵有新意"——读李敬敏新著〈美与审美〉》(《当代文坛》1992 年第 6 期)为题发表专评。此书获重庆市政府 1991 年优秀社科三等奖并由美国国会图书馆收藏。《美学原理基础》由北京团结出版社出版。《论美育的一般特点》发表于《重庆师院学报》1989 年第 4 期,该文于 1990 年获全国高校美育研讨会一等奖。《风格、流派与主旋律琐谈》发表于《红岩》1989 年第 6 期。

1990 年 《略论文艺中的主、客关系》发表于《红岩》1990 年第 4 期。《重庆社会科学》1990 年第 3 期的"社科人物简介"中对本人"在几十年的教学和学术研究中始终坚持的两点"作了评介:"第一……不默守定论和各种成规,敢于和勇于提出新观点,新见解。第二,主张各学科之间的相互渗透与融合。"

1991 年 《论谐剧的"俗"》发表于《重庆社会科学》1991 年第 6 期。该文后来收入《论谐剧》一书。

1992 年 《为革命的功利主义一辩》(纪念《在延安文艺座谈会上的讲话》发表五十周年笔谈)发表于《重庆师院学报》1992 年第 2 期。《论毛泽东同志关于文艺特征的把握》发表于《重庆师院学报》1992 年第 2 期,该文后来获四川省委宣传部文艺论文二等奖。《略论"讲话"中关于文艺本性的思想》发表于《当代文坛》1992 年第 4 期。《文艺价值三题》发表于《文艺报》1992 年 10 月 17 日"理论与争鸣"版。

1993 年 《美学与美育概论》(与黄良合著)由电子科技大学出版社出版。《他是我们的一面光辉旗帜——从郭沫若的文艺创作看他的文化性格》发表于《文艺理论与批评》1993 年第 3 期。《批评家与作家通信》发表于《红岩》1993 年第 3 期,该文是本人与军旅作家丁隆炎就其中篇小说《赤红的雪山》以书信的形式所写的评论，丁隆炎也以书信的形式谈了他的创作体会和创作心态，并对本评论表示了认同。

1994 年　《文艺·文艺批评·文艺批评学》发表于《重庆师院学报》1994 年第 4 期。《民族的也就是世界的——我观诺贝尔文学奖》发表于《中外交流》1994 年第 8 期。

1995 年　《文艺批评学》由电子科技大学出版社出版，本书为四川省教委重点科研课题成果。课题组由本人领衔，参加者包括董运庭、朱丕智二人。冯宪光以《强化文艺批评当代性、实践性的研究——〈文艺批评学〉读后》（《当代文坛》1997 年第 1 期）为题发表专评。本书获重庆市 1996 年优秀社科成果二等奖。《文艺批评是一门科学》发表于《重庆师院学报》1995 年第 2 期。《〈牛魔王的后代〉创作通信》发表于《剑南文学》1995 年第 3 期。《牛魔王的后代》是四川省著名作家克非的中篇小说，本文以通信的形式讨论了有关创作的问题。

1996 年　《回顾与前瞻——关于文艺学建设的思考》发表于《重庆师院学报》1996 年第 3 期。《从文学的民族性到"世界文学"》发表于重庆市文联主办的《文艺界》。

1997 年　《遵循文艺规律　尊重文艺人才——周恩来对文艺工作的领导艺术》发表于《重庆师院学报》1997 年第 2 期。为四川外国语学院何元智的《中国新时期文学的多维审视》（西南师范大学出版社出版）一书作序《多元文学与多维审视》。《文学批评萎顿的一个重要原因》发表于《文艺报》1997 年 6 月 10 日的"理论与争鸣"版。

1998 年　《传记文学与历史的反思》发表于《红岩》1998 年第 2 期。《可贵的"这一个"》发表于 1998 年 4 月 30 日《文艺报》，本文系《文艺报》为作家余德庄的长篇小说《海噬》所组织的笔谈中的一篇。《"世界"与"自我"》发表于 1998 年 9 月 27 日《重庆晨报》，该文后来获中国电影节影评一等奖。《可贵的"这一个"——谈谈〈海噬〉中的裴子鸿》发表于《红岩》1998 年第 6 期。

1999 年　为郭久麟的《传记文学写作论》（香港天马图书有限公司

出版）一书作序《传记文学写作的理论建构》。《重庆地域文化与重庆文学》发表于《涪陵师专学报》（后《涪陵师范学院学报》，现《长江师范学院学报》。下同）1999年第2期。《传统美学与现代生存价值——〈审美与生存〉读后》（与王开国合作）发表于《当代文坛》1999年第6期。《王雨和他的〈飞越太平洋〉》发表于四川省作协主办的《作家文汇》1999年第4期。《一部展示人性多面性的精心之作:〈芙蓉风〉》发表于《文艺报》1999年7月29日的"理论批评"版。吕进的《新时期重庆文学理论与评论的发展概况》（《重庆社会科学》1999年第5期）认为本人"功底扎实，学风严谨，其学术研究具有与高校教学相联系的特色，字字不虚"，属于"在文学理论与评论的拨乱反正中付出了大量辛劳""这支队伍"中的"卓有成就的代表人物"。

2000年 《谈穆仁》发表于2000年1月12日《重庆晚报》，后全文刊载于中国通俗文艺研究会主办的《通俗文艺通讯》2000年第3期"文苑英华"专栏。《重庆杂文大有希望》发表于《雾都杂文》第96期。《文学与文化关系论纲》发表于贵州省文联主办的《今日文坛》2000年第2期（"夏之卷"）。《莫怀戚和他的"纯小说"》发表于《文艺报》2000年8月1日"理论与争鸣"版。《悲壮的历史长卷——陆大献长篇小说〈家园〉读后》发表于《今日文坛》2000年第4期（"冬之卷"）。《读莫怀戚》发表于《涪陵师专学报》2000年第4期。

2001年 《探索与争鸣》由重庆出版社出版。该书为重庆师范学院文艺学省（市）级重点学科推出的"文艺学探索丛书"中的一种，获重庆市2003年优秀社科成果二等奖，重庆市2004年第二届文学奖。《莫怀戚其人其作》发表于重庆市文联主办的《重庆文艺》2001年第2期。

2002年 《略论文学的文化内涵》发表于《重庆教育学院学报》（现《重庆第二师范学院学报》，下同）2002年第1期。《巴蜀散文研究的历史开掘——〈巴蜀散文史研究〉序》发表于《西南民族学院学报》（现《西南民族大学学报》，下同）2002年第2期。《尤今：海外华文文学的奇葩》发表于《当代文坛》2002年第3期。《地域自然环境与地域文化和文学》发表于《文学评论》2002 年第 4 期。《全球一体化中的地域文化与地域文学》发表于《西南民族学院学报》2002 年第 5 期。《涪陵师范学院学报》2002 年第 3 期"重庆学人"专栏发表关于本人的两篇专评：彭斯远的《阅读李敬敏》和王开国的《平凡·执着·开拓——李敬敏学术研究述评》。

2003 年　《传记文学：真与美的统一与融合——〈传记文学的写作与鉴赏〉序言》发表于《西南民族学院学报》2003 年第 1 期。《王雨和他的〈飞越太平洋〉》发表于《涪陵师范学院学报》2003 年第 3 期。

2004 年　《纵论方言剧》发表于《重庆教育学院学报》2004 年第 1 期。《传记文学：真与美的统一与融合——评郭久麟的〈传记文学的写作与鉴赏〉》发表于《重庆社会科学》2004 年第 2 期。《略论七九"祝辞"以后的当代文学》发表于《重庆师范大学学报》2004 年第 6 期。

2005 年　《对抗战初期一场论争的反思》发表于《重庆社会科学》2005 年第 11 期。

2008 年　《文学观念漫谈》发表于《重庆师范大学学报》2008 年第 3 期。

2010 年　《一部难能可贵的区域文学史——读周晓风主编的〈20 世纪重庆文学史〉》发表于《重庆师范大学学报》2010 年第 2 期。《拷问人性——兼谈〈陈谷子烂芝麻〉》发表于《重庆文学》2010 年第 2 期。《时代的心灵回响》发表于《重庆文学》2010 年第 2 期。《在文学与历史的交融中享受美的盛宴——读王雨新作〈填四川〉》发表于 2010 年 8 月 30 日中国作家网（http：//www.chinawriter.com.cn）。陈庆江关于本人的综合性评论文章《有真人而后有真知——李敬敏先生其人其学侧记》发表于《重庆文学》2010 年第 2 期。

2011 年　《在文学与历史的交融中享受美的盛宴——读王雨新作〈填四川〉》发表于《重庆文艺》2011 年第 2 期。

2014 年　《怀念与追忆》发表于《红岩》2014 年第 5 期。

2015 年　《没落王朝的挽歌——读王雨新作〈开埠〉》发表于 2015

年 4 月 20 日重庆作家网（http：//www.cqwriter.com/html/2015/ycpl_0420/1737.html）。《没落王朝的挽歌——读王雨新作〈开埠〉》发表于《重庆文学》2015 年 5 期。

2017 年 《一书，一文和两点看法》发表于《重庆评论》（《红岩》特刊）2017 年第 1 期。《小说格局与人物塑造——漫议王雨的〈碑〉》发表于 2017 年 10 月 15 日《重庆晚报》。

2018 年 《血肉饱满的经典人物塑造——评长篇小说〈开埠〉》发表于 2018 年 6 月 22 日《重庆晚报》。

本文原载《涪陵师范学院学报》2002 年第 3 期，王开国依据实际情况作了修订和增补。

平凡的人与真正的学术研究
——李敬敏学术研究述评

王开国*

摘　要：李敬敏先生的让人景仰，源于他在文艺理论与美学领域的执着追求与丰厚收获。追求真理的精神与直面现实的勇气，敏锐发现与深刻洞察的能力，理论探讨与批评实践的相互结合，学术研究与高校教学的紧密联系，功底扎实，学风严谨，字字不虚，是其治学的基本特点。

关键词：李敬敏；文艺理论；美学；文艺批评；治学特点

他自认是一个平凡的人。在与我们的接触中，他给人的第一印象便是随和、宽厚与没有架子。这似乎不符合他令人景仰的教授身份。我这样说，绝不意味着教授就应当摆架子或其他教授都在摆架子。但在当时作为学生的我们的心目中，教授都是眼镜后边闪着寒冷的光芒，嘴角浮出不易觉察的嘲讽微笑的人，或者，是那种站在云端俯视众生的人。接触一久，你就发现了不需要眼镜作为辅助工具的那一双眼睛的温暖与尖锐，遭遇到了他那沉着的神态后面的执着、坚定和一种天然的威仪。这自然会激发你的"反抗"。在准备了充分的材料之后，我们常常怀着学生特有的充沛的激情和唯我独醒的勇气向他请教。于是，我们得到了如沐

---

* ［作者简介］王开国（1970—　），男，重庆师范大学文学院副教授，主要从事文艺理论、美学研究。

春风的关怀与嘉许,而后,我们又得带上如坐针毡的沮丧和焦虑回来。这,就是学生时代的我们对李敬敏先生的感受。

迄今为止,他还是这样一个让你随时都能接近的平凡的人,同时又是一个真理的坚定的追随者。他研究实情,探讨真相,揭示规律;他热爱生活,诚恳待人,关心学生。这就是他留给学生的印象。当我们服膺于他的学术思想和精神追求时,我们心存畏惧;当我们接受他关于生活的教导时,我们心怀感激。由于他是一个与我们在生活中常见的那些好人一样的平凡的人——本文的任务便不是描述他的生活情貌,而是通过对他的论著的学习来舒解萦绕于怀的那一份惶惑与畏惧。

一

李先生的让人景仰,源于他在文艺理论与美学领域里的执着追求,也源于他在这两个领域内的丰厚收获。他独著、合著、主编的多部著作及教材①,以及自1960年的首篇论文《试论群众创作的伟大意义》② 以来所发表的100多篇专业学术论文(如果加上他不收藏的短论及杂文,其数则在三四百之间),就是明证。

由于喜爱文艺,他从西南师范学院(后西南师范大学,现西南大学)教育系转读中文系。之后,他一直从事文艺理论与美学的教学、研究工作。他"对'左'的文学思潮的荒谬性与危害性感同身受,在文学理论与评论的拨乱反正中付出了大量辛劳。"他之能引领风骚,成为"这支队伍的卓有成就的代表人物"③,不仅在于他感应历史脉动,际会时代风云,而且在于他追求真理的勇气,服从真理的精神。因而,谈到李敬敏先生的治学特点,我以为首先就是他的这种精神。

---

① 分别为:《美学原理基础》,团结出版社1989年出版;《美与审美》,重庆出版社1989年出版;《探索与争鸣》,重庆出版社2001年出版。《美学与美育概论》(与黄良合著),电子科技大学出版社1993年出版;《文艺批评学》(与董运庭、朱丕智合著),电子科技大学出版社1995年出版。《文学原理新论》(与苏恒合编),四川省社会科学院出版社1987年出版。
② 李敬敏:《试论群众创作的伟大意义》,《文艺哨兵》(天津),1960年第6、7期合刊。
③ 吕进:《新时期重庆文学理论与评论的发展概况》,《重庆社会科学》1999年第5期。

这种精神的证据之一，首先是他那篇引起强烈反响的文章——《真实，不就是一切》①。此文原为作者《真实性、倾向性及其它》② 一文的第一部分。在文中，作者尖锐地批评了新时期拨乱反正运动中所出现的过分强调真实性并以真实性作为文艺理论和文艺批评及文艺创作成就的唯一标准这一极端倾向，深刻地揭示了这种矫枉过正的思想原因在于对极"左"时期"瞒和骗"文艺的切齿痛恨，并充分证明了真实性并非文艺成就唯一标准的论断，重申了"优秀的艺术作品应是真、善、美的统一或结晶"③ 的科学结论，表现出了一个熟谙文艺特征的研究者对于文艺规律地深刻认识和充分尊重。《真实，不就是一切》一文刊出后，受到了某著名大学学生刊物的围攻。某刊物召开座谈会，对作者进行缺席"审判"，不仅判定作者在维护旧的东西，而且给其扣上"学霸""学阀"的帽子。但作者毫不妥协，依旧坚持自己认为正确的主张。在"审判"与辩论中，作者的观点得到了越来越多的赞同，该刊物也因此向作者道歉。作者则以宽厚的胸襟指出他所欣慰的不是自己获得了"胜利"，而是人们不仅能纠正自己的偏差，而且能保持对真理的服从精神。他还认为学术讨论十分正常，不存在道歉问题。在特定的情势下，没有敢于坚持真理的精神，就不可能表现出这样的决绝勇气。真理的真正追随者的精神品格，也就这样体现为他甘冒流俗风险的坚持与坚韧。

在《真实性、倾向性及其它》一文里，作者不但反对那种把真实性与倾向性割裂开来或等同起来的观点，而且反对那种"从书本的社会主义出发来理解社会主义的真实性"的教条主义方法，因为作者认为必须"坚持实事求是的原则，坚持从生活出发来观察"④ 的态度。作者认为，就真实性而言，"从某一篇具体作品来看，无论是歌颂与暴露并存或者是单纯的歌颂、单纯的暴露都可能是真实的"。这就科学地解决了描写社会

---

① 李敬敏：《真实，不就是一切》，《四川日报》1980年3月30日。
② 原载于四川省社会科学院编辑的《社会科学研究丛刊》第十五辑《真善美的探索》，后收入《美与审美》。
③ 李敬敏：《美与审美》，重庆出版社1989年版，第193页。
④ 李敬敏：《美与审美》，重庆出版社1989年版，第194页。

主义生活的文艺的真实性与"单纯的自然主义式的暴露与现实主义的批判"①或单纯的不顾及现实的歌颂之间的关系问题。直面现实的勇气，给了作者坚持马克思主义和尊重文艺规律的底气。

追求真理的精神与直面现实的勇气的结合，促成了作者敏锐发现与深刻洞察的能力。这种能力也体现在他另一篇广为传诵的名文——《文艺理论教学改革刍议》之中。此文原发于《南充师院学报》1980年第4期。该文发表后，引起了同行的强烈反响，该刊遂于1981年第2期以"交流经验 解放思想 改进文艺理论教学"为题组织了一次围绕该文的笔谈。《文艺理论研究》主编徐中玉先生致信作者，要求全文转载该文。《文艺理论研究》1981年第2期对该文的转载，不仅扩大了关于文艺理论教学改革的讨论范围，而且提升了文艺理论教学问题的讨论层次。全国几十家报刊或摘要或全文转载，蔚成一时景观。

作者在该文中"回顾历史，总结经验，解放思想，立志改革"，力图"真正建立起一个马列主义的科学的文艺理论教学体系"②。在对中华人民共和国成立以来直到新时期的文艺理论教学体系建设的回顾中，作者虽未否定其应有的成就，但主要着眼于批判那种一味图解领袖著作的"注经"式的教材建设态度。作者指出，这样的态度，不仅无助于文艺理论自身作为一个学科的建设及其发展，无助于研究者的积极性与创造性的发挥，反而会束缚研究者的手脚，消解理论研究的热情，扼杀其直面现实、从文艺实践出发总结文艺特征及规律的勇气，因而是从根本上违背马克思主义的态度与方法。作者认为，这种态度，不仅无助于指导现实的文艺创作的发展，反而会造成研究者和学习者剪裁现实、盲目干预文艺实践的后果，进而为文艺领域内的庸俗社会学倾向的形成及"长官意志"的滋生提供土壤。该文不仅对文艺理论教学中的"注经"传统提出了有力的挑战，而且贡献了他对于建设科学的文艺理论教学体系的设想。在作者看来，注重文艺理论的民族化提升应当是首要任务。他认为，虽

---

① 李敬敏：《美与审美》，重庆出版社1989年版，第195页。
② 李敬敏：《文艺理论教学改革刍议》，《南充师院学报》1980年第4期。

然我们一直在强调普遍真理同具体实践的结合，但是我们却很少看到坚持民族化立场的文艺理论体系建设的实践及其成果。我们不敢说这种民族化立场是李先生首创，但在新时期之初，当大多数人扎进西方思潮的汪洋大海中不能自拔时，李先生如此清醒冷静的反思，则不啻为空谷足音。这种独立的姿态，至少应当被视为全球化思潮或中国的现代性方案中寻求自身特殊性的思路的第一批路标。作者主张研究欣赏批评论，尤其是开展读者欣赏趣味、阅读习惯及其对作者创作影响等方面研究的建议，使之成为时代条件下关于文学接受研究的为数不多的倡导者之一。

因而，李先生的学术研究，在我看来，除了具有追求真理的精神，具备"真正的艺术家的勇气"（恩格斯对于哈克奈斯的评语）之外，还有其一贯清醒、冷静的反思意识和胸怀全局的前瞻眼光。这种意识与眼光，反映在他对于学科建设的自觉探讨中。他后来发表的《突破"封闭"走向"开放"——建设科学的马克思主义文艺学的必由之路》[1] 及《回顾与前瞻——关于文艺学建设的思考》[2] 等论文，就是这种自觉探讨的进一步深化。

由于对文艺理论、文艺理论教学及其改革具有自己精当而独到的见解，"其学术研究具有与高校教学相联系的特色"[3]，1986 年，四川省内几所师范院校从事文艺理论教学的同行一致推举李先生与四川师范大学的苏恒教授共同主编体现文艺理论研究新成果的文艺理论教材。这就是1987 年出版并为省内外 20 余所院校作为教材使用的《文学原理新论》。此书的成就，不仅可以从当时专门评论该教材的"角度新""观点新""新方法""新原理"[4] 等评语中见出，而且能够从总结中华人民共和国成立以来文艺学建设历程的《当代中国文艺学研究（1949—2019）》关于

---

[1] 李敬敏：《突破"封闭"走向"开放"——建设科学的马克思主义文艺学的必由之路》，《重庆师院学报》1988 年第 2 期。
[2] 李敬敏：《回顾与前瞻——关于文艺学建设的思考》，《重庆师院学报》，1996 年第 3 期。
[3] 吕进：《新时期重庆文学理论与评论的发展概况》，《重庆社会科学》1999 年第 5 期。
[4] 王定天：《但开风气不为师——读〈文学原理新论〉》，《当代文坛》1988 年第 2 期。

其新观点的肯定评价和新方法的专门引用中见出①。

　　李先生不仅重视对文艺理论的研究，而且一直关注美学研究的进展并积极投身于美学基础理论的探讨和美学理论教材的建设。在李先生的美学基础理论探讨中，最值得我们重视的应是他关于美的本质的观点。在分析了美的五个特征——客观性、社会性、形象性、主体的愉悦性以及"物种尺度"和"内在固有的尺度"即合规律性与合目的性的统一——之后，他提出了自己关于美的本质的见解："我们所理解的美，是客观存在的具有一定社会属性的感性形象，它能引发主体的审美感情，体现'物种尺度'和'内在固有的尺度'（即合规律性与合目的性）相统一的属性和价值。简言之，美就是客观对象的规律性与社会实践的目的性的感性形象。甚至可以说，美就是理想的个性化的表现。"② 在李先生看来，解决美的本质这个千古之谜，自然不能完全从对象的客观属性方面去寻找，否则就会把美与人类社会割裂开来；但也不能把美看作主观衍生的对象，不然就无法避免唯心主义、主观主义和相对主义，因而也就否定了美的客观性。但主观性、客观性与社会性的结合依然无法把美与同样是这三种因素相结合的其他对象区别开来。李先生的这个关于美的本质的看法，似乎是黑格尔"理念的感性显现"的翻版或仍未脱离康德关于美的主张的窠臼。"感性显现"固然有类似的地方，李先生也同黑格尔一样强调了形象性与个性化，但"理想"的现实性及其"善"的内容，却又与黑格尔的先验"理念"划清了本质的界限。同样，李先生关于美的本质的主张也同康德的形式主义或形式的合目性拉开了距离。在李先生看来，任何被认为是美的东西，就是人作为历史主体与现实个体认为应当如此的东西，因而，美的东西自然也就与理想相通。它也不同于车尔尼雪夫斯基关于美的本质的观点，因为它具有积极进取的精神。比起那些追逐新潮，从生物学角度来研究美，把美的反映当作人的一种

---

① 参见陶东风、和磊《当代中国文艺学研究》（1949—2019）（上卷），中国社会科学出版社 2019 年版，第 734、736—737 页。

② 李敬敏：《美学原理基础》，团结出版社 1989 年版，第 77 页。

自然行为的观点，李先生贡献给学术界的，自然是他的独创性的见解。在其另一部著作《美与审美》中，李先生践行了他用以自勉的"理论研究贵在有新意"的信条。他"立足审美体验"，"注重审美体验与哲理性思辨的结合，艺术鉴赏与逻辑分析的结合，就研究角度而言，则是宏观与微观的结合，社会思潮的历史发展与艺术审美的真实流程的有机结合"。他"冲决人文科学和自然科学、社会科学之间的樊篱，对一个问题往往进行多学科、多角度的阐释，进行多方面、多层次的比较，因而能够深刻准确地揭示研究对象的特征和本质，得出既有说服力又有感染力的结论"。[1] 他不但"重视吸收学术界已有的成果，又敢于创新，提出并坚持自己独到的见解"[2]，进而表现出了令人信服的突破性和"开拓性的理论思路和眼光"[3]。李先生的论文《论美育的一般特点》[4] 获得全国高校美育研讨会一等奖，更足以说明他的美学研究功力。

二

不仅注重文艺学与美学的基础理论研究和理论体系的探讨，而且注重应用学科的建设和具体的文艺批评工作，这同样是李先生治学的特色。

他一直倾心于文艺批评学的建设。在他看来，文艺批评学作为文艺学的一个分支学科，其理论的深化和体系的成立不仅有助于文艺学作为一个体系本身的建设，而且有助于指导现实的文艺批评实践。基于这个指导思想，他领衔与董运庭、朱丕智两位先生组成课题组，获得了四川省教委的重点科研项目——文艺批评学的研究任务。关于该成果的特色，冯宪光先生在《文艺批评的当代性和实践性——〈文艺批评学〉读后》

---

[1] 丁志中：《"理论研究贵有新意"——读李敬敏新著〈美与审美〉》，《当代文坛》1992年第6期。
[2] 丁志中：《"理论研究贵有新意"——读李敬敏新著〈美与审美〉》，《当代文坛》1992年第6期。
[3] 丁志中：《"理论研究贵有新意"——读李敬敏新著〈美与审美〉》，《当代文坛》1992年第6期。
[4] 李敬敏：《论美育的一般特点》，《重庆师院学报》1989年第4期。

中说:"第一,该书强调在当代中国坚持以马克思主义为指导思想来研究文艺批评问题的重要意义。进入九十年代以来的文艺批评研究专著面世者已经不少,然而一些专著却往往回避或忽略了在文艺批评研究中还有坚持马克思主义指导思想的必要性,个别著作甚至把马克思主义等同于庸俗社会学,对马克思主义的文艺批评思想进行否定性的批评和超越。"该书把马克思主义的普遍原理作为"对文艺批评的当代性、实践性问题进行探讨的指导思想","有利于批评界树立在马克思主义指导下的当代批评意识"[1];"第二,注重文艺批评的方法论的研究,特别是对文艺批评方法的当代性作深入探讨,提出了一些很有启发意义的见解";"该书以大约一半的篇幅致力于文艺批评方法的论述",而"对批评方法的研究往往是文艺批评学的当代性、实践性的集中体现"[2]。该文还肯定了《文艺批评学》对于文艺批评的叙事方式的探讨,认为这种研究体现了"作者对文艺批评学研究的强化当代性、实践性的特点。这一点也许正是我们当前的文艺批评的理论研究所匮乏的"[3]。此书因为具有这样的成就,获得了重庆市政府优秀社科成果二等奖。

理论的生命在于实践。李先生不但具有自己独到的文艺批评观,而且身体力行,在文艺批评实践中延续和充实着自己"批评的生命"。因而他属于既能构建理论体系的学院派,又属于在批评中找到了自己生命支点的实践者。李先生的文艺批评既不是空谈,更不是吹捧。他的这种从作品本身出发关于作品的"好"与"坏"的评说,由于态度的严肃和认真,总是能够获得作家的赞同和认可。而这,并不是任何一个批评家都能做到的。

在对丁隆炎小说《赤红的雪山》的评价中,李先生提出了作家应当

---

[1] 冯宪光:《文艺批评的当代性和实践性——〈文艺批评学〉读后》,《当代文坛》1997年第1期。

[2] 冯宪光:《文艺批评的当代性和实践性——〈文艺批评学〉读后》,《当代文坛》1997年第1期。

[3] 冯宪光:《文艺批评的当代性和实践性——〈文艺批评学〉读后》,《当代文坛》1997年第1期。

具有生动性和具体性的思想并将其艺术化的观点。他认为作品的思想魅力不仅来源于作家的独到见解，更来自作家对自己人生经历的体验与融合。他深刻地指出，以前反映少数民族地区民主改革的文艺作品，在相当程度上回避了生活本身的问题。他认为，丁隆炎从生活本身出发，按实事求是的原则进行思考，确立了自己的主体意识和自身特有的审视生活的角度，这样，作家就触及了民主改革运动中"一步登天"的实质问题。批评家对此深为赞赏，但同时又敏锐地指出，作家在对尼玛的性格塑造中存在的"理想化"色彩，以及作家出于同情人物遭遇、从善良的主观愿望出发给人物（李隆吉）以感情补偿的安排的缺陷。作家在回信中，不仅承认李先生"在文学评论上是一位严肃而诚挚的老师"[1]，而且承认"许多话都说到了我的心坎里"[2]。李先生的《论谐剧的"俗"》[3]一文，则被谐剧创始人、谐剧艺术大师王永梭认为点中了谐剧艺术的"要害"。不吹捧，且能获得作为批评对象的作家的认同，唯有严肃和认真的态度才可以达到。

文艺批评不仅能说到作家的心坎里，还能帮助作家提高认识。这也是李先生文艺批评的价值所在。在《〈牛魔王的后代〉创作通信》中，李先生深刻地揭示了农村宗法关系和宗法势力在新形势下的复杂性质，认为它既是农民内聚力的纽带，在一定程度上维护了农民自身的合法利益，同时又极可能"成为农村基层政权和法制建设的腐蚀剂和对抗力量"[4]。李先生肯定了作品中性描写的合理性，其依据的原则是"如果出于作品情节和性格的需要则无可指责，如果游离于作品情节和性格描写之外而增加'佐料'，以此取得某种'效果'则是不可取的。"[5]作家在回信中

---

[1] 李敬敏：《批评家与作家的通信》，载李敬敏《探索与争鸣》，重庆出版社2001年版，第349页。
[2] 李敬敏：《探索与争鸣》，重庆出版社2001年版，第352页。
[3] 李敬敏：《论谐剧的"俗"》，《重庆社会科学》1991年第6期。
[4] 李敬敏：《〈牛魔王的后代〉创作通信》，载李敬敏《探索与争鸣》，重庆出版社2001年版，第355页。
[5] 李敬敏：《探索与争鸣》，重庆出版社2001年版，第356页。

表示，李先生的这种批评提高了自己对于问题的认识。在《读莫怀戚》一文中，李先生不仅指出莫怀戚"以《大律师现实录》为代表的名为推理小说实为以心理分析见长的小说"能让读者"得到形象感染和理性启迪的双重效应"，而且揭出"读得多了就觉得写法单一，似有一种固有模式在支配作者的写作"①的瑕疵。他还对无视莫怀戚发表于报纸副刊的各类短小文章的价值的研究态度提出了自己的看法，认为这类短小文章中的"情趣、风趣与机趣使得实际生活中的一些极其平常的事件变得生动活泼，妙不可言，因此受到市民的热烈欢迎"。他从莫怀戚的整体创作特色与成就着眼，又指出它们"不足以真正体现作家的艺术功力和水平"②。如此评价，体现了批评家全面与辨证的思想素养。

他不仅注重对具体作家作品的批评，而且能从具体的批评中总结和提炼出基本的文学特征与规律。这是他文艺批评的优势。在同一篇论文中，他概括了情爱小说的思想历史内涵与艺术特征，他说："男女婚恋和两性关系是人类的永恒的话题，也是文艺创作永不枯竭的源泉。作为社会，总是在不断地对男女婚恋和两性关系作必要的法律约束和道德规范。但事实上，任何社会的男女人群又都在顽强地冲破约束和道德的樊篱。这大概就是贯穿人类历史而普遍存在的社会公约与人性自然欲求之间的矛盾冲突的根源所在吧！社会要发展和进步，就必然要不断地调整和缓解社会公约与人性自然欲求的矛盾冲突，但是企图彻底消解这种矛盾冲突是不可能的。因为，一方面，社会如果完全放弃约束，则必然造成混乱和无序，从而有害于社会的发展和进步，另一方面，如果社会的约束严厉到了扼杀和完全无视人性欲求的天然合理性，约束本身将失去有效性。历史上有识力和有勇气的作家正是在这两难中表现男女婚恋和两性关系，从中显示他们的智慧和才华。"③ 批评家的这个观点，同样得到了

---

① 李敬敏：《读莫怀戚》，《涪陵师专学报》2000 年第 4 期。
② 李敬敏：《读莫怀戚》，《涪陵师专学报》2000 年第 4 期。
③ 李敬敏：《读莫怀戚》，《涪陵师专学报》2000 年第 4 期。

作家的赞同。李先生的论文《"世界"与"自我"》①获得中国电影节影评一等奖，也充分证明了他的文艺评论的价值。

李先生文艺批评的成就，不仅来自他深厚的学养和充足的底气，也来自他对中外名家名作的研习。他对毛泽东、鲁迅、郭沫若、托尔斯泰等作家作品及其思想艺术的钻研与心得，为他自己的文学批评树立了典范。在此基础上，他发表了诸多见解精到的批评文章。②

因而，在理论研究中的大胆探索与锐意进取，追求真理的精神与坚持真理的勇气，敏锐的发现与深刻的洞察能力，理论探讨与批评实践的相互结合，学术研究与高校教学的紧密联系，"功底扎实，学风严谨"，"字字不虚"③，构成了李敬敏先生治学的基本特征。

由于李敬敏先生在基础理论研究、教材体系建设及文艺批评实践等方面做出的突出贡献，他不仅得到了同行的高度评价，而且成为国务院特殊津贴的获得者。重庆师院中文系（现重庆师范大学文学院）文艺学在与原四川省内各路强手的竞争中成为重点学科所实现质的飞跃，与他

---

① 李敬敏：《"世界"与"自我"》，《重庆晨报》1998年9月27日。

② 如《漫谈短篇的"短"》（《四川文艺》1977年第12期）、《谈许茂》（《红岩》1980年第2期）、《不钻"套子"》（《四川日报》1980年12月17日）、《美好心灵颂歌——中篇小说〈彩色的夜〉的启示》（《四川日报》1981年3月31日）、《美、道德及其他——对小说〈花工〉的几点看法》（《四川文学》1981年第6期）、《天府农村谱新曲——读我省近年来反映农村生活的部分短篇小说》（《重庆师范学院学报》1982年第2期）、《热情，更要深刻地理解——浅谈陈朝璐作品的得与失》（《四川文学》1982年第10期）、《发现和展示生活的美——谈王群生小说集〈彩色的夜〉》（《现代作家》1984年第3期）、《可贵的"这一个"——谈谈〈海噬〉中的裴子鸿》（《红岩》1998年第6期）、《一部展示人性多面性的精心之作：〈芙蓉风〉》（《文艺报》1999年7月29日）、《谈穆仁》（《重庆晚报》2000年1月12日）、《悲壮的历史长卷——陆大献长篇小说〈家园〉读后》（《今日文坛》2000年第4期）、《莫怀戚其人其作》（《重庆文艺》2001年第2期）、《尤今：海外华文文学的奇葩》（《当代文坛》2002年第3期）、《王雨和他的〈飞越太平洋〉》（《涪陵师范学院学报》2003年第3期）、《纵论方言剧》（《重庆教育学院学报》2004年第1期）、《拷问人性——兼谈〈陈谷子烂芝麻〉》（《重庆文学》2010年第2期）、《时代的心灵回响》（《重庆文学》2010年第2期）、《在文学与历史的交融中享受美的盛宴——读王雨新作〈填四川〉》（《重庆文艺》2011年第2期）、《没落王朝的挽歌——读王雨新作〈开埠〉》（《重庆文学》2015年5期）、《小说格局与人物塑造——漫议王雨的〈碑〉》（《重庆晚报》2017年10月15日）、《血肉饱满的经典人物塑造——评长篇小说〈开埠〉》（《重庆晚报》2018年6月22日），以及收于《探索与争鸣》中的《社会心态的微妙写照——读谌容的〈减去十岁〉》，等等。

③ 吕进：《新时期重庆文学理论与评论的发展概况》，《重庆社会科学》1999年第5期。

几十年来洒在该学科建设上的汗水与心血融为一体。不夸张地说，李先生在该学科建设事业上的披荆斩棘、筚路蓝缕之功，成为该学科继续发展的精神支柱。

但他还是一个平凡的人，一个从不在生活中张扬的人。当他的事迹为我们知晓并心生钦佩时，他没有丝毫的自得。也许，他的平凡就在于他所从事的是真正的学术研究，而不是学术之外的虚名和实利。当我写下这篇文章，想为自己换来一丝学习之后的轻松时，他几十年来不懈努力所达到的学术成就却又如同伟岸的高山，使我时时惊悚、敬畏和自省。

本文曾以《平凡·执着·开拓——李敬敏学术研究述评》发表于《涪陵师范学院学报》2002年第3期。现改回原题目，并略有订正、增删。

敬真敬美　敏学敏行
——李敬敏先生访谈录

陈庆江[*]

2021年6月20日、21日，笔者两次与李敬敏先生相约访谈。这两次与先生的交谈，不同于以往的请教。在四个多小时的访谈中，我对先生的过往和成就、为人与为学有了更全面细致的了解，从中获得的感触与启示亦颇多。现将先生的访谈整理如下。

陈：李老师，您在中华人民共和国成立后的第三年就上了大学。作为中华人民共和国早期非常宝贵的人才，您能跟我们讲讲您的求学经历吗？

李：我的整个小学阶段的学习都不是很正规，这跟我家庭的特殊情况有关。我的父亲在念完旧制中学后加入了国民革命军。1928年8月，他加入了中国共产党并开始从事地下工作。据绵阳党史记载，我父亲是绵阳最早的五名共产党员之一。他在部队做排长，负责兵运工作，反对军阀，在士兵中发展共产党员。"九·一八"事变后，绵阳的地下党组织遭到了破坏，我父亲与组织失去了联系，只有离开绵阳，隐姓埋名，长期流落于三台、射洪、乐山、重庆等地。他的工作不稳定，收入也不稳定，养育五个孩子的重任因此都落到了我母亲一个人的肩上。我母亲非

---

[*]［作者简介］陈庆江（1975— ），女，重庆师范大学文学院讲师，主要从事语文课程与教学论研究。

常能干，家里的主要经济收入都靠她。我母亲是小学教师，那时候的教师岗位实行聘任制，每年的寒暑假期间，教师都要为教职四处奔走，人们把这称为"六腊战争"。幸运的是，在每次"战争"中都有学校愿意聘请我母亲，但唯一的不便就是她每换一个学校我们就要搬一次家。从我记事起到1949年，我们先后搬了9次家。频繁的搬家流动，使得我的读书过程不太正规，有时候读一年级，有时候读三年级，读哪个年级，完全取决于我母亲所在学校的条件。所以有时候我要重复读同一个年级，有时候又会漏掉一个年级，比如一年级和三年级我就上了两次。我对三年级数学课本的内容非常熟悉，还因此救过母亲一个朋友的急，帮那位新老师在求职前详细地梳理了一遍三年级数学的知识，帮助她顺利通过试讲考核（笑），而四年级我就没有上过。总之，我小学阶段的学习断断续续，不正规。

从初中起就相对正规了。初中毕业时，绵阳有三所学校自主招生，我三所学校都考上了。但南山中学要交学费，当时家中困难上不起；涪江中学是新学校，父母有些顾虑，因此选择了绵阳师范学校。当时正值东北、华北抗战，绵阳师范学校集中了很多从东北来的好老师。我在这个学校就读时遇到了一位很好的班主任——王象山老师，他在我读书期间给了我很多关心、指点和帮助。我在班上当班长，由于各方面表现突出，在教育实习期间被安排做实习副校长。1952年，即将宣布毕业分配方案的时候，王老师来到我的宿舍，拍着我的肩膀说："明天宣布分配方案，学校已经上报要你去做小学的副校长"。没想到第二天他又来到宿舍，同样拍着我的肩膀说，"校长当不成了，上大学去！"原来是大学的报考人数不够，四川省政府发布了一个文件，决定在当年毕业的中师生中选送一部分人去考大学。绵师按照学生成绩由高到低推荐了12个学生报考大学，我和张慰声[①]都在推荐之列。当时需要学生自行到四川省教育厅参加选拔考试，我正愁没有路费时，又是王老师主动找到我，给了我

[①] 李先生夫人，重庆大学外国语学院副教授。

往返路费。这次考试，我们学校12个人共考上了8个，我、张慰声和另一位同学考试成绩位列前茅，被四川大学师范学院教育系录取，另外5位同学被南充师专录取。原本师范学校毕业生只能分配到小学去工作，但因为这个新政策让我有了进大学深造的机会，实在是意外的惊喜，就连当时的县委领导也认为这是全县很荣耀的喜事，多次在全县或专区大会上提及此事。机遇实在难得，我因此格外珍惜在大学的学习时光。

1952年9月，我进入四川大学学习。大约读了一个半月，学校根据教育部的调整方案，将四川大学师范学院合并到西南师范学院（后来的西南师范大学）。这样，我们转到了西南师范学院。1953年10月，按照国家第一个五年计划的要求，西南师范学院教育系招生过多，于是教育系号召同学转系，当时我们可以选择除教育系外的所有系科。因为绵师的王老师曾建议我上大学要学文学，所以我第一时间就选择了中文系。我很感激王老师在我求学路上的指点和帮助，他后来回了山东，我辗转托人，才打听到他在曲阜师范学院工作。遗憾的是，打听到他的消息时，他已经去世，我再也没有机会向他表达我的感激之情了。

陈：在生活很艰难的情况下，您的家庭怎么还会支持您上大学呢？

李：我们李氏家族是一个很大的家族，明末清初从甘肃迁到绵阳。我的祖父家中有八弟兄，他排行老四，在清末中了举人。后来，祖父在绵阳的旧制中学当了校长。他那时的薪酬很高，每年六七百银圆，因此当时的家族很富足。但是，祖父在五十几岁的时候病逝了，家中没有了顶梁柱，从此家道中落。尽管如此，从旧制中学毕业的父亲和龙绵师范学校毕业的母亲都非常重视读书，在他们看来，无论家道如何艰难，我们都应该继承书香之家的传统，读好书。我爷爷对我父亲的学习抓得很紧，我父亲对传统文化也非常熟悉，《古文观止》中的所有文章他都能流畅地背诵出来。我父亲对我要求也很严格，常常要求我背古文。他流落期间偶尔回家，总要求我站到他跟前背书，我背错了，他会很严厉地批评我。受父母的教导，我们家中兄妹五个，有三个考上了大学。

陈：现在回想，您的家庭环境给您带来了哪些影响？

李：首先是父母的为人对我性格的潜移默化的影响。我的母亲非常豁达、坚强、独立，在家庭非常艰难的时候，她独自一人撑起了整个家。我的父亲果敢、正直、执着。比如，1935年红军过江油时，父亲在自己处境很危险的情况下，还想方设法为红军准备了粮食和枪支。由于找不到联络人，这些物资最终没能交到红军手中，但后来父亲跟我讲到这次经历时，我还是很为他的勇敢和执着而自豪。教孩子如何做人、如何做事，我的父母从来不停留在口头的说教上，他们从来都是用自己的行动影响和教育着我们五兄妹。

其次，特殊的家庭环境让我很早就学会了担当。我是家中的老大，父亲常年不在家，母亲自然将一些家庭事务分配给我。她常常说的话就是"老大，这件事情你去办"。我还小的时候，由于通货膨胀，物价极不稳定，今天买一头小牛的钱，明天可能就只够买一块肥皂了。所以，每个月母亲发了工资后，都会给我一个购物清单，并要我立即带上清单，到市场上把钱换成盐、米、油等食物，我每次都能圆满完成母亲交代的"任务"（笑）。有一次家里实在拮据，母亲让我去二伯家借钱，我一早起来吃了个母亲做的饼就出发了，从绵阳到绵竹，一百五六十里的路，我一路走一路问，走到黄昏才找到二伯家，在二伯家吃了晚饭，睡了一夜，第二天一早就带上借的钱，又从绵竹步行回绵阳。像这样的家庭事务，我小时候做得很多。在父母看来，你是老大，家中的事情就应该由你管，弟弟妹妹你要管，父母的事情你也要管。正是因为对这些家庭事务的承担，培养了我担当的责任意识和果敢的行事风格。我在中师当班长，班级大小事务都由我处理，以至于学校分配实习时，竟然安排我当实习副校长（笑）。这在绵师之前和之后的历史上都没有过。

最后，书香之家让我爱书，爱上阅读，一生与书为友。祖父是举人，家中书很多。记忆中家里有很多线装书，我父亲也爱买书，《小说月刊》《病梅馆记》等，都有。由于家里的书很多，我自己还做过编目。从小泡在书堆里，我把书当成了朋友，爱上了阅读。无论在家里还是在外面，阅读都成了我的一大乐趣。上小学时，我除了在家看书，每天都要到钟鼓楼去读报纸，看看外面的世界发生了哪些变化。上绵阳县中的时候，国民革命军 29 军图书室留下的图书堆放在两个教室里，我和同学常在里边翻书看。这两教室的图书给我提供了丰富的阅读资源，那里不仅有军事训练手册，还有冰心、郁达夫的作品，我在那个时期读了不少的书。上绵阳师范时，学校要求天天读报，我是班长，负责天天在班里读报。有时候同学要求现场归纳内容，我就将当日新闻归纳、总结之后讲给大家听，这在一定程度上锻炼了我的阅读理解和综合归纳能力。后来班级办壁报，常常就变成了我负责口述内容，两三个同学书写。到了大学后，西师的书很多，满足了我如饥似渴阅读的愿望。由于转系，我错过了中文系的文学概论和其他一些基础课程，我就给自己制订了读书计划，决心把自己错过的书都读完。我到图书馆找来季莫菲耶夫的《文学原理》三册，把这部 40 多万字的著作抄了一遍，又读了几遍。在西师读书的那几年，我只回过一次家。我把所有的时间都用在了阅读上，以至于毕业后班级同学聚会时说起大学期间的多次外出活动，我都不知道。这当然有我家庭困难的原因，但更主要的是我要读书，我有自己的读书计划，需要挤出大量的时间阅读。

毕业时，当时中文系的书记刘同记找我谈话，想让我留校教政治，但我更想从事专业教育，刘老师就推荐我到四川师范学院。刘书记告诉我，他之所以选择我留校以及之后推荐我去川师，是做过调查的。他们到图书馆查了学生的借阅记录，发现我读书很多，一般学生四年读书五十到一百部之间，而我的读书登记显示有七八百部之多。这样，我就因为读书多，得到了去川师工作的机会。而当年读书下过的那些笨功夫和苦功夫的直接结果就是，我一进川师就能上文学概论课，而且学生反应还很好（笑）。

在成都工作两年里的几乎每个星期天，我都是一大早就步行去旧书摊买书，从牛市口到东大街再到盐市口，最后往北走到卖旧书的玉带桥街，那里有 30 多家旧书店。每周我总是背着空书包出去，然后满载而归。我那时每个月的工资开始是 52.9 块，后来涨到 59.5 块，我把大部分钱寄回了家，仅留下每个月6块钱的生活费和几块钱的买书钱。那时的旧书非常便宜，朱光潜的《文艺心理学》才两分钱，每个月几块钱足够我买很多书了（笑）！所以，到川师后，我的藏书迅速膨胀了。

读书，买书，与书为伴，我想我的这80多年，也算继承了我父母最看重的书香之家的传统了。

陈：李老师，您最初在川师工作，怎么又到了现在的重师？您个人的职业生涯发生了怎样的变化？

李：我的教学和科研工作，可以1972年（到重师）为界，分为前后两个时期。前一时期是我在成都、西昌工作的时期，是我全面训练教学能力，广泛收集、积累科研资料的时期，是非常关键的时期。后一时期是我进重师后，是教学科研的成熟和收获期。

第一个时期又可以分两个阶段。1956年到1958年是第一阶段。这一阶段，我主要从事"文学概论"的课程教学，逐步建立文艺理论与社会活动的联系，收集、购买了大量的书籍。1956年我刚进校就承担了"文学概论"的课程教学工作。当时我们文艺理论组一共三个人：我、王肇初、张泽厚。张泽厚是文艺理论组的负责人，也是左联的重要诗人。张老师1948年因参加华蓥山武装起义与其弟弟同时被捕，关押于渣滓洞，而后在渣滓洞大屠杀中侥幸逃出。鉴于他是活烈士，是四川省民盟的副主任委员和川师民盟主任委员，学校因此安排我这个预备党员、青年教师做他的助教。当时我们文艺理论组很强调文艺理论教学要和整个社会的文艺运动相联系，所以我们经常和四川省作家协会、四川省社会科学院文学研究所、省委宣传部文艺处等相关部门联系，也经常和成都地区从事文艺理论教学和研究的单位联系，如四川大学中文系、四川音乐学院等，当然也经常与成都地区讲授文艺理论的高校老师一起开展活动，所以在这个时期，我的研究活动范围扩大了，我与川大中文系主任唐正序、川师中文系系主任苏恒、文研所所长吴野相处都非常和谐、亲密。

第二阶段是指1958年到1962年在西昌工作的时期，是我全面投入教学，全面收集文艺理论研究资料的重要时期。1958年，我受张泽厚右派问题影响，下放到西昌劳动锻炼。但在西昌乡下劳动了三个月，我就被抽调参与筹建西昌专科学校的工作，具体任务是订立西昌专科学校师范部语文科教学计划。1958 年开学后，我就在西昌专科学校任教，一直教到 1962 年。在这个过程中，我将中文科的所有课程都上了一遍。文学概论、现当代文学、古代文学、教学法、鲁迅作品研究、世界文学名作研究等课程，都是自编讲义。我当时还经常受邀到周边学校和单位去作文学讲座。我的教学能力因此得到了全面锻炼。因为要建设汉语言文学专业，我们买了很多影印资料，我也因此得以阅读、整理了大量资料。

在川师、西昌工作的这几年，我一直坚持在西师养成的读书习惯，订立严格的计划，大量买书、读书。经常一天看十几个小时的书，看了就记下来，单读书笔记就做了 30 多本，几百万字。当时记性也比较好，好多内容我都记下来了。这些都为我后来在重师搞学科建设起了很大的帮助作用。

在川师和西昌工作期间，我在课程建设方面的主要成果是：第一，编过一本《文学概论》教材。在这本教材的基础上，我不断思考文艺理论教学中的问题，写成了后来影响很大的《文艺理论教学改革刍议》一文；第二，编过一本《毛泽东文艺思想》教材；第三，整理、编写了共计 150 多万字的三种讲义，分别是《中国现当代文学》《毛泽东文艺思想》和《中外文学名著选读》。这几种讲义都是油印稿，全由我一人承担。

从 1962 年起，我调到重庆市中学教师培训学校（后来的重庆教育学院，现在的重庆第二师范学院），之后又到重庆建筑工程学院（现在的重庆大学 B 区）工作了短暂的两个月。

1972 年，我调到了重师中文系，从此在文艺学领域展开了集中的、大量的研究工作，产生了一批较有影响的成果。因此，从科研能力成熟度和科研成果产出量的角度讲，我把 1972 年作为自己工作的一个分界点。

陈：您进入重师后，应该是中文系文艺学学科建设的主力了，那些年，您在学科建设方面做了哪些工作？

李：进入重师后，以我开始招收研究生的 1991 年为界，我的工作也可分为前后两个时期。前期的重心在本科教学，我在本科开设了《美学》和《美学概论》两门新课。20 世纪 80 年代，我参加了四川省文艺理论教材建设工作，成果就是由川师的苏恒和重师的我担任主编的《文学原理新论》。该书 1987 年由四川省社会科学院出版社出版后，影响比较大，《文艺理论与批评》杂志主编涂途在他的杂志上向全国推荐了这本教材。陶东风、和磊在他们的《当代中国文艺学研究（1949—2009）》一书中，也将该书作为 20 世纪 80 年代中后期有代表性的教材，对于该书突出文学审美性的主张、强调文学研究新方法的作用等方面的特长作了重点介绍。招收研究生之后，我开设了《文艺美学》和《文艺批评学》两门课程。这两门课程和本科开设的《美学概论》，也成为文艺学硕士研究生课程建设中的重要课程，在文艺学硕士研究生的培养工作中起到了基础性的作用。我也围绕这几门新课程发表了不少论文，《探索与争鸣》中辑录的很多文章都与这几门课程有关系，如《文艺·文艺批评·文艺批评学》《文艺批评是一门科学》《批评的生命》《突破"封闭"，走向"开放"——建设科学的马克思主义文艺理论的必由之路》《回顾与前瞻——关于文艺学建设的思考》等。

  从 20 世纪 80 年代到 90 年代，是我科研、创作的高峰期。我在报纸、杂志上发表的长长短短的文章多达数百篇。除长篇研究性论文外，比较成系统的是约稿。重庆市团委的《自学报》为我特设了一个专栏，每周三期，每期一篇；《重庆工人日报》给我开设了一个专栏，每周两篇；重师的成人教育刊物《语文函授》每期一篇；重庆电影公司的《电影园地》每周邀请我和林亚光观影并写影评一篇；《重庆晚报》副刊、《重庆日报》"今日谈"专栏和副刊连续几年都向我约稿。那时候，我经常会碰到多种刊物在同一天发表我的文章的情况。当然，发表这些文章我都用笔名，我那时有好几个笔名（笑）。当时，几乎每天下班回家的路上，我都在构思一篇文章。从学校到沙正街一路构思，到家后吃过晚饭，先用一两个小时写一篇千把字的文章，然后再备课、考虑学校的工作。几乎每天都是这样。大概也是写得多的缘故，我的思路总是来得很快，写起来很容易。

在我看来,搞好学科建设不仅要着力于教学本身,着力于教学大纲的制定等工作,更要着力于培养自己多思、多想、多写的能力,通过写作一篇篇文章不断磨砺自己的头脑,有效促进我们的教学科研能力。20世纪80年代,在我们周围还流行着老一辈的一种观点,就是做学问不要过早地写文章,过早写文章不踏实。所以,很多中青年教师都不怎么写文章。但我不这么认为,我认为我们不仅要读,而且要写,只有通过写才能让自己的认识深化、系统化、精细化,不通过写达不到这个程度,所以我主张写。大量的写作和发表文章使我逐渐成为川渝两地学界的活跃人物,影响也在不断扩大。20世纪80年代初期,几乎社会科学、文学艺术领域的会议都要邀请我参加,我也渐渐被各类学会推选为会长、副会长。当时四川省的文艺理论研究会,会长是四川省社科院文学所的所长,重庆的副会长是我;美学学会会长是川大的王世德,重庆的副会长是我;比较文学学会的会长是川大的曹顺庆,重庆的副会长是我;电影协会的会长是成都电影公司某经理,重庆副会长是我。我当时在四川省各种文学类学会的头衔就有六七个,这些头衔在我看来本身并没有太大的意义,有意义的是,它们意味着我在文学艺术研究领域的交流范围扩大了,视野打开了,这对我开展中文系文艺学学科建设的工作是有很大帮助的。

问:在重师中文系文艺学重点学科的建设中,您是组织者,也是带头人,您的科研成果在其中一定也发挥了很重要的作用吧?

李:成功申报文艺学重点学科是团队共同努力的结果,我的科研在其中也起到了重要作用。重师文艺学于1995年被评为四川省重点学科,此前重师中文系有一门四川省重点课程《文学概论》,文艺学重点学科也是在这个基础上发展起来的。当时申报文艺学重点学科的有四川大学、西南师范大学和重师共三所学校,最终我们能够脱颖而出,原因在于我们的成果非常突出。重师文艺学重点学科当时由我领衔,我们这个团队的科研成果相当突出,其中由我独著、合著或主编、参编的成果就有

《美与审美》《美学原理基础》《文艺批评学》《实用美学》《文学原理新论》《美学与美育概论》等。在这几所学校中，我们重师文艺学的成果，无论是从数量、质量还是发展实力，都是最突出的。

问：李老师，回顾您自己的学术研究历程，有哪些论著是您认为很有意义和价值的？

《试论群众创作的伟大意义》是我第一篇成形的、篇幅相对较长的文章。这篇文章写作于西昌专科学校，发表于1960年天津的《文艺哨兵》第六、第七期合刊上。这篇文章是讨论当时新民歌运动热潮的结果，针对当时某些人认为群众文艺"没有现实基础""幼稚可笑""实际上是吹牛"等观点，我在文章中逐一进行了驳斥，肯定了群众文艺这一新事物的价值和意义，认为它将我国文学艺术事业推进到了一个新的阶段，是时代的骄傲。文章发表后，在西昌专科学校引起了轰动，在川师也产生了很大的影响。因为这篇文章，我被破格提升为讲师。当年整个四川师院参加破格申请的青年教师数百人，但文科只有两个名额，我有幸成为其中之一。尽管当时是提职不提薪，但我提职之后，每个月可以免费领取两斤猪肉、五斤黄豆，每天还有一斤牛奶，这在当时是很优厚的待遇，所以我的身体在那个时代没受到影响（笑）。

其次是发表于《南充师院学报》1980年第4期的《文艺理论教学改革刍议》。这篇文章的影响很大。我工作时，文艺理论教学经历了几个阶段：20世纪50年代初期学苏联，一边倒。苏联文艺理论专家季莫菲耶夫的《文学原理》成为各个高校的共同教材，后来，毕达可夫的《文艺学引论》和柯尔尊的《文学理论》，全国高校中文系都在使用。经过我的反复思考，我觉得季莫菲耶夫的理论是机械唯物主义，比较死板；第二阶段是新民歌开辟诗歌新道路之后，就是1958年后，中苏关系紧张，大家又觉得不能一边倒，应该走毛泽东的道路。于是，文艺理论变成了毛泽东文艺思想。所以，在西昌时，我也编写了一本《毛泽东文艺思想》的讲义。但我后来发现，毛泽东《在延安文艺座谈会上的讲话》主要是讲文艺的方向问题，也就是为工农兵服务的问题，文艺理论本身还有它自身的很多特殊内容。随着改革开放的到来，文艺理论界也在思考文艺理论教学该不该改革、该不该开放的问题。我在这篇文章中指出，马列主义的文艺理论应该有自己的科学体系，不能简单解释经典和注释经典，而不去关注文学艺术本身的规律和特点。我明确提出，"注经"式的教学和研究不仅容易导致思想僵化，败坏一切从实际出发的治学方法，还会带来一个直接的错觉：学习文艺理论只需记住经典就行，而不必阅读大量文艺作品和接触大量的文艺现象。在此基础上，我提出了自己的文艺理论教学改革设想，一是解决文艺理论的民族化问题，二是改造文艺理论的内容体系。

这篇文章是改革开放后反思文艺理论教学的重要成果，文章发表后在云贵川产生了很大反响，《南充师院学报》随即发起了笔谈。《文艺理论研究》主编徐中玉先生给我来信，希望转载此文。这篇文章在《文艺理论研究》1981年第2期上全文转载后，其影响进一步扩大，国内同行纷纷给予了好评。

后来我沿着这个方向又写了两篇文章，分别是发表于《重庆师院学报》1992年第2期的《论毛泽东同志关于文艺特征的把握》，以及发表于《当代文坛》1992年第4期的《略论"讲话"中关于文艺本性的思想》。前文还在四川省委宣传部获了奖。

还有一篇是《真实性、倾向性及其它》。文章的核心问题是真实性。这篇文章的背景是改革开放后人们开始批判"四人帮"的文艺思想是"帮派"文艺，认为它的特点是歪曲现实。于是就有观点认为，真实性才是文艺唯一的生命，我对这个观点持有异议。我将这篇文章中的一段以《真实，不就是一切》为题发表在1980年3月30日的《四川日报》上。该文发表后引起了强烈反响，遭到了某著名大学中文学生的反对，他们在自己的内部刊物中围攻我的这篇文章，说我是在为"帮派"文艺说好话（笑）。我当然不承认（笑）！后来该大学中文系主任告诉我，同学们经过一番大讨论后，最后还是认为我的观点是对的（笑）。后来，包括这部分引起风波的内容在内的文章——《真实性、倾向性及其它》被收录进《社会科学研究丛刊》（十五）——《真善美的探索》一书中。我的这篇文章结合具体的文艺作品，对生活的客观和作家的主观进行了辩证分析，指出艺术作品的真实性与倾向性各有内涵，绝不是一个东西，这两者的关系可能是一致的，也可能是不一致的。我在文章中强调艺术形象不仅要具有逼似生活的"真"的品格，同时也应该具有善和美的品格。我认为，这篇文章，对当时的文艺界正确认识和评价文艺作品是很有意义的。

《共同的"人性美"初探》一文也值得一提。这篇文章是对毛泽东与何其芳谈美时所说的一句话的思考与研究。毛泽东说："各个阶级有各个阶级的美，各个阶级也有共同的美。"针对这个论断，我从探讨有没有共同的人性入手，指出人性带有双重性特征，阶级的特殊性和社会的共同性正是这种双重性的表现，我因此论述了"人性美"既有阶级性的一面，又有超出某一特定范围的超阶级性的一面。这篇文章在《社会科学研究》1980年第3期发表后，也产生了很大的反响。在给77级学生讲《文学概论》说到这个"共同美"的问题时，在同学中也引起了非常强烈的反应，直到最近，几个77级的学生见到我，还谈到我的这篇文章和当时的讲课内容留给他们的深刻印象。有没有"共同美"，这个问题在过去是个禁区。何其芳公布了他与毛泽东的这段对话后，《人民日报》《文艺报》都掀起了关于"共同美"的讨论。我的这篇文章发表后，《新华文摘》还摘录了其中的一些观点。

专著方面，除一些美学和文艺理论论著外，《探索与争鸣》的反应是不错的。这本书评论了不少作品，是对各种文学作品、文艺现象的思考。

陈：李老师，您的科研产出如此丰富而有质量，一定离不开家庭对您的支持吧？

李：的确如此。张老师非常支持我的工作。在西昌时，我需要的很多杂志和书籍都是张老师帮我购买并寄送给我的。她承担了很多家务，在金钱上也从不计较。我家里人口多，经常需要我补贴家用，她对此从来没有意见。为供我三弟上大学，她甚至要求单位直接将她的一部分工资转到三弟读书的学校。她聪明，记忆力好，当年在年级里的成绩非常优秀，她在支持我的同时把自己的工作也做得很好。我的母亲对她的评价非常高。

陈：李老师，作为一个有着丰富教学科研成果的前辈，可以跟我们分享一些您读书和做学问的心得吗？

李：我这个人读书做学问有自己的特点，因为我对自己有一些要求：

首先，做学问决不能仅仅局限于某一点，文史哲必须拉通，绝不能满足于当教某一门课程的老师。

从中学时代开始，我就有这样的想法，到西师后我遇到了吴则虞老师，他教导我："文史哲要通，经史子集要通。你研究任何一个问题，仅仅局限自己的一方面，路是走不通的。"这与我从小受到的家教也是相通的。我的父母认为我们是书香之家，必须读书，父亲要求我读书要古今相通，不仅要读历史，还要读经史子集，所以，在西师读书的四年，我只回过家一次，就是把大量时间花了在通读各类书籍上。

我首先读的是哲学，哲学是理论、是方法论。西师马列主义教研室的朱浥清老师给我介绍了很多哲学著作，他强调一定要读哲学原著。在他的指导下，我认认真真读了一些哲学著作：康德的《纯粹理性批判》《实践理性批判》《判断力批判》，黑格尔的《美学》，马克思的《1844年经济学哲学手稿》，恩格斯的《反杜林论》《费尔巴哈和德国古典哲学的终结》，列宁的《唯物主义与经验批判主义》《哲学笔记》等。这些著作尽管很艰深晦涩，但我读来都觉得很有意思，每本书我都读了不止一遍。

其次，在朱老师的提醒下我还读了一些逻辑学、语言文字学方面的书籍。

最后，是读历史。我在读了范文澜、翦伯赞等人的中国史著作后，发现还有一套十几本的《剑桥中国史》。我下决心读完了这套书。

当然，对于教文艺理论的老师来说，除读理论书籍外，还有最重要的一类书要读，那就是文学。现在的一些文艺理论教师对文学作品没有感觉，把文艺理论课上成了纯粹的理论阐释课，这是不对的。朱光潜曾说过，研究文学理论，必须稍稍精通文学当中的一个部分，或外国文学，或现代文学，或当代文学，否则讲不通，讲不透。我很赞成这个观点。在课堂上要把理论问题给学生讲清楚，首先要搞清楚理论本身，还要阅读大量的作品，并且对作品还要有自己的感受。也就是说，一方面要有感性的东西，必须读作品本身，要读到能够在头脑中浮现出各种文学形象，读出活生生的人物和场景。另一方面要将理论作为武器，分析作品。这两者缺一不可。所以，我的体会是，做学问要达到一定的高度，必须是文史哲相通，必须是理论和实践相结合，文艺理论、审美理论必须和作品相结合。

我读书做学问的第二个特点是：不崇拜权威，不迷信权威，也不愿意用权威来装点自己的门面。

对任何问题，我都非常注重自己的独立思考。所以我出的书，从来没有找过任何权威为我写序（笑）。再高的权威，你的结论到我的脑子里，我还要打一个问号，要进行自己的思考：有道理，我要思考；没道理，我还有我的思考。我几十年的教师生涯、几十年的写作经历、几十年的阅读经历，都不贩卖别人东西。任何从我的嘴里说出来的，都要经过我的大脑确认，所以我讲话从来不写讲稿，只写提纲，我上课从来不用别人的教材，我所有的课都用自己的稿子。正因为勤于思考，我上大学后，很快就发现学院课程设置的问题，例如外国文学只有俄罗斯文学、苏联文学，欧洲地理只讲东欧和中东欧。发现了这些问题，我就决定要把书读全。又如在教美学的时候，关于"美是什么"的问题，朱光潜、蔡仪、李泽厚、高尔泰等人都提出了他们的观点，我个人经过长期思考和论证，也有自己关于美的理解。我认为，美是理想的个性化的表现。我至今认为我的观点是对的。个性化是一种表现形式，理想是一种内涵，我认为我的这个观点与李泽厚的观点比较接近，但也有差别，我强调个性化。

总之，我个人在教学、科研上重视自己的独立思考，而不是只贩卖别人的观点，任何东西都要经过自己的思考、研究，得出带有自己烙印的观点，我认为这才是一个真正的研究者应有的追求和风格。几十年来我虽然没有多少成就，但还是尽可能地走我自己的道路，虽然没有走通，但我希望在一些问题上不要人云亦云，要有自己的烙印。

我读书做学问的第三个特点是：不动笔墨不读书，尽可能让思想变成文字、作品、文章。我只要读书，就一定做读书笔记，有想法，就动笔。想法系统的就写长文章，想法零碎的就写短文章。我认为，写文章是在使自己的阅读结果物化，只有物化，让思想尽可能变成文字、作品、文章，才能使思考和认识深化、细化、精确化，否则就是零敲碎打，时过境迁就忘掉了。这也就是我写得多写得快的原因，不仅要动脑，思考，还要动笔，要让思考落下来，落地，生根。

陈： 非常感谢李老师分享这么宝贵的经验，您现在还经常阅读吗？还经常写作吗？

李： 我每天都阅读。我订了好几份报纸，退休后到现在又买了好几万元的书。刚退休的时候每天阅读五六万字，也写一些文章，现在年纪大了，写得少了，每天早起散步后，主要还是读书，只是读得没有过去快了，一天两三万字吧（笑）。我觉得阅读、思考是很快乐的事。

陈： 每天两三万字，相当难得了，我们都该向您学习。十分感谢李老师接受这次采访，感谢您带给我们的启发。祝您身体健康，阅读愉快。

稿 约

《区域文化与文学研究集刊》诚约稿件

《区域文化与文学研究集刊》是一本专门研究区域文化与文学的纯学术刊物（书代刊）。本刊以"区域"为理论视角审视文学及文化的构成和发展，展示推介相关研究成果；以促进文化学术的繁荣为宗旨，为当下的文学与文化研究提供新思维和新方向；坚持"双百方针"，强调社会责任，服务学术事业和区域经济文化发展建设。本刊暂定一年两期，由中国社会科学出版社出版，全国发行。

为此，本刊向学界同仁诚约稿件，欢迎选题独特精当、内容充实、思想深刻、观点新颖、具有前沿性和前瞻性的学术论文。敬请关注，不吝赐稿，并予以批评指正。

为联系方便和技术处理，来稿要求如下：

（一）论文篇幅最好不超过15000字。书评不超过3500字。

（二）论文若系课题阶段性成果，请在标题后添加脚注，说明课题来源、名称及编号。

（三）作者名后请以脚注方式添加作者简介，说明作者姓名、出生年月、职称（或学位）、研究方向及工作单位等信息。

（四）论文请附300字以内的中文提要，并附3—5个中文关键词。

（五）注释格式及规范

1. 一律采用脚注，注释序号用123格式标示，每页重新编号。

2. 中文注释具体格式如下列例子：

例1：

余东华：《论智慧》，中国社会科学出版社2005年版，第35页。

同上书，第37页。

同上。

《马克思恩格斯选集》第2卷上册，人民出版社1972年版，第25页。

刘少奇：《论共产党员的修养》，人民出版社1962年第2版，第76页。

例2：

[美]弗朗西斯·福山：《历史的终结及最后之人》，黄胜强等译，中国社会科学出版社2003年版，第7页。

例3：

刘民权等：《地区间发展不平衡与农村地区资金外流的关系分析》，姚洋主编《转轨中国：审视社会公正和平等》，中国人民大学出版社2004年版，第138—139页。

例4：

茅盾：《记"孩子剧团"》，《少年先锋》第1卷第2期。

杨侠：《品牌房企两极分化 中小企业"危""机"并存》，《参考消息》2009年4月3日第8版。

例5：

费孝通：《城乡和边区发展的思考》，转引自魏宏聚《偏失与匡正——义务教育经费投入政策失真现象研究》，中国社会科学出版社2008年版，第44页。

参见江帆《生态民俗学》，黑龙江人民出版社2003年版，第60页。

例6：

赵可：《市政改革与城市发展》，博士学位论文，四川大学，2000年，第21页。

任东来：《对国际体制和国际制度的理解和翻译》，全球化与亚太区域化国际研讨会论文，天津，2006年6月，第9页。

《汉口各街市行道树报告》，1929年，武汉市档案馆藏，资料号：Bb1122/3。

例7：

陈旭阳：《关于区域旅游产业发展环境及其战略的研究》，2003年11月，中国知网（http：//www.cnki.net/index.htm）。

李向平：《大寨造大庙，信仰大转型》（http//xschina.org/show.php?id=10672）。

例8：

《太平寰宇记》卷36《关西道·夏州》，清金陵书局线装本。

姚际恒：《古今伪书考》卷3，光绪三年苏州文学山房活字本，第9页a（指a面）。

（汉）班固：《汉书》，中华书局1983年标点本，第xx页。

《太平御览》卷690《服章部七》引《魏台访议》，中华书局1985年影印本，第3册，第3080页下栏。

乾隆《嘉定县志》卷12《风俗》，第7页b。

《旧唐书》卷9《玄宗纪下》，中华书局1975年标点本，第233页。

3. 外文注释如下列例子：

例1：

Seymou Matin Lipset and Cay Maks, *It Didn't Happen Hee：Why Socialism Failed in the United States*, New York：W.W. Norton & Company, 2000, p.266.

例2：

Christophe Roux-Dufort, "Is Crisis Management (Only) a Management of Exceptions?", *Journal of Contingencies and Crisis Management*, Vol.15, No.2, June 2007.

（六）来稿一律采用电子版，请在文末注明作者联系电话、电子邮件、详细通信地址及邮编，以便联系有关事宜。

（七）切勿一稿多投。

本刊同意被中国知网（CNKI）收录，并许可其以数字化方式复制、汇编、发行、网络传播本刊全文，文章作者版权使用费和稿酬本刊将一次性给付。如作者不同意文章被收录，请在来稿时向本刊声明，本刊将作适当处理。

本刊地址：重庆市沙坪坝区大学城重庆师范大学文学院《区域文化与文学研究集刊》编辑部

邮政编码：401331

电子邮箱：qywxjk@163.com

重庆师范大学区域文化与文学研究中心

《区域文化与文学研究集刊》编辑部

后　　记

　　初审、送审、讨论、反馈、修改、校正，从阳春到盛夏，从棉衣到空调，逐篇处理完本辑文稿，2021年这趟列车，已然抵达8月站台，大半年的甘苦，真是如鱼饮水。都说世事如常，但年年有新变，比如今年，中国共产党建党一百周年、鲁迅逝世一百四十周年、学位授权审核结果、"饭圈"整治、"双减"实施、新冠肺炎疫情反复、拜登的退进、塔利班的枪声……所有这些，细究起来，无不关联着或显或隐的"区域"因素，包孕着或深或浅的"区域"内涵，见证着"区域文化"的重要价值，预示着"区域文化研究"的广阔空间。

　　本刊从2010年9月出版第一辑，率先扛起"区域文化与文学"研究旗帜算起，已经在中国当代文学研究会、中国社会科学出版社和诸多学界专家学者的支持下，蹒跚走过十二年，先后发表成果268篇，被中国知网收录，已是全国致力于区域文化与文学研究的学人共享的研究平台和精神家园，在学界产生积极而广泛的影响。两年来，我们欣喜地看到《中国区域文化研究》（卜宪群主编）闪亮登场，看到《区域社会与文化研究》（虞和平，陈锋主编）精彩亮相，真是可喜可贺！曾大兴、夏汉宁等主编的《文学地理学》、吉林省社会科学院主办的《地域文化研究》等，也为本刊提供了宝贵参考。

　　本辑为第九辑，收文21篇，分六个栏目，外加一篇特稿。特稿蒙洪子诚先生授权，就现当代文学史料的"非文学期刊问题"发表了重要意见，特别是"'非文学期刊'（包括各种报纸）在'当代文学'史料整辑佚上的任务，也显得更为繁难而重要"的倡导，值得高度重视。六个栏目的文章，各有精要的"主持人语"进行点评。原有"区域文化与抗战文艺研究""巴渝学人掠影·李敬敏"两个栏目，仍由杨华丽教授和熊飞宇兄主持，他俩的严谨与情怀，支撑着集刊的发展，也推动着本辑的完善。原有"区域文化与古代文学""区域文化与外国文学研究"两个栏目，改由王于飞老师和伏飞雄兄主持，显示了文学院同人的鼎力支持，他俩对编入文章的严格要求与对主持人语的精益求精，令人感佩。"巴蜀作家研究·巴金"栏目，是第七辑"张恨水研究"与第八辑"彭燕郊百年诞辰纪念专栏"的继续，有幸邀请到西南大学王本朝教授主持，王老师不仅对拟编入稿件提出了精到的意见，而且指出"区域"是社会历史空间，也是精神情感空间，还是互动交换空间，肯定文学的区域化研究充满了多种可能性，给予我们很多指引与信心。"现代戏剧与川渝文化研究"栏目，是本期的一个创举，特邀南京大学马俊山教授主持，马老师之主持人语对戏剧、对文艺研究"地方路径"的思考发人深省；而翔实的读后感《文献后边的风景》对编入文章的点评与期待，更是令人感动受益。

衷心感谢文学院领导班子、本刊学术委员会专家、编委会全体同人的大力支持，感谢周立民、周晓平、梁冬丽、梅琳、陈传芝等校外学者惠然赐稿，感谢廖海杰博士琐细辛劳的编校，感谢中国社会科学出版社及慈明亮兄的高效工作。

习近平总书记的"七一"重要讲话，中央宣传部等五部门联合印发的《关于加强新时代文艺评论工作的指导意见》，以及文学院发展的新形势，都对本刊提出了新要求。如何进一步"广泛凝聚共识，广聚天下英才，努力寻求最大公约数、画出最大同心圆"，我们一直在探索。第十辑的"鲁迅诞辰140周年纪念专栏"与"巴渝学人掠影·杨星映"等栏目不妨先行预告。第十一辑的新面貌更是值得期待。

欢迎国内外同道不吝赐稿。

凌孟华
2021年8月